Un père à l'épreuve

Une mystérieuse menace

BARB HAN

Un père à l'épreuve

Traduction française de
ISABEL ROVAREY

BLACK ROSE

HARLEQUIN

Collection : BLACK ROSE

Titre original :
TEXAS TAKEDOWN

Ce roman a déjà été publié en 2017

HARPERCOLLINS FRANCE
83-85, boulevard Vincent-Auriol, 75646 PARIS CEDEX 13
Service Lectrices — Tél. : 01 45 82 47 47 - www.harlequin.fr
ISBN 978-2-2804-8680-4 — ISSN 1950-2753

Composé et édité par HarperCollins France.
Imprimé en janvier 2023 par CPI Black Print (Barcelone)
en utilisant 100% d'électricité renouvelable.
Dépôt légal : février 2023.

FSC www.fsc.org
MIXTE
Papier issu de sources responsables
FSC® C159065

Pour limiter l'empreinte environnementale de ses livres, HarperCollins France s'engage à n'utiliser que du papier fabriqué à partir de bois provenant de forêts gérées durablement et de manière responsable.

1

Le mot *difficile* ne suffisait pas à décrire l'année que venait de vivre Dylan. Non seulement il avait découvert qu'il était père, mais il avait appris dans la foulée que la femme qui lui avait caché l'existence du bébé était en phase terminale d'une grave maladie. Il aurait voulu éprouver de la colère contre elle, mais la frustration qu'il ressentait s'était éteinte d'elle-même à l'hôpital où il l'avait trouvée, gisant sur son lit tandis que ses dernières forces l'abandonnaient. Et lorsqu'il avait plongé son regard dans les yeux verts de sa fille, qui étaient l'exacte réplique des siens, il avait été instantanément conquis.

Comment aurait-il pu ne pas aimer Maribel au premier regard, avec ses joues roses et rebondies de chérubin, ses boucles brunes et son rire plus éclatant que le soleil du Texas ?

Toutefois, s'occuper d'une enfant de deux ans qui venait de perdre sa mère, c'est-à-dire tout son univers, s'était révélé plus ardu que son service dans l'armée en Afghanistan.

Comme les choses avaient changé en un an…

Caché au bout du couloir, il attendait, accroupi, guettant le moment où le bourdonnement de la brosse à dents électrique de Maribel s'interromprait, suivi ensuite du martèlement de ses petits pieds nus sur le plancher en bambou du corridor. Elle connaissait la musique. Ils sacrifiaient au même rituel tous les matins depuis qu'elle était venue vivre avec lui à Mason Ridge. Une fois ses dents brossées, elle se mettait en quête de *pa-pa*.

L'écho de son rire argentin résonnant dans la maison lui faisait l'effet d'un souffle printanier. D'autant qu'il avait traversé une phase plus ou moins destructrice au moment où elle était subitement entrée dans sa vie.

Le tambourinement de ses petits pas s'arrêta au bout du couloir. Silence. Elle s'étonnait certainement de ne pas l'avoir encore trouvé.

— Pa-pa ?

Opérant une roulade acrobatique, il jaillit à deux mètres d'elle et atterrit dos au sol, les bras grands ouverts.

Elle sursauta en poussant un cri de surprise, battit des mains et se jeta sur lui.

— Papa !

Grâce aux réflexes que lui avait inculqués l'entraînement militaire, il la réceptionna sans peine.

— Ze veux faire l'avion, papa ! réclama-t-elle aussitôt, de son élocution enfantine.

Dylan tendit les bras et se mit à la faire tournoyer.

— Vrrrrrr-vrrrrrr.

Un coup frappé à la porte de derrière interrompit soudain leur jeu matinal. C'était peut-être mieux ainsi. Dylan ne voulait pas la déposer encore en retard au jardin d'enfants. Il n'avait aucune envie d'affronter une nouvelle fois le regard réprobateur de Mme Applebee. Il n'était peut-être pas le père le plus ponctuel qui soit lorsqu'il s'agissait d'emmener sa fille à l'école, mais il l'adorait, et cela, personne ne pouvait le contester. Pas même la stricte Mme Applebee. D'ailleurs, elle avait beau mener sa barque avec une intraitable fermeté, elle n'en avait pas moins un cœur d'or. Et, plus important encore, elle aussi adorait Maribel.

Il reposa sa petite fille sur le sol.

— Papa voudrait te demander quelque chose, chérie. Va dans ta chambre, mets tes chaussures et prends ton sac… Comme une grande, d'accord ?

Elle essaya de négocier un autre tour d'avion mais il tint bon. On frappait de nouveau, plus fort cette fois, et il n'aimait pas l'urgence qui semblait accompagner ce son.

— Non, pas maintenant. Mais ce soir, promis, après le jardin d'enfants. OK, Bel ?

Elle fit la moue et plissa les yeux, l'air peu convaincue.

— Et on ira acheter une glace après, ajouta-t-il pour emporter son adhésion. Tu ne voudrais pas manquer la sortie à Dinosaur Park aujourd'hui, n'est-ce pas ?

— OK, concéda-t-elle en soupirant.

Elle pivota sur ses talons et s'éloigna comme une fusée vers sa chambre.

Les enfants en bas âge ne connaissaient décidément qu'un mode de fonctionnement et une vitesse : à fond, tout le temps, songea Dylan.

Il se dirigea en hâte vers la porte, les muscles encore chauds de ses pompes quotidiennes. Il aimait bien faire sa séance d'exercice avant que Maribel ne soit levée, pour se consacrer entièrement à elle sitôt qu'elle était réveillée. A trois ans, les enfants exigeaient une attention de tous les instants — ils n'avaient aucune conscience du danger.

Peu de gens se présentaient chez lui à la porte de service. En l'occurrence, c'était son amie Rebecca Hughes. Il l'invita à entrer.

— Tout va bien ? Il n'y a pas de problème avec Shane ?

Shane était le jeune frère de Rebecca. Elle l'avait récemment retrouvé après l'enlèvement dont il avait été victime à l'âge de sept ans. Dylan essaya de ne pas s'appesantir sur le fait que le malheureux n'avait que quatre ans de plus que sa Maribel quand il avait été arraché à Mason Ridge et à sa famille, tant d'années plus tôt. A cette idée, une bouffée de colère l'assaillit, produisant en lui le même effet que la foudre sur un paratonnerre.

— Oui, oui, il va bien. Ce n'est pas ce qui m'amène.

Un sentiment d'appréhension envahit Dylan.

— Alors, qu'est-ce que c'est ? Un souci avec Brody ?

Rebecca avait retrouvé son amour de lycée, qui était par ailleurs l'un des meilleurs amis de Dylan, quand l'homme responsable de l'enlèvement de son frère et elle, enfants, s'en était de nouveau pris à elle, un mois plus tôt.

Elle secoua la tête.

— Ce n'est peut-être rien. Mais ça fait maintenant quatre jours que Samantha ne répond pas sur son portable… J'ai un mauvais pressentiment.

— Tu as appelé son père ?

— Au magasin, on m'a dit qu'il était parti pêcher.

Le père de Samantha tenait l'unique quincaillerie de la ville.

— Et, donc, tu veux que je m'en occupe ?

Depuis qu'il avait ouvert sa société de conseil en sécurité l'année précédente, il lui était arrivé ponctuellement d'accepter de rechercher une personne disparue, mais jamais encore quelqu'un qu'il connaissait personnellement. Lui, Rebecca et Samantha avaient fait partie du même groupe d'amis très unis, étant enfants. Leur petite bande s'était défaite quinze ans plus tôt lorsque Rebecca et Shane avaient été enlevés.

Ces dernières semaines, la ville tout entière s'était focalisée sur la chasse à l'homme visant à coincer le Kidnappeur de Mason Ridge, ainsi que la presse l'avait baptisé, après qu'il avait subitement refait surface pour réduire définitivement Rebecca au silence. Ses recherches acharnées pour retrouver son frère lui avaient apparemment permis d'approcher d'un peu trop près la vérité. L'emprise de Thomas Kramer sur la communauté avait duré quinze ans, mais la chance avait fini par sourire à Mason Ridge et ses habitants et il avait — enfin — été identifié. Seulement, il ne pourrissait pas en prison car il avait péri dans un accident de la route. Quoi qu'il en soit, il ne constituait plus une menace.

Dylan réfléchit au mot « chance » qui lui était spontanément venu à l'esprit. Ce n'était pas vraiment le terme adéquat. Lui, il croyait à la réalité, au dur labeur quotidien. La chancc, c'était pour les vieilles rombières qui allaient jouer aux machines à sous au casino, pour les gogos qui croyaient à tout, y compris à ce qu'ils ne voyaient pas. Pour les doux rêveurs qui tiraient des plans sur la comète. Dylan était beaucoup trop terre à terre pour tomber dans ce piège. Chacun créait les conditions de sa propre chance.

Doté d'un ordinateur dernier cri, d'un puissant réseau de contacts et des compétences qu'il avait acquises au sein de l'armée, il ne comptait nullement sur le hasard pour aider ses clients à résoudre leurs problèmes.

Pour autant, le mauvais pressentiment que la visite de Rebecca avait déclenché ne le quittait pas.

Maribel déboula en courant dans la pièce et se précipita droit vers Rebecca. Elle enroula ses bras frêles autour de ses jambes.

— Tatie Becca !

— Salut, ma belle, répondit Rebecca en se penchant pour embrasser la petite fille.

Toutes deux s'étaient liées d'amitié en un rien de temps. Dylan en concevait d'ailleurs une légère inquiétude. Rebecca était quelqu'un de merveilleux, bien sûr, mais si Maribel s'était attachée aussi rapidement à elle, c'était certainement parce que sa mère lui manquait. Il avait placé une photo de Lyndsey sur la table de chevet de Maribel pour qu'elle puisse l'embrasser tous les soirs en allant au lit. Il était important qu'elle sache combien sa mère l'avait aimée. Et plus important encore, aux yeux de Dylan, qu'elle sache que sa mère l'avait *désirée.*

D'une certaine façon, il comprenait désormais pourquoi Lyndsey lui avait caché l'existence de leur fille. Cela tenait en partie à lui. N'avait-il pas toujours déclaré qu'il ne voulait pas d'enfants, ne voulait pas se marier ? Combien de fois n'avait-il pas répété que la chose la plus cruelle qu'un adulte puisse faire à un enfant était de lui donner naissance ?

Et son passé de mauvais garçon n'avait pas aidé. Il aurait été bien mal venu de sa part d'en vouloir à Lyndsey. Elle avait eu raison. Elle avait cherché à protéger son enfant.

Mais, Dieu merci, le destin avait voulu que cette petite fille entre dans sa vie… Et il s'en félicitait tous les jours. Son seul regret était de ne pas l'avoir su plus tôt — que Lyndsey n'ait même pas envisagé l'éventualité qu'il puisse se réjouir d'apprendre qu'il avait un enfant. Avait-il été indigne à ce point ?

La réponse était toute trouvée. Oui.

Sinon, Lyndsey lui aurait fait confiance. Combien de fois n'avait-il pas dit, lorsqu'ils traînaient au lit, le matin, que leur vie était parfaite telle qu'elle était… Il avait été si catégorique qu'il avait presque failli s'en persuader lui-même.

Mais, tout au fond, il avait désiré fonder une famille. Seulement, il n'avait jamais eu le courage de le reconnaître, persuadé que cela aboutirait forcément à un fiasco. L'histoire qui se répète, etc. A ceci près qu'il n'avait rien à voir avec ses parents. Il avait fait tout ce qu'il fallait pour cela.

Et pourtant, il n'avait pas été à la hauteur vis-à-vis de Lyndsey. A cause de son entêtement, elle avait vécu sa grossesse seule. Puis avait eu son bébé seule. Pour couronner le tout, elle avait passé les deux premières années de la vie de Maribel sans recevoir d'aide de sa part.

Bien sûr, il aurait agi différemment s'il avait su. Il n'en restait pas moins qu'elle avait été seule au moment où elle avait le plus besoin de lui. Et qu'elle était morte avant qu'il ait pu s'amender.

Elle était pour ainsi dire dans le coma quand il était allé la voir, incapable de communiquer. Tout ce qu'elle avait pu accomplir, c'était presser sa main quand il lui avait demandé pardon de ne pas avoir été présent.

Il soupira. Il avait refoulé tous ces souvenirs au plus profond de lui. Pourquoi resurgissaient-ils en cet instant ?

Avec le recul, son point de vue de l'époque paraissait ridicule… Sa vie lui semblerait bien fade sans la présence de sa fille. La maturité avait fait son œuvre, certes… Mais jamais il n'aurait rejeté Maribel. Cela, apparemment, Lyndsey ne l'avait pas compris. Elle n'avait eu en tête que son côté irréductible.

Il se tourna vers Rebecca.

— Il faut que j'emmène Maribel à l'école puis que je passe quelques appels. Tu veux m'attendre ici ? Il y a du café.

— Je voudrais bien, mais on a un poulain mal en point qui monopolise l'attention de Brody. Mieux vaut que je rentre pour m'occuper des autres chevaux.

Elle avait emménagé avec Brody peu après leurs retrouvailles et ils étaient sur le point d'annoncer la date de leur mariage. Ils formaient une belle équipe tous les deux, à la tête du centre d'hébergement et de protection pour chevaux qu'avait créé Brody. Le travail semblait convenir à Rebecca.

A moins que ce ne soit simplement le fait d'avoir trouvé l'homme qui était capable de la rendre heureuse.

Dylan avait d'autres chats à fouetter, cependant, que de songer aux complications que lui aurait apportées le fait d'avoir une femme dans sa vie. Il était déjà en permanence au bord de l'épuisement avec son petit ange haut comme trois pommes.

— Je peux déposer Maribel, si tu veux. C'est sur mon chemin, offrit Rebecca.

Etait-ce une façon de l'inviter à rechercher Samantha sur-le-champ ?

Maribel sautillait déjà d'excitation en battant des mains.

Il hocha la tête à l'adresse de Rebecca. Mais déléguer à un tiers la mission qu'il mettait un point d'honneur à accomplir lui-même chaque matin lui pesait un peu. C'était la nounou, Mme Anderson, qui allait en général chercher Maribel l'après-midi. Elle préparait le dîner et restait jusqu'au retour de Dylan, quelle que soit l'heure. Elle assurait avoir besoin de s'occuper depuis qu'elle était devenue prématurément veuve, à l'âge de soixante ans. Quand Dylan l'avait engagée, elle avait même proposé de venir chercher Maribel pour l'emmener le matin, mais Dylan avait décliné l'offre. Il n'avait pas envie de renoncer à s'occuper lui-même de Maribel durant ce moment privilégié. Peut-être les circonstances dans lesquelles il avait découvert l'existence de sa fille, l'année précédente, avaient-elles été un peu brutales, mais elle était là et bien là désormais, dans sa vie comme dans son cœur. Il n'imaginait plus l'existense sans elle.

En outre, du fait qu'il était son propre patron, il pouvait travailler de chez lui quand bon lui semblait et organiser ses horaires à sa guise. Si jamais il devait s'absenter un ou deux jours, Mme Anderson venait sans problème.

— Je vais téléphoner à la directrice pour la prévenir que j'ai un empêchement et que je ne pourrai pas participer à la sortie scolaire comme prévu.

Rebecca fit la moue.

— Ça m'ennuie…

— J'ai d'autres obligations aujourd'hui, de toute façon, la rassura Dylan. Je suis sûr qu'Applebee ne m'en voudra pas… D'autres parents se sont proposés pour accompagner.

Mais Maribel fronçait les sourcils.

Aussi Dylan mit-il un genou à terre et ouvrit les bras.

— Hé, ma belle, chacun son tour. Les autres parents aussi ont envie de participer aux activités de leurs enfants. Allez, viens embrasser papa.

Maribel hésita puis se pencha vers lui. Il la serra dans ses bras et l'embrassa sur le front.

Avec un peu de chance, il aurait bouclé sa mission à temps pour mettre sa précieuse petite fille au lit. La perte de sa maman, l'année précédente, avait été une terrible épreuve pour elle, et l'une des raisons pour lesquelles il tenait tellement à voir sa société de conseil en sécurité prospérer rapidement était qu'il puisse être auprès d'elle aussi souvent que possible et qu'elle puisse grandir entourée de gens qui l'aimaient. Il n'avait malheureusement pas le pouvoir de lui rendre sa mère, mais il s'était juré de faire en sorte que leur petite Bel sache qu'elle avait toujours été désirée et aimée. Contrairement à lui, que ses parents avaient expédié chez sa grand-mère à l'âge de six mois parce que s'occuper d'un bébé était trop astreignant pour ces hippies anticonformistes. Ils s'étaient séparés un an plus tard et n'étaient ensuite venus le voir qu'en de rares occasions. Pas de cartes d'anniversaire. Rien lors de la remise des diplômes. Et pareil pour le baptême de sa fille.

Non, Maribel ne connaîtrait jamais cela, songea Dylan.

Justement, elle se tournait vers Rebecca, s'apprêtant manifestement à s'élancer vers la porte.

— Hé ! reste un peu par-là ! dit-il en la rattrapant par les épaules et en l'aidant à arrimer son sac à dos.

Il la serra dans ses bras et la couvrit de nouveau de baisers.

Fin prête, elle alla donner la main à « Tatie Becca » et se retourna en agitant l'autre.

— Au revoir, papa !

— Bonne journée à l'école, ma chérie. Tu vas apprendre encore des tas de choses…

— Et après, ze saurai plus de soses que toi ! lança-t-elle de sa voix aiguë.

Cet adorable zézaiement… Le pédiatre lui avait assuré qu'il disparaîtrait de lui-même sous peu. Certes, il aurait pu contribuer à accélérer le processus en lui faisant travailler sa prononciation, mais c'était tellement mignon… Comme il avait manqué les deux premières années de sa vie, une part de lui avait instinctivement tendance, égoïstement, à ne pas vouloir qu'elle grandisse trop vite.

— Exactement : tu sauras plus de choses que moi.

Il suivit du regard sa fille que Rebecca installait dans le siège auto et il demeura debout devant la fenêtre jusqu'à ce que la berline bleue ait disparu au bout de l'allée.

Son ordinateur portable étant déjà allumé, il se servit une nouvelle tasse de café et s'assit devant le comptoir, songeur. Il manquait une présence féminine à Maribel. Il en avait conscience. Mais sa vie était déjà trop remplie pour qu'il puisse entretenir une relation. C'était compliqué. Cela exigeait du temps, de la communication, de l'engagement. Pour l'heure, tout ce qu'il désirait, c'était boire tranquillement son café et se plonger dans cette nouvelle affaire.

Il lui fallut environ une heure de recherches pour découvrir que Samantha avait retiré cinq mille dollars en liquide de son compte en banque quatre jours plus tôt. Le retrait coïncidait parfaitement avec le moment de sa disparition. Pouvait-on l'avoir forcée à retirer cette somme avant de la tuer et d'abandonner son corps quelque part ? Non… C'était aller trop vite en besogne. Il y avait d'autres possibilités. Peut-être avait-elle décidé de plier bagage et de prendre quelques vacances ? Tout le monde était sur les nerfs après les récents événements.

Un bref appel à son employeur eut tôt fait d'écarter cette hypothèse. Samantha ne s'était pas montrée depuis une semaine et n'avait pas prévenu de son absence.

En une nanoseconde, l'éventualité d'un acte criminel resurgit.

Dylan éplucha tous les sites d'information en ligne, en quête de crimes impliquant des victimes de sexe féminin non identifiées, à la date où Samantha avait effectué le retrait. Sans rien trouver.

Il poussa un soupir de soulagement.

Dallas comptait des douzaines d'hôpitaux — sans parler de ceux situés en banlieue. Il circonscrivit ses recherches à un périmètre de huit kilomètres autour du domicile et du lieu de travail de Samantha, ce qui abaissa le nombre d'établissements à cinq.

Il les appela mais aucun d'eux n'avait admis une patiente non identifiée.

Il s'obligea alors à composer le numéro de la morgue, la mort dans l'âme… Mais il fallait en avoir le cœur net.

Heureusement, aucune inconnue ne leur avait été amenée au cours de la semaine écoulée.

Le soulagement de Dylan fut plus intense encore.

Ayant épuisé les solutions les plus évidentes, il lui fallait désormais envisager d'autres possibilités. La première étant qu'elle fuyait peut-être quelque chose… Mais quoi ?

Il s'agissait de Samantha, il la connaissait personnellement depuis plus de quinze ans, bon sang ! S'il y avait eu chez elle le moindre penchant criminel, il y aurait eu des signes… Des mensonges, des affabulations ?

Evidemment, leur petit groupe d'adolescents s'était désagrégé après la disparition de Shane mais ils avaient tous fréquenté le même lycée, les mêmes cercles d'amis. Se pouvait-il qu'il ne l'ait pas connue aussi bien qu'il le croyait ?

Issue d'une famille de la classe moyenne, elle était la cadette de quatre enfants. Son père étant commercial, elle avait beaucoup déménagé dans son enfance. Il avait ensuite utilisé toutes les économies de la famille pour louer un local sur la place principale et ouvrir une quincaillerie après la mort de sa femme. Samantha était en CM2 lorsque la famille s'était ainsi établie à Mason Ridge. Juste un an avant que ne se produise la tragédie… Elle avait été bonne élève. Ses prouesses au sein de l'équipe de volley-ball du lycée lui avaient permis de décrocher une bourse pour une petite université dans l'Arkansas. C'était à ce moment-là qu'il avait perdu le contact avec elle.

Ses frères étaient partis eux aussi, éparpillés dans différentes universités, puis ils s'étaient installés à distance les uns des autres, dans les villes où ils avaient fait leurs études. Aux dernières nouvelles qu'en avait eues Dylan, ils avaient fondé leur propre famille. Le problème se situait plutôt du côté maternel. Plusieurs des oncles de Samantha avaient des casiers judiciaires longs comme le menu d'un restaurant chinois. Mais Samantha n'en parlait jamais. Probablement parce qu'elle ne les voyait pas, conclut Dylan.

Il composa le numéro de son portable. L'appel bascula directement sur la messagerie vocale.

L'idée que l'un de ses parents peu recommandables ait

pu lui attirer des ennuis ne cadrait pas. Jamais elle ne se serait compromise avec eux.

Il appela un ami, expert technique, vers qui il se tournait pour accéder au contenu de bases de données informatiques ou de téléphones portables. Pas un pare-feu, si sophistiqué soit-il, ne résistait à Jorge. C'était le Houdini des hackers.

Il décrocha à la deuxième sonnerie. Pas étonnant de la part d'un homme qui passait vingt-quatre heures sur vingt-quatre, sept jours sur sept devant son ordinateur.

— Salut. Qu'est-ce que je peux faire pour toi ?

— Je recherche une personne disparue, expliqua Dylan. J'ai besoin de savoir avec qui elle a été en contact les jours qui ont précédé sa disparition.

— OK. Quel numéro ? lança-t-il, allant comme à son habitude droit au but.

Dylan le lui indiqua. Jorge répéta les chiffres, que Dylan confirma.

— Bien. Attends une seconde…

Il tapota sur son clavier.

— Je n'ai pas de localisation, mais je vois avec qui elle a parlé. Ah, d'ailleurs, je reconnais ton numéro. Tu connais cette fille ?

— C'est une amie.

— J'ai entendu parler de ce qui s'est passé dans ton trou perdu. Je suis content qu'ils aient eu ce type. Du coup, on voit l'expression *se faire allumer* sous un autre jour…

Quand Jorge plaisantait, il ne faisait jamais dans la dentelle mais Dylan le comprenait. Quand elles se sentaient débordées par leurs émotions, les femmes se réunissaient autour d'un verre de vin pour discuter ; les hommes, eux, désamorçaient le malaise en plaisantant. Dylan ne remettait pas en cause le bien-fondé de l'une ou l'autre de ces méthodes. La réaction de Jorge correspondait simplement à la façon qu'avaient les hommes d'évacuer le stress causé par une situation qui les dépassait.

— Je t'enverrai la liste des numéros par mail, mais il y a un truc bizarre… Elle a reçu plusieurs appels d'un téléphone prépayé au cours des jours qui ont précédé sa disparition.

— Et plus aucun ensuite ?

La nouvelle n'était pas rassurante. C'était même précisément le genre d'information que Dylan redoutait — auquel il ne voulait pas croire.

— Non. Tu auras le numéro dans la liste mais ça ne servira à rien de l'appeler… La ligne a été désactivée.

— Donc, tu n'as aucun moyen de localiser l'appareil ?

— Eh non. Ton amie s'est mise dans le pétrin ?

— Il semblerait, répondit Dylan, les dents serrées.

D'autres scénarios s'esquissaient dans sa tête, pas plus réjouissants les uns que les autres.

Il remercia Jorge et mit fin à la communication.

Puis il passa une bonne partie de la matinée à retrouver le propriétaire de Samantha à Dallas. Celui-ci accepta d'aller jeter un coup d'œil à son appartement. Sa voiture n'était pas sur sa place de parking dans le garage de l'immeuble. Quelques tiroirs étaient restés ouverts dans sa chambre et le plan de toilette, dans la salle de bains, était vide. D'expérience, Dylan le savait : une femme ne partait jamais nulle part sans sa trousse de maquillage.

Une pile de courrier non ouvert était posée sur le comptoir de la cuisine. Exception faite de quelques objets de première nécessité, il ne manquait presque rien. Apparemment, elle n'avait pas emporté grand-chose. Un départ précipité suggérait bien une fuite, ainsi que Dylan l'avait craint. Mais, de nouveau, la même question se posait : qu'aurait-elle fui ? Ou qui ?

Sortait-elle avec quelqu'un ?

Bon sang, pourquoi n'avait-il pas commencé par là ? Bien souvent, la plus grave menace pesant sur une femme était l'homme qui était le plus proche d'elle : un petit ami, un compagnon, un conjoint.

Les poings de Dylan se refermèrent brièvement à l'idée d'un homme portant la main sur une femme... Idée qui lui répugnait d'autant plus qu'il était désormais père. Que quiconque s'essaie seulement à faire du mal à Bel...

La colère explosa en lui comme une volée de chevrotine. Il fit un effort sur lui-même pour revenir à la raison. Sa fille n'était pas en cause et il avait besoin de concentrer toute son attention sur Samantha.

La retrouver s'annonçait particulièrement difficile. Il s'en tiendrait dans un premier temps au Texas. Austin était sa ville préférée... Du moins l'avait-elle été autrefois. Décidant de suivre son pressentiment, il commença par la ville qui avait la réputation — non usurpée — d'être la capitale de la musique vivante des Etats-Unis. Samantha avait probablement choisi un endroit qui lui était familier.

Restait à délimiter le périmètre de recherche. Cela fait, la localiser serait sans doute un jeu d'enfant... Si elle était bien là-bas.

Voyons... Elle aurait probablement opté pour une maison près du campus afin de pouvoir facilement se fondre dans la foule des étudiants en revêtant un short et un sweat-shirt à capuche.

Une rapide recherche sur Internet lui apprit qu'il y avait trois cent quatre-vingt-sept maisons à louer dans la ville d'Austin, mais seulement vingt-trois sur le campus ou à proximité de celui-ci. Il appela le bureau pour savoir lesquelles avaient été retirées du marché le jour où Samantha s'était évaporée dans la nature. Le nombre s'abaissa à deux.

Dylan paria sur celle qui était la plus proche du campus. Mauvais choix. Elle avait été louée par quatre étudiants. La chance lui sourit à la deuxième.

Après avoir prévenu Mme Anderson qu'il était obligé de quitter la ville, il prépara un sandwich qu'il mangerait en route et jeta précipitamment quelques affaires dans son sac de voyage. Ses espoirs d'être rentré à temps pour mettre Maribel au lit l'abandonnèrent tandis qu'il fermait la glissière du sac. Le trajet lui prendrait plus ou moins quatre heures, en fonction du trafic sur l'I-35. Il laissa donc un mot à Mme Anderson, lui demandant de lire « Bonsoir Lune » à sa fille en la couchant.

Calé contre un arbre à quelques maisons de celle qu'occupait Samantha, Dylan surveillait les environs. Il avait pris sa petite berline plutôt que son SUV pour mieux se faufiler dans la circulation d'Austin. D'après les renseignements qu'il avait pris sur Internet, un bus n'allait pas tarder à passer prendre tous les étudiants qui attendaient à l'arrêt, non loin de lui. Avec son mètre quatre-vingt-neuf et sa musculature, il pouvait donner le change et passer pour un étudiant sportif de haut niveau. Il avait pris soin de revêtir un pantalon au motif camouflage et le T-shirt orange à l'effigie de l'Université du Texas qu'il avait acheté dans une station-service en arrivant en ville. Son sac accroché à l'épaule, il faisait de son mieux pour se fondre dans la masse.

Si Samantha avait des problèmes ou était retenue en otage, la dernière chose à faire était d'attirer l'attention de son geôlier. Car Dylan était forcé d'envisager l'éventualité qu'elle ne soit pas venue de son plein gré. En temps normal, il ne laissait jamais rien au hasard. Alors, s'agissant d'une amie d'enfance…

Elle apparut tout à coup, traversant la rue pour rentrer chez elle. Le pouls de Dylan s'accéléra un peu. Avec sa haute silhouette, ses longues jambes, sa démarche tonique et déliée, Samantha aussi pouvait aisément passer pour une étudiante athlète. Ses années de pratique du volley-ball au lycée avaient payé.

Dylan mit ses lunettes jumelles pour mieux l'observer. Le marron glacé de ses longues mèches et de la frange qui venait frôler ses sourcils faisait ressortir le bleu intense de ses yeux en amande. On ne voyait qu'eux dans son beau visage ovale. Samantha avait toujours été belle. Cela n'avait pas changé. Et intelligente aussi. Aurait-elle, malgré cela, commis une bêtise ? Non, quelqu'un se serait certainement rendu compte de quelque chose, à Mason Ridge, si tel avait été le cas.

Les filles bien étaient parfois attirées par des hommes qui n'étaient pas pour elles. Jusque-là, il n'avait pas vu trace d'un petit ami. Tant mieux. Ce serait plus facile de l'aider dans ces conditions — sans compter que la savoir en fuite avec un homme lui aurait singulièrement déplu.

Comme elle jetait un coup d'œil autour d'elle, l'air plus nerveuse qu'effrayée, ses longs cheveux fluides volèrent autour de sa tête, dégageant un gracieux cou de cygne.

Le pouls de Dylan battit un peu plus fort encore. Il baissa vivement les yeux et fit mine d'être absorbé par la lecture de son journal tout en continuant à la scruter par en dessous.

Elle déverrouilla la porte, regarda encore à droite puis à gauche et se faufila à l'intérieur.

Souffrait-elle de paranoïa ?

Dylan résista à la tentation de foncer droit vers sa porte et de lui demander sans préambule ce qui se passait. Ç'aurait été une erreur. D'une part, il ne savait pas dans quoi il mettait les pieds et, d'autre part, il ne voulait pas encore dévoiler son jeu.

Comme le bus arrivait, il rangea ses lunettes jumelles dans son sac.

La foule d'étudiants se plaça en ligne. Il fit semblant de les imiter mais, à la dernière minute, pivota sur lui-même, baissa la tête et se dirigea à pas rapides de l'autre côté de la rue.

Se glissant sur le côté de la maison, il se courba en deux pour ne pas être vu des fenêtres tout en veillant à ne pas se piquer sur la haie de houx qui bordait l'allée. Il fit le tour de la bâtisse, jetant un œil à l'intérieur par les interstices des persiennes. Apparemment, Samantha était seule.

La porte arrière était fermée à clé. Il lui fallut moins de cinq secondes pour la déverrouiller. Lentement, il l'ouvrit et s'avança dans la cuisine. Il avait déjà repéré la configuration des lieux. En se servant du satellite du Département de la Défense, il avait zoomé sur la maison et pris des photos sous tous les angles, de l'extérieur comme de l'intérieur. Il connaissait jusqu'à l'emplacement du mobilier. Mémoriser un endroit jusque dans les moindres détails lui était facile ; c'était une habitude qu'il avait contractée dans l'armée.

Il y avait deux chambres et une cuisine sur l'arrière, dont chacune avait une porte ouvrant sur la salle à manger. La chambre principale donnait sur le salon. En d'autres termes, l'endroit était un vrai labyrinthe.

Samantha était assise dans la salle à manger, tapotant sur son ordinateur. La pièce ressemblait à une salle d'étude, avec plusieurs tables poussées contre les murs au lieu d'une grande table disposée en son centre avec des chaises autour.

Jouant la prudence, Dylan empoigna son Glock et s'encadra dans l'embrasure de la porte.

— Qu'est-ce que tu fais ici, Samantha ?

Elle sursauta violemment et le considéra, interloquée. Il n'y avait qu'elle dans la pièce. Il abaissa son arme.

— Ce que, *moi,* je fais ici ? s'étrangla-t-elle. Ce serait plutôt à *toi* qu'il faudrait poser cette question, Dylan.

Son intonation accusatrice claqua dans l'air, telles les détonations d'un peloton d'exécution. Un mélange d'affolement et de frayeur passa sur ses traits. Elle était droite comme un i, le regard braqué sur son arme.

La crainte qui se lisait dans ses yeux le toucha.

— Je ne te veux aucun mal, dit-il en jetant un regard à la ronde. Il y a quelqu'un d'autre que toi ici ?

— Pas que je sache, répondit-elle, ses yeux se portant vers la porte d'entrée.

— Qu'est-ce que ça signifie ?

— Tu n'as pas été suivi ? questionna-t-elle.

Le soupçon qui brilla dans son regard l'affecta aussi sûrement que l'aurait fait un verre de tequila au saut du lit, et produisit une brûlure similaire dans sa poitrine.

— Non.

— Tu en es sûr ?

Toujours ce ton accusateur.

— Oui.

Ce n'était pas l'accueil auquel il s'était attendu.

— Et je suis censée te croire sur parole ?

— Rien ne t'y oblige, ma belle. Mais c'est moi, Dylan… Tu me connais.

Son expression paniquée le peinait. De quoi avait-elle donc tellement peur ? Ou que pouvait-elle avoir à se reprocher pour que le découvrir chez elle la mette dans cet état ?

Elle n'aurait pas été plus pâle si elle avait vu un fantôme.

— Comment as-tu trouvé l'endroit où j'étais ?

Elle ne semblait pas disposée à lâcher un pouce de terrain.

— Par Internet. Ça n'a pas été très difficile, dit-il posément pour tenter de la calmer.

— Bon sang ! Si ça a été aussi facile que ça, alors lui aussi peut me retrouver. Il faut que je m'en aille d'ici !

Ah ! enfin un élément nouveau ! songea Dylan. Elle avait peur de quelqu'un. Il lui jeta un regard compatissant.

— De qui parles-tu ? Un petit ami ?

Elle secoua la tête.

— Alors, qui ? Qui est à tes trousses ? Je peux t'aider.

Pas de réponse. Il fallait s'y prendre autrement. La persuader de monter dans sa voiture. En quatre heures de trajet dans l'habitacle exigu, il parviendrait bien à gagner sa confiance et à en apprendre un peu plus.

Elle garda le silence.

— Tout le monde est très inquiet, Samantha. Rentre avec moi. Tu m'expliqueras tout en chemin, proposa-t-il en avançant, la main tendue, espérant la rassurer en lui rappelant leur amitié.

— Non, c'est trop risqué. Il me retrouvera.

Toujours le même air d'animal effrayé.

— Qui ça, « il » ?

— Thomas Kramer, lâcha-t-elle en tremblant.

— Quoi ? Le Kidnappeur de Mason Ridge ?

Dylan la contempla, stupéfait. Il observa ses pupilles. Avait-elle pris de la drogue ? Ce n'était pas dans ses habitudes, mais qui sait ?

De la terreur pure se lisait dans ses yeux. Pourquoi ?

— Il est mort, ma belle. Ce n'est plus qu'un tas de cendres, tu le sais bien. Là où il est, il ne risque plus de te faire de mal.

Mais elle demeura plantée là, tremblante, l'air perdu.

Bon sang !

Il fit encore un pas en avant pour la réconforter mais elle se figea. Il s'arrêta net.

— Je ne peux pas rester ici, gémit-elle. Cette maison n'est plus sûre. Il va me retrouver.

— Mais enfin, de quoi parles-tu ?

Elevant les mains en signe d'apaisement de peur qu'elle ne prenne la fuite, il esquissa lentement un pas.

— Je vais m'asseoir sur le canapé pour qu'on puisse discuter tranquillement de tout ça.

Comme il joignait le geste à la parole, elle se leva et marcha nerveusement jusqu'à la fenêtre. Elle jeta un regard anxieux au-dehors à travers les persiennes.

— Il t'a peut-être suivi jusqu'ici, dit-elle d'une voix tendue en se retournant.

Cet effroi dans son regard, dans sa voix… Elle ne jouait pas la comédie. Elle avait réellement très peur. Seul hic : Thomas Kramer était mort.

— Assieds-toi à côté de moi et raconte-moi ce qui s'est passé, reprit-il calmement.

— Le temps presse, plaida-t-elle en lui lançant un regard suppliant avant de retourner vers le bureau où se trouvait son ordinateur.

Elle ouvrit un tiroir.

— Attends…, fit-il.

En deux enjambées, il combla l'espace qui les séparait et couvrit sa main de la sienne, redoutant un geste désespéré.

Un frémissement le traversa. Il préféra à nouveau l'ignorer.

Elle tenait un objet dans sa main gauche, si serrée que ses phalanges blanchissaient. Il retourna sa main, paume vers le plafond.

— Qu'est-ce que tu as dans la main ? Ouvre-la, lentement.

Ses doigts se déplièrent, révélant une poignée de billets.

— C'est pour quoi faire, Samantha ?

— Rien. Prends cet argent et va-t'en.

— Quoi ? Tu veux me payer pour que je parte ? Tu plaisantes ? Ecoute, c'est à la demande de Rebecca que je suis ici.

Si elle refusait de lui parler à cause de leur passé, peut-être se laisserait-elle amadouer si elle savait qu'il était venu de la part de son amie ?

— Elle n'aurait pas dû s'en mêler, riposta Samantha. Tout ça ne regarde que moi.

Dylan retint un soupir. Rien ne semblait devoir marcher. Aucune tentative.

Elle s'agitait de plus en plus. Peut-être qu'en faisant appel à son bon sens…

— Ecoute, je ne cherche qu'à t'aider, mais comment veux-tu que je fasse si tu ne me dis pas ce qui se passe ?

Elle parut hésiter puis finalement se ravisa.

— Non. D'abord, moi-même je n'y comprends rien… Et puis c'est trop dangereux.

Dylan relâcha sa main et s'écarta d'elle… Rompant le contact avant qu'elle ne se rende compte de la réaction physique qu'elle avait déclenchée chez lui. Sans succès. La tension continua à croître en lui, irrépressiblement.

— Il me tuera et il tuera tous ceux que j'aime.

2

— Personne ne te fera de mal, Samantha. Et, en tout cas, certainement pas un mort.

Dylan sortit son téléphone de sa poche et marqua une pause, le pouce sur le numéro de Brody.

— Tes amis se font un sang d'encre pour toi. Il faut que je les appelle pour les rassurer et leur dire que je t'ai trouvée.

Elle secoua frénétiquement la tête.

— Non, surtout pas ! Il le saura. Je ne sais pas comment… Mais il le saura si tu fais ça. Et nous serons tous en danger !

— Est-ce que ça a un rapport avec les appels que tu as reçus avant de disparaître ?

Une question tenaillait Dylan depuis quelques instants : quelqu'un manipulait-il Samantha en utilisant la crainte que lui inspirait le Kidnappeur ?

Une expression choquée se peignit sur ses traits. Elle se reprit rapidement et passa ses paumes ouvertes sur les jambes de son jean.

— Tu ne me crois pas, déclara-t-elle tout en regardant autour d'elle comme si elle cherchait une échappatoire.

Manifestement à bout de nerfs, terrorisée, elle était comme un animal sauvage pris au piège par un chasseur. Ce genre de situation tournant rarement à l'avantage dudit chasseur, Dylan leva de nouveau la main, son portable bien en vue.

— OK, ma belle. Tu vois, je n'appelle pas. Je suis là, avec toi. Tu vas tout me raconter pour que je puisse te venir en aide, d'accord ?

— Tu ne comprends pas… Je sais que ça a l'air dingue, mais Thomas Kramer est à mes trousses, je te dis !

Les yeux agrandis par la frayeur, elle se rua vers la porte.

Dylan n'eut que le temps de lâcher son téléphone pour se précipiter à sa suite et l'attraper par-derrière.

Elle se débattit comme un beau diable, cria, et réussit à lui envoyer le genou dans le bas-ventre.

Plié en deux, il resserra son emprise autour de sa taille, s'obligeant à respirer à fond le temps que la douleur et la nausée se dissipent.

Dire qu'il l'avait presque plainte alors qu'elle n'avait fait qu'endormir sa vigilance à coups d'explications fumeuses en attendant la première occasion de lui fausser compagnie ! L'expérience le lui avait appris : les innocents ne prenaient pas la poudre d'escampette.

— Tiens-toi tranquille ! ordonna-t-il d'un ton bref.

Les bras d'acier de Dylan lui emprisonnaient les hanches tels des étaux et il formait contre son dos une muraille de muscles.

Samantha ne pouvait lui en vouloir de réagir ainsi… après le coup bas qu'elle lui avait porté.

Elle aurait bien voulu se confier à Dylan, mais c'était impossible. Le Kidnappeur de Mason Ridge était revenu et l'avait agressée dans le parking de son bureau. Son père lui-même lui avait confirmé le retour du Kidnappeur et demandé de ne pas tenter de le retrouver. Il lui avait enjoint de se cacher et de ne pas refaire surface tant qu'il n'aurait pas démêlé l'imbroglio qui avait commencé quinze ans plus tôt. Après quoi, il avait disparu.

Même si Dylan ne le savait pas, elle le protégeait, *lui*, également. Il n'avait pas à être mêlé à tout ça et elle en avait déjà trop dit.

Cette poignée de porte était si proche…

Rassemblant ses forces, elle banda tous les muscles de son corps et décocha un bon coup de coude à Dylan en plein plexus solaire. S'il avait réussi à la localiser, Kramer le pourrait aussi, et son père l'avait prévenue : le Kidnappeur de Mason Ridge se servirait d'elle pour le forcer à sortir de son trou.

Bien sûr, Kramer n'était peut-être plus qu'un tas de cendres, ainsi que l'avait rappelé Dylan, mais quelqu'un pouvait très bien utiliser son identité afin de demeurer dans l'ombre.

Dylan toussa, grommela quelques mots choisis puis la fit pivoter sur elle-même. Ses doigts s'enfonçaient dans la chair de son épaule.

Elle ne pouvait plus faire un mouvement.

— Joue-moi encore un tour de ce genre-là et je te promets que tu le regretteras ! gronda-t-il, ses yeux verts lançant des éclairs.

D'aussi près, son visage était tout en plans et en angles, avec une mâchoire solide, carrée, des yeux pétillants d'intelligence. Le terme « séduisant » ne suffisait pas à le décrire. Ce n'était pas un « joli garçon ». Non, il était l'incarnation même de la force brute, du charisme. Rien qu'à ses traits rudes, on devinait qu'il n'avait besoin de personne et traçait sa route seul. Ses cheveux blond clair coupés court rappelaient qu'il avait été militaire. Pas moyen de lui échapper par l'affrontement, même si elle était presque aussi grande que lui, avec son mètre quatre-vingt-deux. Avoir grandi avec trois frères aînés lui avait appris deux ou trois choses concernant ses limites — ses limites physiques, en tout cas.

— Tu me fais mal, biaisa-t-elle.

Avec un peu de chance, il desserrerait suffisamment sa prise pour qu'elle puisse prendre la fuite.

— Désolé. Mais c'est toi qui l'as voulu. A l'instant où je lâcherai, tu en profiteras pour t'enfuir. Nom d'un chien, Samantha, c'est moi, *Dylan* ! Je te l'ai déjà dit mais ça vaut la peine de le répéter : tu peux me faire confiance.

— Très bien. Libère-moi et je te promets de ne pas tenter de m'évader.

— Et tu voudrais que je te croie sur parole ?

— Oui.

A son regard vert, aussi imperturbable que la surface d'un lac, elle n'obtiendrait rien de cette façon. Elle opta donc pour une autre tactique. Les probabilités qu'il croie son histoire rocambolesque étaient faibles mais, si elle voulait avoir une chance, elle devait lui fournir au moins un élément concret.

— Ecoute, comme je disais, ça paraît insensé, mais soit Kramer est revenu d'entre les morts, soit quelqu'un se fait passer pour lui.

Il l'observa avec une expression indéchiffrable. La croyait-il folle ? Un soupçon de curiosité flottait au fond de ses yeux.

— Dylan, tu as ma parole. Je ne tenterai pas de fuir. Maintenant, lâche-moi.

Elle remua les épaules. A son grand étonnement, il obtempéra.

— Il faut quand même que tu m'expliques, Samantha… Parce que, pour le moment, tu donnes l'impression de t'être rendue coupable de… de je ne sais quoi d'assez grave pour avoir jugé bon de prendre la tangente. Si je ne te connaissais pas, franchement, je serais tenté d'appeler les flics.

Il reprit son téléphone, comme pour donner plus de poids à ses paroles.

— Non ! Surtout pas la police. Promets-le-moi.

Elle se frictionna le haut des bras pour faire circuler le sang, essayant d'imaginer ce qu'elle pouvait révéler sans impliquer son père. Elle avait envie de faire confiance à Dylan, mais c'était un trop gros risque à courir. Une fois mis au courant, il n'accepterait jamais de rester en dehors de tout cela. Ce n'était pas son genre.

— Désolé de t'avoir fait mal, dit-il en se dirigeant vers le canapé. Asseyons-nous.

— Inutile. Ça va.

Les yeux verts la transpercèrent. Il avait été plutôt indomptable durant l'adolescence et, à la lueur qui dansait dans son regard, cet aspect de sa personnalité ne s'était pas totalement estompé avec la maturité.

— Ecoute, soit tu viens t'asseoir gentiment avec moi pour discuter, soit je t'attache jusqu'à ce que tu me dises la vérité. A toi de voir.

Elle s'avança jusqu'au canapé et s'y laissa tomber. Intérieurement, elle bouillait de colère. Tout le monde croyait l'affaire du Kidnappeur de Mason Ridge terminée. A tort. Il était à ses trousses. Il l'avait agressée, puis harcelée par téléphone, et il avait proféré des menaces à son encontre si elle refusait de le rencontrer.

Dylan jeta un coup d'œil par la fenêtre puis braqua de nouveau les yeux sur elle. Le dévisager n'était pas une bonne idée parce que, lorsque ces yeux verts étaient fixés sur elle, son estomac se mettait à papillonner. Soutenir le regard de Dylan n'était pas chose aisée. Oh ! Elle ne le niait pas : une certaine attirance couvait sous la surface… Une attirance qui ne datait pas d'hier puisqu'elle se souvenait l'avoir éprouvée avant même leur entrée au lycée. En dépit de sa réputation de mauvais garçon, elle avait toujours su que c'était quelqu'un de bien.

— Je ne comprends pas comment tu es arrivé jusqu'ici ! marmonna-t-elle. J'ai fait attention à ne laisser aucune trace.

— Mais ta fuite manquait de préparation, c'est ce qui m'a permis de te retrouver. Je savais que tu n'étais pas allée très loin puisque tu avais pris ta voiture. Je savais aussi que tu voudrais une connexion Internet. Austin est ta ville préférée, donc… J'ai tenté ma chance. A partir de là, il ne me restait plus qu'à trouver la maison que tu avais louée. Je me suis dit que tu aurais sûrement opté pour un endroit proche du campus…

Avait-elle donc été transparente à ce point ? Elle qui avait cru trouver une cachette sûre… Au temps pour ses talents de dissimulatrice !

La frustration la gagna.

Dommage qu'elle n'ait pas hérité des tendances criminelles du côté maternel de sa famille !

— Je suis vraiment navré pour tout à l'heure, reprit Dylan. Je t'ai brusquée, mais c'était involontaire… Tu le sais, j'espère.

Oui, elle le savait. Il était du côté des gentils, il l'avait toujours été.

— Je vais répéter ma question, Samantha. Que se passe-t-il ?

Il attendit, sourcils arqués, la dévisageant comme si elle allait tourner la tête à trois cent soixante degrés.

Pouvait-elle courir le risque de lui parler ? Il semblait déjà prêt à lui passer la camisole de force. Qu'arriverait-il si elle lui révélait le fond de sa pensée ? A savoir que son père avait d'une façon ou d'une autre été impliqué, ou, à tout le moins, qu'il avait couvert quelqu'un la nuit de l'enlèvement de Rebecca et Shane, quinze ans plus tôt ?

Elle redoutait que Dylan devienne une cible à son tour si elle lui faisait part de ses craintes.

Un craquement de branche les fit tous les deux se lever d'un bond et se précipiter vers la fenêtre.

— Non, ne te montre pas ! la mit-il en garde en l'obligeant à se baisser, ses mains solides fermement plaquées sur ses hanches. Retourne sur le canapé.

Il y eut un crissement de pneus dans la rue. Le taux d'adrénaline de Samantha grimpa en flèche.

Dylan tira le rideau comme s'il était seul dans la maison et ajouta entre ses dents :

— Je te signale que j'attends toujours tes explications.

— Je ne sais plus à qui je peux me fier, reconnut-elle. Tout ce que je sais, c'est que cette affaire a des ramifications plus importantes que nous ne l'imaginions. On pensait que Kramer avait agi seul. Mais… Si ce n'était pas le cas ? Si d'autres que lui avaient été impliqués dans le crime ou l'avaient couvert ?

— Quelle affaire, Samantha ? Tu pourrais être plus claire ?

Il la dévisageait toujours. Pouvait-elle vraiment s'ouvrir à lui ? Elle avait besoin de parler à quelqu'un. Ces quatre derniers jours, passés dans une totale solitude, avaient été terrifiants.

Pour autant, elle fit non de la tête.

— Austin est une ville universitaire, murmura-t-il en s'approchant de la fenêtre. Il y a beaucoup de passage. Des étudiants qui vont et viennent… Ce bruit n'était peut-être rien.

Elle devait le reconnaître : la présence de Dylan apaisait un peu sa nervosité.

— Franchement, tu crois vraiment que je suis folle ? Ou mêlée à quelque chose d'illégal ?

— Non… Mais je ne t'ai jamais vue dans cet état, répondit-il en revenant vers elle. Rentre à Mason Ridge avec moi. Nous tirerons tout ça au clair.

— Je ne peux pas… C'est impossible.

Il insista :

— Je t'héberge, si tu veux.

Son expression donnait à penser qu'il l'aurait plutôt vue dans une de ces maisons de repos hors de prix qui étaient situées en bordure de l'océan. Au moins avait-il eu la délicatesse de ne pas le dire.

Malgré tout, elle reprit un peu espoir, pour la première fois depuis que ce cauchemar avait commencé une semaine plus tôt.

Un autre bruit bizarre retentit, tout près de la maison.

— Reste où tu es ! ordonna-t-il, son regard allant de la fenêtre au canapé où elle se trouvait, tandis que sa main se resserrait autour de la crosse du pistolet.

Ses mouvements étaient assurés, gracieux.

Mais elle ne parvenait pas à garder son calme. Comment l'aurait-elle pu ? Le criminel qui avait sévi quinze ans plus tôt était revenu à la charge, s'en était pris à elle depuis sa tombe. Et si ce n'était pas lui, s'il était bien mort — ce qui, vraisemblablement, était le cas — qui poursuivait sa besogne ? Un complice ? Plusieurs ? Quelle ampleur revêtait réellement cette histoire ?

La petite bulle d'espoir qui était née en elle éclata. Le désespoir la gagna.

— Des hommes viennent par ici, annonça Dylan d'un ton pressant.

L'inquiétude dans sa voix acheva de la faire vaciller.

— Bon sang, Samantha, explique-moi de quoi il s'agit ! Je vais te reposer la question : c'est une histoire de drogue ?

— Je t'ai déjà dit que je n'avais rien commis d'illégal.

— Alors, est-ce que quelqu'un t'oblige à faire quelque chose contre ta volonté ?

— Non… Ce n'est pas ça.

Dylan grommela.

— Bon, quoi qu'il en soit, il se passe quelque chose de vraiment louche. Tout ça ne me dit rien qui vaille.

Avec lui de son côté, peut-être avait-elle une chance de pouvoir se défendre ? Tenter de s'enfuir, comme elle l'avait fait, avait été une réaction purement instinctive. Et stupide. Cela donnait l'impression qu'elle était coupable.

— Ecoute, Dylan, tu ferais mieux de prendre le large avant que quelqu'un ne t'aperçoive, lui conseilla-t-elle, une note de panique dans la voix.

Kramer — ou la personne qui se faisait passer pour lui — avait été clair : qu'elle parle et il s'en prendrait à elle et à tous ceux qui lui étaient chers.

Dylan plongea son regard vert, brûlant d'intensité, dans le sien.

— Tu me fais confiance ?

Seigneur… Que Dieu lui vienne en aide ! De toute façon, elle n'avait plus le choix.

— Oui.

— Alors, on s'en va ! décréta-t-il.

— Mais comment comptes-tu…

Le sifflement d'une balle déchira l'air.

3

Dylan la plaqua au sol. Il fallait trouver quelque chose derrière quoi s'abriter. Couché sur Samantha pour lui faire rempart de son corps, il l'exhorta d'un signe de tête à se propulser en rampant vers la cuisine tandis qu'il faisait de même à quatre pattes. La proximité du corps de Samantha fit courir un frisson d'excitation en lui, mais le moment était mal choisi pour s'abandonner à ce genre de fantasme.

Le renfoncement d'environ un mètre de large séparant le réfrigérateur du plan de travail leur offrirait un refuge. La guidant dans cette direction, il avança à sa suite.

— Fais ce que je te dis, sans poser de questions.

Les yeux bleu cobalt agrandis par la frayeur le dévisagèrent. Elle hocha la tête.

Il s'agissait de sortir de là au plus vite.

Dylan passa vivement la bandoulière de son sac, qu'il avait laissé près du plan de travail, sur son épaule et saisit la main de Samantha. De nouveau, un courant électrique remonta le long de son avant-bras.

Son véhicule était stationné deux rues plus loin. S'ils parvenaient à s'éclipser par l'arrière et à contourner la bâtisse sans être repérés, ils pouvaient peut-être s'en sortir.

L'entraînant à sa suite, il sortit puis zigzagua prudemment à travers les buissons et les haies. Avec un peu de chance, les tireurs devaient être entrés dans la maison.

Mais, de l'autre côté de la rue, un éclat métallique brilla. Voilà ce que c'était de croire la partie — presque — gagnée.

Dylan plissa les yeux pour se protéger du soleil, serra Samantha fermement contre lui et s'élança en courant comme un dératé pour traverser la rue.

Peine perdue. La balle l'atteignit en plein torse, au milieu de la chaussée, bloquant sa respiration. L'impact, équivalent à celui d'un maillet en caoutchouc, le projeta en arrière. Il tituba avant de tomber à la renverse et réussit à se traîner derrière une voiture rangée le long du trottoir, le temps de reprendre son souffle. Le gilet en Kevlar qu'il portait au-dessous du T-shirt avait arrêté le projectile.

Samantha criait. De toute évidence, elle le croyait touché. Et il l'avait été, effectivement. Mais il était indemne.

Elle se laissa tomber près de lui.

Pas le temps de se lancer dans des explications. Il pressa sa main puis reprit sa course. Le tireur n'avait peut-être pas eu le temps de recharger son arme.

Dylan les guida entre des immeubles.

Fonçant droit devant, il dépassa un pâté de maisons, plongeant sa main libre dans sa poche pour y prendre ses clés. Sa voiture n'était pas loin. Il actionna la télécommande pour la déverrouiller à distance.

S'il réussissait à l'atteindre, ils avaient une chance d'échapper à leurs poursuivants.

Il lâcha Samantha pour qu'elle puisse monter dans le véhicule. Elle se laissa tomber sur le siège passager, abasourdie.

Dylan sauta derrière le volant et démarra sans perdre une seconde.

— Tout va bien. On est vivants.

— Mais… Ils t'ont tiré en pleine poitrine.

A l'incrédulité dans sa voix, elle n'avait pas eu le temps

d'assimiler ce qui venait de se passer. Normal. Cela faisait beaucoup pour un simple citoyen. Elle réagissait plutôt bien, malgré tout.

— Ça va… Regarde.

De sa main droite, il remonta le bas de son T-shirt pour lui montrer le gilet pare-balles. Sa main gauche agrippait le volant tandis qu'il naviguait dans les rues du quartier résidentiel, s'éloignant à toute allure du hurlement des sirènes.

— J'en serai quitte pour un vilain bleu, rien de plus.

— OK.

Le mot était sorti dans un souffle, comme si elle manquait d'air. La vulnérabilité de Samantha fissura encore un peu plus son armure.

Il ramena sa main droite sur le volant et jeta un coup d'œil au rétroviseur. Jusque-là, tout allait bien. Ils n'étaient pas suivis. Mais la situation pouvait basculer au premier carrefour.

— Il faut qu'on rejoigne le poste de police le plus proche.

— Non… S'il te plaît ! Si les autorités s'en mêlent, *il* tuera mon père.

Incroyable ! Malgré la tournure que venaient de prendre les événements, elle persistait dans son entêtement.

— Quoi ? Mais enfin, Samantha…

— Tu m'as demandé qui m'avait appelée, avant que je disparaisse, reprit-elle d'un ton résigné.

— Et ?

— Je rentrais chez moi mardi dernier. Il était tard. J'étais restée pour boucler un projet… Je suis partie la dernière. Quelqu'un m'a sauté dessus dans le parking. J'ai eu la peur de ma vie, mais je me suis débattue. Finalement, j'ai réussi à échapper à mon agresseur.

— Tu l'as signalé ?

— Bien sûr. La police a dit que c'était sûrement une

tentative de vol. C'est d'abord ce que j'ai cru, moi aussi. Mais quand j'ai informé mon père de l'incident, il a pris peur. Il m'a fait promettre de ne pas sortir de chez moi. M'a suppliée de ne pas aller voir la police, de n'en parler à personne. Il m'a dit qu'il allait tout arranger. Il m'a demandé de lui laisser un peu de temps... Parce qu'il avait fait quelque chose de mal. J'ai paniqué. J'ai pris des jours de congé et je suis restée cloîtrée chez moi. Et puis les coups de fil ont commencé. De la part de quelqu'un qui s'est présenté comme Thomas Kramer. Il voulait me rencontrer... Il m'a menacée de tuer mon père si je parlais. J'ai cessé de répondre. Quand un inconnu est venu cogner à ma porte, j'ai failli mourir de peur. J'ai jeté quelques affaires dans un sac, j'ai attendu qu'il s'en aille et je suis partie.

— Donc, il semblerait que quelqu'un se serve de l'identité de Thomas Kramer. Prends mon téléphone portable dans mon sac.

— Non... Je t'en prie. Pas la police.

— Ce n'est pas mon intention. Pas tant que nous n'en saurons pas plus.

— Il n'y a pas de « nous », Dylan. Je ne veux pas que tu sois mêlé à ça. Il faut juste que je trouve un endroit où me cacher en attendant de pouvoir joindre mon père.

— Il n'est pas question que je m'en aille en te laissant dans cette situation, Samantha. Autant en prendre ton parti. On gagnera du temps. Il faut que je passe un appel pour nous trouver un endroit où nous réfugier. Tu le prends, ce portable ?

Comme elle hésitait, il ajouta :

— Je suis ta seule chance de salut, Samantha. A toi de décider.

— Très bien... D'accord.

Du coin de l'œil, il l'observa : elle fouillait dans le sac

où se trouvaient également un autre pistolet et une grenade à main. Autant d'armes qu'elle pouvait retourner contre lui si ses nerfs craquaient.

— Ça y est, je l'ai.

Son beau visage était pâle désormais. Elle avait l'air épuisée.

— Cherche Brody dans les contacts.

Un hélicoptère passa au-dessus de leurs têtes.

Dylan jeta un nouveau coup d'œil à Samantha. Elle tremblait.

Puis elle prit une brève inspiration.

— Appelle-le et mets le haut-parleur, continua Dylan en surveillant ses arrières dans le rétroviseur.

Toujours personne. Il fit demi-tour.

— Où allons-nous ?

— Pas sur l'I-35, en tout cas. C'est ce à quoi ils s'attendent. On ne va pas leur faire ce plaisir. D'autant qu'on ne sait pas combien ils sont.

— Mais ils vont écumer la ville pour nous retrouver ?

— Ils vont essayer.

Brody répondit à la première sonnerie.

— Que se passe-t-il ?

— Tu es sur haut-parleur et Samantha est avec moi, dans la voiture.

— Dieu soit loué ! Elle va bien ?

— Oui.

— Rebecca va être soulagée. Elle était morte d'inquiétude. Je vais lui dire que vous rentrez et…

— Non, on ne peut pas. Je n'ai pas le temps de t'expliquer — c'est une longue histoire — mais j'ai besoin de ton aide.

Il ne voulait pas rapporter le récit de Samantha. Cela n'aurait fait que raviver inutilement de mauvais souvenirs pour Rebecca, puisqu'il ne pouvait s'agir de Thomas

Kramer. Celui-ci avait agi seul. Et, surtout, il était mort et bien mort. Sans parler du fait qu'il n'avait été qu'un modeste membre de l'équipe technique d'un festival ambulant… Pas exactement le genre de personne à disposer des relations et des moyens nécessaires pour engager des hommes tels que ceux qui traquaient Samantha. La seule personne en ville capable de financer une opération de cette envergure aurait été Charles Alcorn, l'homme le plus riche de Mason Ridge. A ceci près que ce ne pouvait être lui.

Alcorn avait joué un rôle déterminant dans l'enquête, quinze ans plus tôt. Et tous les habitants de la commune avaient fait l'objet d'une enquête minutieuse.

Dylan s'obligea à respirer, lui aussi, un grand coup. Il devenait trop nerveux. Ses pensées s'éparpillaient, partaient dans tous les sens.

Bien. Il était donc acquis que ce n'était pas Kramer. Plutôt quelqu'un en lien avec lui ?

En tout cas, quel que soit le jeu auquel jouait ce sale individu, il n'allait pas durer longtemps.

— Que veux-tu que je fasse ? s'enquit Brody au téléphone.

— Trouve-moi tout ce que tu peux sur Thomas Kramer. Ses amis, sa famille, les endroits qu'il avait l'habitude de fréquenter…

— Compte sur moi, promit Brody. C'est comme si c'était fait. Mais… Pourquoi ?

— Je t'expliquerai plus tard…

Dylan s'interrompit, le temps de bifurquer brusquement dans une rue à droite, puis une autre à gauche.

— Nous avons besoin d'un endroit sûr.

— Pourquoi ne pas aller voir la police ?

Brody ayant servi dans l'armée, il y avait gardé des relations qui pouvaient s'avérer utiles.

— Pas pour le moment.

— Bon, je vais passer quelques coups de fil. Dans une heure, je vous aurai trouvé quelque chose. J'ai beaucoup d'amis à Austin. D'ici là, soyez prudents et déplacez-vous. Je te rappelle.

Dylan faisait le tour du centre-ville pour la quatrième fois lorsque la sonnerie de son portable retentit enfin.

— Ça y est ! annonça d'emblée Brody. Je vous ai déniché un petit appartement situé derrière un bar, sur la Sixième Rue.

Il leur indiqua l'adresse exacte avant d'ajouter :

— J'aurais voulu un endroit plus éloigné de la ville, mais je me suis dit que vous voudriez avoir un accès à Internet et comme le temps pressait... Sans compter qu'en ville, il est plus facile de se fondre dans la foule des piétons. Big Mike tient le bar. Il vous attend tous les deux. Il aura les clés et vous fournira les codes d'accès à Internet.

— Merci, Brody.

— Tiens-moi au courant. Et bonne chance.

De la chance ? Dylan fit la grimace. Son trèfle à quatre feuilles étant resté dans son autre pantalon, il préférait tabler sur son entraînement militaire pour rester en vie.

Samantha commençait à émerger de l'espèce de brouillard qui lui embrumait l'esprit depuis que la situation avait pris cette nouvelle tournure. Dire qu'elle était en cavale avec Dylan !

Et puis, elle n'aurait jamais dû prêter tant d'attention à ses bras solides et musclés... Non plus que trop se réjouir de sa proximité rassurante.

Si elle devait désormais fuir pour rester en vie, mieux valait, évidemment, que ce soit en compagnie d'un homme capable de faire face à tous les périls qui les attendaient. Mais croire que tout allait s'arranger comme par magie simplement parce qu'il était là relevait de la pure naïveté. Et son père était toujours en danger.

— Quel est le plan, maintenant ?

— Tu me dis tout, sans rien omettre. Et, ensuite, on réfléchit.

— Mais je l'ai déjà fait ! Il ne nous lâchera pas, mon père et moi, tant que nous ne serons pas morts. Ce sont les propres mots de mon père.

Elle se massa les tempes pour chasser le mal de tête qui pointait.

— Eh bien, charge à nous d'inventer un autre dénouement !

Il posa sa main sur la sienne, certainement pour la réconforter, mais cela fit remonter une onde de chaleur le long de son bras.

— On ne peut pas rester cachés éternellement. Il finira par nous retrouver.

Elle détestait cette faiblesse, cet effroi dans sa propre voix, mais elle avait peur… A quoi bon le nier ?

Le regard de Dylan quitta le rétroviseur et se reporta sur la route en même temps qu'il braquait de nouveau brutalement le volant pour virer à droite.

— On a de la compagnie, commenta-t-il d'un ton bref.

Des coups de klaxon furieux retentirent tandis qu'il poursuivait sa course, slalomant dans les rues bondées du centre-ville.

Samantha dut se faire violence pour ne pas céder à la tentation instinctive de sauter de la voiture.

La circulation était si dense que la berline noire ne pouvait les rattraper. Mais elle les suivait implacablement, six voitures derrière.

Un juron fusa dans l'esprit de Samantha exactement au même moment que Dylan le formulait à haute voix.

Puisqu'il était désormais impliqué, la menace qui pesait sur elle, sa famille et ses amis, n'en était que plus grande.

— J'ai peur.

Cet aveu lui coûtait, mais reconnaître la réalité de ses sentiments l'avait toujours aidée à les mettre en perspective, à les rendre un peu moins oppressants. Tout particulièrement après la mort de sa mère.

— Pense à autre chose. A ce que tu feras la semaine prochaine.

— Hein ?

Bon sang ! Fichue faiblesse. Avoir grandi dans une maison remplie de garçons lui avait appris à se défendre. Mais la situation présente la dépassait tellement qu'elle en perdait le contrôle de ses nerfs. Il fallait absolument qu'elle recouvre son sang-froid. Tout était allé si vite qu'elle n'avait pas eu le temps d'assimiler l'enchaînement des événements.

La voix calme et posée de Dylan interrompit le cours de ses pensées désordonnées.

— Tu sais ce que je ferai, moi, à cette heure, la semaine prochaine ?

Elle secoua la tête.

— J'irai chercher Maribel à l'école.

Samantha se représenta Dylan, parangon de virilité tout en muscles, tenant tendrement sa petite fille dans ses bras. Elle en eut un pincement au cœur.

— Dépose-moi quelque part. Ta place n'est pas ici, mais auprès d'elle.

— Je ne te laisserai certainement pas seule dans cette situation, Samantha. Fin de la discussion.

Une palette d'émotions diverses se peignit sur ses traits aussi réguliers que masculins, la détermination arrivant en tête de liste.

— Et toi ? reprit-il. Que feras-tu, la semaine prochaine, à cette heure ?

— Mon père m'a invitée à aller pêcher avec lui.

Son père… Mon Dieu, où se trouvait-il ?

Papa, mais qu'as-tu fait ?

— OK. Concentre-toi sur cette idée chaque fois que la peur s'empare de toi. Imagine-toi assise dans sa barque, en train de remonter le plus gros poisson-chat que tu aies jamais vu.

Une image se forma dans l'esprit de Samantha. Dylan avait raison : ça fonctionnait. Son stratagème l'aidait à apaiser sa tension. Ce qui n'était pas si surprenant, après tout. Son assurance devait déteindre sur elle. Il lui faudrait simplement faire bien attention à ignorer les frissons sensuels que semblait devoir déclencher le moindre contact physique avec lui.

— Tu devrais reposer ce sac, conseilla-t-il d'une voix parfaitement sereine, en totale opposition avec les émotions qui se bousculaient encore en elle.

Elle s'exécuta.

— Voilà. Alors ? Qu'est-ce qu'on fait, maintenant ?

— Si on n'agit pas très vite, le conducteur de la voiture qui nous file va se rapprocher suffisamment pour tirer. Donc…

Il lui indiqua l'adresse fournie par Brody.

— A trois, je veux que tu ouvres la portière et que tu fonces dans cette ruelle, là-bas. Sans te retourner. Quoi qu'il arrive, tu ne t'arrêtes pas, tu fonces droit devant. OK ?

— Oui, mais si…

— Un…

A la pensée qu'ils allaient être séparés, la panique la gagna. Mais que pouvait-elle faire sinon croire en Dylan ? Il savait ce qu'il faisait, non ?

— Deux…

Il lui lança un coup d'œil en biais, comme pour s'assurer qu'elle se tenait prête.

Elle hocha la tête et agrippa la poignée de la portière.

— Trois. Vas-y ! lança-t-il en freinant brusquement. Elle bondit hors de la voiture et se rua vers l'allée bordée de véhicules en stationnement, courant à toutes jambes, jusqu'à ce que les muscles de ses cuisses la brûlent. Il y avait des étudiants partout.

Zigzaguant entre les piétons qui constituaient autant d'obstacles à son sprint, elle se faufila parmi l'affluence, tenaillée par une terreur grandissante. Où était Dylan ?

Une sensation d'oppression l'empêchait de respirer correctement.

Lui était-il arrivé quelque chose ? Elle ne voulait même pas l'imaginer. Sa petite fille avait besoin de lui.

Des coups de feu éclatèrent et ses genoux flageolèrent tandis que la foule, affolée, s'égaillait en tous sens.

Mais elle se ressaisit et, mue par un sursaut d'énergie, accéléra l'allure, luttant contre l'envie de se retourner. La moindre seconde perdue pouvait lui coûter la vie.

Où était Dylan ?

Sans sa présence, sans ses yeux verts braqués sur elle, c'était comme foncer dans le noir — dans l'inconnu. Que n'aurait-elle donné pour le revoir sain et sauf ! Il avait une petite fille et Samantha ne savait que trop bien ce que c'était que de perdre un parent. Son inquiétude n'était pas liée au fait qu'il était devenu, en peu de temps, sa bouée de sauvetage dans la tempête.

Il avait risqué sa vie pour elle et elle n'avait même pas eu le temps de le remercier.

La perspective de devoir, peut-être, continuer à se battre sans Dylan lui causa une douleur profonde — physique, presque. C'était assurément à cause de ses aptitudes professionnelles. Pas en raison de sa force ni de sa virilité.

Seulement, il y avait Maribel. Si quelque chose lui arrivait par sa faute, jamais elle ne se le pardonnerait.

Dylan rangea la voiture et s'élança. Samantha avait trois minutes d'avance. Il sauta à bas du véhicule, évitant de justesse une balle qui alla se loger dans la brique, à cinquante centimètres de sa tête. Il ne tenta pas de répliquer, il y avait trop de civils alentour. Pas question de risquer de toucher un passant.

Poursuivant son chemin en s'abritant dans des entrées d'immeubles, il tourna vers la gauche.

Samantha n'avait ni téléphone ni GPS pour s'orienter. Elle ne disposait que des instructions qu'il lui avait données. Et, compte tenu de son état de stress bien compréhensible, cela ne suffirait peut-être pas.

Il risqua un coup d'œil derrière lui : deux hommes étaient à ses trousses. Ni l'un ni l'autre n'avait obliqué afin de poursuivre Samantha. C'était une petite victoire. Il ne lui restait plus qu'à se débarrasser d'eux au plus vite.

L'hypothèse de Samantha selon laquelle Kramer était derrière tout cela achevait de se désagréger. Le Kidnappeur avait travaillé seul. Or, il fallait des ressources pour organiser pareille course-poursuite.

Dylan força l'allure. Les types, derrière lui, montraient des signes de fatigue.

Bien.

S'il ne ralentissait pas le rythme, il pouvait les semer.

Plongeant entre deux pâtés de maisons, il revint sur ses pas par l'arrière. Samantha possédait quelques minutes d'avance, mais, si elle avait un problème, il espérait bien la rejoindre à temps.

Le bourdonnement d'un hélicoptère retentit dans le ciel. Les tirs avaient dû attirer l'attention de la police.

Dylan se glissa sous un SUV et attendit, reprenant son souffle.

Au bout d'une petite minute, le bruit des pales de l'hélicoptère décrut. Il s'éloignait.

Dylan jeta un coup d'œil à la ronde. Il ne semblait plus y avoir de piétons alentour non plus.

Tandis qu'il s'extrayait de sa cachette sous le SUV, un coup l'atteignit à la tête, venu de nulle part.

Il chancela et se rattrapa au véhicule. Sans se retourner, il s'accroupit brusquement tout en détendant une jambe derrière lui pour faire un crochet du pied à son assaillant. L'impact et le choc sourd qui s'ensuivit confirmèrent que le coup avait porté. Pour faire bonne mesure, il renouvela l'opération puis, pivotant sur lui-même, s'élança.

Il lui fallait retrouver Samantha. Avec un peu de chance, sa tactique de diversion avait fonctionné. Il avait promis de la protéger… La savoir seule et vulnérable lui était intolérable. Parce qu'elle comptait sur lui et qu'il ne voulait pas lui faire faux bond. Cela n'avait rien à voir avec le fait qu'il était habité d'une étrange palpitation dès lors qu'elle se trouvait près de lui.

Il chassa résolument de son esprit l'image de Samantha, étendue, inerte, au bout de la ruelle.

Se concentrant sur les prochaines mesures à prendre, il décida que la première chose à faire serait de changer d'apparence. Ils trouveraient probablement, dans la cachette indiquée par Brody, des vêtements de rechange.

Pourvu qu'elle soit arrivée là-bas sans encombre !

Il allongea la foulée.

Enfin, il arriva au bar, sur la Sixième Rue.

La clé était bien en possession de Big Mike.

— Une jeune femme est arrivée il y a quelques minutes, expliqua celui-ci. Elle a dit qu'elle s'appelait Samantha. Elle avait l'air morte de peur.

Après une brève mais cordiale poignée de main, Dylan se dirigea vers l'arrière de l'établissement, gravit l'escalier en bois et poussa le battant.

— Samantha ? murmura-t-il.

Aucun son ne lui parvint. Aussi silencieusement que s'il participait à une mission commando, il s'avança dans l'appartement. La cuisine et le séjour étaient déserts.

Il se dirigea vers la chambre.

Si Samantha était là, elle ne trahissait pas sa présence par le moindre son, ce qui, inexplicablement, fit naître en lui un certain sentiment de fierté.

Mais il repoussa cette pensée. Les femmes s'y entendaient pour dissimuler des choses lorsque cela les arrangeait. Mais, au bout du compte, tout ce qui s'était tramé dans l'ombre finissait invariablement par être mis au jour. Que pouvait bien lui avoir caché Samantha ?

Il y eut alors un mouvement sur sa gauche, du côté de la penderie. Un simple rideau faisait office de porte. C'était probablement là que Samantha s'était réfugiée mais, en l'absence de certitude, mieux valait rester sur ses gardes. Quelqu'un pouvait l'avoir retrouvée.

Nom d'un chien !

Il recula d'un pas, l'œil rivé sur le rideau.

L'instant suivant, celui-ci s'ouvrit brusquement et Samantha se précipita vers lui. Elle se jeta à son cou, pressant son corps contre le sien.

Il s'efforça de ne pas penser au temps qui s'était écoulé depuis la dernière fois qu'il avait tenu une femme dans ses bras.

— Dylan. Dieu merci, c'est toi !

L'appréhension se lisait dans ses yeux, dans le pli qui creusait son front.

— Bien sûr que c'est moi, confirma-t-il d'un ton apaisant.

Elle avala sa salive, inspira à fond. Son pouls battait frénétiquement à la base de son cou.

— Je suis là. Tout va bien, dit-il en passant ses bras autour d'elle.

— Ils étaient si près… Ils me talonnaient… Et j'ai entendu les coups de feu. Seigneur… J'ai eu la peur de ma vie.

Elle prit de nouveau une profonde inspiration.

— Je… Je ne savais pas quoi faire, alors j'ai couru jusqu'ici. Aussi vite que j'ai pu.

Elle aspira une fois de plus une grande goulée d'air.

Elle allait se mettre en hyperventilation, si elle ne se calmait pas.

De deux choses l'une : soit il la giflait, soit il l'embrassait. Mais, d'une façon ou d'une autre, il fallait lui faire reprendre pied dans la réalité. Comme il n'avait jamais levé la main sur une femme, la solution était toute trouvée. Il pencha la tête vers elle et pressa ses lèvres sur les siennes, s'attendant presque à se voir récompensé par un nouveau coup de genou.

Mais elle se laissa faire et il glissa ses doigts dans ses longs cheveux châtains.

Elle se souda plus étroitement à lui, puis, sans prévenir, recula en lui jetant un regard torve.

— Attends… Qu'est-ce qui se passe, là ?

Il leva les mains et secoua la tête.

— Je voulais juste te calmer. Je suis ton ami, je suis là pour t'aider.

C'était un baiser qu'il n'était pas près d'oublier, mais il n'aurait jamais dû franchir cette ligne — même si, au lycée déjà, l'envie de l'embrasser lui avait mille fois traversé l'esprit. Envie qui ne s'était pas éteinte, apparemment.

— Eh bien, si nous sommes amis, alors souviens-t'en.

Le rythme de sa respiration s'était ralenti, mais elle était en colère contre lui.

— Je crois qu'il va falloir trouver une autre solution. Je peux aller chez l'un de mes frères.

— Non ! Je suis désolé pour ce qui vient de se passer, mais j'ai toujours l'intention de t'aider.

Elle secoua la tête.

— Non, non, ce n'est pas une bonne idée. *Il* a été très clair. J'aurais dû me tourner tout de suite vers mes frères au lieu de venir me terrer ici, dans l'idée de régler le problème seule. Tu ne serais jamais venu à Austin.

Dylan retint un juron. Il avait mené l'homme qui la pourchassait droit à elle. L'attaque dans la maison résultait directement de sa venue.

La sonnerie de son téléphone interrompit fort opportunément ce moment de gêne.

C'était Brody.

— Ecoute, je ne sais pas comment t'annoncer ça…, commença celui-ci d'un ton grave.

Un mauvais pressentiment s'empara de Dylan.

— Quoi ? Qu'y a-t-il ?

A l'autre bout de la ligne, Brody poussa un profond soupir.

— Je voulais te prévenir avant que tu n'entendes l'alerte enlèvement à la radio. Maribel a disparu.

4

Dylan tomba à genoux. Une foule d'émotions le secoua, se succédant à la vitesse d'un tir d'AR-15, et avec les mêmes effets dévastateurs. La rage l'aveuglait, lui donnant envie de taper sur la première chose qui lui tomberait sous la main. Dix ans plus tôt — bon sang, non… Trois ans plus tôt, il n'aurait pas résisté à la tentation. Mais il était un homme différent depuis que Maribel était entrée dans sa vie.

L'image de sa petite fille lui disant au revoir de la main à la porte de la cuisine, avec son sac à dos Mickey Mouse presque aussi gros qu'elle, envahit son esprit. Heureusement, les réflexes acquis pendant sa formation militaire prirent le dessus, l'empêchant d'exploser et de cogner de toutes ses forces le mur le plus proche.

— Dis-moi exactement ce qui est arrivé, intima-t-il à Brody, les mâchoires contractées.

— Mme Applebee a d'abord essayé de vous joindre, Mme Anderson et toi. Comme elle n'y arrivait pas, elle m'a appelé pour ne pas perdre plus de temps.

Mme Anderson était la première personne à contacter en cas d'urgence, Brody et Rebecca arrivaient en deuxième position.

— Maribel était en train de s'amuser sur l'aire de jeu à Dinosaur Park, continua Brody à l'autre bout de la ligne. Les accompagnateurs et les instituteurs étaient postés aux quatre coins du terrain. Lorsque Mme Applebee a battu le rappel, les enfants se sont mis en rang. Les encadrants ont compté… Il manquait un enfant à l'appel.

Brody s'arrêta, la voix étranglée.

Bien sûr…, songea Dylan avec effroi. Lui-même n'arrivait pas à prendre pleinement conscience de la nouvelle.

Sa fille, disparue. Ce n'était pas possible. Ce devait être une erreur.

— Est-ce qu'on est sûr qu'elle n'est pas quelque part, là-bas ? Dans les toilettes du poste de garde… Je ne sais pas. Elle s'est peut-être écartée du groupe ?

— La directrice a vérifié. Elle et le personnel du parc ont cherché partout. Voyant qu'elle demeurait introuvable, Mme Applebee a prévenu le shérif.

Et lui qui était à Austin, à quatre heures de route, alors que sa petite fille était probablement morte de peur, perdue quelque part ! Il ne voulait même pas imaginer qu'elle puisse passer la nuit seule dehors. Quel genre de père laissait une telle chose se produire ?

Il se releva.

— On s'est tous mis sur le pied de guerre. On va la retrouver, déclara Brody.

Mais le ton de sa voix démentait l'optimisme de ses propos.

— Tu n'y es pour rien, Dylan.

Bien sûr que si. La culpabilité l'assaillit. Il était censé être du voyage. S'il n'avait pas changé ses plans, Maribel aurait été en sécurité, et pas Dieu savait où, toute seule.

Ça ne ressemblait pas à sa fille de s'éloigner de ses camarades.

Peut-être Lyndsey avait-elle eu raison de juger qu'il ne ferait pas un bon père… Elle ne lui avait jamais vraiment dit pourquoi elle lui avait caché l'existence de leur fille.

Il poussa un lourd soupir.

Au même instant, Samantha lui prit la main et la serra doucement, comme pour lui redonner courage. Il se laissa faire un instant, puis se libéra pour se diriger vers la porte.

— Est-ce que tu as parlé au shérif ? demanda-t-il à Brody.

— Rebecca essaie de le joindre en ce moment même. Elle est effondrée. Elle dit que c'est sa faute parce qu'elle t'a demandé un service.

— Elle ne pouvait pas savoir ce qui allait se produire.

L'espoir ténu que tout cela n'était qu'une fâcheuse méprise l'abandonna, emporté par la dure réalité comme l'eau dans le siphon d'une baignoire. Sa fille avait disparu.

Soudain, l'air lui manqua.

L'idée insoutenable qu'il ne reverrait peut-être jamais plus sa petite Maribel lui broyait le cœur.

— On va la retrouver. On va la ramener à la maison, répéta Brody.

— Je pars immédiatement.

— Evite l'autoroute. Celui qui traque Samantha doit guetter.

— Oui, eh bien, il peut s'attendre à une surprise.

Dylan chercha son sac du regard. Il était prêt à mettre tout Austin à feu et à sang si cela pouvait le ramener plus vite à Mason Ridge.

Samantha se laissa à son tour tomber sur le sol.

— Il l'a enlevée, énonça-t-elle d'une voix blanche. Il m'avait prévenue qu'il y aurait des représailles si quiconque essayait de m'aider.

Cette fois, le peu d'illusions qu'il restait à Dylan s'envola. Sa fille ne s'était pas égarée dans le parc.

Il s'agissait d'une attaque coordonnée. Ils étaient personnellement visés. Se posait donc, plus que jamais, la question de l'identité du coupable : qui avait les moyens de mener une telle opération ?

Dylan lâcha le téléphone, se releva et marcha droit sur Samantha.

— Est-ce que tu sais quelque chose d'autre ?

Elle plaqua une main sur sa bouche. Son visage était baigné de larmes, mais il n'en avait cure. Il n'allait pas l'épargner si elle lui dissimulait quelque chose alors que sa fille de trois ans était portée disparue, probablement retenue quelque part par les gens qui en avaient après Samantha.

Elle le contempla, les yeux vitreux, remplis d'effroi.

— Je t'ai tout dit. Il doit savoir que tu es intervenu. C'est pour ça que je ne voulais pas que tu restes. Tu aurais dû m'écouter, t'en aller.

C'était vrai. Elle avait tenté le dissuader de l'aider depuis la minute où elle l'avait vu.

— Je ne pouvais pas te laisser seule, Samantha.

— Kramer, ou celui qui se fait passer pour lui, n'a pas fait de mal aux enfants qu'il a enlevés. Il faut se raccrocher à l'espoir qu'il n'en fera pas non plus à Maribel, raisonna-t-elle d'une voix sans timbre.

— Oui, mais on a une petite armée à nos trousses, souligna Dylan.

Quelqu'un avait dû surveiller les faits et gestes de tous les amis de Samantha pour le cas où l'un d'eux partirait à sa recherche. Mais pourquoi ? Et qui ?

— Et ma fille est portée disparue…

En lui, le tireur d'élite de l'armée américaine, celui qui était capable de mettre de côté tout sentiment personnel et toute considération pour la vie humaine afin de tirer sur une cible désignée, brûlait d'envie de pousser Samantha dans ses retranchements, de lui extorquer d'autres informations. Mais l'homme, le père qu'il était devenu, avait bien conscience que cela ne ferait que l'ébranler davantage et qu'il n'obtiendrait rien de cette façon.

Il se laissa tomber à genoux devant elle, mû par le désespoir.

— Je n'ai aucune piste. J'ai besoin de ton aide.

En croisant le regard vert intense et brillant d'intelligence de Dylan, Samantha vacilla. Elle avait eu cette même expression hantée quand elle avait appris l'accident de sa mère. Lui aussi était survenu par sa faute. Sa mère avait roulé trop vite en pleine tempête de neige parce que Samantha avait oublié son classeur de mathématiques. Les chaussées étaient glissantes. Trotter Road était le trajet le plus direct, mais il y avait ce grand pont… La voiture de sa mère avait dérapé sur la glace.

Un frisson la parcourut à ce souvenir.

Et, en cet instant, la vie d'une petite fille était suspendue à un fil… A cause d'elle.

Parler de son père risquait d'aggraver sa propre situation, mais ne rien dire serait pire : cela reviendrait à se rendre complice des kidnappeurs.

Son père avait fait quelque chose qu'il n'aurait pas dû. Elle l'avait instantanément deviné au son de sa voix quand elle l'avait eu au téléphone la semaine précédente. Il était loin d'être parfait mais avait bon fond. Jamais il n'aurait voulu qu'une enfant innocente se retrouve prise au piège de cet épouvantable sac de nœuds.

Pardonne-moi, papa.

S'armant de courage, elle se mit à raconter à Dylan tout ce dont elle se souvenait concernant l'attaque, le ravisseur, et le vœu formulé par son père de tout arranger.

— A quand remonte la dernière fois que tu lui as parlé ? demanda Dylan.

— C'était il y a une semaine. Juste avant que je parte. Il m'a dit qu'il avait besoin d'un peu de temps pour régler ça. J'ai voulu le voir mais il a refusé, prétextant que révéler l'endroit où il se cachait serait trop dangereux. J'ai d'abord pensé qu'il avait peut-être trouvé refuge chez l'un de mes frères. Je les ai appelés le lendemain, mais ils ne l'avaient pas vu. Je les ai rassurés en noyant le poisson comme j'ai pu… Ils ont suffisamment de soucis comme ça et, de toute façon, je ne savais pas quoi leur dire. D'ailleurs, j'y pensais à l'instant, qu'a bien pu faire mon père de si terrible ? C'est quelqu'un de bien. Il paie ses impôts en temps et heure. Il s'occupe de son magasin. Il ne boit plus une goutte d'alcool depuis des années. Donc, ça ne peut pas être lié à ça.

— Et ses affaires ? Est-ce qu'il devait de l'argent à quelqu'un ?

— Pas que je sache. Apparemment, tout allait bien.

— Parfois, les gens qui sont au fond du gouffre parviennent à le cacher à leur entourage, si proche soit-il, souligna Dylan.

Samantha était bien placée pour le savoir. Quand son père avait sombré dans la boisson, il avait mis au point toutes sortes de stratagèmes pour que personne ne s'aperçoive de rien.

— Non, vraiment… Les affaires marchent bien. Il faudrait que j'examine les livres de comptes pour m'en assurer. Il a traversé une période très difficile à la mort de maman. Mais, après qu'il a cessé de boire, mes frères et moi nous sommes devenus tout pour lui, son unique raison de vivre.

Sa voix s'était voilée, comme chaque fois qu'elle évoquait le drame qui avait frappé sa famille — même après toutes ces années qui s'étaient écoulées.

— On passe sûrement à côté de quelque chose, mais quoi ? souffla-t-elle.

Dylan s'assit sur ses talons et se frictionna les tempes.

— Il faut qu'on trouve le moyen de rentrer à Mason Ridge.

— C'est sûrement ce que veut celui qui est à nos trousses, objecta Samantha.

— Je ne vais quand même pas rester planté là !

— Bien sûr... Mais, en sortant d'ici, on ne ferait peut-être qu'empirer les choses.

— Je ne vois pas comment, proféra-t-il d'une voix sourde. Ma fille a disparu lors d'une sortie scolaire à laquelle je devais participer. J'aurais dû être avec elle au lieu de courir les chemins. C'est ma faute. Elle doit être morte de peur. Elle a déjà perdu sa mère et, maintenant, elle se retrouve de nouveau seule... A cause de moi.

— Non... Tu es un bon père, assura Samantha pour le réconforter.

— Ah oui ? Tu trouves ? Selon moi, un bon père est celui qui veille à ce que son enfant ne soit pas enlevé !

— Tu n'y es pour rien, tu ne pouvais pas savoir. Si quelqu'un est à blâmer, c'est moi, pas toi.

Un poids lui écrasait la poitrine, l'empêchant de respirer. C'était par sa faute, déjà, que sa mère avait péri dans cet accident de la route. Et là, il y allait de la vie d'une enfant de trois ans. Comment aurait-elle pu s'exonérer de toute responsabilité ?

Si seulement Dylan l'avait écoutée...

Mais il avait raison sur un point. Il ne pouvait s'agir de l'œuvre d'un criminel isolé.

Elle inspira un grand coup.

— On n'a pas le pouvoir de revenir en arrière. Tout ce

qu'on peut faire, c'est retrouver mon père et découvrir qui se cache derrière tout ça. Ensemble.

— Hors de question que tu fasses équipe avec moi. Ta situation est suffisamment compliquée comme ça.

Il jetait déjà ses affaires à la hâte dans son sac et cherchait quelque chose — ses clés, vraisemblablement.

— Que comptes-tu faire, seul ?

— Retrouver ma fille et la ramener entière à la maison.

— Mais… Comment ?

Il mit la main sur son téléphone portable et le lui tendit.

— En parlant avec ton père. Tiens, appelle-le.

— Il ne décrochera pas.

— Alors, laisse un message. Dis-lui de te rappeler à ce numéro.

— Et si celui qui nous pourchasse l'a mis sur écoute ?

Elle écarta les bras.

— Tu veux vraiment qu'il connaisse ton numéro ? Qu'il puisse savoir où tu te trouves à chaque instant ? Je ne pense pas que ce soit une bonne idée.

— C'est pour ça que tu t'es débarrassée de ton téléphone ?

— Oui.

— Bien vu.

Il y avait un soupçon de fierté dans le commentaire de Dylan, remarqua Samantha. Cela lui fit chaud au cœur.

Peut-être aussi parce qu'il y avait comme une once de pardon dans ce « bien vu »…

— Mais ils ne pourront pas localiser le mien, reprit-il.

— Pourquoi ?

— J'ai un ami qui est un as en informatique. Il a installé un système de chiffrement sur mon téléphone qui le rend inviolable.

Comme elle haussait les sourcils, il ajouta :

— Je dirige une société de conseil en sécurité. Je me dois d'être exemplaire en la matière.

Il disparut dans l'autre pièce et revint, un papier et un crayon à la main. Il griffonna des chiffres sur le feuillet.

— Tiens, donne ce numéro à ton père.

Samantha ne pouvait plus reculer.

Elle composa le numéro de son père, priant le ciel qu'il décroche. Ils n'avaient plus communiqué depuis qu'il l'avait exhortée à se cacher. Les malfrats l'avaient-ils fait prisonnier ?

Un frisson la parcourut.

Non, s'il vous plaît ! supplia-t-elle mentalement.

Quoi qu'il ait fait par le passé, ce ne pouvait pas être bien grave. Certes, il avait connu une passe difficile après la mort de sa femme, comme d'ailleurs tous les membres de la famille, Samantha la première. Qu'il ait sombré dans la boisson avait failli faire exploser le noyau familial. Et puis était arrivé cet été où Rebecca et Shane avaient été enlevés. Son père avait cessé de boire. Cela avait été l'électrochoc dont il avait besoin, avait-il argué. Il ne pouvait imaginer perdre quelqu'un d'autre. De lui-même, il était entré en cure de désintoxication tandis que ses fils le remplaçaient, à la quincaillerie. Ils s'étaient également relayés pour tenir la maison.

Samantha plissa les yeux, un souvenir lui revenant en mémoire. Elle avait retrouvé Rebecca, récemment, dans un restaurant en ville, et avait amené son père, qui était avec elle. Il s'était comporté de façon étrange vis-à-vis de son amie. Samantha n'avait pas compris sur le moment, mais avec le recul… S'était-il senti mal à l'aise parce qu'il avait dissimulé certains éléments concernant l'enlèvement dont son frère et elle avaient été victimes ?

Troisième sonnerie… Quatrième…

Samantha l'avait prévu : son père ne répondrait pas.

Où était-il ?

Si le responsable de cet effroyable chaos avait mis la main sur lui, il ne s'évertuerait pas à la rechercher… Non ?

D'ailleurs, pourquoi s'en prenait-il à elle ?

Il ne pouvait y avoir qu'une explication logique. Il devait penser qu'elle savait quelque chose.

Il y eut un bip, et la voix de son père invita à laisser un message sur la boîte vocale.

Elle retint un juron.

— Papa, j'ai des ennuis. Il faut que je te parle de toute urgence. Rappelle-moi à ce numéro, dit-elle rapidement avant de réciter le numéro de Dylan puis de raccrocher.

Dylan tournait dans la pièce comme un lion en cage, attendant que le téléphone sonne.

Papa, s'il te plaît. Prouve-moi que tu vas bien. Rappelle-moi.

Elle tremblait et n'arrivait même plus à s'en empêcher.

Avec cette histoire de fous, tous ses instincts étaient en alerte maximum. Depuis le début, elle avait su que ce type ne plaisantait pas.

Le regret la submergea.

Si seulement Dylan n'était pas venu ! Sa petite fille serait avec lui au lieu d'être toute seule, effrayée, entre les mains de Dieu savait qui… A cause d'elle.

— Lève-toi ! ordonna soudain Dylan d'un ton sec. On ne va pas rester assis ici toute la journée.

— Qu'est-ce que tu veux faire ? Je te rappelle qu'on n'a plus de véhicule.

— On n'en a pas besoin.

— Mais…

— Si ça ne tenait qu'à moi, tu ne bougerais pas d'ici jusqu'à ce que j'envoie quelqu'un te chercher, mais je sais pertinemment que tu n'en feras qu'à ta tête. Donc, je te laisse le choix : soit tu viens, soit tu restes… Mais moi, je m'en vais. Comme ça, j'aurai la conscience tranquille. Si tu fais le mauvais choix, tu ne pourras t'en prendre qu'à toi-même.

Ça, c'était Dylan tout craché, le Dylan qu'elle connaissait. Rugueux aux entournures, brut de décoffrage, mais vrai. Il n'avait jamais été du genre à exercer une vengeance par des moyens détournés. S'il voyait quelqu'un maltraiter un chiot, il allait voir la personne directement et lui disait le fond de sa pensée avant de lui assener un bon uppercut. A la loyale.

— Je viens, décida Samantha. Mais dis-moi au moins où on va.

— Retrouver le salaud qui a kidnappé ma fille !

Le sac déjà à l'épaule, il se dirigeait vers la porte.

5

— Je sais que j'étais contre, mais maintenant je pense que nous devrions aller voir la police, lança Samantha en pressant le pas pour rattraper Dylan.

Comme ils sortaient dans la rue, il plongea la main dans son sac et se retourna à demi pour lui tendre un chapeau.

— Mets ça. Pour le reste, je ne veux pas leur parler de ton père.

Son téléphone ne cessait de sonner. La nouvelle avait dû s'ébruiter. Mais il appela plutôt le shérif et lui déclara la disparition de sa fille.

— Rappelle-le, plaida Samantha tandis qu'il raccrochait. Je leur dirai ce que je sais. Ça les aidera peut-être à la retrouver.

— Sûrement pas, répliqua-t-il en continuant à avancer au pas de charge, l'obligeant presque à courir derrière lui. Ma meilleure chance de récupérer ma fille saine et sauve, c'est de les trouver le premier. Un faux pas de notre part et elle est morte. La police a accumulé les erreurs dans l'affaire du Kidnappeur de Mason Ridge. Je ne vais pas courir ce risque alors que la vie de Maribel est en jeu.

Mon Dieu ! songea Samantha, au désespoir. Si quelque chose arrivait à la petite fille de Dylan…

Non, il fallait garder espoir, rester positive.

— Si ceux qui l'ont enlevée t'appellent, dis-leur que je

suis prête à échanger ma place contre celle de Maribel. C'est moi qu'ils veulent. Elle est innocente. Elle n'a rien à voir avec tout ça.

— On sera bien avancés, rétorqua-t-il durement. C'est toi qu'ils tueront. Pas question que j'échange une vie contre une autre.

— J'ai une idée, reprit Samantha, s'efforçant toujours de rester à sa hauteur. Tu as dit que tu avais un ami expert en informatique ?

Il hocha la tête, les lèvres tellement crispées qu'elles ne formaient plus qu'une ligne mince.

— Alors demande-lui d'accéder au téléphone de mon père. Il n'a pas rappelé, ce n'est pas bon signe. Son téléphone contient peut-être des indices qui pourraient nous être utiles.

— J'y ai pensé, répondit-il en écartant sa suggestion d'un geste. Ça ne marchera pas. Mon contact a déjà effectué la manœuvre sur ta ligne. Ton harceleur a déployé beaucoup d'efforts pour masquer son identité. Nous n'avons pas affaire à quelqu'un de stupide.

Nom d'un chien… Il devait bien exister un moyen de trouver qui était derrière tout ça.

Soudain, Dylan s'arrêta. Il scruta les environs avant d'arrêter son attention sur une moto qui était rangée devant l'entrée de la cuisine d'un restaurant. La porte métallique au hublot grillagé avait été bloquée en position ouverte, probablement pour évacuer la chaleur dégagée par les fourneaux.

Dylan fit signe à Samantha de ne pas bouger, se glissa à l'intérieur et reparut quelques minutes plus tard, un casque à la main. Elle en fut stupéfaite. Comment un homme à la stature aussi imposante avait-il pu passer inaperçu ?

Parce qu'il avait été entraîné à se faire invisible durant la période obscure de sa vie ?

Quoi qu'il en soit, l'idée de voler cet engin ne lui plaisait guère.

— Monte.

Elle troqua sans mot dire le chapeau contre le casque qu'il lui tendait. Il était un peu trop grand pour elle mais ce n'était pas le moment de le lui faire remarquer. En outre, le port du casque n'était pas obligatoire dans l'Etat du Texas : on y considérait que, si quiconque était assez bête pour conduire un deux-roues tête nue, c'était tant pis pour lui.

— A mon avis, en roulant avec une moto volée, on sera en prison avant ce soir, maugréa-t-elle en bouclant la jugulaire.

— Je l'ai achetée.

— Quoi ? Le propriétaire t'a vendu sa moto ? Comme ça ?

— Je peux être extrêmement convaincant quand il faut.

Elle n'en doutait pas un instant.

Dylan grimpa sur le siège, devant elle. Elle passa les bras autour de son torse, se souvenant combien elle avait eu peur lorsqu'elle avait entendu qu'on tirait sur lui tandis qu'elle courait. La peur… Une émotion qui lui était devenue bien trop familière depuis que cet enfer avait commencé. Cette dernière semaine avait été la plus longue de sa vie, et elle aurait préféré n'entraîner personne d'autre dans ses problèmes. Pourtant, la présence de Dylan apportait une note de calme au milieu de ce déchaînement de folie.

Le moteur vrombit.

Dylan baissa la tête, lunettes de soleil sur le nez, et s'insinua dans le flot de la circulation d'Austin.

Après tout ce par quoi elle était passée au cours de cette semaine cauchemardesque, son corps commençait à accuser le coup. C'était à peine si elle se souvenait de la dernière fois qu'elle avait véritablement dormi ou fait un vrai repas, d'ailleurs. Elle avait vécu de barres de céréales et d'eau. Les protéines lui avaient permis de tenir. Quant à s'hydrater, ma foi… Cela semblait aller de soi, mais ce n'avait été qu'un réflexe purement automatique.

Le manque de repos pesait sur elle comme une chape de plomb, alourdissant ses membres atones.

Lorsqu'ils approchèrent de leur destination, il faisait déjà sombre. Personne ne s'attendait à les voir débarquer à moto, songea Samantha. Le trajet avait été long mais, Dieu merci, sans histoire. Kramer, ou sa doublure, avait dû surveiller les bretelles d'accès d'Austin à l'autoroute I-35 mais Dylan avait déjoué leurs plans en empruntant la nationale 190 avant de s'engager sur l'autoroute comme s'il venait de Houston et non d'Austin, subterfuge qui avait apparemment bien fonctionné même s'il leur avait fait perdre du temps, ce temps qui leur était si précieux.

Il rangea la Honda 500 dans un hangar, à l'entrée de Mason Ridge, à quelque distance de son petit ranch.

— On va finir à pied, annonça-t-il.

C'étaient les premiers mots qu'il lui adressait depuis plus de cinq heures. S'il la tenait pour responsable de l'enlèvement de Maribel, il n'en laissa rien voir. Ses yeux avaient une expression aiguisée, déterminée.

Elle avait mal à peu près partout à cause du manque de sommeil et de nourriture. Son estomac gargouillait mais elle se sentait incapable d'avaler quoi que ce soit. Comment l'aurait-elle pu quand la vie d'une petite fille était en jeu ? Et pas n'importe quelle petite fille : celle de Dylan.

Aux cernes qui cerclaient ses yeux verts, il ne pensait qu'à ça, lui aussi.

— On en a pour combien de temps ? demanda-t-elle, espérant lui changer les idées.

— Environ une demi-heure.

Il connaissait ce secteur comme sa poche, donc elle lui faisait confiance.

La marche ne fut pas désagréable malgré ses muscles douloureux. C'était surtout le silence de Dylan qui la mettait mal à l'aise. Ayant grandi avec trois frères, elle savait que, lorsqu'un homme se murait dans le silence, ce n'était pas bon signe.

Il faisait à présent nuit noire ; aucune lumière ne venait percer l'obscurité totale.

Elle se dirigeait en suivant le pas de Dylan, mais lorsqu'il stoppa, elle s'arrêta un peu trop tard et le heurta.

Il chercha sa main et la garda dans la sienne pendant le reste du trajet. Elle n'aurait pas vu un arbre à cinquante centimètres devant elle. Heureusement, de temps à autre, Dylan allumait l'écran de son téléphone pour s'orienter.

Ils poursuivirent leur chemin à travers bois et débouchèrent finalement dans une clairière. Ce devait être chez lui. Une lumière extérieure était allumée au-dessus de l'abri de voiture et deux autres lampes éclairaient la façade de la petite maison de style ranch.

— On va passer par-derrière, dit-il en lui lâchant la main. Et on n'allume rien d'autre pour ne pas révéler notre présence.

Samantha resta près de lui. La chaleur de sa main lui manquait déjà.

Ils se faufilèrent à l'intérieur par la porte de service.

Les persiennes n'étant pas fermées, le halo jaune pâle de la lumière extérieure éclairait suffisamment le séjour pour qu'elle ne heurte pas les meubles.

Il y avait des livres d'enfant et des jouets sur le canapé.

Tout le reste était bien rangé, la pièce, nette. Dylan était un ancien militaire…

L'endroit était meublé simplement et confortablement. Quelques photographies encadrées de Dylan et Maribel ornaient le manteau de la cheminée. D'autres étaient posées sur des guéridons.

— Installe-toi, dit-il d'une voix sourde. La salle de bains est au bout du couloir si tu veux prendre une douche. Il y a une veilleuse toujours allumée là-bas, donc tu devrais y voir suffisamment. Il y a aussi des draps dans le placard. Tu as besoin de vêtements ?

Elle fut surprise de sa proposition. Il avait des vêtements de femme ?

Elle préféra ne pas demander pourquoi et se concentrer sur l'idée d'une bonne douche chaude.

— Je veux bien aller me débarbouiller. Et si tu as des vêtements propres à me prêter, je ne dis pas non.

— Pas de problème. Je vais te trouver ça.

Il s'absenta quelques instants puis revint dans le séjour.

— Voilà… Je les ai mis sur le plan de toilette. Désolé pour tout à l'heure. Je me suis emporté, je n'aurais pas dû…

— Tu n'as pas à t'excuser. Compte tenu des circonstances, j'ai trouvé que tu parvenais admirablement bien à te contenir.

Elle connaissait suffisamment Dylan pour savoir qu'elle n'avait rien à craindre de lui. Comme à l'époque où ils étaient lycéens, il avait simplement besoin d'espace pour réfléchir. Leur long trajet de retour à Mason Ridge avait probablement été exactement ce qu'il lui fallait pour recouvrer ses esprits après le choc que lui avait causé la terrible nouvelle concernant Maribel.

— Si, justement. Je tenais à te présenter mes excuses.

Je m'efforce d'être un homme meilleur depuis que je suis devenu père.

— D'accord, Dylan. Mais je te connais. Tu as toujours été quelqu'un de bien, même à l'époque où tu t'attirais continuellement des ennuis. Je n'ai jamais douté de toi. Pas une seconde.

Elle se dirigea droit vers lui, se haussa sur la pointe des pieds et l'embrassa sur la joue.

Il resta là, immobile, l'air abasourdi.

— N'aie pas l'air si surpris. On se connaît depuis l'âge de onze ans, non ?

Là-dessus, elle quitta la pièce en direction de la salle de bains.

Elle retira ses vêtements salis par le trajet à moto et tourna le robinet d'eau chaude à fond. Son regard se posa alors sur des jouets en caoutchouc et un flacon de bain moussant de princesse, rose pailleté. Aussitôt, une main de glace emprisonna son cœur, ses genoux se dérobèrent. Elle se retint d'une main au mur carrelé et récita mentalement une prière pour que la petite fille s'en sorte saine et sauve, comme Shane. Toute autre issue était purement inimaginable.

La douche régénéra ses muscles raidis.

Elle se sécha et prit les vêtements qui l'attendaient sur le côté du lavabo — un short long et un T-shirt. Clairement masculins. Pourquoi ce détail allumait-il une petite étincelle de lumière dans son cœur lourd ?

Elle enfila les vêtements et pinça la taille du short avec une barrette à cheveux en forme de papillon trouvée dans un tiroir.

Quoi qu'il puisse encore arriver, elle se jura de faire tout ce qui était en son pouvoir pour aider à retrouver Maribel.

Quand elle sortit de la salle de bains, une odeur de

cuisine lui parvint depuis l'autre bout du couloir. Dylan s'était occupé du repas. Son estomac se mit à gargouiller de plus belle, même si elle ne s'imaginait pas réussissant à avaler quoi que ce soit dans ces circonstances. Il semblait impossible, pour ne pas dire indécent, de songer à accomplir quoi que ce soit de normal tant que la fille de Dylan serait portée disparue.

Samantha longea le corridor.

Dylan se retourna au moment où elle entrait dans la cuisine. Il s'immobilisa et la dévisagea.

— Qu'y a-t-il ? s'enquit-elle en examinant sa tenue, gênée.

— Rien. Ça t'a fait du bien ? demanda-t-il d'une voix basse, un peu contrainte.

— Oui. Pourquoi ? Ça se voit tant que ça ?

Il hocha la tête.

— Assieds-toi, dit-il en lui indiquant d'un signe de tête la table et les chaises.

— Je n'ai pas faim.

— Tant pis. Tu mangeras quand même.

Ces réponses qui fusaient par salves brèves… Cela non plus, ce n'était pas bon signe. Peut-être pourrait-elle l'amener à s'ouvrir et à parler un peu ? Quand ses frères s'échauffaient un peu trop, cela aidait en général à désamorcer leur colère.

Elle jeta un nouveau coup d'œil à Dylan.

A son expression farouche, sauvage presque, il n'aurait pas hésité à étriper un animal à mains nues si cela avait pu lui ramener sa fille.

— Parle-moi de Maribel… Comment est-elle ?

— C'est une boule d'énergie. Non… Plutôt une tornade d'un mètre de haut.

Un sourire attendri étira brièvement les lèvres de Dylan avant qu'il ne se reprenne brutalement.

— Je n'ai pas envie de parler de ça pour le moment.

Bien. Elle allait devoir trouver autre chose.

— Et... As-tu réfléchi à ce que sera notre angle d'attaque ?

— Oui.

— Et ?

Il pointa le doigt vers une chaise.

— Assieds-toi d'abord.

— OK.

Elle prit place sur le siège. Deuxième tentative avortée.

Il s'approcha et déposa devant elle une assiette pleine et des couverts.

— Tu sais cuisiner ?

— Les pâtes, oui. C'est le plat préféré de Maribel. J'ai appris.

Il saisit son bras et le tint levé comme pour l'inspecter.

— Tu as maigri.

C'était vrai, donc elle n'essaya pas de nier.

— Tu avais à peine la force de te tenir à moi, sur la moto. A plus d'une reprise, j'ai bien cru que tu allais basculer.

Elle s'étonna qu'il l'ait remarqué mais, en effet, ses bras enroulés autour de son torse s'étaient desserrés une fois ou deux, même si elle avait rapidement rectifié le tir.

— Alors, fais-moi disparaître le contenu de cette assiette, acheva-t-il d'un ton bourru.

L'ancien Dylan n'aurait jamais prêté attention à ce genre de chose. Il avait clairement eu un côté mauvais garçon, tête brûlée ; en un mot, égocentrique. Mais ce n'était pas sans raison... La vie n'avait pas été tendre avec lui. Le nouveau Dylan, en revanche, celui dont le caractère présentait moins d'aspérités, touchait son cœur davantage encore. Il avait toujours été beau, de cette beauté un peu rude, à fleur de peau, imprévisible. Et il avait toujours été indestructible. A l'évocation de cet aspect-là de sa personnalité, son cœur se serra. Son seul point faible, son talon d'Achille, c'était son petit ange.

Le nouveau Dylan paraissant décidé à monter la garde, debout à côté d'elle, tant qu'elle n'aurait pas avalé quelques bouchées, elle planta sa fourchette dans les pâtes pour lui faire plaisir. Mais le plat se révéla aussi délicieux que le fumet qui s'en dégageait, et elle continua sans avoir besoin de se forcer. L'ombre d'un sourire satisfait se dessina aux coins des lèvres de Dylan, un sourire qui ne se refléta pas dans ses yeux, toujours tourmentés et furieux.

Qu'il semble se soucier autant d'elle la culpabilisa. Il s'était comporté en ami loyal. Il avait mis sa vie en péril pour lui porter secours et comment l'avait-elle remercié ? En le traitant comme un ennemi.

— Puisque nous en sommes aux excuses, je ne crois pas t'avoir encore remercié, dit-elle avant d'engloutir une autre bouchée.

— Ce n'est pas une excuse, souligna-t-il.

— Oui, eh bien… Merci quand même.

Il retourna jusqu'au comptoir, se servit à son tour et se mit à manger, une hanche calée contre le plan de travail.

— Si tu veux pouvoir faire front, il faut que tu manges.

Elle leva les yeux et l'observa. Il avait raison, là encore. Même si elle le savait rongé par l'inquiétude, il restait solide comme un roc extérieurement. Seuls ses yeux trahissaient sa souffrance, mais il aurait certainement été capable d'afficher un masque complètement indéchiffrable s'il l'avait voulu.

— A toutes fins utiles, je te signale que je n'ai pas faim, moi non plus, déclara-t-il.

La colère bouillonnait clairement en lui ; elle émanait

par vagues de toute sa personne, embrasant la pièce tandis qu'il plantait avec plus de force que nécessaire sa fourchette dans l'assiette.

Oui, Dylan avait raison. Elle ne tiendrait pas physiquement si elle continuait, comme elle l'avait fait pendant toute cette semaine, à ne pas se nourrir ni dormir correctement. Il lui en coûtait déjà de porter la fourchette à sa bouche, alors que ferait-elle face à un assaillant ?

Dylan rinça son assiette et la plaça dans le lave-vaisselle avant de revenir vers elle. Sa présence était massive, imposante — de l'énergie à l'état brut.

— Qu'est-ce qu'on fait maintenant ? demanda-t-elle sans pouvoir réprimer un bâillement.

— On va se coucher.

Il inspecta son assiette, lui retira la fourchette de la main et alla mettre le tout au lave-vaisselle.

— Mais il doit bien y avoir quelque chose que…

— Pas de discussion, trancha-t-il. Tu vas au lit, et moi aussi. Je ne serai d'aucune utilité à Maribel si je ne dors pas quelques heures. Et toi, tu en as plus que moi à rattraper.

Elle ravala la protestation qui lui montait machinalement aux lèvres. Certes, elle ne comptait pas se laisser dicter sa conduite et entendait bien faire entendre sa voix, mais il ne fallait pas se tromper de combat. Elle avait réellement besoin de dormir. Prétendre le contraire aurait été stupide.

Restait à trouver le sommeil, ce qui n'allait pas être une mince affaire. La proximité de Dylan n'y contribuait guère. Son pouls battait beaucoup trop vite chaque fois qu'il approchait. La poussée d'adrénaline due aux émotions fortes de la journée s'était depuis longtemps dissipée, et elle se retrouvait avec un cœur battant à tout va dans un corps à bout de forces.

— Va te laver les dents la première. Tu trouveras une brosse à dents neuve dans l'armoire de toilette.

En temps normal, elle se serait sentie offensée qu'il s'adresse de nouveau à elle sur ce ton bref, laconique. A ceci près que son propre frère aîné, Brent, faisait pareil avec elle. Lorsqu'il était concentré, Brent devenait tranchant et envoyait au diable les civilités. « Parce que je n'ai pas le temps de m'encombrer de futilités quand j'ai quelque chose de sérieux à faire » arguait-il. Combien de fois Brent leur avait-il sauvé la mise dans les difficiles premières années qui avaient suivi la mort de leur mère !

Donc, elle comprenait Dylan. C'était sa façon à lui de réagir. Mais…

Il posa une main sur son épaule, l'invitant à quitter la table. Cela interrompit aussitôt le fil de ses pensées.

— Allez, viens, appuie-toi sur moi, lança-t-il d'un ton bougon.

Elle voulut se lever, mais ses genoux la portaient à peine. Avec gratitude, elle laissa Dylan enrouler son bras ferme autour de sa taille.

Le terme fatigué ne suffisait pas à décrire l'état de complet épuisement dans lequel elle se trouvait.

Elle se brossa rapidement les dents et… ce fut la dernière chose dont elle garda le souvenir.

La maison était silencieuse quand Samantha ouvrit les yeux. Elle battit des paupières, le temps de retrouver ses repères. Ah oui… Elle était sur le canapé convertible dans la chambre d'amis. Dylan avait insisté pour lui laisser sa chambre, mais elle avait refusé. Il avait besoin de dormir, lui aussi, et il y parviendrait sûrement mieux dans son lit. De toute façon, elle avait sombré dans le sommeil à la seconde où sa tête avait touché l'oreiller.

Quelle heure était-il ?

Elle chercha un réveil des yeux, se leva et en trouva un sur une petite table. Presque 2 heures. Elle avait donc dormi au moins quatre heures. C'était plus qu'elle n'avait réussi à fermer l'œil de toute la semaine. Au point où elle en était, ce n'était pas si mal. Comme l'aurait rappelé son frère aîné :

« Réjouis-toi de chaque petite victoire. Ça t'aidera à tenir bon dans les moments les plus difficiles »

Dylan n'aurait sans doute pas dit autre chose. Mais la ressemblance avec son grand frère s'arrêtait là. Physiquement, ils n'avaient rien de commun. Brent mesurait à peine un mètre soixante-dix-sept. Il avait hérité de la stature de son père et de l'intelligence de sa mère. Celle-ci avait été brillante et douée d'un sens artistique très développé. Samantha la revit cherchant la pièce de la maison qui bénéficiait de la meilleure lumière avant de s'y installer pour peindre. Elle s'était créé un coin à elle dans la chambre la plus lumineuse et y avait placé un petit meuble dans lequel elle rangeait son matériel de peinture. Mais si elle n'avait pas pris beaucoup de place dans la maison, elle en avait occupé une énorme dans le cœur de Samantha. Le coup avait été terrible quand elle l'avait perdue.

Elle se força à refouler ces pensées tandis qu'elle avançait à pas de loup dans le couloir, en direction de la chambre de Dylan, située après celle de sa fille. Lorsqu'elle approcha de cette dernière, son cœur se serra.

La porte décorée du nom de Maribel était ouverte, comme si elle attendait le retour de son occupante.

Une masse sombre attira alors l'attention de Samantha. Ses yeux s'étant suffisamment habitués à l'obscurité, elle pouvait y voir un peu. C'était Dylan.

Il s'était endormi là, assis contre le mur dans la chambre

de sa fille, tenant un lapin en peluche, sans doute le compagnon préféré de Maribel.

Sa tête tombait en avant, comme s'il priait, ou pleurait.

Samantha tiqua. Si elle le laissait là, il allait avoir un torticolis. Le moins qu'elle pouvait faire, c'était l'aider à trouver une position plus confortable.

Elle entra sur la pointe des pieds et essaya de lui retirer des mains l'animal en peluche.

L'instant suivant, elle se retrouva le dos plaqué au sol, Dylan au-dessus d'elle, pressant un objet pointu contre sa gorge, le poids de son corps l'empêchant de respirer.

Un éclat métallique brilla dans la pénombre, puis la lame effleura Samantha.

— Dylan ! Arrête… C'est moi.

Mais son regard était vitreux, comme mort, et un mauvais rictus tordait ses lèvres.

Soudain, elle comprit. Il dormait. Un geste de travers et il risquait de lui trancher la gorge avant de se réveiller. Elle veilla à ne pas faire le moindre mouvement.

— Dylan…, reprit-elle doucement. C'est moi, Samantha. S'il te plaît… Réveille-toi.

Il secoua la tête puis, tout à coup, son regard se centra sur elle.

— Bon sang… Quelle idée ! Tu aurais pu te faire tuer.

Il déplaça le poids de son corps sur le côté droit et son entrejambe appuya contre sa cuisse nue. Une décharge électrique fulgurante la traversa de part en part. *Nom d'un chien… Non !* Elle ne voulait pas éprouver cette attirance singulière qui les poussait l'un vers l'autre et lui rappelait ce parfum d'épices et de grand air qui se dégageait de lui. Pourtant, elle ne pouvait nier son existence.

La colère et l'adrénaline montèrent en elle, transformant

l'alchimie sexuelle qui opérait entre eux en une flambée de passion et de désir.

Il pencha la tête et s'arrêta à quelques centimètres de ses lèvres.

Attendait-il un signe de sa part ?

Le couteau lui échappa des mains et il l'écarta du pied sur le sol en bambou.

— Samantha..., murmura-t-il, ses lèvres effleurant presque les siennes.

Son haleine avait encore l'odeur mentholée du dentifrice.

— Oui ? fit-elle dans un souffle à peine audible, avec une conscience aiguë de l'étoffe de son pantalon effleurant ses cuisses, de son torse dur qui se soulevait et s'abaissait rapidement.

— J'ai beaucoup pensé à ce baiser que nous avons échangé hier.

Une foule de pensées confuses afflua à son esprit. Elle aussi y avait pensé. Plus que de raison. Elle ne voulait pas voir Dylan autrement que comme un ami. Pas dans ces circonstances, en tout cas. Et peut-être bien jamais. C'était trop compliqué.

Mais ses lèvres douces entrèrent en contact avec les siennes.

Elle fit remonter ses mains vers ses épaules, les enroulant autour de son cou. C'était si bon...

Il était calé sur un coude et sa main libre se mit à se promener tandis que leur baiser s'intensifiait. Il la touchait, la caressait, et tout ce qu'elle était capable de penser, c'était *encore*.

Puis, dans un éclair de lucidité, l'évidence lui apparut.

Il cherchait du réconfort, voilà tout. Ç'aurait pu être n'importe quelle femme à sa place. Tous deux étaient amis. Point.

Elle mit fin au baiser et se dégagea.

Il ne bougea pas tout de suite, comme s'il avait besoin de quelques secondes pour comprendre ce qu'elle faisait.

— Pardon. Je n'aurais pas dû…

— Non… Je me suis laissé emporter, moi aussi, coupa-t-elle. Mais ce n'est pas une bonne idée.

Elle faillit ajouter *pour le moment* mais s'arrêta juste à temps.

La vérité, c'était qu'il n'y aurait probablement jamais de bon moment pour eux deux, et elle avait la ferme intention de ne plus commettre l'erreur de prendre leur amitié pour ce qu'elle n'était pas.

— Tu as raison.

Etrangement, son bref acquiescement la blessa. Avait-elle secrètement espéré qu'il la contredirait ?

— Ça ne se reproduira pas, ajouta-t-il en se relevant. Tu veux un verre d'eau ?

Elle secoua la tête, embarrassée. Elle avait laissé les choses aller trop loin et leur relation allait s'en ressentir.

Si Dylan se comportait ainsi, ce n'était pas parce qu'il nourrissait des sentiments particuliers à son égard, mais à cause du terrible stress auquel il était soumis. Il avait seulement besoin d'une soupape de décompression. Oh ! Faire l'amour avec lui aurait été fantastique, elle n'en doutait pas. Mais ensuite ?

La relation entre eux deviendrait malaisée, ambiguë, comme lors de sa première année d'université, quand elle avait trouvé réconfort sur son épaule compatissante après le douloureux revers amoureux qu'elle venait de subir. Jud Evers s'efforçait à l'époque de mener de front ses études et sa vie de père célibataire, responsable de deux enfants. Il avait surpris sa fiancée au lit avec son meilleur ami. Samantha et lui s'étaient liés d'amitié et avaient passé des heures à discuter à la cafétéria de l'université en buvant les cafés infâmes qui y étaient servis. L'amitié s'était muée en relation amoureuse et elle lui avait ouvert tout grand son cœur. Funeste erreur de sa part. Elle n'avait pas ménagé sa peine pour l'aider, allant jusqu'à garder ses enfants pour qu'il puisse aller étudier à la bibliothèque, du moins était-ce ce qu'il lui avait fait croire… Jusqu'au soir où, après avoir mis ses enfants au lit, elle s'était connectée sur les réseaux sociaux pour tromper l'ennui.

Et elle l'avait vu, surpris par l'objectif inquisiteur d'un appareil-photo, en train d'embrasser une autre élève de leur cours de littérature, rien de moins. Il était torse nu et, de toute évidence, ils venaient de faire l'amour.

Jamais Samantha n'avait eu à ce point l'impression d'avoir été manipulée.

Lorsqu'elle l'avait affronté, ce soir-là, il avait rétorqué sans se démonter qu'il avait cru que les choses étaient claires entre eux — qu'ils étaient simplement de ces amis qui, accessoirement, couchaient ensemble.

Elle avait bien cru mourir d'humiliation. S'il n'avait pas été trop tard pour renoncer à ce cours, elle se serait désinscrite à la seconde. Au lieu de quoi elle avait dû se dominer et passer dix semaines à analyser de la prose en compagnie de lui et de cette fille.

Le pire avait été de dire au revoir à ses deux bambins qu'elle avait pris en affection.

Mais tout cela était loin dorénavant… Elle se redressa.

Autant essayer de grappiller encore une ou deux heures de sommeil. Même si ce n'était pas facile avec Dylan à quelques mètres d'elle.

Absorbée dans ses réflexions, elle esquissait un pas en direction de la sortie lorsqu'il se matérialisa dans l'encadrement de la porte, devant elle. Elle sursauta. Seigneur !

Décidément, cet homme avait l'art de se déplacer comme une ombre.

— Désolé de ce qui s'est passé, répéta-t-il d'une voix encore enrouée. J'ai perdu les pédales, mais… c'est fini. C'était une limite à ne pas franchir, j'en ai conscience.

Exactement ce qu'elle était censée avoir envie d'entendre. Mais alors, d'où lui venait cette brûlure dans la poitrine ?

6

Dylan était assis depuis une bonne demi-heure, yeux fermés, dans la chambre de Maribel lorsque Samantha l'avait pris par surprise. L'embrasser une première fois avait été une erreur. Mais que dire de la deuxième ?

Il secoua la tête, dépité. Evidemment, il ressentait de l'attraction chaque fois qu'elle entrait dans une pièce. C'était même la seule chose qui prouvait qu'il n'était pas devenu indifférent à la vue d'une belle femme.

Il s'était octroyé une courte pause dans la chambre de sa fille pour se revigorer sans avoir l'esprit embrumé par le sommeil. Etre un père à temps complet pour Maribel était la mission la plus merveilleuse, la plus gratifiante qu'il ait jamais accomplie et pour rien au monde il n'aurait échangé sa place contre celle d'un célibataire sans attaches. Mais prendre soin de son petit ange vingt-quatre heures sur vingt-quatre, sept jours sur sept, ne laissait que peu de place pour autre chose dans sa vie… En tout cas, pour *quelqu'un d'autre*.

De plus, Samantha était une amie.

Certes, par le langage corporel, elle lui adressait des signaux. Il existait entre eux une indéniable alchimie. Toujours la même histoire : un homme, une femme, l'instinct primaire, etc. Ils avaient vécu l'enfer ensemble et les hormones avaient pris le dessus. Vu comme ça, c'était tout simple. Mais les hormones n'allaient pas baisser par l'opération du Saint-Esprit, songea Dylan. Il allait donc devoir se surveiller d'un peu plus près pour les museler une fois pour toutes.

Qui plus est, il n'était pas homme à « avoir des relations ». Il ne s'était même pas autorisé la plus insignifiante aventure depuis qu'il avait décidé de prendre sa vie en main quelques années plus tôt, et encore moins depuis l'entrée en scène de Maribel.

Son faible pour Samantha n'était rien d'autre qu'un incident de parcours sans conséquence. Un incident qu'il se faisait fort de dépasser. La dernière chose dont il avait besoin, c'était d'une complication supplémentaire dans sa vie. Surtout compte tenu de la catastrophe qui venait de s'abattre sur lui… Il allait devoir mobiliser toute son énergie s'il voulait retrouver son bébé. Et, une fois que Maribel serait de retour, ses journées seraient bien remplies entre le travail, les jeux partagés avec sa fille, le jardin d'enfants…

Et puis, les femmes en qui il avait confiance n'étaient pas légion. En fait, il y en avait trois, dont une mesurait à peine plus d'un mètre de haut. Les deux autres avaient été triées sur le volet : sa nounou et la directrice de l'école.

Réprimant les émotions qui tourbillonnaient encore en lui, il se dirigea vers la salle de bains, où il prit une douche froide.

Un quart d'heure plus tard, il entrait dans la cuisine.

Dès l'aurore, il passerait au bureau du shérif pour voir s'ils avaient des pistes. Surtout, il lui fallait échafauder son propre plan de campagne pour retrouver Maribel.

Pour l'instant, le seul élément d'information dont il disposait était le nom de Thomas Kramer. Seulement, les morts n'enlevaient pas d'enfants. Le lâche qui avait fait ça était bien vivant et il devait avoir beaucoup d'argent et de relations pour pouvoir financer les récentes attaques à Mason Ridge *et* à Austin.

Un réseau criminel était-il impliqué ? se demanda Dylan. Il ne se passait pas une semaine sans que les médias nationaux n'évoquent des réseaux illégaux responsables de disparitions d'enfants.

Et puis, il y avait le père de Samantha, qu'il s'agissait de retrouver, les deux affaires étant liées. Dylan ne tenait pas à impliquer Samantha plus que nécessaire pour toutes sortes de raisons autres que l'attirance qu'elle lui inspirait. Il avait toutefois besoin de son concours pour le retrouver. Donc il n'avait pas le choix : il devait la garder près de lui. Pour le moment.

Si le mystérieux inconnu qui était derrière tout cela avait détenu son père, il n'aurait pas enlevé Maribel. Sa fille ne risquerait donc rien tant que M. Turner demeurerait introuvable.

Mais à part ces déductions personnelles, il n'avait pratiquement rien, aucune piste. Bon sang ! Maribel devait être terrifiée.

Refoulant ces pensées négatives, il jeta un coup d'œil à la pendule. Près de deux heures s'étaient écoulées depuis l'incident avec Samantha. Le temps jouait contre lui.

Bien. Il fallait agir.

Il ouvrit son ordinateur portable, saisit un papier et un crayon et commença par noter au milieu :

Thomas Kramer

Puis le nom du père de Samantha :

Henry Turner

Il traça un cercle autour de chacun d'eux, qu'il relia par un trait. Que savait M. Turner ?

Il inscrivit le nom de Samantha en haut de la feuille, puis le sien, en face. A partir de son propre nom, il traça une ligne pointillée vers le bas et griffonna :

Maribel

Le bureau du shérif n'avait pas connaissance du rapport existant entre la disparition de Maribel et M. Turner, du moins pas encore.

Ils pensaient rechercher une fillette égarée, pas être confrontés à une affaire d'enlèvement. Si impatient qu'il soit de retrouver sa fille, Dylan ne pouvait courir le risque de les détromper pour le moment.

Il devait y avoir un autre moyen… Un lien qu'il n'avait pas encore établi.

Bien sûr, la priorité, c'était de parler au père de Samantha. Mais où le chercher ? Il n'avait sûrement pas commis la bêtise de se cloîtrer chez lui.

A la quincaillerie ? Trop évident, là aussi. Mais Dylan tenait à poser quelques questions aux employés. Attrapant son téléphone, il composa le numéro du magasin. Et tomba sur un message enregistré : la boutique ouvrirait ses portes cinq heures plus tard.

Qu'avait dit Samantha à propos des endroits où aimait aller son père ?

Il était pêcheur… Il devait donc bien connaître les lacs de la région. Rien que dans le nord du Texas, une bonne douzaine d'endroits étaient des coins de pêche réputés. Samantha avait mentionné les poissons-chats.

Dylan écrivit donc :

Cabane de pêche ?

M. Turner avait peut-être quelques coins secrets que

seule sa fille connaissait. Dylan l'interrogerait à ce sujet quand elle serait réveillée.

En attendant, il pouvait rédiger quelques mails en réponse aux messages inquiets de ses amis.

Vingt messages s'étaient accumulés dans le dossier *Indésirables*. Puisque, de temps à autre, un message pertinent atterrissait là, il cliqua sur le dossier.

Puis, du regard, il balaya la liste. Au milieu des publicités et des arnaques, un message retint son attention. Une sorte d'invitation… Qui lui était parvenue moins d'une heure après l'enlèvement de Maribel.

Le titre du mail était à vomir :

D'accord pour négocier ?

Une fureur sans nom se mit à courir dans ses veines, le consumant de l'intérieur.

Il passa au contenu du message.

Un lieu de rendez-vous était indiqué :

1 212 Whistle Bend Road, à Mason Ridge.

Et il devait apporter la Barbie Courage qui se trouvait sur la deuxième étagère, dans la chambre de sa fille.

Il se leva et fonça jusqu'à la chambre de Maribel.

Ce salaud s'était-il introduit dans la maison ?

La colère l'envahit plus encore tandis qu'il marchait droit vers l'étagère indiquée. Maribel ne jouait jamais avec sa Barbie Courage. Elle la gardait exposée sur l'étagère pour se souvenir qu'elle devait être forte.

Avaient-ils pris d'autres objets appartenant à Maribel ? se demanda Dylan. Il n'avait pas pensé à vérifier.

Il commença à fouiller méthodiquement les tiroirs de sa fille. Mais celui qui s'était introduit chez lui avait pris soin de ne laisser aucune trace. Il n'y avait probablement pas d'empreintes non plus. Si jamais les choses dégénéraient, Dylan veillerait à ce que ce fumier le paie cher.

Le pyjama préféré de Maribel manquait, ainsi que deux ou trois autres vêtements. Quelqu'un s'était arrangé pour qu'elle ait ce qu'il lui fallait.

En outre, certaines affaires n'étaient pas à leur place. Plusieurs jouets. Dylan ramassa son lapin favori, Rofurt, qui traînait par terre.

L'animal en peluche serré contre lui, il retourna à l'ordinateur. Puisqu'on avait pris la peine de prendre des affaires personnelles, c'était bien le signe qu'on n'avait pas l'intention de lui faire de mal… Non ?

Pour la première fois, une lueur d'espoir se fit jour en lui. Mais il ne voulait pas non plus se bercer d'illusions.

Il entra l'adresse indiquée dans un moteur de recherche et passa en mode *Vue aérienne*. C'était un terrain bordé de bois sur l'arrière — des bois où il serait facile de s'embusquer. Sur l'avant, un poteau avec une boîte aux lettres, et c'était tout.

Dylan décida d'appeler Jorge, la seule personne qu'il était à peu près sûr de ne pas déranger à cette heure.

Celui-ci décrocha en effet à la deuxième sonnerie.

— Salut, mon vieux. Qu'est-ce que je peux faire pour toi ?

— Salut. J'ai besoin d'informations concernant une adresse IP. J'ai reçu un mail.

— OK. Patiente une seconde…

Il se mit à pianoter à toute vitesse sur son clavier. Depuis qu'ils travaillaient ensemble, Jorge pouvait prendre la main à distance sur son ordinateur.

— Il faut aussi que je sache à qui appartient le terrain dont l'adresse figure dans le message. Est-ce que tu peux faire très vite ?

— Tu sais bien que oui. C'est en rapport avec…

Il laissa sa phrase en suspens, et Dylan lui en sut gré. Jorge avait certainement entendu l'alerte enlèvement.

— Oui.

— Je m'en occupe tout de suite. Je te rappelle dans une minute.

— Je garde le téléphone en main.

Dylan coupa la communication et considéra la feuille avec les noms inscrits dessus. Quelque chose lui échappait certainement... Mais quoi ? Quel rapport pouvait-il y avoir entre tous ces noms ?

Samantha avait beau se tourner et se retourner, le sommeil restait aussi éloigné d'elle que New York du Texas. Elle repoussa le drap et se dirigea vers la porte.

Si Dylan était réveillé, il ne faisait pas de bruit.

Elle chassa de son esprit les images de son corps robuste pressé contre le sien et sortit dans le couloir. Le son d'un clavier d'ordinateur lui parvint.

Un alléchant arôme de café flottait également dans l'air et elle s'avança en direction de la cuisine. Mais elle ne voulait pas le prendre par surprise une deuxième fois. Elle se mit donc à marcher normalement et, pour faire bonne mesure, s'éclaircit la voix.

— Il m'a semblé sentir une odeur de café, nota-t-elle d'une voix douce.

La seule source de lumière, dans la pièce, provenait de l'ordinateur de Dylan.

Il leva à peine les yeux de l'écran.

— Sers-toi.

Qu'avait-il bien pu se passer au milieu de la nuit ?

Samantha trouva une tasse et la remplit. Elle trempa les lèvres dans le breuvage fumant, savourant le goût des précieux grains torréfiés.

Mais il y avait manifestement une certaine tension dans l'air. A cause de ce qui s'était passé entre eux ? Elle espérait que non. Elle n'aurait jamais réussi à surmonter cette épreuve sans Dylan.

— Tu veux que je te resserve ? proposa-t-elle en gage d'apaisement.

Il grommela quelque chose qui pouvait passer pour un acquiescement.

Comme elle revenait vers lui avec sa tasse pleine, il leva brusquement la tête et tourna l'ordinateur vers elle, lui désignant un mail.

Elle le parcourut et se mit aussitôt à frissonner.

Dylan lui montra ensuite une liste de toutes les personnes qu'ils connaissaient : leurs amis communs et une demi-douzaine d'autres hommes, plus âgés.

Elle se tourna vers lui, effarée.

— Tu penses que l'un de nos amis est mêlé à ça ?

Il croisa les doigts.

— Je n'en sais rien, mais ils peuvent aussi avoir été témoins de quelque chose qui nous aiderait à y voir plus clair.

— Au moins, nous avons quelque chose de concret maintenant, observa-t-elle en désignant l'écran du menton. Quand veulent-ils procéder à l'échange ?

— Demain soir, à minuit.

— Oh ! Je me demande bien pourquoi ils nous laissent tant de temps.

— A mon avis, ils espèrent mettre la main sur ton père d'ici là.

— Ça ne nous laisse quand même guère de temps pour nous préparer, commenta-t-elle avant de porter son café à ses lèvres.

Elle comptait bien veiller personnellement à ce que Maribel rentre chez elle saine et sauve. Mais ne valait-il pas mieux faire cavalier seul pour y parvenir ? Sans Dylan ? Non. Rien que l'idée l'effrayait.

Elle s'obligea à penser à autre chose.

— Tu as faim ? s'enquit-elle en se dirigeant vers le réfrigérateur qu'elle ouvrit.

Il fit mine de se lever, mais elle l'arrêta d'un geste.

— Je m'en charge, lança-t-elle. Voyons un peu ce qu'il y a là-dedans…

Dylan aurait bien voulu parler à Samantha d'autre chose que de nourriture. Lui dire que tout allait rentrer dans l'ordre. Mais rien à faire. Les mots ne venaient pas, obnubilé qu'il était par une seule idée : ramener Maribel.

Il fallait aussi qu'ils retrouvent le père de Samantha, et les premiers qui plus est.

Le soleil n'allait pas tarder à se lever. Ils se mettraient en route juste avant l'aube.

S'il avait été du genre à faire des paris, il aurait misé gros sur le fait que ce lieu de rendez-vous était situé à proximité d'un de ces hangars où Rebecca et son frère avaient été séquestrés quinze ans plus tôt. Brody avait démoli le bâtiment, il n'en faisait pas mystère. Dylan était d'ailleurs bien placé pour le savoir puisqu'il avait prêté main-forte à son ami dans son entreprise.

— Par où allons-nous commencer pour localiser mon père ? questionna Samantha en remuant quelque chose qui ressemblait à une omelette dans un saladier.

— Par le début, répondit-il tout en s'efforçant d'imaginer un moyen de passer à travers bois pour rejoindre le secteur des hangars sans être vu.

— Il y a sûrement quelque chose qui nous échappe, soupira Samantha. Le nom de Kramer n'est qu'un leurre destiné à détourner notre attention.

— Celui qui est aux manettes a l'esprit tordu. Si ça se trouve, ce n'est pas Kramer qui a enlevé Rebecca et Shane. Peut-être qu'on s'est trompés sur toute la ligne.

— J'y ai pensé aussi. Ces types, à Austin, c'étaient sûrement des tueurs à gages.

Elle posa un oignon et des poivrons sur le plan de travail.

— Où sont les couteaux ? s'enquit-elle.

— Dans le tiroir, à ta gauche. Il y a une sécurité enfant.

Comme elle bataillait pour la débloquer, il vint à sa rescousse. Elle sentait le lys, la fleur favorite de Maribel. Manifestement, elle avait utilisé le shampooing qu'il achetait pour sa fille. Maribel l'avait choisi tout spécialement à l'intention de Mme Anderson, pour les soirs où elle restait dormir à la maison.

Dylan avait vu là un signe supplémentaire que sa fille aurait souhaité une présence féminine permanente avec eux.

Même s'il faisait de son mieux pour répondre à tous ses besoins, il était bien forcé d'en convenir : un sérieux manque d'œstrogènes le limitait à certains égards. Il compensait cette lacune par Mme Anderson et Mme Applebee. Mais un jour viendrait où cela ne suffirait plus à Maribel.

Alors il aviserait, se rassura-t-il. Pour s'engager dans une relation sérieuse, il fallait avoir une absolue confiance en sa partenaire. Et c'était là que le bât blessait. Avoir été abandonné par ses parents, des hippies qui pensaient avoir mieux à faire, l'avait sérieusement dégoûté de toute relation approfondie. En fait, il défaisait toujours les liens qu'il avait tissés. Même si Lyndsey avait eu ses raisons de mentir, il l'avait aimée. Vraiment. Il avait été dévasté lorsqu'elle avait subitement accepté un nouvel emploi et était partie pour le Nouveau-Mexique sans laisser d'adresse. Elle s'était donné beaucoup de mal pour le rayer de sa vie.

Sa fierté et son obstination l'avaient empêché de tenter une réconciliation. On ne voulait pas de lui ? Très bien.

Combien de fois n'avait-il pas regretté cette attitude depuis ? Souhaité pouvoir remonter le temps et vivre ces quelques précieuses années avec Lyndsey ? Il se serait expliqué, l'aurait obligée à écouter *sa* version.

Ce n'était pas seulement pour Maribel qu'il aurait voulu que sa maman soit encore là. Lyndsey et lui s'étaient appréciés ; ils s'étaient merveilleusement accordés sur le plan sexuel et avaient eu une adorable petite fille. Tout le reste aurait pu s'édifier à partir de ces fondations-là. Bien des couples se constituaient sur des bases moins solides.

Mais, évidemment, si Lyndsey avait été encore en vie, peut-être n'aurait-il même pas su qu'il avait une fille. Un bien pour un mal… C'était ce genre de bénédictions mitigées qui avaient jalonné sa vie.

Et il fallait être réaliste. Quel genre de couple auraient-ils formé s'ils n'avaient jamais parlé de rien d'important ? La conversation n'avait pas vraiment dû être son fort puisque Lyndsey n'avait même pas jugé bon d'en amorcer une pour l'informer de sa paternité.

Il regrettait qu'elle ne l'ait pas mieux compris, qu'elle ne lui ait pas fait suffisamment confiance pour tenter une coparentalité. Avait-il donc été tellement odieux qu'elle n'ait pas même envisagé cette solution ? Elle connaissait son passé. Il n'avait pas désiré fonder une famille, mais elle aurait dû savoir qu'il n'aurait jamais tourné le dos à son enfant. Si Lyndsey avait eu la moindre notion de qui il était, elle aurait su cela.

Il se secoua pour émerger de sa rumination. Ressasser le passé ne changeait rien, il le savait bien. Il en avait suffisamment fait l'expérience à la mort de Lyndsey.

— Voilà… Tu entrouvres à peine le tiroir et tu rabats ce petit cran de sûreté, là.

Son bras effleura celui de Samantha, et un petit choc électrique remonta jusqu'à son épaule. Non, il ne devait pas penser à la douceur de ses lèvres, à ses longues jambes fuselées, là, juste à côté de lui. Au tremblement qui la gagnait lorsqu'il se tenait près d'elle.

Et encore moins au souvenir du parfait appariement de leurs corps tandis qu'elle était étendue par terre, au-dessous de lui.

C'était typiquement le genre de chose qui pouvait briser une amitié.

Après un bref temps d'hésitation, Samantha saisit le manche en bois du couteau à découper.

Dylan recula, puis s'assit sur un tabouret haut, devant le comptoir, tandis qu'elle se mettait à émincer les poivrons. Elle semblait tout à fait à son aise dans une cuisine et il observa avec plaisir l'enchaînement fluide de ses gestes.

Bon sang !

Etait-ce d'avoir regardé trop de Walt Disney avec Maribel qui le rendait sentimental à ce point ?

Définitivement, il avait autant besoin d'une autre personne dans sa vie qu'un champ d'herbe sèche d'une allumette enflammée !

7

A la deuxième sonnerie du téléphone de Dylan, le cœur de Samantha s'emballa. Comme si cela ne suffisait pas que son pouls s'accélère chaque fois qu'il approchait d'elle !

Voilà que le moindre son lui étrillait les nerfs.

Elle avait passé une semaine à sursauter pour un rien : son ombre, un mouvement qui n'existait que dans son imagination…

Elle s'obligea donc à respirer à fond et se concentra de nouveau sur l'omelette, dans la poêle, devant elle.

— Oui, monsieur. Elle est là, dit Dylan d'un ton solennel. Je vous la passe.

Elle écarta la poêle de la plaque et se retourna. Un coup d'œil à l'expression de Dylan lui suffit pour comprendre : il y avait un problème.

— C'est ton père.

Sans quitter Dylan des yeux, elle prit l'appareil.

— Allô, papa ?

— Ne dis rien à personne. Tu m'entends ? Il ne faut pas qu'ils t'attrapent. Je vais régler ça, débita rapidement son père.

Des bruissements feutrés lui parvenaient depuis l'autre bout de la ligne, à l'arrière-plan.

— Mais tu vas régler quoi ? De quoi parles-tu ? lança-t-elle, tendant l'oreille pour tenter d'identifier un son qui lui permettrait de situer l'endroit où il se trouvait.

Il y eut un craquement sinistre, suivi d'un grognement. Elle retint son souffle, tétanisée par la peur.

— Ce n'est pas ce que vous étiez censé dire. Je croyais qu'on était d'accord, fit une voix masculine.

— Papa ? Que se passe-t-il ? Où es-tu ?

Les questions fusaient, frénétiques. Son cœur battait à coups redoublés tandis qu'elle plongeait son regard, désespéré, dans celui de Dylan.

— Essaie de le garder en ligne le plus longtemps possible, murmura-t-il d'un ton pressant.

Il avait déjà décroché son téléphone fixe et composait un numéro, l'air totalement concentré.

— Allô ? Papa, tu es là ? reprit Samantha. Parle-moi ! Je ne peux pas t'aider si tu ne me dis pas ce qui se passe.

Un silence assourdissant lui répondit.

— J'ai essayé de m'enfuir mais ils m'ont eu, confessa-t-il dans un souffle rauque, haletant. Je sais tout de la combine et c'est gros, très gros. Il est très influ…

De nouveau, des bruits résonnèrent au bout de la ligne, puis son père poussa un cri.

Elle se mit à trembler incoerciblement.

— S'il vous plaît, ne lui faites pas de mal. Qui ça, « il », papa ?

Le désespoir lui nouait l'estomac.

Tout cela était tellement mauvais signe. Son père n'était plus tout jeune. Il ne pourrait pas se défendre contre des hommes plus vaillants.

— Papa. Tu es là ?

Elle pria le ciel qu'il aille bien, que rien ne lui arrive. Ils étaient proches, tous les deux. Il n'avait peut-être pas été un père parfait, mais il avait fait de son mieux, d'autant qu'il avait dû jouer le rôle de père et de mère pour eux tous. Et, bien qu'elle ait été responsable de l'accident de sa mère, jamais, pas une fois, il ne le lui avait fait sentir. Comment diable avait-il pu se mettre dans pareil guêpier ?

— Ils savent déjà que je t'ai tout avoué, déclara-t-il bien haut, la respiration saccadée.

Puis il murmura :

— Ils ne me feront pas de mal tant qu'ils ne t'auront pas trouvée.

Une peur irraisonnée s'empara d'elle. Mille scénarios lui traversaient l'esprit. Et s'ils le torturaient ?

— Papa ?

Que pouvait-elle faire ? Appeler Brent ? Et puis après ? Ses frères sauraient-ils quoi faire ?

De nouveaux bruits de lutte lui parvinrent puis, soudain, la ligne fut coupée.

— Oh non ! Non !

Elle tourna la tête, éperdue, vers Dylan.

— Ce n'est pas possible. C'est un cauchemar. Ils vont le tuer !

Dylan raccrocha le téléphone.

— J'essaie de faire localiser l'appel. Mon contact doit me rappeler dans quelques minutes.

— Et qu'est-ce qu'on fera ? On ira le chercher ? Ils le tiennent. Ils vont le tuer. Il sera mort avant qu'on soit arrivés là-bas.

Il fallait qu'elle se calme, qu'elle reprenne son souffle. Mais son père était seul avec… Avec qui ? Seigneur, il ne méritait pas de mourir entre les mains d'un salaud, quoi qu'il ait vu ou fait quinze ans plus tôt.

Elle s'obligea à prendre plusieurs profondes inspirations. Cela ne servait à rien de paniquer.

Puis elle rapporta à Dylan ce que son père lui avait appris.

— Maintenant, au moins, on sait pourquoi ils sont à tes trousses, commenta Dylan.

— Mais je n'ai aucune idée de ce que sait mon père !

— Peut-être, mais ça, ils ne sont pas au courant… C'est son moyen de pression.

Elle se mit à faire les cent pas dans la cuisine.

— N'empêche qu'ils vont le tuer. Si ce n'est déjà fait.

— S'ils voulaient vraiment le tuer, ils lui auraient déjà logé une balle dans la tête. Non… Ils veulent l'utiliser pour parvenir jusqu'à toi. Une fois qu'ils auront atteint leur objectif, ils n'auront plus besoin de garder qui que ce soit en vie.

Pour directes qu'elles soient, ses paroles portèrent.

Samantha continua à arpenter la cuisine, mais plus lentement. Peu à peu, elle recouvrait son sang-froid.

— Il a dit que « c'était gros, très gros ». Et il a commencé à ajouter : « il est très influ… » Mais il a été interrompu.

— *Influent*, probablement, devina Dylan. Un personnage important. Ça conforte notre hypothèse que Thomas Kramer n'était qu'un rouage, comme nous le pensions.

Il se planta devant elle.

— Bien. Il n'y a qu'une chose que nous puissions faire.

— C'est-à-dire ?

— Aller explorer le lieu du rendez-vous et attendre.

Lorsque le téléphone de Dylan sonna, il le saisit vivement comme s'il craignait qu'on le lui vole, mais c'était en partie pour se retenir de prendre Samantha dans ses bras. La dernière chose dont il avait besoin était de rendre la situation plus épineuse encore qu'elle ne l'était déjà. Se serrer les coudes pour traverser cette épreuve difficile était un comportement normal, entre amis de longue date. Mais quelque chose d'autre se passait entre eux — quelque chose qui l'entraînait dans une spirale vertigineuse… Un dérapage en roue libre qu'il ne pouvait en aucune façon se permettre.

— Alors ? Tu as des infos ? s'enquit-il sans s'encombrer de circonlocutions.

— Oui, répondit Jorge. Et c'est une bonne nouvelle. J'ai trouvé à qui appartient ce terrain. Enfin… Plus ou moins.

— Comment ça ?

— Le propriétaire a été assez malin pour ne pas passer par une société facilement identifiable.

— Tu veux dire qu'il a utilisé une société écran ?

— Le nom qui apparaît est celui d'une société offshore, confirma Jorge. Ce qui fait qu'il est difficile de remonter jusqu'à elle.

— Tu penses pouvoir y parvenir ?

— Est-ce qu'un chien de chasse peut rapporter une balle ? rétorqua-t-il. Bien sûr que j'y arriverai ! Mais ça va prendre un peu de temps. Quand on commence à creuser ce genre de montage juridique, c'est comme un oignon qu'on épluche. Les plus doués multiplient les couches pour brouiller les pistes au maximum.

— Et pour l'appel reçu sur mon portable ?

— Facile. Il provenait d'une cabine téléphonique, dans une station-service, près de Eagle Lake, répondit Jorge.

Dylan couvrit le téléphone et répéta l'information à Samantha.

— Papa va parfois pêcher là-bas. Ce n'est pas son coin préféré, mais il lui est arrivé d'y aller une ou deux fois.

Elle semblait réfléchir en même temps qu'elle parlait.

— Astucieux de sa part, observa Dylan. Il connaît relativement bien le secteur, mais la plupart des gens n'auraient pas pensé à l'associer à cet endroit quand il a quitté la ville.

— C'est ça. Il fallait être intime avec lui pour le savoir.

— Qui pouvait être au courant, hormis toi et tes frères ?

— Mes frères ne le savent pas. Il n'y a que moi. La pêche, c'est un peu notre moment privilégié, à papa et moi. Il m'y emmène régulièrement, surtout depuis que ma mère…

Son ton s'altérait lorsqu'elle évoquait celle-ci. Ce n'était pas la première fois qu'il le remarquait.

De nouveau, il porta le téléphone à son oreille.

— Et l'adresse IP ? Tu as quelque chose de ce côté-là ?

— Non, désolé, mon vieux. C'est une impasse, grommela Jorge.

Dylan remercia son ami et raccrocha.

— Eagle Lake n'est pas si loin que ça…

Il prit ses clés sur le comptoir.

— D'ici, nous en avons pour moins d'une demi-heure. On se mettra en route dès que tu seras habillée.

Il ne fallut pas plus de trois minutes à Samantha pour enfiler les vêtements qu'il avait demandé à Rebecca de déposer chez lui à son intention, attacher ses cheveux en queue-de-cheval et revenir dans le séjour, prête à partir.

Même dans une tenue de sport, elle était superbe. Dylan attrapa Rofurt et se dirigea vers la porte de derrière.

— Tu crois qu'il y a une chance qu'il soit encore quelque part, là-bas ? demanda-t-elle en lui emboîtant le pas.

— J'en doute. Mais le mieux est d'aller vérifier. Je poserai des questions aux gens du coin. On ne sait jamais. Quelqu'un a peut-être vu celui ou ceux qui le séquestrent.

Sans trop savoir pourquoi, il prit Samantha par la main. Son SUV était garé à l'arrière de la maison. Il balaya les environs du regard.

Sous peu, les premières lueurs de l'aube allaient éclairer

l'horizon. Cela leur laissait juste le temps de quitter la ville tant qu'il faisait encore nuit.

Ni l'un ni l'autre ne parlèrent pendant le trajet qui les conduisit jusqu'à la station-service d'où avait été passé l'appel.

— Est-ce que tu as une photo de lui dans ton sac à main ? demanda Dylan en se garant près de la cabine.

— Non. Je me suis débarrassée de mon téléphone… Oh ! Attends une minute. Je l'avais paramétré pour qu'il stocke automatiquement les données en ligne. J'ai les identifiants.

— Parfait, commenta Dylan en lui tendant son appareil.

— J'ai pris un cliché quand nous sommes allés pêcher, il y a une quinzaine de jours… Voilà.

Elle tourna l'écran vers lui. La photo représentait son père montrant fièrement le poisson qu'il venait d'attraper.

— Tu ne crois pas que ça risque d'éveiller les soupçons ? Il ne faudrait pas mettre mon père plus en difficulté encore. Si quelqu'un avait l'idée d'appeler la police…

— Tu désamorceras les doutes en disant qu'il a des trous de mémoire, que tu crains qu'il se soit égaré. Et tu préciseras que tu comptes aller prévenir la police si tu ne le retrouves pas.

Samantha acquiesça d'un signe de tête, puis entra dans la station-service.

Dylan resta dehors et en profita pour examiner les alentours à la recherche d'un indice pouvant le mettre sur la piste de son père… Et, du moins l'espérait-il, de Maribel.

Une bouffée de colère lui noua les entrailles.

Il serra les poings et leva les yeux comme Samantha revenait.

— Alors ? questionna-t-il, tendu.

— Rien. Personne ne l'a aperçu.

C'était ce qu'il avait craint. Il devait faire nuit et c'était un endroit connu des pêcheurs. Qui aurait fait attention à un homme au volant d'une camionnette ?

— Je pense à une chose. Si ton père est venu là, où est son véhicule ?

— C'est vrai. Ils l'ont peut-être conduit ailleurs pour le dissimuler.

— Ce qui suppose qu'ils étaient au moins deux. Ils ont peut-être voulu éviter qu'une voiture abandonnée là trop longtemps n'attire l'attention.

Dylan se pencha pour inspecter le sol à la recherche de marques de pneus, de pas — n'importe quoi qui aurait confirmé leur thèse.

A quelques mètres de la cabine, il y avait une large trace dans le gravier.

— Viens voir.

Samantha s'approcha.

— Qu'est-ce que c'est, à ton avis ?

Elle se courba en deux.

— Un talon de chaussure ? Tu crois… que ce pourrait être celle de papa ?

— C'est possible. Regarde… On dirait que la personne a été traînée jusque-là…

Il montra l'endroit où se dessinait nettement dans le gravier une empreinte de pas.

— Elle a dû reprendre pied ici.

Et un peu plus loin, il y avait des traces de pneus.

— C'est bizarre, non ?

Les yeux de Samantha se détachèrent de l'empreinte de pas.

— Ils l'ont emmené dans son propre véhicule, conclut Dylan. Ils devaient avoir une autre voiture ici.

Samantha secoua la tête.

— Il dit qu'il sait ce qui s'est passé il y a quinze ans. Et je ne peux pas m'empêcher de me demander comment c'est possible, à moins d'avoir été mêlé à ce sordide enlèvement. Il buvait, à cette époque-là. Il a arrêté l'alcool, ensuite. Peut-être qu'il a été tellement épouvanté par ce qu'il avait fait que cela l'a incité à cesser de boire…

— Ce n'est pas parce qu'il sait ce qui est arrivé qu'il a forcément été partie prenante, tempéra Dylan.

Samantha lui jeta un regard empli de gratitude.

— Il n'était pas souvent à la maison pendant toute cette période. Au lieu de rentrer après avoir fermé le magasin, il allait boire. Mais, ça, je ne le savais pas. J'avais peur qu'il disparaisse comme ma mère, alors j'attendais pendant des heures son retour. Je voyais bien que quelque chose n'allait pas, mais je ne savais pas quoi. Un jour, j'ai demandé à Trevor.

Surpris qu'elle lui ouvre ainsi son cœur, Dylan lui demanda :

— C'est comme ça que tu as appris qu'il avait sombré dans l'alcool ? Par ton frère ?

— Trevor m'a fait asseoir et m'a expliqué combien papa aimait notre mère et à quel point sa mort l'avait bouleversé. Il a dit qu'on devait se montrer un peu indulgents vis-à-vis de lui. Je me suis sentie tellement bête que Trevor sache tout ça alors que, moi, je n'avais rien compris.

— Il était nettement plus âgé que toi. Et puis, ton père avait fait en sorte de te protéger.

— C'est exactement ce qu'a dit Trevor. Mais toi, qu'en sais-tu ?

— J'ai une fille. Si on veut chercher à me nuire, le meilleur moyen, c'est de s'en prendre à elle. C'est le raisonnement qu'ont dû tenir les ravisseurs. Tout le monde sait que ton père et toi, vous avez toujours été très proches.

— Je t'ai vu avec elle, la semaine dernière, à l'épicerie.

— Ah bon ? Pourquoi tu ne m'as pas fait signe ?

— Disons que tu avais l'air… passablement occupé.

Dylan ne put retenir un sourire.

— Ça, c'est sûr. Elle ne me laisse pas une minute de répit. Mais je ne mords pas — et elle non plus, d'ailleurs, quoi qu'en disent certaines maîtresses, au jardin d'enfants. Ce n'est qu'un tissu de mensonges, évidemment !

— Ne me dis pas que tu lui as appris cette méthode de défense pour éloigner les garçons ?

— Pas encore. Je crois qu'il me reste quelques années de tranquillité de ce point de vue là !

Il éclata de rire.

— Tout de même… Tu aurais pu venir me parler, à l'épicerie.

— Je n'ai pas osé. Nous nous étions perdus de vue depuis le lycée.

— Ce n'est pas une raison. On se connaissait bien.

— C'est vrai. Tu avais le chic pour t'attirer des ennuis à cette époque… Qu'est-ce qui fait que ça a changé ?

— L'armée. Elle m'a donné un sentiment… d'appartenance, le sens de la fraternité. Elle m'a ouvert les yeux et enseigné qu'il y avait autre chose dans la vie que moi et mes problèmes.

— Tu as des nouvelles de ta famille ?

— Non.

— Dommage pour eux. Maribel est une vraie petite poupée. Elle est tellement adorable, avec ses joues roses et ses cheveux bouclés… Qui peut passer à côté de ça ?

— Moi, répliqua-t-il du tac au tac. Avant que je n'apprenne un beau jour son existence.

— Oh ! Je me demandais ce qui s'était passé…

Les mots avaient jailli tout seuls, mais Dylan ne se sentait pas prêt à parler de Lyndsey — pas encore. Pour autant, s'il avait dû un jour sacrifier à ce périlleux exercice, Samantha aurait été très exactement le genre de personne qu'il aurait choisie. Mais à quoi bon épiloguer ? Les confidences, ce n'était pas son truc.

— Je savais par mon père que tu avais acheté un petit ranch, il y a un peu plus d'un an. Papa aime bien se tenir au courant de ce que tout le monde fait. J'avoue que je suis tombée des nues quand j'ai appris que tu avais une fille.

— Pas autant que moi ! riposta-t-il d'un ton plus bref qu'il ne l'avait voulu.

Mais évoquer le passé ravivait de vieilles blessures, des blessures auxquelles il ne voulait pas penser pour le moment.

Samantha parut saisir le message et garda le silence tandis qu'ils élargissaient le périmètre d'exploration autour de la cabine.

Soudain, quelque chose attira son regard, à demi enfoui sous un buisson. Un téléphone, dans un étui de protection orné d'une guitare. Il jeta un coup d'œil à Samantha, ne voulant pas lui donner de faux espoirs.

— Quelle est la marque du téléphone de ton père ?

— Il a un i-Phone. Pourquoi ?

— Est-ce qu'il est reconnaissable à un signe distinctif quelconque ?

— Oui.

Cette fois, elle se retourna, intriguée.

— Qu'est-ce que tu as trouvé ?

Ses yeux s'écarquillèrent comme elle approchait.

— Oui, il a cet étui-là ! C'est forcément le sien.

La batterie avait été retirée. Dylan plongea la main dans sa poche. Il avait exactement le même modèle. Otant prestement la batterie, il l'inséra dans l'appareil de M. Turner.

Il y avait plusieurs messages de ses fils et de Samantha auxquels il n'avait pas répondu.

— Tu es allée lui donner un coup de main au magasin, ces derniers temps ?

— Oui. C'est arrivé.

— Et tu as vu quelqu'un que tu ne connaissais pas le prendre à part pour lui parler ?

Elle plissa le front.

— Non, pas que je me souvienne.

Dylan passa les photos en revue, s'arrêtant sur les dernières.

— Je crois que ton père vient juste de nous indiquer qui en a après lui.

Elle se pencha vivement en avant pour regarder.

— Ces types sont des agents de sécurité. Oh ! Mais… Attends un peu. Cet uniforme… Je le reconnais ! C'est celui des vigiles de Charles Alcorn.

Le nom de Charles Alcorn était souvent cité en lien avec l'affaire d'enlèvement, généralement en bien, se rappela Dylan.

— Est-ce que ton père a affaire à lui ? Est-ce qu'il achète des fournitures à l'une de ses sociétés ?

— Pas que je sache. C'est très étrange.

Elle approcha son visage de l'écran pour mieux voir.

— Je reconnais ce type-là, dit-elle avec excitation.

De l'index, elle pointait un grand malabar, sur la gauche du cliché, avec des cheveux clairs et une barbe.

— Il est venu au magasin…

Elle fouilla dans sa mémoire.

— Ça devait être un samedi… Il y a quinze jours. J'étais dans l'arrière-boutique. Il a demandé à parler à mon père. papa a répondu qu'il partait à la pêche.

Une émotion fugace passa dans ses yeux, que Dylan ne

sut interpréter. Il se promit de revenir sur le sujet plus tard. Ce n'était probablement pas lié à la disparition de son père.

Il transféra les photos sur sa ligne sécurisée pour le cas où quelqu'un surveillerait celle de M. Turner. Puis il lança :

— On progresse ! Si on découvre qui sont ces types, on commencera peut-être à y voir plus clair.

8

Samantha se massa les tempes pour tenter d'enrayer un début de mal de tête tandis que Dylan quittait le parking.

— Comment comptes-tu procéder ?

— Jorge m'aidera. Si ces hommes travaillent vraiment comme agents de sécurité, leurs antécédents ont dû être passés au crible à l'embauche. Ça facilitera la tâche à Jorge. C'est un vrai génie de l'informatique. Il est capable de s'introduire dans n'importe quel système — sauf ceux des forces de l'ordre.

— Parce qu'il ne peut pas ou parce qu'il ne veut pas ?

Dylan fit la moue.

— Il en aurait les capacités. Mais je ne le lui demande jamais. J'obtiens plus d'informations en travaillant à la loyale qu'en enfreignant la loi — ce qui ne m'arrive qu'en cas d'absolue nécessité. Bien… Allons-y. Je pense que nous ne trouverons rien d'autre ici.

Samantha acquiesça, mais en réalité, elle avait l'esprit ailleurs. La façon dont Dylan avait parlé de sa fille, quelques minutes plus tôt, l'avait profondément émue. Il y avait eu dans sa voix une douceur qu'elle ne lui avait encore jamais entendue. Oui, sa physionomie tout entière avait changé, transformée par quelque chose qui ressemblait fort à de l'amour.

Samantha savait bien à quel point l'amour d'un père était

important pour une petite fille. Il déterminait la tonalité future des relations qu'elle entretiendrait avec les hommes.

— Je peux te demander quelque chose ? lança soudain Dylan.

Il bouclait sa ceinture.

— Bien sûr.

— Tu n'es pas obligée de répondre. En réalité, ça ne me regarde pas.

— Vas-y.

Quittant le parking, il engagea son SUV sur la route.

— Ton père t'a menti quand tu étais enfant. Ça a dû te mettre en colère.

— Oui. Bien sûr.

— Mais tu lui as pardonné ?

— Oui.

— Pourquoi ?

Elle haussa les épaules.

— Parce que je savais qu'au fond, c'était quelqu'un de bien.

— Tu considères que le mensonge n'est pas grave ?

— Ce n'est pas ça. Mais, à mes yeux, dans la vie, tout n'est pas noir ou blanc. Personne n'est parfait. Tu dois le savoir, étant donné ce que tu as vécu, enfant. Tu as commis des erreurs, mais ça ne fait pas de toi quelqu'un de mauvais.

Il poussa un lourd soupir.

— Tout ce que j'ai fait de bien, c'est Maribel.

— Non, ce n'est pas vrai. Elle t'a peut-être rendu meilleur, mais le bon était déjà là.

— J'aimerais en être aussi sûr que toi.

Samantha avait-elle raison ? Ce que Dylan se rappelait surtout de sa jeunesse, c'était la colère sourde qui l'avait habité. Une fureur dirigée contre le monde entier et contre lui-même, une rage telle qu'elle avait failli le consumer. L'armée lui avait semblé être le lieu idéal pour l'évacuer et puis, pour être tout à fait honnête, il avait pressenti aussi qu'il avait besoin de discipline. Oui, il avait pataugé dans un océan de rage et de haine de soi avant de découvrir la fraternité et la solidarité au sein de l'armée. Enfant, il s'était cru responsable du rejet de ses parents. Il s'était dit qu'il devait vraiment être un gamin insupportable pour que ses propres parents ne l'aiment pas et l'abandonnent à sa grand-mère. Celle-ci avait réagi d'une main de fer et cela n'avait fait qu'empirer les choses. Dylan s'était rebellé plus encore, puis elle était morte pendant qu'il était en Afghanistan, avant qu'il ait pu lui exprimer ses regrets. Si c'était à refaire…

— Que tu en sois sûr ou pas, moi, je le voyais, à l'époque. Et je le vois encore maintenant, reprit Samantha.

— Mais tu vois quoi, exactement ?

— Eh bien… Quand tu as su que j'avais des ennuis, est-ce que tu m'as tourné le dos ? Non… Alors que j'ai tout fait pour te repousser. C'était suffisamment parlant, non ?

— Ah oui… Le coup de genou.

— Encore désolée, dit-elle avec un sourire contrit.

— Ce n'est pas grave. Mais ça ne signifie pas que je t'ai pardonné, plaisanta-t-il pour tenter de dénouer l'étau qui lui comprimait l'estomac.

Samantha grimaça.

— J'ai été bien inspirée de te remémorer ce fâcheux incident !

— Il y a eu des moments moins douloureux depuis…

Il songea à sa peau veloutée, à ses jambes interminables. Il avait toujours eu un faible pour les jambes et celles de Samantha étaient immensément longues, soyeuses — sexy. Il aurait aimé embrasser ses chevilles puis remonter lentement jusqu'à l'intérieur de ses cuisses en déposant un chapelet de baisers sur sa peau… Et ce n'était pas tout. D'autres parties de son anatomie refusaient obstinément de s'effacer de son esprit : le creux de ses reins où sa main s'était posée, la taille fine s'évasant en courbes sensuelles sur ses hanches. Il n'aurait vu aucun inconvénient à renouveler l'expérience, à explorer l'harmonieuse sinuosité de ses formes — à l'embrasser aussi. Jamais, aussi loin que ses souvenirs le portent, un baiser ne l'avait autant troublé que les deux qu'il avait échangés avec elle. Quant à l'immensité azurée de ses yeux…

Dans un sursaut, il remit les pieds sur terre. Samantha était belle, intelligente et *dangereuse*, il ne devait pas le perdre de vue.

— Je peux te poser une autre question ?

— Oui.

— Comment as-tu réagi quand tu as perdu ta mère ? Tu étais plus âgée que ne l'est Maribel. Mais je me sens vraiment démuni pour lui expliquer tout ça. Je lui dis que sa mère est au ciel, mais est-ce qu'elle comprend qu'elle ne la reverra plus jamais ? Je n'en suis pas sûr. Dans son esprit, le ciel, c'est peut-être un endroit paradisiaque comme la Floride, où les mamans vont en vacances et s'attardent beaucoup trop longtemps.

Samantha se tourna vers lui.

— Sois honnête avec elle, parle-lui. Evidemment, pas comme tu le fais avec moi. Mais elle a le droit de connaître la vérité. De savoir que sa mère ne reviendra pas.

— Je sais. Nom d'un chien ! Pendant les six premiers mois, chaque fois que quelqu'un sonnait, elle disait : « Maman ? » Et elle courait à la porte comme si elle s'était trouvée chez sa nounou et que le moment était enfin venu de rentrer à la maison. Et puis, il y avait les larmes. Elle a passé des nuits et des nuits à pleurer en réclamant sa mère.

Il s'arrêta pour se ressaisir, envahi par l'émotion.

— Qu'est-ce que tu faisais ? demanda Samantha.

— Je m'installais près d'elle, dans sa chambre, et je lui expliquais que sa maman était au ciel, qu'elle veillait sur elle.

— Le mieux, c'est de lui dire la vérité, sans fard : maman ne reviendra pas, mais ça ne signifie pas qu'elle ne t'aime plus ou qu'elle ne veut plus être près de toi. Emploie des termes compréhensibles pour son âge, mais parle-lui franchement. Le pire sentiment au monde, c'est sûrement d'attendre que sa mère revienne alors que ça n'arrivera pas. Dis-lui que sa maman reviendrait si elle le pouvait. Qu'elle ne voulait pas la quitter. Et, surtout, dis-lui que ce n'est pas sa faute si elle n'est plus là.

Samantha tremblait un peu, remarqua-t-il.

— Ce n'est pas sa faute, répéta-t-elle d'une voix sourde.

Pris d'une impulsion, Dylan jeta un œil dans le rétroviseur, changea de file et s'arrêta sur le bas-côté. Il coupa le contact et se tourna à son tour vers Samantha. La douleur, dans ses yeux, lui fit l'effet d'un coup de poignard en plein cœur.

— Ce n'était pas ta faute non plus si tu as perdu ta mère. Les accidents arrivent, malheureusement, et nous arrachent ceux qu'on aime. Personne n'y peut rien. Tout ce qu'on peut faire, c'est se réjouir des moments heureux passés ensemble, faire en sorte qu'ils comptent vraiment.

Elle se pencha vers lui et se blottit dans ses bras.

— Je suis là, souffla-t-il d'une voix aussi apaisante que possible.

Il la tint serrée contre lui tandis qu'elle pleurait, mouillant l'épaule de sa chemise.

Puis elle leva la tête, le visage baigné de larmes.

— Je suis sûre que tu t'y prends très bien. Ne sois pas trop dur envers toi-même.

Du pouce, il sécha ses joues.

— J'avais tellement peur de dire quelque chose qu'il ne fallait pas que j'évitais le sujet. Petit à petit, elle a cessé de me demander quand sa mère allait revenir. Elle a cessé de courir à la porte en criant « Maman », pleine d'espoir, chaque fois que le facteur venait livrer un colis. Alors, j'ai laissé les choses suivre leur cours. Je n'ai rien fait.

Samantha s'essuya les yeux avec le revers de la main.

— Parfois, les gens ne font que passer temporairement dans notre vie, même si nous voulons qu'ils restent plus longtemps. Et on a envie de faire savoir au monde entier combien ils étaient des êtres merveilleux, de faire en sorte qu'ils les connaissent aussi bien que nous. Mais on ne peut qu'honorer leur mémoire, l'héritage qu'ils nous ont légué. Et trouver le courage de vivre sans eux, parce que j'ai la conviction qu'ils n'auraient pas voulu nous voir tristes. La mère de Maribel voudrait que sa fille soit heureuse. Et toi aussi.

Dylan médita ses paroles. S'était-il inconsciemment puni tout au long de cette année pour ne pas avoir été au côté de Lyndsey plus tôt ?

Le regard tourné vers le lointain, il songea à tout ce que Samantha venait de dire.

Puis il reprit pied dans l'instant présent.

— Je t'ai écoutée avec attention. Ça me donne beaucoup à réfléchir. Merci, Samantha.

Il marqua une pause.

— Mais d'abord, il faut qu'on tire au clair ce fichu imbroglio.

Elle hocha la tête.

— Mon premier mouvement serait d'aller voir directement Charles Alcorn, puisque nos informations pointent vers lui.

— C'est vrai, mais c'est l'homme le plus riche de la région. Et le plus influent. Ça paraît inconcevable qu'il ait pu faire une chose pareille.

— Je ne veux négliger aucune éventualité, d'autant que ce sont *nos* familles qui sont concernées, souligna Samantha.

De nouveau, Dylan porta le regard au loin. Le soleil du milieu de matinée montait dans l'azur. Et quelque chose scintilla entre deux maisons, de l'autre côté de la rue.

— Il faut qu'on…

Alors qu'il venait de remettre le contact, il y eut un bruit assourdi, et une balle siffla dans l'air.

— Baisse-toi ! commanda Dylan.

Il fallut à Samantha une seconde avant que son cerveau n'enregistre l'injonction qui lui était faite.

Elle disparut sous le tableau de bord.

— Reste là. Ne bouge pas.

L'incrédulité l'empêchait de réfléchir logiquement. Comment cela était-il possible ?

Contrairement à elle, Dylan semblait étonnamment calme.

— C-comment nous ont-ils trouvés ? bafouilla-t-elle.

— Ils avaient peut-être laissé quelqu'un en faction à la station-service, suggéra Dylan en braquant le volant pour prendre à droite.

Une main agrippée au tableau de bord, l'autre à son siège, Samantha se recroquevilla, s'efforçant de garder l'équilibre.

De nouveaux tirs. Venant de derrière eux, cette fois ! Le tireur les suivait.

— Garde la tête baissée, surtout, le temps que je les

sème. Tant qu'ils ne t'auront pas, ton père et Maribel ne risqueront rien.

Elle en aurait hurlé de frustration.

Le pied jouant sur la pédale d'accélérateur, Dylan se mit à zigzaguer, prenant des virages serrés, à droite puis à gauche, slalomant d'une rue à l'autre.

Tout à coup, il s'arrêta.

— Sors.

Samantha se déplia tant bien que mal, les jambes flageolantes. Bon sang, ce n'était pas le moment de flancher ! On était plus coriace que cela, chez les Turner ! Elle commanda à ses muscles de la soutenir. Etonnamment, ils se montrèrent coopératifs, et elle sauta à bas du SUV.

— Par-là ! lui lança Dylan, l'arme déjà dégainée, prêt à tirer.

Samantha se mit à courir avec lui entre les maisons du quartier résidentiel dans lequel ils se trouvaient, jusqu'à ce que les muscles de ses cuisses la brûlent.

Dylan stoppa enfin, à peine essoufflé.

— Il nous faut un autre moyen de transport.

— Pour aller où ? On ne peut plus aller ni chez toi ni chez moi.

— J'ai une idée.

Il avança de quelques pas, inspectant les alentours, puis son regard s'arrêta sur un garage.

— Attends-moi là. Cache-toi derrière cet arbre.

Samantha obtempéra et se fit toute petite, priant le ciel que les hommes ne la débusquent pas avant le retour de Dylan.

Quelques instants plus tard, une voiture électrique stoppa de l'autre côté de l'arbre.

Samantha retint son souffle, le cœur battant.

— Monte vite ! lui intima Dylan.

Son soulagement fut tel qu'elle sortit aussitôt de sa cachette, ignorant ses muscles endoloris. Mais, en se dirigeant vers la voiture, elle baissa les yeux : sa chemise était tachée de sang. *Son* sang. La panique l'arrêta net.

— Monte à l'arrière et baisse-toi ! répéta fermement Dylan.

Elle obéit, se roulant en boule sur la banquette arrière. Mais tout à coup, la nausée la submergea.

— Je suis touchée.

— Je sais. Ça va aller, affirma Dylan avec force, toujours aussi maître de lui, même si son intonation trahissait un soupçon de colère.

— Est-ce que tu vois où tu es blessée ?

Le choc commençait à se dissiper, mais son épaule gauche la brûlait.

— Oui.

— Tiens, fit Dylan en lui tendant un T-shirt. Presse-le sur la blessure pour stopper le saignement.

— OK.

— On va aller chez Brody et Rebecca.

— Tu ne crois pas qu'ils surveillent le domicile de nos amis ?

— On n'arrivera pas en fanfare par l'entrée principale. Je vais prévenir Brody.

— Tu sais, j'ai réfléchi à une chose que tu as dite. A propos du magasin de mon père.

Dylan hocha la tête, les yeux rivés sur la route.

— Je me souviens qu'il était extrêmement stressé les premières années après notre installation ici. Il avait de longues discussions, tard, le soir, avec Brent et Trevor à propos du choix qu'il avait fait de s'établir à Mason Ridge. Stevie était trop jeune pour y participer. Moi, j'attribuais ça à la perte de maman… Et puis, Rebecca et Shane ont été enlevés. A partir de ce moment-là, papa est rentré tous les soirs directement en sortant du travail. Il a ralenti la boisson avant d'arrêter totalement. Ses affaires se sont mises à prospérer. Il semblait toujours triste, mais plus sous pression comme avant. Je ne sais pas si tout ça a un sens, mais…

— Bien sûr que ça en a un !

— Papa prétend qu'il sait ce qui s'est passé ce soir-là. On a peut-être acheté son silence ?

— C'était il y a quinze ans. Il serait impossible de retrouver la trace de l'argent aujourd'hui.

— Mais il y a les ordinateurs. Papa ne supprime absolument rien.

— Et donc, tu penses qu'en pénétrant dans le système de ton père, on pourrait découvrir qui est derrière tout ça ?

Avant même qu'il ait achevé sa phrase, elle hocha la tête.

— Oui… A ceci près que chaque fois qu'on met le nez dehors, on nous tire dessus.

— En effet…, soupira Dylan. Je vais appeler Brody.

Sur ce, il se rangea sur le bas-côté et prit son portable.

Leur ami décrocha aussitôt.

Dylan lui exposa brièvement la situation.

— Est-ce qu'on pourrait venir au centre équestre ?

— Bien sûr ! répondit Brody sans hésitation. Et je vais faire récupérer ton SUV par un employé du ranch.

Dylan le remercia, puis raccrocha.

— Nous allons devoir marcher à partir d'ici, annonça-t-il à Samantha en descendant de voiture.

Il vint ouvrir sa portière et lui tendit la main.

Elle la saisit. Dieu que cette main semblait grande et forte ! Pour autant, sa peau était douce et ses doigts, elle le savait, habiles à dispenser des caresses.

Ils crapahutèrent sur environ deux kilomètres avant que

la grange de Brody se profile enfin devant eux. Dylan la guida jusqu'à la porte arrière et ils entrèrent dans le bâtiment.

La grange était un grand hangar rectangulaire, où la lumière pénétrait par chacune des extrémités. Il y avait du foin çà et là sur le sol de béton. Le long du mur de gauche s'alignaient une douzaine de box à chevaux aux grilles de métal rouge, vides. En face, quatre ou cinq portes — sans doute des locaux de stockage de matériel et des bureaux.

Dylan poussa la première et la fit entrer, la tenant toujours par la main.

— Les chevaux ont dû être conduits à l'enclos.

La pièce semblait être celle où Brody travaillait. Un monumental bureau en chêne trônait en son centre, avec un confortable fauteuil de cuir. Un canapé assorti, d'une teinte chaude, foncée, se trouvait sur la gauche. Dylan l'y fit asseoir.

La pièce n'ayant pas de fenêtres, il y régnait une demi-pénombre.

— Allonge-toi, suggéra-t-il en lui plaçant un coussin derrière la nuque.

Sur le bureau, il alla prendre une boîte blanche dont le couvercle s'ornait d'une grande croix rouge. Une trousse de secours. Il revint avec celle-ci.

— Roule la manche de ta chemise.

Elle s'exécuta, tandis qu'il s'asseyait à côté d'elle. Le canapé s'enfonça sous son poids.

— Je ne vois pas la plaie. Retire ta chemise, ordonna-t-il.

Il semblait un peu mal à l'aise.

Elle le rassura.

— Ce n'est pas grave. Un soutien-gorge, c'est pareil qu'un maillot de bain, non ?

Son ton se voulait désinvolte, mais lorsqu'elle ôta le

vêtement, avec l'aide de Dylan, une bouffée de chaleur lui monta aux joues.

Son épaule l'élançait dès qu'elle bougeait le bras. Elle risqua un coup d'œil. Apparemment, le saignement avait stoppé, mais la plaie semblait profonde.

Dylan grommela quelques mots choisis dans sa barbe, puis il sortit de la trousse plusieurs lingettes antiseptiques qu'il disposa sur le canapé.

— Ça va piquer… Arrête-moi si c'est trop douloureux.

Il se mit à nettoyer la plaie d'une main assurée et avec une surprenante douceur. Où avait-il appris à soigner de la sorte ? En Afghanistan, probablement.

— C'est vilain ? s'enquit-elle sans regarder, avec une grimace de douleur.

— Dis-moi si je te fais mal, répéta-t-il d'un ton d'excuse.

— Ça pourrait être pire.

— Il faut que je nettoie bien la plaie pour éviter une infection, expliqua-t-il en tamponnant délicatement la blessure avec les compresses antibactériennes.

Après quoi, il appliqua un pansement et lui banda l'épaule. Son regard vert intense dévia alors dangereusement vers sa poitrine.

— Merci de t'être occupé de moi, s'empressa-t-elle de dire tout en s'efforçant de combattre l'accélération de son pouls.

— Ça devrait aller.

Son intonation était curieusement abrupte.

Peut-être parce qu'elle était étendue là, à demi dévêtue, sous ses yeux…

9

— Voilà, c'est terminé, ajouta Dylan en se forçant à détourner les yeux de la peau laiteuse de Samantha.

Ce soutien-gorge en dentelle ne lui avait pas facilité la tâche. Il avait dû faire appel à toute sa volonté pour ne pas laisser son regard s'attarder plus que de raison sur le doux renflement de ses seins.

Il y avait trop longtemps qu'il n'avait pas fait l'amour, songea-t-il. Ce qui était strictement exact mais... Même s'il en avait été autrement, cela n'aurait sans doute rien changé, s'agissant de Samantha.

Quoi qu'il en soit, où aurait-il trouvé le temps pour autre chose que s'occuper de sa fille et lui apprendre la propreté ? Il n'avait pas eu une minute à lui de toute l'année.

Pas étonnant que son corps réagisse au quart de tour au moindre contact physique avec Samantha. C'était une belle femme. Et il était un homme, après tout. Si l'équation avait été si simple, ils auraient probablement déjà couché ensemble — abstraction faite des récents événements. Seulement, c'était plus compliqué. Ils étaient amis d'enfance. Il savait tant de choses d'elle... Qu'elle aimait bien faire la folle de temps en temps, qu'elle tirait fierté de ne pas être de ces filles ultra-féminines qui ressemblaient à des poupées Barbie, ce qui tenait certainement au fait qu'elle avait grandi entourée de trois garçons. Il se rappela son rire, qui lui avait toujours fait l'effet d'une brise printanière. Et cette petite fossette sur la joue gauche qui ne se creusait que lorsqu'elle souriait vraiment, de toutes ses dents.

Sa main était restée posée sur la sienne, réalisa-t-il soudain, et son pouce caressait machinalement sa paume.

Levant les yeux, il croisa son regard bleu cobalt qui semblait s'être subitement assombri et le contemplait avec cette expression qu'il s'était interdit de voir depuis tellement longtemps. Son cœur manqua un battement.

Si elle n'avait pas été blessée, qui sait s'il ne se serait pas laissé aller à faire quelque chose qu'ils auraient regretté tous les deux ?

— Tu as besoin de repos. Fais-moi plaisir, essaie de dormir un peu.

Il retira sa main, rassembla les emballages des produits qu'il avait utilisés et jeta le tout dans la poubelle.

— Je me dis que je devrais faire quelque chose… Agir.

— On ne peut rien faire tant qu'on ne sait pas quel sera leur prochain mouvement.

Elle parut méditer ses paroles.

— Tu as raison, reconnut-elle finalement en étouffant un bâillement.

Il ne lui avait pas montré à quel point il avait eu peur quand il avait vu qu'elle était blessée. Il s'était au contraire attaché à garder son calme pour ne pas l'affoler.

Mais il n'y survivrait pas s'il la perdait, elle aussi.

Ça alors ! D'où cette idée lui était-elle venue ?

Dieu merci, Samantha était en vie et le resterait.

— Dylan… Tu peux venir ici ?

Sa voix douce, ensommeillée, ne l'aida en rien à dompter la pulsion sourde qui palpitait en lui.

Il approcha et s'assit au bord du canapé. Elle glissa sa main dans la sienne.

— Tu veux bien t'allonger près de moi ? demanda-t-elle de cette voix somnolente et sexy. Juste le temps que je m'endorme.

Il s'étendit à son côté, en veillant à maintenir une distance de sécurité entre eux. Mais elle tremblait. Un frémissement de colère le parcourut.

— Je suis là, murmura-t-il dans son épaisse crinière sombre.

Elle se tortilla pour se rapprocher et, lorsqu'elle se fut confortablement pelotonnée contre son torse, dos à lui, laissa échapper un soupir d'aise. Elle remua les hanches pour mieux s'installer et les courbes de son postérieur se pressèrent contre l'érection qu'il s'efforçait de maîtriser. Il essaya de s'écarter, mais elle le suivit dans son mouvement. Le sang se mit à courir plus fort dans ses veines.

— Samantha…

— Mmm ?

— Il vaudrait mieux que tu ne me serres pas d'aussi près.

— Oh ! Désolée. Je te pousse vers le bord.

— Ce n'est pas ça, le problème.

— Non ?

— Non. Si tu continues à te coller contre moi, je crains fort de ne plus pouvoir répondre de mes actes.

— Oh…

A son inflexion de voix, elle souriait.

Elle aurait dû ne rien attendre de lui. Sa vie avait été plus que chaotique avant son entrée dans l'armée. Mais elle remua de nouveau, souda ses hanches à lui comme pour vérifier la véracité de ses dires.

— Samantha, arrête.

— Quel ton autoritaire ! Je croirais entendre l'un de mes frères.

— Ce que j'ai en tête n'a rien de fraternel, je t'assure. Et si tu n'étais pas blessée, on serait face à un gros problème parce que je n'ai pas pour habitude d'abuser de…

— Qui te dit que je ne serais pas d'accord ?

Ce fut la goutte d'eau.

— Tu trouves que je n'ai pas mon lot de problèmes ? Tu tiens vraiment en rajouter une couche ?

— Désolée… Non. Bien sûr que non.

Elle remua de nouveau, étouffant un petit cri de douleur, pour s'écarter de lui, cette fois. Grossière erreur.

Dylan lui plaqua une main sur la hanche pour interrompre son mouvement. Ses doigts se fermèrent sur sa taille, incroyablement fine en comparaison de sa grande main, s'enfonçant dans sa chair… Il était en train de tomber dans le terrier du lapin blanc. Elle était si proche… Elle retenait son souffle, collée à son torse.

Ni l'un ni l'autre ne parlait, mais c'était un moment d'une incroyable intimité.

Au bout de quelques secondes, elle finit par dire :

— J'aime sentir ton corps contre le mien. Tu trouves que c'est mal ?

— Non, mais si on va plus loin, notre amitié pourrait s'en ressentir.

Elle n'avait toujours pas de chemise et sa silhouette sexy se dessinait dans la pénombre. Non, décidément, laisser continuer Samantha sur sa lancée serait une très mauvaise idée.

Sa vie avait enfin trouvé son rythme de croisière avant qu'elle n'y fasse irruption comme un ouragan. Tout avait enfin un sens, à ses yeux. Il était le père de Maribel et cela suffisait amplement à son bonheur. Certes, à ce jour, il en était encore à s'interroger sur la véritable raison pour laquelle Lyndsey l'avait quitté. Peut-être, au fond, avait-elle été suffisamment clairvoyante pour percevoir qu'il n'était pas l'homme qu'il lui fallait ? Qu'il n'était, peut-être bien, l'homme d'aucune femme ?

Et le plus sûr moyen de porter un coup fatal à son amitié avec Samantha serait de laisser libre cours au désir brûlant que faisaient naître en lui ses seins qui se soulevaient là, juste sous son nez, dans la semi-obscurité.

Il était déjà suffisamment obsédé par ces deux baisers qu'ils avaient échangés.

Bon sang ! Au train où allaient les choses, encore un peu et il convoquerait ses amis autour d'un verre de vin pour évoquer ses problèmes sentimentaux !

Jusqu'où cette perte de contrôle émotionnel irait-elle ?

— Tu as probablement raison, mais je ne peux pas m'empêcher d'imaginer ce que ce serait de sentir tes doigts m'effleurer là, dit-elle en guidant son index le long de l'élastique de son short.

Roulant sur le dos, elle tourna la tête pour le regarder bien en face tandis qu'elle faisait lentement remonter sa main jusqu'à la dentelle de son soutien-gorge.

Il n'y tint plus. Penchant la tête, il s'empara avec voracité de ses lèvres roses. Il emprisonna un sein dans sa paume et un désir fulgurant le saisit tandis que sa pointe s'érigeait sous ses doigts. Un désir d'une puissance telle qu'il en était presque douloureux. Cela l'effraya. Il n'avait jamais rien connu de semblable auparavant, pas même du temps de Lyndsey.

Avec les doigts de Samantha enfouis dans ses cheveux et sa main qui se promenait fébrilement sur son torse et ses épaules, il vibrait d'une énergie sexuelle qui ne demandait plus qu'à s'exprimer.

Seul un morceau de dentelle séparait sa main de son sein. Il abandonna sa poitrine, descendit le long de son abdomen jusqu'à la jonction de ses cuisses.

Elle poussa un gémissement et saisit sa lèvre inférieure entre ses dents, la mordilla.

Une bourrasque de désir le secoua.

— Samantha…

Il s'écarta d'elle le temps de plonger ses yeux dans les siens, cherchant à s'assurer qu'ils étaient bien sur la même longueur d'onde, parce que… Encore un peu de ce petit jeu et le point de non-retour serait dépassé. Il ne serait plus question pour lui de faire machine arrière.

Il rencontra un regard luisant de passion. Elle avait les joues rosies, les lèvres encore gonflées de leur baiser. C'était la femme la plus incroyablement sexy du monde…

Et il ne faisait aucun doute qu'elle voulait la même chose que lui — connaître une expérience sexuelle passionnée, époustouflante.

Il prit une profonde inspiration.

Il y avait autre chose, cependant, qu'il désirait ardemment… Quelque chose qui était de nature à le stopper dans son élan.

Il s'était promis que, la prochaine fois qu'il ferait l'amour, ce serait avec une personne pour laquelle il éprouverait des sentiments très forts. Il ne voulait pas employer le mot « amour » parce que, pour être tout à fait franc, l'amour était quelque chose d'épouvantablement compliqué.

— Je me suis laissé emporter, dit-il en se redressant, et en s'efforçant d'ignorer la pulsation intense qui continuait à battre au plus profond de lui. Je n'aurais pas dû.

— Oh… Je ne te plais pas suffisamment ?

L'embarras qui sous-tendait sa question lui déplut.

— Ce n'est pas du tout ça. Tu es merveilleusement belle.

— Alors, je ne comprends pas. Tu me désires ?

— Oui.

— Et c'est réciproque. Alors, où est le problème ?

Il soupira intérieurement. Ses sentiments pour elle ne seraient-ils pas assez puissants pour justifier un acte sexuel ? Si, ils l'étaient. Au point de le perturber grandement. Et c'était une complication qu'il ne pouvait se permettre dans l'état actuel des choses. Apporter un nouveau changement dans la vie de Maribel alors qu'ils étaient juste en train de trouver l'équilibre…

— C'est à cause de Bel, confia-t-il.

Elle le regarda sans comprendre.

— Si les choses étaient différentes, on pourrait peut-être prendre notre temps, sortir ensemble et voir où cela nous mène. Mais ma priorité va à ma fille et, franchement, je n'ai pas le temps de me consacrer à autre chose.

Ses paroles produisirent l'effet d'une gifle. Ce n'était pas par plaisir qu'il s'était montré aussi direct mais il avait tenu ce discours sans concession plus pour lui que pour elle.

Elle attrapa sa chemise et s'en couvrit la poitrine, puis elle se tourna sur le côté et réagit comme n'importe quelle femme l'aurait fait en pareilles circonstances : elle se mura dans le silence.

L'humiliation submergea Samantha, lui enserrant la poitrine avec la force d'un boa constrictor. Non seulement elle venait de se jeter à la tête d'un de ses amis d'enfance, mais il l'avait rembarrée. Vertement. Si elle n'avait pas eu tellement mal à l'épaule, elle aurait sauté sur ses pieds et serait partie. Seulement, elle ne pouvait pas plus s'en aller que s'autoriser à pleurer. Le mot « mortifiée » était en deçà de ce qu'elle ressentait. Si seulement une fissure suffisamment grande avait pu apparaître dans le mur… Elle s'y serait cachée sans hésiter.

Mais bien sûr ! Et, tant que tu y es, pourquoi ne pas

aussi réclamer un petit flacon avec écrit Bois-moi *dessus et espérer passer de l'autre côté du miroir magique ?*

Cela étant, si elle avait pu faire exaucer un vœu, à cette minute, elle aurait surtout voulu effacer de sa mémoire l'épisode qui venait de se produire. Ou demander à retrouver son père. Ou, mieux encore, à sauver son père *et* la fille de Dylan.

La colère et la frustration flambèrent en elle comme la surface d'un météore fonçant vers la Terre à une vitesse astronomique.

Ils ne connaissaient toujours pas l'identité de celui qu'ils recherchaient, et le temps filait.

Elle tendit l'oreille. Dylan discutait à voix basse au téléphone, à l'autre bout de la pièce.

Ses yeux s'étant accoutumés à la pénombre, elle pouvait y voir un peu. Dylan était assis, coudes appuyés sur les genoux, mais il parlait trop bas pour qu'elle puisse comprendre ses paroles. Probablement la croyait-il endormie…

Avec précaution, elle se tourna pour se mettre sur le dos. Mais l'élancement, dans son épaule, avait déjà repris et s'intensifiait à chacune de ses inspirations.

Dylan raccrocha et se mit à marcher de long en large, tête baissée, comme s'il avait du mal à contenir sa fureur… Jusqu'à ce que son regard tombe sur elle. A cet instant, il sembla se passer la langue sur les lèvres.

Debout, il était réellement impressionnant, tout particulièrement avec les bras croisés sur son torse large, comme en cet instant. Et incroyablement sexy, même si elle ne voulait plus y penser.

— A qui parlais-tu ?

— Jorge. Il m'a envoyé des photos de l'équipe de sécurité d'Alcorn. Je n'ai pas reconnu nos types.

— Ce qui veut dire qu'ils ne travaillent pas pour lui.

— Ou pas officiellement. Mais on n'a pas de preuve.

Il fit un nouvel aller et retour, l'air perdu dans ses pensées.

— Tu as réfléchi à ce qu'ils attendent de nous, maintenant ?

— Tu es blessée. Tu as besoin de repos.

Non. Il ne pouvait pas vouloir dire ce qu'elle croyait comprendre ?

— Autant te prévenir, déclara-t-elle en se levant. Il est hors de question que tu me laisses ici pour aller Dieu sait où.

Il la dévisagea, impassible.

— Ils ont ma fille. Et le temps me glisse entre les doigts.

— *Nous* file entre les doigts, corrigea-t-elle. A moins qu'il n'y ait plus de *nous* qui tienne ?

Elle n'aurait pas dû aller sur ce terrain-là, mais elle était encore meurtrie par la vexation qu'il lui avait infligée.

Elle se cuirassa en prévision de la riposte. Mais son pas se ralentit tandis que l'ombre d'un sourire affleurait à la commissure de ses lèvres. Nom d'un chien ! Même quand elle avait envie de l'étrangler, il était toujours aussi sexy.

— Touché. N'empêche que tu as reçu une balle dans l'épaule, que tu as perdu beaucoup de sang, et qu'il s'agit de ne pas prendre ça à la légère. Notre meilleur atout pour retrouver Maribel et ton père vivants, c'est que tu restes en vie toi aussi. Ici, tu es à l'abri. Ce n'est pas moi qu'ils veulent. C'est toi, leur cible.

A ces mots, un frisson la parcourut.

— Je sais mais, justement… réfléchis. S'il t'arrive quelque chose, je ne donne pas cher de ma peau. Ils m'auront. Tu es mon seul rempart.

Même si elle enrageait de l'admettre, elle avait besoin de lui. Et son cœur, ce traître, ne semblait même pas trouver à y redire ! Ce qui était proprement absurde vu qu'elle s'était battue pied à pied pour défendre son indépendance vis-à-vis de ses trois frères aînés…

Qu'avait donc Dylan de si particulier ? Pourquoi l'idée de dépendre de lui ne la faisait-elle pas se sentir diminuée, inférieure, d'une certaine façon ?

Il ouvrit les mains, paumes en l'air.

— Crois-moi, je préférerais te garder près de moi. C'est le meilleur moyen de m'assurer qu'il ne t'arrive rien. Mais ta blessure rend la chose difficile. On peut avoir à s'enfuir en courant. Je ne sais pas ce que je vais trouver là-bas, mais il faut que j'aille explorer ces bois.

Elle le ralentirait, mais il eut la délicatesse de ne pas le dire aussi crûment. Pour autant, elle en avait conscience : elle serait un poids plus qu'une aide. Or, leurs ennemis avaient des ressources. Ils semblaient avoir systématiquement un temps d'avance sur eux. De quelque côté que Dylan et elle se tournent, quoi qu'ils entreprennent, ils étaient déjà là.

— Brody viendra voir si tout va bien. Normalement, il ne passe pas beaucoup de temps dans son bureau, donc il ne changera rien à ses habitudes, histoire de ne pas éveiller les soupçons de son personnel. A partir de maintenant, mieux vaut rester le plus discret possible. Rebecca m'a dit qu'elle s'arrangerait pour te faire parvenir de la nourriture.

— Je ne veux pas faire courir de risque à qui que ce soit. Il y a déjà deux personnes en danger…

Elle n'osait même pas penser à ce que ces types pouvaient faire à son père.

— Ils ne le tueront pas, Samantha. Tant que tu seras cachée ici et qu'ils te croiront au courant de tout, ils ne le tueront pas, assura-t-il.

Mais qui sait s'ils ne le frapperaient pas, ne le tortureraient pas ? se dit-elle, l'estomac noué.

— Tu sais, quoi qu'il ait pu faire, ce n'est pas un criminel.

— Je sais.

Elle lui lança un regard plein de gratitude. Dans ses yeux verts passa alors une émotion indéfinissable.

— A propos de ton père, il faut qu'on fasse analyser le contenu de son ordinateur par mon contact, rappela Dylan en ressortant son téléphone de sa poche. J'espère que Jorge pourra prendre la main à distance… Et, avec un peu de chance, nous fournir un nom.

— J'espère aussi.

Jorge répondit à la deuxième sonnerie.

— Salut, lança Dylan. J'aurais besoin que tu jettes un coup d'œil au contenu d'un ordinateur pour moi. Attends, je te passe quelqu'un…

Après avoir brièvement présenté Samantha, Dylan lui tendit l'appareil.

Elle le porta à son oreille.

— Allô ?

— Ravi de faire votre connaissance. Enfin… Plus ou moins, compte tenu des circonstances. Bon, quelles informations pouvez-vous me donner ? s'enquit Jorge.

— Des noms de fichiers, des mots de passe. Je ne sais pas ce qu'il vous faut pour entrer dans le système…

— J'imagine que vous ne connaissez pas son adresse IP ?

— Euh… Non, désolée.

— Un site web ? Ou une page sur un réseau social ?

— Oui.

— Bien. Donnez-moi le nom de la société. Je me débrouillerai avec ça.

C'était tout ce dont il avait besoin pour accéder aux fichiers de son père ? C'était proprement effrayant, songea-t-elle tandis qu'elle lui transmettait les informations demandées.

— Super. Dites à Piège à souris de patienter. Je rappelle dans quelques minutes.

— « Piège à souris » ?

Elle jeta un regard interrogateur à Dylan, mais il secouait la tête, les yeux rivés sur le sol.

— Mince..., fit Jorge à l'autre bout de la ligne. Je vais m'attirer ses foudres. Je parlais de l'affreux jojo qui est à côté de vous.

Elle remercia Jorge et raccrocha avant de se tourner vers Dylan, les sourcils arqués.

— Tu m'expliques ?

— Je ne suis pas sûr que...

— Moi, si. Pourquoi diable t'appelle-t-il Piège à souris ?

Se faisait-elle des idées ou les joues de Dylan étaient-elles en train de s'empourprer ? Ce n'était pas trop tôt ! A son tour de se sentir embarrassé.

— Ecoute, je te le dirais bien, mais j'ai fait le serment de ne jamais en parler, alors... D'ailleurs, il n'était pas censé le faire, lui non plus.

Elle se leva et se planta en face de lui, l'épinglant du regard. Dieu merci, son épaule était peut-être blessée mais ses jambes fonctionnaient encore.

— Tu sais quoi ? J'ai un mot pour te décrire. Un seul.

— Vraiment ?

Il croisa les bras, soutenant son regard.

— Et... Puis-je savoir lequel ?

— Absolument. *Poule mouillée.*

10

Poule mouillée. Dylan fut tenté d'apporter séance tenante à Samantha la preuve qu'elle se trompait. Mais, s'il le faisait, ce serait sans retour... Parce qu'ils se retrouveraient tous les deux, nus, sur ce canapé. Ce qui était exclu pour le moment... même si ce n'était pas l'envie qui lui en manquait.

— Moi aussi, j'ai un mot pour te décrire, lança-t-il.

— Je ne suis pas certaine d'avoir envie de l'entendre.

Le bout de sa langue pointait entre ses lèvres et cela lui rappela instantanément la saveur de ses baisers, l'accord parfait de leurs corps lorsqu'ils étaient moulés l'un contre l'autre.

Au mépris de tout bon sens, il passa un bras autour de sa taille et la plaqua contre lui. C'était tenter le diable, cela ne faisait aucun doute, mais il avait envie, pour quelques instants, d'oublier ses bonnes résolutions.

— Belle. Sexy. Intelligente.

— Ça fait trois mots, si je compte bien, souligna-t-elle, sa bouche contre la sienne.

— Et alors ? Me plier à la norme, ça n'a jamais été mon truc.

Pour le moment, il résistait ; la raison l'emportait encore. Mais ça ne durerait pas. Ce qui était d'ailleurs une autre bonne raison de partir seul dans ces bois. Il devait impérativement reprendre ses esprits. La proximité de Samantha le faisait dérailler.

— Tu as perdu…, souffla-t-elle juste avant que sa langue ne plonge dans sa bouche.

Tout le corps de Dylan se tendit, ses muscles se contractant tous en même temps. Puis il décida de ne pas lutter. Il fit remonter sa main jusqu'à la nuque de Samantha. Il la pressa contre lui et l'obligea à incliner la tête en arrière pour mieux prendre possession de ses lèvres.

Par le passé, il avait connu des rapports sexuels passionnés, mais aucun, jamais, n'avait égalé la ferveur de ce baiser.

Lorsqu'il trouva la volonté de se détacher de ses lèvres, il reposa un instant son front contre le sien. Lui qui n'avait jamais cru qu'un simple baiser pourrait lui couper les jambes…

— Nom d'un chien ! Si tu continues comme ça…

La sonnerie de son téléphone l'interrompit. Il prit une grande inspiration avant de consulter l'écran et de répondre à Jorge.

— J'ai des nouvelles qui devraient t'intéresser, *amigo*.

— Vas-y, fit Dylan en écartant le téléphone de son oreille pour que Samantha puisse entendre.

— J'ai retrouvé la vraie société à qui appartient la propriété où doit se tenir le rendez-vous. Eh bien, il y a quinze ans, elle a payé des sommes considérables à l'entreprise du père de ton amie. Et depuis, les versements d'argent n'ont pas cessé…

Samantha porta une main à sa bouche et tomba à genoux.

Dylan la guida jusqu'au canapé.

— Et qui se cache derrière cette société ? Tu en as une idée ?

— Pas encore. Je poursuis les recherches.

— Merci de ton aide, mon vieux.

— Attends de recevoir ma facture pour ce mois-ci avant de te confondre en remerciements, répondit Jorge en riant.

Dylan coupa la communication et revint vers Samantha. Le contraste avec la femme qu'il avait tenue dans ses bras quelques instants plus tôt était saisissant. Elle semblait complètement perdue. A tel point qu'il en fut ému.

— On va découvrir le fin mot de l'histoire, lui promit-il.

— Ce que Jorge a trouvé… Tu sais comme moi ce que ça signifie.

— Ça ne veut pas dire que…

— Que quoi ? Que mon père faisait chanter quelqu'un ? Je pense que nous savons tous les deux à quoi nous en tenir.

Cela expliquait certainement comment son père avait réussi à payer les études universitaires de quatre enfants après avoir investi toutes ses économies dans l'achat d'un magasin à Mason Ridge. Dylan n'y avait jamais songé auparavant, mais cela tenait effectivement du petit miracle.

Car, à bien y réfléchir, il n'y avait pas exactement de longues files d'attente devant la quincaillerie. Elle était fréquentée, certes, mais le plus souvent pour de menus achats. Il aurait fallu que son père vende des clous par tonnes entières pour élever décemment quatre enfants et les envoyer tous à l'université.

— Est-ce que tes frères et toi, vous avez dû emprunter pour financer vos études ?

— Non. Dans mon cas, leur coût était presque intégralement couvert par ma bourse d'études, mais c'est papa qui a payé pour les garçons.

— Bien. Je sais que ça a l'air suspect mais on ne va pas condamner ton père avant d'avoir entendu sa version des faits.

— Tu te montres très charitable envers un homme qui,

manifestement, se révèle moins blanc que je le croyais, souligna-t-elle d'une voix fatiguée.

— Non. Je m'efforce simplement d'être exhaustif et impartial. Que ton père ait fait chanter quelqu'un n'est qu'une possibilité parmi une demi-douzaine d'autres scénarios.

— Comme ?

— Il se pourrait qu'on l'ait payé pour qu'il se taise. Quoi qu'il en soit, on en revient toujours à Charles Alcorn. Il est assez riche pour réduire au silence pratiquement n'importe quel individu. Qui sait ? Ton père avait peut-être décidé de briser le silence ? Auquel cas Alcorn aura pris la mouche. Cela expliquerait qu'il s'en soit pris à toi… Pour mieux l'atteindre, *lui*.

— Oui… Ça se tient. J'aimerais vraiment que tu aies raison. Mais mon père aurait quand même fait quelque chose d'illégal.

— Peut-être qu'il s'est senti acculé. Un parent désespéré ferait n'importe quoi pour ses enfants, déclara Dylan.

Lui-même aurait été capable de tuer pour Maribel s'il avait été mis au pied du mur. Il ne s'imaginait pas enfreignant la loi pour quelque autre motif que ce soit mais, d'un autre côté, il ne s'était jamais trouvé en pareille situation.

Samantha le dévisagea un long moment.

— C'est vrai que tu serais prêt à tout pour ta fille ?

— Oui. L'amour d'un parent est un sentiment extrêmement puissant.

Elle exhala un soupir et le mouvement de sa cage thoracique qui s'abaissait lui tira un gémissement de douleur. Elle jeta un coup d'œil à son épaule.

— Attends, je vais te donner un antalgique, proposa Dylan. Inutile de jouer les héroïnes. Souffrir en silence ne sert à rien.

Elle hocha la tête et avala les deux comprimés d'ibuprofène qu'il lui tendait, accompagnés d'un verre d'eau.

Il dut lutter contre l'envie de la prendre de nouveau dans ses bras. Mais il avait assez joué avec le feu comme ça.

Il plia et déplia les doigts plusieurs fois d'affilée, ce qui valait mieux que de les laisser suivre leur pente naturelle. Car, s'il n'y avait mis le holà, ils auraient déjà été enfouis dans l'épaisseur de ses cheveux tandis qu'il l'embrasserait de nouveau avec fougue.

Ce qui aurait été une erreur.

— Tu crois que tu vas réussir à dormir un peu ?

— Probablement pas. Mais je peux toujours essayer.

— Bien. Ferme les yeux et, quand tu les rouvriras, je devrais être de retour.

Il l'embrassa sur le front avant de s'éloigner et de refermer derrière lui la porte du bureau.

Il rangea une barre de protéines et de l'eau dans son sac, puis il attendit un bon quart d'heure près de la porte, tendant l'oreille, avant de se faufiler dehors.

Il ne lui fallut que trente minutes pour rejoindre l'endroit où ils avaient abandonné la voiture. Mais plus question de l'utiliser. Le vol avait dû être déclaré dans l'intervalle. Il n'aurait plus manqué qu'il se fasse arrêter bêtement !

En général, il aimait bien se retrouver seul, mais il était rongé par l'inquiétude et ses pensées ne cessaient d'osciller entre Maribel et Samantha. Ce serait exactement comme ça s'il avait une femme dans sa vie de façon permanente, se dit-il. Il devrait continuellement fractionner son attention. Il passerait son temps à arbitrer entre son besoin de protéger Maribel, d'être à la fois son père et sa mère, et la nécessité de faire de la place à Samantha dans sa vie.

Maribel méritait mieux qu'une demi-attention. Elle était et devait rester sa priorité absolue.

Pour le reste, Samantha aurait été exactement le type de femme qu'il se serait bien vu inviter à sortir, histoire de mieux la connaître.

A cette idée, il faillit éclater de rire. Ils se connaissaient depuis le CM2 ! Ils avaient échangé plusieurs baisers ardents au cours des dernières vingt-quatre heures, et son corps devait porter encore l'empreinte du sien !

Il secoua la tête et s'obligea à recentrer ses pensées. Sur son itinéraire par exemple. Fort heureusement, le centre équestre de Brody n'était pas trop loin de Mason Ridge Lake. Dylan opta donc pour couper à travers bois plutôt qu'emprunter une route. A la vitesse à laquelle il avançait, il ne lui faudrait pas plus d'une heure. Cette fois, il entendait bien être celui qui prendrait par surprise le salaud qui retenait sa petite Maribel prisonnière, et non l'inverse. Il arriverait par l'autre côté du lac afin dc jouir d'une vue plongeante sur les alentours, puis il localiserait l'endroit.

Celui-ci devait se trouver près du hangar où Rebecca et Shane avaient été séquestrés.

Bon sang ! Quinze ans après, leur adversaire avait toujours l'avantage.

Mais plus pour longtemps.

Dylan se raccrocha à cette idée tandis qu'il crapahutait à travers le sous-bois, se félicitant de porter un jean. Au moins l'épaisse toile protégeait-elle ses chevilles. Il avait déjà les bras égratignés par les branches à cause de ses manches courtes.

Le jour déclinait et il détestait l'idée que sa petite Maribel puisse passer une nouvelle nuit loin de chez elle. La fureur le submergea.

Non ! A l'heure où le soleil se lèverait sur un jour nouveau, Maribel serait couchée dans *son* lit, vêtue de *son* pyjama. Il se répéta ce mantra pendant tout le reste du parcours.

Puis, une fois arrivé, il sortit ses jumelles de son sac et s'accroupit, prêt à attendre le temps qu'il faudrait. C'était par la patience qu'on gagnait des batailles. C'était par les batailles menées une à une qu'on gagnait la guerre.

Et de la patience, il en avait à revendre.

Heureusement, car au bout d'un long moment, un très long moment même, trois hommes apparurent. Ils essayaient d'être discrets mais le bruit qu'ils faisaient ne pouvait tromper son oreille avertie. Les civils se trahissaient toujours à un moment ou à un autre…

Ils firent plusieurs allées et venues, manifestement pour jeter un œil alentour.

Finalement, Dylan décida de les suivre. Leur véhicule n'était pas loin en fait : un pick-up, un Ford F-150.

Maribel était-elle dedans ? se demanda Dylan, soudain plein d'espoir.

Il attendit que les types repartent pour s'approcher, le cœur battant. Mais non. Maribel n'était pas dans la voiture.

Samantha marchait de long en large depuis des heures lorsqu'on frappa doucement à la porte. Ayant déjà les nerfs en pelote, elle sursauta. Dylan n'aurait pas frappé, et elle ne voulait pas trahir sa présence s'il s'agissait d'un des employés du centre qui cherchait Brody.

Elle se glissa sans bruit derrière le bureau, cherchant des yeux de quoi se défendre — au cas où. Plus jamais elle ne se laisserait prendre au dépourvu. Peut-être continuerait-elle à sursauter au moindre bruit pour le restant de ses jours, mais plus jamais on ne l'attaquerait par surprise.

Elle mit la main sur un extincteur au moment même où la porte s'entrouvrait.

— Samantha ?

C'était la voix de Rebecca.

— Oui, répondit-elle en laissant échapper un soupir de soulagement.

Le regard sidéré de Rebecca était posé sur l'extincteur.

— Désolée…, fit Samantha. Ces derniers jours ont été… très éprouvants.

— Crois-moi, je comprends, la rassura Rebecca en s'avançant vers elle, une boîte de nourriture à la main.

Elles s'embrassèrent.

— Je suis désolée pour tout ce que tu as enduré, répéta Samantha en serrant son amie contre elle, soudain rattrapée par la culpabilité.

Car si son père avait su ce qui s'était passé cette nuit-là, quinze ans plus tôt, cela signifiait qu'il aurait pu aider à retrouver Shane. La disparition du petit garçon avait détruit la famille Hughes, la ville tout entière. Samantha ne voulait pas faire part de ses soupçons à Rebecca, mais les passer sous silence constituerait une trahison plus grave encore.

Rebecca hocha lentement la tête.

— On l'a retrouvé. Shane est vivant. C'est tout ce qui compte.

— Mais ta famille…

— Mes parents auraient fini par se séparer, je m'en rends compte aujourd'hui. C'est sans doute mieux pour eux que leur décision ait été précipitée par les événements. Ils ont pu refaire leur vie…

Elle ajouta dans la foulée :

— Attention, je ne suis pas en train de dire que je pardonne à Thomas Kramer. La perte de Shane a été l'épreuve la plus terrible que j'aie eu à affronter et je ne veux jamais revivre ça. Je ne peux toujours pas envisager d'avoir des enfants, aujourd'hui. Mais je ne veux pas non plus passer ma vie à remâcher ma rancune.

— Je comprends. Ce serait un peu comme s'il avait gagné… D'une certaine façon.

Samantha aurait voulu mettre Rebecca au courant des dernières révélations : le véritable responsable semblait être Charles Alcorn. Mais tant qu'ils n'en avaient pas acquis la certitude, c'était impossible.

— Exactement, reprit Rebecca. Nous n'avons pas de temps à perdre à ça, n'est-ce pas ?

Samantha hocha la tête. Peut-être réussirait-elle, elle aussi, à pardonner à son père. Elle l'avait déjà fait, autrefois, lorsqu'il buvait. Non que le fait d'avoir été alcoolique soit en quoi que ce soit une excuse, bien sûr, mais il n'aurait jamais pu couvrir un enlèvement d'enfant s'il avait été sobre. Elle en était certaine. Si c'était effectivement cela dont il s'était rendu coupable.

Elle le revit, quinze ans plus tôt, participant aux recherches. Tout cela n'avait-il été qu'une mascarade ?

11

Dylan étira ses jambes douloureuses pour dissiper une crampe. Dans l'armée, il avait appris à se déplacer au nez et à la barbe de l'ennemi en terrain plus accidenté que celui-ci, et ce n'étaient pas quelques crampes et malheureuses éraflures qui allaient l'arrêter. Un peu d'antiseptique et il n'y paraîtrait plus.

Le hangar où Rebecca avait été conduite après l'enlèvement n'existait plus depuis longtemps, et Dylan se tenait à peu près à l'endroit où le bâtiment se dressait autrefois. Un frisson glacé lui parcourut l'échine.

C'était l'été, mais, malgré tout, quelques feuilles mortes jonchaient le sol çà et là.

Il se mit à réfléchir. Ces troubles activités en lien avec une société écran lui évoquaient une affaire de traite d'enfants extrêmement sophistiquée. C'était ce qui semblait le plus logique. D'autres enfants avaient-ils été kidnappés dans d'autres comtés du Texas ? Voire dans les Etats voisins ?

Bon… Que savait-il ? Qu'une société écran disposant de sommes d'argent considérables était impliquée. Que des gens qui se dissimulaient derrière des sociétés fictives, basées à l'étranger, menaient des activités criminelles. Esclavage d'enfants. Commerce sexuel. Il s'agissait là d'éventualités réalistes. Shane était relativement âgé au moment des faits. Il n'avait été ni vendu ni blessé. Kramer l'avait élevé comme son propre enfant. Après l'entrée de Dylan dans l'armée, Kramer avait enlevé un autre garçon, Jason, qui avait été rendu à sa famille au bout d'un an.

Manifestement, il y avait autre chose.

Quelque chose d'une tout autre envergure se cachait derrière ces enlèvements. Kramer n'était que la partie émergée de l'iceberg — l'arbre qui cache la forêt. Sinon, tout aurait pris fin quand il avait péri dans cet accident de voiture.

M. Turner était apparemment la seule personne à savoir le fin mot de toute l'histoire et, vraisemblablement, le seul aussi à pouvoir témoigner de la culpabilité de Charles Alcorn.

Dylan soupira lourdement.

Il n'y avait rien à découvrir là, sur cet emplacement maudit, pas le moindre indice.

Une idée, tout à coup, le traversa. Ces abrutis qui patrouillaient dans le secteur détenaient peut-être des informations. Et il s'y entendait pour délier les langues.

Il rebroussa chemin, se déplaçant comme une ombre entre les arbres.

L'un des types était adossé à l'arrière du pick-up. Un autre parlait — il n'était pas loin, mais Dylan ne le voyait pas de l'endroit où il se trouvait, à la gauche du véhicule. Il fallait qu'il s'approche.

Ils étaient trois au total ; cela, il le savait déjà, et il connaissait la position de deux d'entre eux.

Il avait le choix : passer à l'attaque et forcer l'un d'eux à parler. Un contre trois, c'était jouable face à des civils. Il avait eu tout le temps de les observer. Deux d'entre eux étaient plus petits que lui, le troisième, approximativement de la même taille. Celui-là pouvait poser problème. Les affronter tous les trois ensemble, considérant que chacun d'eux était armé, risquait d'être délicat. Le mieux serait de parvenir à les isoler s'il voulait avoir une chance d'en sortir vivant — et, mieux encore, avec les renseignements qu'il recherchait.

L'autre possibilité consistait à se cacher à l'arrière de leur pick-up et à attendre qu'ils s'en aillent pour qu'ils le conduisent jusqu'à leur chef. Mais… S'ils n'entraient en contact avec lui que par téléphone ?

Non. Ce n'était pas la bonne méthode. Il s'agissait de simples exécutants situés en bas de la hiérarchie, des sans-grade. Ils ne devaient pas être directement en contact avec le grand patron.

Le type calé contre la camionnette tourna la tête dans sa direction et Dylan le reconnut. C'était l'un de ceux qu'il avait vus en photo sur le téléphone de M. Turner.

Soudain, le troisième larron, le grand barbu, apparut. Malheureusement, il venait d'émerger de derrière un arbre, à quelques pas de Dylan, et il avait le regard braqué droit sur lui.

Il n'y avait plus à tergiverser. Le choix s'était opéré tout seul.

Dylan roula sur le dos et, d'un même mouvement, bondit sur ses pieds. Profitant de son élan, il envoya son coude dans le visage du barbu. Un craquement sonore se fit entendre. Mais le barbu, le nez ensanglanté, était déjà sur lui.

Impossible de se libérer de son emprise.

— Hé ! les gars, on a de la visite ! cria son adversaire, derrière lui, son bras de fer lui enserrant la gorge.

Dylan ne parvenait pas non plus à atteindre son arme à sa ceinture. Bonté divine, ce n'était pas ainsi que ce petit échange devait se dérouler !

Au lieu de tenter de se libérer, il poussa donc de toutes ses forces en arrière puis paracheva l'action d'un violent coup de tête.

Le sang gicla de nouveau sur le T-shirt du barbu. Il ne serait pas récupérable, cette fois. Même à l'eau de Javel.

Sa manœuvre avait au moins eu le mérite de desserrer l'étau qui l'emprisonnait. En un clin d'œil, il glissa au sol et roula hors de portée du barbu. Lorsqu'il se releva, son Glock était pointé sur son adversaire.

Les deux autres accouraient.

— Arrêtez-vous ou je tue votre petit copain ! menaça Dylan.

— Hé ! attends un peu ! On se calme, intima l'un des deux en écartant les bras. On ne cherche pas les ennuis.

— Alors, vous ne verrez pas d'inconvénient à ce que je prenne congé, rétorqua Dylan en reculant d'un pas.

S'il parvenait à se donner juste un peu d'avance, il les distancerait sans peine à la course. Et une fois qu'il serait dans les bois, bien malin serait celui qui réussirait à l'atteindre, même s'ils étaient bons tireurs.

Il fit encore un pas en arrière, évaluant les options qui se présentaient à lui. A cette distance, il pouvait pivoter sur lui-même et s'élancer avec la certitude que ses adversaires ne pourraient pas le rattraper.

A moins que… Une autre idée germa dans sa tête.

— Je vais mettre les mains en l'air et m'avancer vers vous, les gars ! annonça-t-il en joignant le geste à la parole.

Le barbu en resta bouche bée. Ce qui était compréhensible. Quel homme sensé aurait renoncé alors qu'il avait l'avantage ?

Dylan posa son arme sur le sol, l'éloigna d'un coup de pied et se redressa de toute sa hauteur, pieds écartés, bras croisés.

— Alors, les gars, on fait quoi maintenant ?

— Je suis tellement heureuse que tu ailles bien, confia Rebecca en poussant le Tupperware en direction de Samantha.

Le poulet accompagné de risotto aux champignons sentait délicieusement bon, mais Samantha ne se sentait pas capable d'avaler une bouchée tant que Dylan ne serait pas revenu.

— Merci de nous aider, répondit-elle en empoignant néanmoins sa fourchette.

— Dylan est vraiment un type bien. Et sa fille est la gamine la plus adorable que j'aie jamais vue, reprit Rebecca en s'asseyant sur le canapé à côté d'elle.

Samantha remua le poulet, sans y goûter.

— Tu peux le garder pour plus tard, si tu veux, je ne me vexerai pas, ajouta son amie en souriant. Il y a un petit réfrigérateur derrière le bureau. Je comprends parfaitement que tu préfères attendre le retour de Dylan.

— Ça a l'air vraiment bon. Je ne sais pas ce que j'ai.

— Tu es soucieuse. Comme je disais, Dylan est quelqu'un de remarquable, souligna Rebecca, une petite étincelle au fond du regard.

Samantha préféra ignorer l'allusion. Son amie avait entièrement raison. Mais Dylan ne voulait personne d'autre dans sa vie et, d'une certaine façon, elle le comprenait. Après la mort de sa mère, son père s'était complètement refermé sur lui-même, ne laissant aucune place pour une nouvelle relation. Et après avoir renoncé à l'alcool, il avait employé toute son énergie à s'occuper de ses enfants. Elle s'en souvenait très bien. S'il ne pouvait assister à l'un de ses matchs de volley, il demandait à l'un de ses frères de s'y rendre à sa place. Et il n'avait jamais élevé la voix ou essayé de lui donner des indications depuis les gradins. Non, elle n'avait reçu de sa part que des encouragements, des sourires et du soutien.

Avait-il agi ainsi pour soulager sa conscience coupable ? Essayé de se racheter en étant un père parfait pour elle ? Si tel était le cas, cela faisait de lui quelqu'un de guère plus recommandable que les ravisseurs eux-mêmes.

Non. Il n'est pas comme ça.

S'il avait occulté la vérité, il devait avoir des circonstances atténuantes. Il était père et il savait ce que c'était que de perdre un proche. Jamais il n'aurait délibérément fait endurer pareil calvaire à une autre famille.

Par-dessus tout, elle désirait le voir rentrer à la maison. Et pas seulement pour savoir ce qui s'était passé. Il n'était plus tout jeune et, ces derniers temps, il lui avait paru plus fragile. Si ces types le brutalisaient, son cœur pouvait lâcher.

Peut-être ses souvenirs le hantaient-ils ? Peut-être était-ce pour cette raison qu'il voulait faire éclater la vérité après toutes ces années ?

— Comment va Shane ? s'enquit-elle pour penser à autre chose.

— Bien. Il est à l'étranger, donc nous n'avons pas eu l'occasion de beaucoup discuter avec lui. Il est tellement… grand maintenant, répondit Rebecca, une note désenchantée dans la voix.

— Vous avez évoqué ce qui s'était passé ?

— Pas vraiment. Ses appels sont limités tant qu'il est déployé au Moyen-Orient. On s'est promis de rattraper le temps perdu quand il serait en permission.

— Et ta mère ?

— Elle va mieux. Elle a enfin accepté de prendre le traitement que lui avait prescrit le médecin et il semble agir. Elle est encore faible mais son état s'est amélioré. Je sais bien qu'elle ne sera pas toujours là, mais c'est un tel soulagement que son fils lui ait été rendu avant que…

Rebecca baissa les yeux et croisa les mains sur ses genoux.

Samantha se pencha vers elle.

— Je suis tellement contente que cette terrible histoire ait connu un heureux dénouement !

— Nous avons vécu beaucoup trop longtemps tournés vers le passé, soupira Rebecca en étendant ses jambes devant elle. Il est temps de passer à autre chose. Et puis, qu'aurions-nous à gagner à y revenir encore ? Nous avons le reste de notre vie pour renouer les liens défaits… C'est tellement bon de se dire que notre famille est de nouveau au complet. Brody et moi, nous commençons à organiser le mariage. Je compte sur toi, bien évidemment.

— J'ai hâte d'y être !

Samantha aurait aimé s'attarder sur cette heureuse perspective, mais le présent était trop lourd.

— Dylan devrait être de retour, nota-t-elle. Je n'aime pas ça.

Rebecca passa un bras autour de ses épaules en veillant à ne pas toucher l'endroit où elle était blessée.

— Il sera là d'une minute à l'autre.

— J'espère, murmura Samantha en refermant la boîte.

— Tu n'es pas obligée d'en parler si tu n'en as pas envie, mais toi… Est-ce que ça va ?

Comment répondre sincèrement à cette question ?

— Ça ira, une fois que cette épreuve sera terminée.

Elle se garda d'ajouter : *Si je suis toujours en vie.*

Et puis, il y avait l'énigme concernant son père. Et le fait qu'elle ne se le pardonnerait jamais s'il arrivait quelque chose à Maribel ou à Dylan.

— Je peux te poser une question ? lança-t-elle à Rebecca.

Il fallait qu'elle en sache un peu plus sur Dylan.

— Je t'en prie.

— Dans tout ça, quelle était la place de la mère de Maribel ?

— Elle lui a caché sa grossesse, ce qui tend à indiquer qu'elle connaissait mal Dylan.

Samantha acquiesça.

— Il clamait haut et fort ne pas vouloir devenir père, mais, mis devant le fait accompli, il n'aurait jamais renié son enfant. Comment a-t-il appris qu'elle était malade ?

— Je ne sais pas… Il ne m'a pas dit grand-chose à ce sujet. Je ne crois pas qu'il en ait parlé à qui que ce soit, du reste — pas même à Brody. Et pourtant, tu sais combien ils sont proches.

Samantha hocha de nouveau la tête.

— Il faut que je te raconte…, enchaîna Rebecca. Ils s'étaient un peu perdus de vue pendant que Dylan était dans l'armée. Et puis, un jour, Brody a reçu cet appel du Nouveau-Mexique. Dylan lui demandait de le rejoindre. Il est parti sans savoir ce qui l'attendait à l'arrivée, mais convaincu, d'après le ton de voix de Dylan, que ce n'était rien de bon…

Rebecca s'arrêta un instant et déglutit avec peine. Puis elle reprit, lentement :

— Il l'a trouvé claquemuré dans sa chambre de motel, prostré. Il lui a demandé ce qui n'allait pas, mais Dylan était fermé comme une huître. Il avait une bouteille de tequila à moitié vide posée devant lui, alors Brody l'a prise et a bu avec lui. Le lendemain, Dylan était debout à l'aube. Brody avait la gueule de bois, mais il a quand même sauté du lit et foncé sous la douche. Dix minutes après, il se retrouvait assis sur le siège passager de la voiture de Dylan pour l'accompagner… à un enterrement.

C'était autre chose, mais cela rappela à Samantha le trajet silencieux jusqu'au cimetière pour les funérailles de sa mère. Tout le monde était trop bouleversé, trop affecté pour prononcer un mot. Elle plaignit Dylan du plus profond de son cœur.

— Quand ma mère est morte, ça a été très dur. Je n'ose pas imaginer ce que c'est de perdre son conjoint.

— Oui… Si quelque chose arrivait à Brody, je serais dévastée, reconnut Rebecca avec mélancolie. Nous n'avons jamais réussi à savoir si Dylan et Lyndsey étaient mariés, mais je ne le pense pas. Tu connais Dylan, il ne se livre pas facilement.

— C'est vrai, acquiesça Samantha.

Elle en était témoin. En deux ou trois occasions, elle avait cru que le verrou était sur le point de sauter mais, chaque fois, cela s'était soldé par une porte qui lui claquait au nez. A bien y réfléchir, il avait toujours été comme ça. Il était le premier à intervenir si un ami était en difficulté, mais elle ne se rappelait pas une seule fois où il aurait demandé de l'aide. Et on pouvait être sûr, si on lui faisait une confidence, que le secret serait bien gardé.

Un souvenir lui revint en mémoire.

— Tu te rappelles le jour où nous avions tous trouvé très judicieux d'aller nager dans le lac après l'école ?

— Oui, chose qui nous était strictement défendue… Quand était-ce ? L'année du CM2 ?

— Oui. Je venais juste d'emménager à Mason Ridge.

— Nous sommes revenus, tout contents, trempés de la tête aux pieds, et le père de Ryan nous a arrêtés dans la rue. La vie n'était déjà pas rose pour Ryan, à la maison. Ce n'était vraiment pas de chance d'être tombé sur son père…, soupira Rebecca.

— Oh que non ! Il était tellement hors de lui qu'on était tous tétanisés. Mais pas Dylan. Il s'est avancé et a déclaré qu'on était en train de rentrer chez nous quand l'arrosage automatique des McGill s'était déclenché.

Rebecca éclata de rire.

— Je m'en souviens comme si c'était hier. Il a évité à Ryan de se faire rouer de coups une fois de plus.

— Et il est allé jusqu'à nous asperger au tuyau d'arrosage, après ça, pour chasser l'odeur du lac qui nous collait à la peau. Il pensait vraiment à tout, conclut Samantha.

Elle ne précisa pas que c'était à cause de la sévérité excessive de sa grand-mère qu'il avait appris à se montrer aussi méticuleux. Celle-ci l'avait recueilli chez elle mais elle avait été une fervente partisane du *qui aime bien châtie bien*, ce qui était peut-être aussi l'une des raisons pour lesquelles sa fille, la mère de Dylan, était partie. Une éducation trop rigide tendait à alimenter le désir de rébellion.

— Nous avons vécu beaucoup de choses ensemble, reprit Rebecca. Vous avez été ma planche de salut, et c'est pour ça que je tiens à vous aider aujourd'hui. Tu es sûre que tu ne veux pas parler de ce qui se passe ? Je te connais. Je vois bien que tu me caches quelque chose. Quoi que tu aies pu faire, il y a toujours une solution à tout, tu sais.

A ces mots, l'aiguillon de la culpabilité se retourna douloureusement dans la plaie. Samantha détourna les yeux. Et si son père avait pu épargner à son amie et sa famille l'épreuve terrible qu'ils avaient traversée ?

Tout la poussait à dévoiler la vérité à Rebecca. Mais les mots refusant de franchir ses lèvres, elle répondit :

— Personne n'est irréprochable, moi pas plus que les autres, mais je n'ai jamais rien fait d'illégal. Seulement, la situation est... compliquée et je ne suis pas seule en cause. J'espère que tu comprendras que je m'efforce de protéger l'autre personne concernée pour le moment.

— Ne t'en fais pas. Sache seulement que nous sommes là, quoi qu'il advienne, assura Rebecca en hochant la tête, mais avec un haussement de sourcils si léger que Samantha douta l'avoir vraiment vu.

Pourtant, elle avait dit vrai. Même si elle se faisait l'effet d'être la pire des menteuses, comment aurait-elle pu ne pas protéger son père alors qu'ils n'avaient pas encore entendu sa version des faits ?

Elle détestait les secrets.

Si son père n'avait pas gardé aussi longtemps le sien, il y avait fort à parier que rien de tout ce qui leur arrivait ces jours-ci ne se serait passé.

Oh ! Papa, dans quel pétrin tu nous as mis ?

— Mieux vaut que je rentre, reprit Rebecca en jetant un regard soucieux à Samantha. Tu es sûre que ça va aller ?

— Oui. Merci pour le dîner… Et pour tout, dit Samantha en donnant l'accolade à son amie.

— De rien. Si tu as besoin de quoi que ce soit, utilise le téléphone fixe du bureau. A cette heure, il n'y a plus que Brody et moi dans le centre. Donc tu ne risques pas de tomber sur quelqu'un d'autre.

Rebecca se dirigea vers la sortie, puis se retourna, la main sur la poignée de la porte.

— Et sois prudente, surtout.

— Bien sûr.

— Je ne parlais pas seulement de ce qui se passe. Je veux dire aussi… avec Dylan.

Rebecca avait-elle deviné ses sentiments pour lui ? se demanda Samantha. Etait-elle donc à ce point transparente ?

— Ne t'inquiète pas. Ça va. C'est rassurant de se savoir soutenue par un ami fidèle, réussit-elle à dire dans l'espoir que la référence à l'amitié suffirait à couper court aux interrogations de Rebecca.

Longtemps après que la porte se fut refermée, Samantha demeura assise, immobile, sur le canapé. Se souvenant du conseil de Dylan, elle essaya de se forcer à manger. En vain. Elle renonça au bout de deux bouchées et se leva.

Elle arpentait la pièce de long en large depuis une bonne heure lorsque, n'y tenant plus, elle décida de s'aventurer dehors. Bien sûr, elle s'exposait à la colère de Dylan si jamais il la surprenait.

Mais peu importait. L'idée qu'il puisse être dans un fossé, en train de se vider de son sang, l'éperonnait littéralement. Elle assumerait les conséquences de son choix le moment venu.

12

Dylan avait mal partout. Il aurait pu se croire passé sous les roues d'un semi-remorque… Mais c'était le barbu, le responsable de ses maux. Celui-ci s'en était donné à cœur joie avec la crosse de son arme. Ah ! il n'y était pas allé de main morte, le bougre !

Ça laissera certainement une cicatrice.

Le coup de tête qu'il lui avait asséné lui avait cassé le nez et, de sa botte, il lui avait ensuite martelé le ventre. Evidemment… Dylan n'avait pas vraiment cherché à se défendre. Juste ce qu'il fallait pour ne pas succomber sous les coups.

Ce qu'il voulait, en réalité, c'était que les trois gaillards l'embarquent avec eux. Il espérait ainsi retrouver Maribel ou, au moins, obtenir quelques réponses pour être sur sa piste. Il s'était juré que sa fille dormirait dans son lit cette nuit même, et il entendait bien tenir parole.

Bien sûr, d'autres passages à tabac devaient être prévus au programme de la soirée. Ils allaient chercher à lui faire peur pour tenter de déterminer s'il savait où se trouvait Samantha. Et il jouerait leur jeu.

Puis, lorsque la situation s'y prêterait, il leur brûlerait la politesse avec sa petite Maribel.

Le timing et la discipline comptaient au nombre de ses qualités premières.

Mais, pour l'instant, il s'agissait de leur soutirer le plus d'informations possible. Voilà pourquoi il les avait laissés croire qu'ils avaient gagné et jouait les victimes accablées. Il soupçonnait une affaire de bien plus grande ampleur que ce que tout le monde avait initialement imaginé. Le Texas était l'endroit idéal pour se livrer à toutes sortes de trafics — y compris celui d'enfants innocents.

Machinalement, ses poings se crispèrent et ses ongles s'enfoncèrent d'eux-mêmes dans ses paumes. Réaction inappropriée. Il ne devait pas se laisser atteindre sur le plan émotionnel.

Ce qu'il fallait, c'était garder la tête froide et se tenir prêt à jouer la comédie lorsqu'ils reviendraient lui donner une bonne leçon. Car ils allaient revenir, à n'en pas douter. Mais, d'abord, il devait essayer de savoir où il se trouvait.

Les chances qu'ils le conduisent directement au grand patron étaient minces. Sans doute l'emmèneraient-ils dans un local quelconque, à l'extérieur de la ville.

Il cligna des yeux et essaya de bouger les bras, mais ils lui avaient attaché les poignets dans le dos. Apparemment, ils avaient réussi à le mater suffisamment pour le jeter dans… Dans quoi, d'ailleurs ? Une pièce quelconque fermée à clé ? Un bureau, peut-être ?

Un bureau… Des images affluèrent à son esprit. Non, ce n'était pas le moment de penser à Samantha. Ni à sa peau soyeuse… Ni au parfum de ses cheveux. Pas plus qu'à ses grands yeux brillants d'intelligence, ni à ses lèvres s'entrouvrant sous les siennes.

Stop ! En mission, on ne se dispersait pas. On se concentrait.

Des pas retentirent au loin, puis s'éloignèrent.

Ses yeux le brûlaient. Il battit de nouveau des paupières et se mit non sans peine sur le côté.

Ses jambes étaient ligotées également, mais avec des liens moins serrés, et il était allongé sur une sorte de table en bois. Manifestement, ils lui avaient pris son portable.

Il se remit sur le dos, ignorant l'élancement fulgurant entre ses omoplates, et leva les yeux vers l'unique ampoule qui pendait du plafond. Depuis combien de temps gisait-il là, inconscient ? Il promena les yeux autour de lui.

Il y avait une chose à quoi cet endroit semblait destiné : la torture.

Il passa rapidement en revue les différents scénarios, étudiant méthodiquement ses possibilités d'action pour chacun d'entre eux, visualisant ses mouvements, se préparant à l'idée qu'il allait devoir affronter les trois hommes — sinon davantage.

Il voulait avoir le temps d'explorer ce bâtiment. Etait-ce là qu'ils entreposaient leur *marchandise* ? Probablement pas. Car, depuis qu'il était revenu à lui, il n'y avait eu presque aucun bruit.

Tandis qu'il remuait les bras pour tenter de se libérer de ses entraves, un son attira de nouveau son attention dans le couloir. Il s'immobilisa, l'oreille tendue. Des pas, mais qui venaient vers lui, cette fois.

Ce devait être le barbu, ou l'un de ses acolytes. Ou bien, peut-être, les trois ensemble.

Ses sens étaient amoindris par le mal de tête qui lui martelait le crâne. Bon sang ! Si jamais il en avait la possibilité, il se ferait un plaisir de rendre la pareille au barbu. Quelques directs à l'estomac suffiraient probablement à le neutraliser. Ce n'était pas comme s'il avait affaire à une équipe surentraînée. Il était presque gêné de les laisser croire qu'ils avaient le dessus. Leurs compétences n'étaient pas exactement à la hauteur de ce à quoi il avait été habitué dans l'armée. Mais c'était cela, son atout. Donc, il ne lui restait qu'à ravaler sa fierté et les laisser penser qu'ils le tenaient.

Son objectif, c'était de récupérer Maribel. C'était là tout ce qui comptait.

Il s'imagina portant sa petite fille ensommeillée jusqu'à son lit, la bordant tendrement. Quand il l'aurait retrouvée, il ne la quitterait plus jamais des yeux.

La porte en métal grinça sur ses gonds. Quelle technique de torture comptaient-ils employer ? Lui plonger la tête sous l'eau ? Le suspendre au plafond ? Le frapper avec une barre métallique ? Lui tirer dans le pied pour qu'il ne puisse pas tenter de s'évader en courant ? Lui bander les yeux et simuler une exécution ? Cette dernière méthode emportait souvent les suffrages des tortionnaires inexpérimentés.

Quoi qu'il en soit, il ne leur révélerait pas où se trouvait Samantha.

— Asseyez-vous ! ordonna le barbu de sa voix grave.

— Eh bien, c'est-à-dire que je ne suis pas tout à fait libre de mes mouvements pour l'instant, ironisa Dylan.

Sa repartie narquoise lui valut un coup de poing dans la mâchoire. Sa tête bascula en arrière, mais il persista.

— C'est tout ? riposta-t-il en tournant la tête sur le côté pour cracher du sang.

Ce qu'il fallait, c'était les déstabiliser et les narguer par ses railleries afin qu'ils ne se demandent pas pourquoi il avait abandonné la partie sans aucune raison.

Le barbu referma le poing pour lui assener un nouveau coup mais l'un des deux autres types le saisit par le coude.

— Garde ça pour plus tard. C'est un imbécile. Tu connais les ordres.

Oh ! Ça, ce n'était pas bon signe.

Le troisième, qui s'était tenu en retrait, silencieux, s'approcha de lui par-derrière.

A quoi jouait-il ?

Dylan replia les jambes et se recroquevilla sur lui-même pour protéger ses organes. Il n'avait pas réussi à arracher le ruban adhésif qui lui maintenait les mains mais, avec les genoux ramenés sous le menton, il pouvait détendre subitement ses jambes et envoyer au moins l'un des types à terre.

Tandis qu'il attendait le bon moment, il fut subitement soulevé par les aisselles et redressé en position assise. On lui enfonça quelque chose sur la tête et il se retrouva plongé dans le noir. Un sac de jute ?

Puis ils lui passèrent comme un câble autour de la gorge. Son estomac se noua.

Du calme. Compte jusqu'à dix…

Un… Deux… Trois… Quatre.

La pression se fit plus forte.

Cinq… Six… Sept…

Encore quelques secondes et ça irait.

Huit… Neuf… Dix.

Là, son pouls était revenu presque à la normale.

Dans l'armée, il avait appris à adapter ses réactions physiques au stress.

La pression sur sa gorge s'atténua. Quoi qu'ils aient utilisé pour attacher la cagoule, ce n'était pas une corde. Ce devait être un morceau de tissu. Il continua à remuer les mains dans son dos pour se délivrer.

Mais sans plus de succès.

Il sentit qu'on lui détachait les jambes. L'instant suivant, ils le firent se lever. Ses genoux vacillèrent. Des mains lui empoignèrent les coudes pour le maintenir debout. Un sac sur la tête ; les mains liées derrière le dos. La situation n'était pas brillante. Cela ressemblait aux préparatifs d'une exécution. Mais Dylan était déjà passé par là. Il déroula mentalement le scénario le plus probable. Ils allaient sûrement l'emmener dans un champ, le faire mettre à genoux. Il serait aveuglé par une forte lumière lorsqu'on lui arracherait le sac de la tête, tout cela sur fond de cris, d'insultes et de menaces.

A cette perspective, l'adrénaline se déversa dans ses veines. Tant mieux. Mieux valait que cela se produise là, plutôt que quand on lui retirerait le sac.

Il se représenta gardant son calme, attendant l'occasion de passer à l'action. Si l'un des types s'approchait de lui avec un pistolet, il ne lui faudrait pas plus de deux secondes pour le désarmer. S'ils n'étaient toujours que trois, il avait une chance raisonnable de les neutraliser.

Avec les bras liés dans le dos, ce serait plus difficile, mais pas impossible.

De nouveau, il tira sur ses liens. Toujours sans effet.

Cette mise en scène dramatique n'était probablement que du bluff. N'empêche… Il devait songer à toutes les éventualités et se tenir prêt pour le cas où ils auraient réellement l'intention de le tuer.

Il réfléchit à ce qui pouvait les conduire à l'abattre. La colère flamba en lui.

Il aurait fallu qu'ils tiennent Samantha. C'était la seule raison. Cela, et le fait qu'il avait vu leurs visages. Il les avait mémorisés. Le barbu était le plus grand et celui qui avait l'apparence la plus négligée. Les deux autres auraient pu être frères. Ils étaient approximativement de la même taille. Ils avaient tous les deux des cheveux roux et des yeux bleus. *Rouquin numéro un* arborait sur les bras des tatouages à thème musical. Des portées de notes le long de son avant-bras droit et, sur le bras gauche, des instruments liés les uns aux autres. Quant à *Rouquin numéro deux*, il en portait un aussi, représentant un serpent enroulé autour d'un tronc d'arbre, en train de manger un oiseau.

Dylan pourrait sans peine les identifier tous les trois et témoigner contre eux. Pour peu qu'un procureur consciencieux creuse l'affaire, il ne serait sans doute pas très difficile de remonter jusqu'à la tête pensante.

Donc, en résumé, les choses ne se présentaient pas bien pour lui. Il avait intérêt à imaginer une façon de se sortir de ce guêpier au plus vite.

Il était flanqué par deux d'entre eux, qui le tenaient par les bras. Le troisième devait fermer la marche, l'arme pointée vers lui. Si ce rôle-là avait été dévolu au barbu, il n'en faudrait pas beaucoup pour qu'il appuie sur la détente.

Mais ils avaient reçu des ordres, avaient-ils dit.

Super...

Une porte s'ouvrit puis se ferma derrière eux.

Le sol, sous ses pieds, était mou. Ils ne marchaient plus sur du béton. Donc, ils l'avaient emmené dehors, pas dans une autre pièce. OK. Ce n'était guère encourageant, mais il s'était trouvé dans des situations tout aussi épineuses auparavant et il avait chaque fois réussi à s'en sortir vivant.

— A genoux ! cria l'un des types.

Puis :

— Où est-elle ?

Ils avaient donc prévu un petit pique-nique à quatre.

Dylan haussa les épaules.

Le malfrat insista :

— Le patron veut lui parler.

— Il ne connaît pas les téléphones portables ? répliqua Dylan.

D'une seconde à l'autre, ils allaient retirer le sac de jute et il serait ébloui par la lumière. Des armes seraient pointées sur lui, donc il devait se tenir prêt.

Puisqu'ils ne l'avaient pas encore tué, Samantha était probablement toujours dans la grange. Aussi garda-t-il le silence.

Elle lui manquait. En dépit de tous ses efforts, ses pensées revenaient sans cesse vers elle.

Pourtant, c'était Maribel son bien le plus précieux, et il ne voulait pas avoir à se soucier d'un autre être humain.

Il contracta ses muscles puis les détendit plusieurs fois pour éviter qu'ils ne se nouent irrépressiblement. Les crampes gagnaient déjà ses bras. Même s'il réussissait à déchirer le ruban adhésif, cela ne lui servirait pas à grand-chose.

D'un autre côté, l'adrénaline avait des effets surprenants sur son corps. Et le simple fait de penser à la sécurité de Samantha et de Maribel faisait grimper son taux en flèche dans ses veines.

— Vous vous trouvez drôle ? lui lança le barbu.

Le bout d'une botte l'atteignit aux côtes. Il retint un cri.

— Quoi ? Je suis un sacré comédien.

— Je suis sûr qu'on perd notre temps. Il ne sait pas où elle est, intervint l'un des rouquins.

On lui agrippa de nouveau le bras pour le faire se relever, puis on le projeta en avant. Il atterrit sur une surface métallique. Il y eut un bruit de serrure. Une fourgonnette ?

Puis le moteur ronfla et une pointe d'excitation le traversa. Il reconnaissait ce bruit. La camionnette d'un des rouquins.

Désormais, deux scénarios étaient possibles. Soit on l'emmenait quelque part pour se débarrasser de lui, soit on allait le conduire au patron.

Il s'acharna de plus belle sur ses liens. Rien à faire.

Nom d'un chien ! Quel matériau avaient-ils donc utilisé ? La bande qui retenait ses poignets prisonniers était large, à très fort pouvoir adhésif, et, malheureusement, très solide, appliquée comme elle l'était en couches superposées, entrecroisées.

Il reporta son attention sur la route. Elle était cahoteuse. La camionnette zigzaguait, probablement pour éviter des nids-de-poule. Donc, l'entrepôt où il s'était trouvé devait être situé en rase campagne ou, du moins, en dehors de la ville.

Il prenait note mentalement de tout ce qu'il remarquait. Ce qui n'était pas chose aisée avec cet atroce mal de tête qui lui fendait le crâne en deux. Tout pouvait dépendre d'un détail.

Il mit donc résolument de côté la lancinante douleur et tendit l'oreille.

Ils roulaient à vive allure sur la route défoncée.

Un souffle d'air bienvenu lui effleura la peau. Pourtant, ils étaient au cœur de l'été et la température, matin et soir, avoisinait les 28°.

Il se mit à compter pour évaluer la durée du trajet.

Lorsque le véhicule s'arrêta, ils avaient roulé pendant trente-cinq minutes environ. Sur la dernière partie du parcours, la chaussée s'était aplanie avant de redevenir inégale.

Ils pouvaient se trouver n'importe où. Il n'avait entendu aucun son particulier qui aurait pu permettre de situer l'endroit où ils l'avaient amené. Rien non plus rappelant les bruits d'une ville la nuit ; donc, ils devaient toujours être à la campagne.

A force de cogner contre le sol à chaque bosse, son épaule lui faisait terriblement mal. Elle était en passe de disputer à sa tête le titre de « partie la plus douloureuse de son corps. »

Les portes de la camionnette s'ouvrirent et on le tira sans ménagement par les pieds. Il atterrit durement par terre.

— Le patron vous laisse vingt-quatre heures pour trouver

la femme et la lui amener si vous voulez qu'il vous rende votre fille. Tic-tac… Le compte à rebours est commencé.

— Qu'il s'avise de toucher à un cheveu de ma fille, et c'est un homme mort, grinça Dylan.

— Il y a d'autres façons de s'occuper d'elle, grogna l'un des malfrats en desserrant le nœud au niveau de son cou.

L'instant d'après, le sac de jute lui était retiré.

Il cligna des yeux et se trouva nez à nez avec l'écran d'un téléphone portable montrant une photo de Maribel, debout dans le coin d'une pièce, les bras croisés, avec un exemplaire du journal du jour placé à côté d'elle. La rage le submergea. Il s'exhorta au calme. Elle était vivante et en bonne santé. Tant qu'il en irait ainsi…

— Si vous voulez la récupérer en un seul morceau, vous savez ce qu'il vous reste à faire, intervint le barbu.

Dylan étudia le visage de ses ravisseurs. Deux étaient sur sa droite. Le barbu à gauche. C'était le seul à ne pas le regarder en face. L'armoire à glace ne semblait pas beaucoup aimer l'idée qu'on puisse lever la main sur une petite fille. Pourquoi ? Parce qu'il était lui-même père ?

— Je préfère vous prévenir…, proféra Dylan froidement. Et je vous demanderai de bien vouloir transmettre le message à votre chef. Si jamais quelque chose arrivait à ma fille pendant qu'elle est entre ses mains, si elle avait ne serait-ce qu'un ongle cassé, préparez-vous, tous autant que vous êtes, à ne dormir que d'un œil pendant le restant de vos jours. Parce que je n'aurai de cesse de vous traquer jusqu'à ce que je vous aie tous anéantis, vous et tous vos proches. Et si jamais quelque chose devait m'arriver, à moi, sachez qu'une bonne demi-douzaine d'amis fidèles prendraient le relais. J'en fais le serment.

Quelque chose d'indéfinissable passa dans le regard du

barbu. S'en prendre à lui ne le dérangeait manifestement pas, mais… l'homme devait avoir une famille.

Les deux autres demeurèrent imperturbables.

— Vous savez, pour un peu, vous me feriez peur, ironisa l'un d'eux en feignant de trembler. Vous n'êtes pas exactement en position de proférer des menaces.

— Je m'appelle Dylan Jacobs, répliqua-t-il. Retenez bien ce nom. Parce que, si les choses tournent mal, c'est le nom de celui qui vous enverra au cimetière.

L'un des deux rouquins esquissa un mouvement pour lui décocher un coup de pied mais le barbu se plaça entre eux, la main sur la poitrine de son comparse.

— Laisse tomber. On s'en va. On a fait notre job. Allons manger un morceau, maintenant.

L'autre lui jeta un regard mauvais, mais se détourna pour se diriger vers la portière côté passager. *Rouquin numéro deux* se mit au volant.

— Et le vieil homme ? Qu'en avez-vous fait ? lança Dylan.

Il ne pouvait pas rentrer sans avoir la moindre nouvelle du père de Samantha.

Le grand barbu, qui s'apprêtait à rejoindre les deux autres, ne se retourna pas, mais il marqua une pause. L'instant suivant, un petit objet métallique atterrit non loin de Dylan.

— Il est avec votre fille, lâcha tout bas l'armoire à glace.

A peine la camionnette eut-elle démarré en trombe que Dylan se releva et se précipita vers le fossé où était tombé l'objet. Il fouilla fébrilement l'herbe du pied jusqu'à tomber sur une forme oblongue, d'une dizaine de centimètres. C'était un canif. Il s'accroupit pour le ramasser.

Pourquoi ce soudain accès de générosité de la part du barbu ? Ses deux complices avaient, eux, paru bien décidés à lui en faire voir de toutes les couleurs. Quoi qu'il en soit, ils l'avaient laissé là, au bord d'une route, sans téléphone, ni possibilité de prévenir Samantha qu'il allait bien. Elle devait être malade d'inquiétude. Ce qu'il craignait par-dessus tout, c'était qu'elle soit partie à sa recherche.

Il leva les yeux vers le ciel. A en juger par la position de la lune et l'époque de l'année, il n'était pas encore minuit.

Il ouvrit le couteau et trancha ses liens. Puis il ramena ses bras devant lui et les frictionna pour rétablir la circulation sanguine.

S'il était près de minuit, cela signifiait qu'il était resté inconscient dans cet entrepôt plusieurs heures.

Deux choses, désormais, l'aidaient à garder courage. La photo de Maribel, d'une part. Certes, son petit minois renfrogné et sa posture indiquaient qu'elle n'était pas contente d'être là où elle était, mais elle allait bien. Et le fait que Samantha était en sécurité, chez Brody et Rebecca.

Mais un doute l'assaillit soudain. Samantha aurait-elle commis l'erreur de sortir pour le retrouver ?

La porte s'ouvrit brusquement et Samantha s'éveilla en sursaut.

— Dylan ?

Il était tard et elle avait été par deux fois sur le point de sortir le chercher, mais un mauvais pressentiment l'en avait dissuadée. Elle ne voulait pas mettre en péril la vie d'innocents.

— Je suis là, répondit Dylan, la voix curieusement éraillée.

Dans la pénombre, sa silhouette était à peine visible. Il s'avançait vers elle. Il boitait.

Subitement tout à fait réveillée, elle se leva d'un bond et se précipita vers lui.

— Tu es blessé. Qu'est-il arrivé ?

— Aide-moi à aller jusqu'au canapé.

Sa chemise était maculée de sang, son visage contusionné, sa lèvre éclatée... Et il avait une entaille à l'arcade sourcilière.

— Mon Dieu..., souffla-t-elle en examinant ses plaies.

Refoulant ses larmes, elle attrapa la trousse de premier secours et se pencha vers lui.

Elle commença par laver à l'eau claire la plaie, au-dessus de son œil droit, puis lui nettoya la bouche, le visage.

— Qu'est-ce qui s'est passé ? répéta-t-elle sans s'interrompre dans sa besogne.

— Le barbu et ses petits copains me sont tombés dessus, expliqua-t-il, les coudes posés sur les genoux, les yeux baissés.

Comme elle s'apprêtait à tamponner ses blessures avec une compresse de gaze imbibée d'antiseptique, il lui saisit le poignet. Le sien était cerclé de rouge.

— Je les ai laissés me faire prisonnier, pensant qu'ils allaient m'emmener à l'endroit où ils retenaient Maribel.

Il desserra son emprise autour de son avant-bras et l'amena à ses lèvres pour déposer un petit baiser sur la peau tendre, à l'intérieur de son poignet.

— Désolé. Continue.

— Ça va ? Tu n'as pas trop mal ? s'enquit-elle en se remettant à tamponner la plaie.

Il retint son souffle, mais secoua la tête.

— Menteur, dit-elle doucement en appliquant un pansement adhésif sur la blessure.

Il la prit par la taille et la regarda droit dans les yeux.

— J'ai vingt-quatre heures devant moi pour les trouver. Après, ils s'en prendront à Maribel.

Elle retint un cri et lui passa une main dans les cheveux.

— Qu'ont-ils dit, exactement ?

— Tout d'abord, elle est avec ton père.

Un immense soulagement la gagna aussitôt.

— Ils sont sains et saufs tous les deux ?

— Pour autant que je sache, oui.

Elle étudia son regard. Apparemment, il disait vrai. Qui plus est, Dylan n'était pas du genre à enrober les faits, fût-ce pour la ménager.

— Ils veulent procéder à un échange.

— Ça peut peut-être marcher. Au même lieu de rendez-vous ?

— C'est hors de question. Si jamais ils te tuent… C'est signer l'arrêt de mort de Maribel. Et de ton père.

— Et que crois-tu qu'ils feront si je ne viens pas ?

— Ils menacent de les tuer mais rien ne dit qu'ils passeront à l'acte.

— Tu n'es quand même pas prêt à courir ce risque !

— Non, évidemment. C'est bien pour ça qu'il faut absolument que je réunisse des preuves contre Charles Alcorn. Pour lui forcer la main.

— Ça aussi, c'est très risqué. Et si on faisait fausse route ? Si ce n'était pas Alcorn ? On se retrouverait le bec dans l'eau.

Elle se tut un instant puis reprit :

— Est-ce qu'ils t'ont donné un moyen de les joindre ?

Il secoua la tête.

— Non… Oh ! A ce propos, il faut que j'appelle Jorge.

Il alla jusqu'au bureau et composa le numéro de son ami. Il le mit au courant des derniers événements : les truands lui avaient pris son téléphone portable et il avait dû acheter un téléphone prépayé pour le remplacer.

Samantha ne put entendre la réponse de Jorge, mais Dylan hocha la tête puis remercia son ami. Ensuite, il revint s'asseoir sur le canapé.

— Dylan, écoute-moi… Je ferais n'importe quoi pour qu'ils te rendent ta fille. Si c'est moi qu'ils veulent, alors très bien. J'irai seule. Je leur dirai que je t'ai tout raconté et que tu vas prévenir la police si je ne reviens pas avec Maribel.

Il ne répondit pas tout de suite, comme s'il soupesait sa suggestion.

— Non.

— Attends… Ça a une chance de marcher.

— Pas question. Je refuse d'échanger une vie contre une autre, répliqua-t-il avec force, l'expression si tourmentée que Samantha en resta momentanément sans voix. J'ai réfléchi à tous les scénarios possibles… Il n'y en a pas un qui ne présente pas une part de risque beaucoup trop importante. Je ne mettrai pas ta vie en jeu.

Peut-être ne pouvait-il pas choisir entre elle et sa fille, mais Samantha, elle, le pouvait. Rien ne valait la vie de cette enfant. Elle trouverait le moyen de procéder à cet échange, seule si nécessaire. Encore fallait-il être absolument certaine que Maribel était en vie.

— Je pense savoir où ils se trouveront dans vingt-quatre heures, indiqua Dylan. C'est plus que nous n'en avons jamais su jusqu'à présent.

— Comment peux-tu être sûr que Maribel va bien ?

— Ils m'ont montré une photo d'elle, avec le journal d'aujourd'hui.

Samantha arqua un sourcil.

— Oh ! Ils ont pensé à ça ?

— Ils n'en sont pas à leur coup d'essai. Ils disposent d'un entrepôt en dehors de la ville. Je pense que c'est par là que transite leur *marchandise*.

A la façon dont il avait mis l'accent sur le mot, il ne voulait pas mentionner la nature de ladite « marchandise » — des enfants, devina Samantha.

D'autres enfants.

Dylan parut percevoir son émoi. Il l'attira contre lui.

— On va retrouver Maribel et ton père. Tu as ma parole.

Samantha se blottit contre sa chaleur puis leva les yeux vers lui.

Au même moment, il approcha sa bouche de la sienne.

Pour mille et une raisons, elle n'aurait jamais dû laisser cela se produire, la première d'entre elles étant que les sentiments qu'elle nourrissait à son endroit semblaient être plus profonds que ceux qu'il lui portait. Chaque fois qu'ils s'étaient rapprochés, il avait fini par la repousser. Même si l'attirance, entre eux, était assez forte pour qu'il ne puisse s'empêcher de revenir à la charge, le meilleur indicateur du comportement futur d'une personne restait la façon dont elle s'était comportée précédemment…

Pour autant, tout ce qu'elle voulait en cet instant c'était rester là, pelotonnée contre lui, enveloppée par ses bras robustes. Il était tellement sécurisant ! Jamais personne ne l'avait protégée comme il le faisait. L'impression n'était pas désagréable. Elle aurait pu s'y habituer, elle aurait même bien aimé apprendre à compter sur cet indéfectible soutien.

Seulement… L'attirance physique ne faisait pas tout.

Elle se détacha lentement de lui, puis se leva.

— Je crois qu'on devrait réfléchir à ce qu'il convient de faire maintenant.

— Très juste.

Il la considéra, avec au fond de ses yeux verts une expression blessée. C'était compréhensible.

Mais n'avait-elle pas déjà été suffisamment échaudée ? Il venait vers elle, la prenait dans ses bras, puis se ravisait. Au moins était-il plus honnête que ne l'avait été Jude, à l'université. Lui, il l'avait trahie de la pire façon qui soit. Il avait obtenu ce qu'il voulait d'elle, tout en s'arrangeant pour l'obtenir également d'autres filles à son insu. Et, pendant tout ce temps, elle avait écouté ses jérémiades à propos des difficultés insurmontables que rencontrait un étudiant par ailleurs père célibataire.

Dylan ne se plaignait jamais de son statut de père. Il ne se plaignait jamais tout court. Mais cela ne changeait rien au fait qu'il ne considérerait jamais sérieusement ses sentiments pour elle — même s'il était assurément quelqu'un de bien.

Voilà pourquoi se séparer de lui, une fois cette affaire terminée, serait un vrai crève-cœur.

13

— Rebecca a apporté de quoi manger, déclara Samantha en traversant la pièce d'un pas vif pour aller ouvrir le mini-réfrigérateur.

Mais Dylan resta assis, réfléchissant à ce qui venait de se passer. Son attirance pour Samantha était incroyablement puissante. Il mettait cela sur le compte de leur passé, de leur amitié et de cette histoire de fous dans laquelle ils étaient embarqués et qu'eux seuls étaient à même de comprendre. Mais se pouvait-il que ce soit autre chose ? Quelque chose de plus profond que la situation inextricable dans laquelle ils se trouvaient ?

Ou, pour être plus précis, se pouvait-il que ce soit… davantage ?

En d'autres circonstances, ils auraient peut-être pu faire une tentative. Mais son existence était un merveilleux chaos… Un chaos qui portait le doux nom de Maribel. Depuis que sa fille était apparue dans sa vie, il n'avait tout bonnement pas de temps pour quelqu'un d'autre. Point.

Ce petit jeu avec Samantha devait prendre fin. D'ailleurs, visiblement, elle en avait assez, elle aussi. Heureusement que l'un d'eux avait la tête bien vissée sur les épaules…

Elle se tenait debout, à cinquante centimètres de lui, lui tendant une boîte en plastique.

— Tu as faim ?

— Non. Je vais juste avaler une barre protéinée. Vas-y, mange.

— A quoi pensais-tu, à l'instant ? demanda-t-elle en prenant place à côté de lui.

— Aux surprises et aux revers que nous réserve la vie.

Elle acquiesça.

— Une minute, on croit savoir où on va, ce qu'on fait, et, tout à coup, patatras ! On se retrouve avec une tout autre donne en main.

Sur ce, elle piqua sa fourchette dans le risotto.

— Je te tire mon chapeau, Samantha. Je suis fier de toi. Malgré tout ce que tu as enduré, tu n'as pas flanché. Tu es toujours debout. Ça demande du cran. J'espère que tu sais que tu pourras toujours compter sur moi.

— Je te retourne le compliment. Ça n'a pas dû être simple de découvrir un beau matin quc tu avais une fille. Je t'ai vu avec Maribel… Tu es un très bon père.

— Merci. Je ne savais pas, avant d'y être confronté, qu'être parent, c'était passer son temps à se remettre en question et à se demander si on a bien fait.

— J'imagine…, répondit-elle. Quand je pense à tout ce qu'on a fait subir à nos parents et à ta grand-mère quand nous étions enfants !

— Oui. Elle était peut-être trop sévère, ce qui générait des tas d'autres problèmes, mais je me dis qu'elle a vraiment été une sainte de m'avoir pris sous son aile à cette époque-là. Elle approchait de la retraite. Financièrement, c'était une charge supplémentaire imprévue.

L'effort avait-il été trop important pour elle ? Etait-ce pour cela qu'elle avait été aussi intransigeante avec lui ? Ils avaient été comme l'huile et l'eau, tous les deux.

— Moi, je me suis retrouvée avec pour ainsi dire quatre pères quand ma mère est décédée.

— Ça ne devait pas être facile d'être la benjamine.

— Souviens-toi, j'étais obligée de faire le mur si je voulais sortir avec vous. Ils me surprotégeaient, ce qui n'est pas bon non plus. Je ne pouvais pas apprendre de mes propres erreurs puisqu'il y avait toujours quelqu'un pour me remettre sur les rails avant que les choses ne tournent mal.

Elle marqua une pause.

— Les extrêmes ne sont pas bons pour les enfants.

— Je m'efforce d'être dans la moyenne, avec Maribel.

Elle lui jeta un regard en biais.

— Quoi ? fit-il.

— Je t'ai vu à l'œuvre avec ta fille. Tu es tout sauf « dans la moyenne », Dylan.

— Bien, si tu le dis, rétorqua-t-il en levant les mains en signe de capitulation. J'essaie surtout de faire en sorte qu'elle sache que je l'aime. Le reste, ma foi…

Il s'interrompit, trop ému pour continuer. Ce qu'il aurait surtout voulu, c'était qu'elle soit là, avec lui.

— On va la ramener, promit Samantha. Ils ne lui feront rien tant que je serai ici, comme tu dis. Je ne les laisserai pas m'attraper !

Elle s'appuya contre son épaule et mille petites étincelles s'allumèrent en lui, comme chaque fois.

Il s'obligea à revenir à leur discussion.

— C'est bien pour ça qu'il faut qu'on les prenne de vitesse. Qu'on les trouve les premiers.

— OK. Mais comment faire ? Y a-t-il quelque chose à quoi nous n'ayons pas pensé ?

Elle reposa le plat sur la table, à côté d'elle.

— Je me suis creusé la cervelle…, soupira Dylan. Mais je n'arrête pas de repenser au visage de Maribel sur cette photo… Elle avait l'air… un peu perdu, mais buté. Je ne veux pas qu'elle passe une autre nuit loin de la maison, Samantha.

— Qu'y avait-il d'autre sur ce cliché ? Où a-t-il été pris ?

— Bonne question. Ils l'avaient placée dans le coin d'une pièce. Ça n'avait pas l'air d'être une maison, ni un hangar. Il y avait un éclairage puissant et un cheval à bascule en bois à sa gauche.

Samantha le dévisagea, interdite.

— Un cheval à bascule ? Comment était-il ?

— Blanc et noir avec une selle blanche. On aurait dit qu'ils l'avaient mis là pour qu'elle…

— Attends ! C'est *mon* cheval ! Il faut aller au magasin.

Dylan était déjà debout.

— Il vaut peut-être mieux que j'y aille seul.

— Sûrement pas. Tu as besoin de moi et je sais où trouver la clé. Il faut juste qu'on passe chez mon père pour que je la prenne.

Il hésita.

— Bien. Je ne pense pas que ce soit un piège. Mais il va falloir être très prudents.

Emmener Samantha où que ce soit constituait un risque énorme. Qu'un tireur embusqué lui tire dessus et ce serait terminé. Dylan, lui, ne représentait pas une menace à leurs yeux puisqu'ils tenaient son enfant. Voilà pourquoi ils l'avaient laissé partir. Mais ils ne le connaissaient pas !

Il appela Brody pour lui demander la permission d'emprunter sa camionnette.

— Bien, annonça-t-il en raccrochant. Il y a un deuxième trousseau de clés dans le tiroir supérieur du bureau.

Il les prit et Samantha le suivit jusqu'à la porte.

Ils attendirent quelques minutes, l'oreille collée à celle-ci, mais le seul bruit qui leur parvint fut le hennissement ou le raclement de sabot occasionnel d'un cheval.

Après avoir éteint la petite lampe du bureau, Dylan prit Samantha par la main et ils sortirent. Veillant à garder le dos à la grange, ils se déplacèrent en silence jusqu'au véhicule.

Dylan s'installa au volant et, quelques minutes plus tard, ils roulaient en direction de la ville.

Le domicile de M. Turner était situé à quelques pâtés de maisons de la quincaillerie. Adolescent, Dylan n'était jamais entré dans la maison d'enfance de Samantha. Ses frères ne l'y auraient jamais autorisé.

— Comment était-ce ? Je veux dire, d'avoir grandi, entourée de tous ces mâles ?

— Pas moyen de passer à travers les gouttes ! Il y en avait toujours un pour veiller sur moi.

— Etait-ce une bonne ou une mauvaise chose ? demanda Dylan, penchant à part soi pour la première hypothèse.

— Les deux. Je me suis rebellée parce que j'étouffais, donc je te déconseille d'appliquer cette méthode. C'est ce qui me poussait à faire le mur. Avec le recul, je me rends compte que c'était stupide... De ma part comme de la vôtre.

— Je ne sais pas. En ce qui me concerne, me retrouver avec vous tous m'a permis de ne pas devenir fou. Enfin... pas trop, fit observer Dylan avec un demi-sourire.

— Oh ! Mais moi aussi, j'adorais vous rejoindre. Je m'amusais tellement avec vous ! Si les choses ne s'étaient pas retournées contre nous, ç'aurait été super. Mais nous nous étions rendus vulnérables parce qu'aucun adulte ne savait ce que nous faisions.

— A part ceux qui ont participé au jeu sans y être invités..., confirma Dylan, durement.

— Pourquoi tout nous ramène-t-il toujours à cet horrible été ? questionna-t-elle d'une voix morose.

— J'aimerais bien qu'il en soit autrement.

Elle demeura silencieuse pendant quelques instants, le regard perdu dans le vide.

— Pour répondre à ta question de tout à l'heure, je pense que tu es un excellent père. Il ne faut pas que tu t'inquiètes. Maribel sera choyée, aimée, et c'est ce dont elle a besoin. Ce dont tout enfant a besoin.

Dylan poussa un lourd soupir.

— Je n'ai pas été à la hauteur avec sa mère. J'ai peur de reproduire les mêmes erreurs avec elle.

A ces mots, Samantha se tourna vers lui. L'angoisse contractait ses traits. Elle en fut profondément émue. D'après Rebecca, Dylan n'était en rien responsable. Portait-il donc continuellement le poids du monde sur ses épaules ? Etait-ce pour cela qu'il avait été ce garçon tellement endurci, tellement coriace lorsqu'ils étaient jeunes ? Parce qu'il n'avait pas eu le choix ?

Pour elle, ç'avait été l'inverse. Les hommes de la famille avaient toujours tout pris en main. Trevor l'accompagnait le matin à l'école et, le soir, c'était Brent qui l'escortait pour le retour.

De nouveau, elle observa Dylan. Il devait se sentir très seul pour élever sa fille.

— J'aurais dû savoir que Lyndsey avait besoin de moi. Je me suis montré égoïste. Tout ce que je me disais, c'était à quel point c'était super de la retrouver quand j'étais en permission. Mais elle devait avoir l'impression d'être délaissée, rejetée, pour se comporter comme elle l'a fait. Et ensuite, pour avoir fait face à la maladie, seule, avec un nourrisson…

Sa voix s'éteignit. Il secoua la tête.

— Quand j'ai appris qu'elle s'en allait, cela a été pour moi comme un coup de tonnerre dans un beau ciel bleu. Je n'ai rien vu venir. Et je me dis que… Si nous avions été plus proches, si j'avais été plus à l'écoute, j'aurais senti que quelque chose n'allait pas.

— Personne ne peut deviner le ressenti de l'autre si ce dernier ne dit rien de ce qu'il éprouve. Tu n'es pas médium, Dylan.

Qu'il se confie ainsi à elle, lui d'habitude si réticent à se livrer, la troublait. Plus que cela, même : une petite lueur d'espoir se mettait à briller dans son cœur.

— Toi, par exemple, Samantha… Par moments, je t'énerve. Je t'agace. Je le sais parce que je lis en toi. Avec elle, je n'avais rien — pas le moindre signe.

— Oui, mais on se connaît depuis toujours, Dylan. Ce n'est pas comme si tu avais fait ma connaissance il y a six mois. Nous avons une longue histoire derrière nous. Et puis d'ailleurs… Comment sais-tu quand je suis en colère contre toi ?

— Je le vois à tes lèvres. Elles s'amincissent un peu quand tu es furieuse. Et tu as tendance à froncer les sourcils quand le silence se fait autour de toi… Parce que tu te retires dans ton monde intérieur. Tu es une cérébrale. Tu l'as toujours été.

Qu'il lise en elle comme dans un livre ouvert la déstabilisa quelque peu.

— OK. A moi, maintenant. Tu te poses mille questions, tu ne sais pas trop où tu en es. Tu as des sentiments pour moi mais tu les refoules. Tu t'acharnes à faire tout passer avant eux parce qu'ils te font peur.

— Je n'ai peur de rien du tout, maugréa Dylan.

— J'espère que si ! Parce que, sinon, c'est que tu es un pauvre type. Mais, comme je sais que ce n'est pas le cas…

Il garda le silence pendant un long moment tandis qu'ils se dirigeaient vers la grand-rue.

— Tu m'as interrogé à propos de mon surnom, *Piège*

à souris, tu te rappelles ? Il n'y a pas lieu d'en être fier. C'est pour ça que je ne voulais pas te répondre.

— C'est le principe des surnoms. D'être embarrassants, je veux dire.

— Peut-être… En tout cas, le mien me vient des activités immatures auxquelles on se livrait quand on était en permission.

— C'est-à-dire ?

— En gros, de la rapidité avec laquelle les agrafes de soutien-gorge avaient tendance à sauter dès lors qu'une femme se trouvait seule avec moi.

— Oh…

Piège à souris. L'appellation prenait soudain tout son sens…

Il semblait s'attendre à une réponse plus élaborée mais, comme rien ne venait, il précisa :

— J'étais jeune et bête.

— Et séduisant, ajouta-t-elle.

Que les femmes se soient jetées à la tête de Dylan… Quoi d'étonnant ? Il était l'incarnation de la beauté mâle dans toute sa splendeur. En revanche, Samantha se passait fort bien de connaître le nombre de ses conquêtes.

Une pointe de jalousie la transperça.

Au moins s'ouvrait-il un peu plus à elle, puisqu'il venait de lui révéler une information qu'il jugeait gênante. Elle ne pouvait lui tenir trop rigueur de ses erreurs passées.

— Nous sommes presque arrivés, indiqua Dylan. Par prudence, je vais me garer derrière le restaurant. On finira à pied.

— Mieux vaut passer par Oak Street plutôt que par Maple, recommanda Samantha. Il n'y a pas de chiens.

Ils mirent pied à terre et, marchant côte à côte, se glissèrent entre les maisons.

Au bout d'Oak Street, il s'arrêta et coula un regard vers elle.

— Au fait… Pour ce que tu as dit tout à l'heure dans la voiture… Je voulais juste que tu saches que j'ai entendu et que… je suis désolé. Ça me donne à réfléchir.

« A réfléchir. » Qu'était-elle censée comprendre ?

Elle était bien avancée, avec un commentaire aussi sibyllin !

14

Tendu comme un arc, Dylan approcha à pas de loup du magasin, suivi de Samantha, désormais en possession de la clé. Elle avait raison… Elle méritait bien une explication. Il n'avait cessé de souffler le chaud et le froid, mais c'était sans rapport avec ses sentiments pour elle. Ils ne s'étaient en rien rafraîchis, eux… Bien au contraire. Ils étaient même tellement ardents que la comparaison avec un incendie de forêt n'aurait pas été outrancière.

Il existait un lien particulier entre eux, une sorte de connexion impalpable qu'il n'avait jamais connue avec personne d'autre — pas même Lyndsey.

Etait-ce à cause de leur passé commun ? Peut-être. Mais il y avait autre chose. Quelque chose de plus primal. D'inné. Il comprenait d'instinct Samantha et, apparemment, c'était réciproque.

Mais le moment était mal choisi pour réfléchir à cela. Il devait se concentrer sur Maribel s'il voulait ramener sa fille entière à la maison.

Ses poings se contractèrent de fureur rentrée.

Ces types l'avaient photographiée dans l'arrière-boutique de la quincaillerie. Donc, mieux valait passer par l'avant du magasin pour le cas où quelqu'un se trouverait encore dans le local à fournitures.

Il prit Samantha par la main. Il y eut un moment de flottement, puis ses doigts s'entremêlèrent aux siens.

Le parking, à l'arrière, était complètement désert. Rasant les murs, ils s'avancèrent jusqu'à la porte de derrière. Portant un doigt à ses lèvres, il s'immobilisa pour écouter.

Silence total. Pas un son ne leur parvenait depuis l'intérieur.

Au bout de plusieurs minutes, il l'entraîna vers l'allée qui longeait la façade latérale du magasin, situé en angle.

Une fois sur la rue, ils approchèrent de la devanture sombre. Aucun signe de vie à l'intérieur, là non plus.

D'une brève pression des doigts, Samantha attira son attention pour lui montrer un petit voyant clignotant, près de la porte.

— L'alarme est désactivée, souffla-t-elle.

Mais là non plus, pas de trace d'effraction.

— Je vais entrer en éclaireur, répondit-il sur le même ton.

Il préférait procéder ainsi afin d'épargner Samantha pour le cas où Maribel et son père seraient à l'intérieur, morts. Mais cette pensée à peine formulée, il la rejeta avec force. *Non ! Ils vont bien.*

Le plus silencieusement possible, Samantha déverrouilla la porte vitrée. Les horaires d'ouverture étaient affichés sur la partie supérieure de celle-ci. Malgré toutes ses précautions, une petite sonnette fit entendre un son grêle lorsqu'elle poussa le battant.

— Zut ! Je l'avais oubliée, celle-là.

Cette fois, si quelqu'un était embusqué dans le magasin, il était au courant de leur arrivée.

Dylan fit signe à Samantha de ne plus bouger.

— Attends-moi là, chuchota-t-il en dégainant son Glock.

Que quiconque sorte subitement de l'ombre ou tente

de lui sauter dessus, et il récolterait une balle entre les deux yeux.

Il inspecta d'abord les allées, bordées d'étagères surchargées d'articles divers, puis l'autre côté du comptoir.

Bien. Personne dans le magasin.

Restait l'arrière-boutique.

Il se tourna vers Samantha et, d'un geste, lui intima d'approcher. Elle referma la porte d'entrée derrière elle.

La maudite sonnette tinta de nouveau.

Heureusement, aucune odeur suspecte ne flottait dans l'air, constata Dylan avec soulagement. Les corps sans vie ne tardaient pas à dégager cette odeur douceâtre si caractéristique. Un air pur était bon signe. En réalité, les lieux sentaient surtout le renfermé. Et rien ne semblait avoir été déplacé. Tout était apparemment bien rangé.

Il avança en direction du local à fournitures et Samantha lui emboîta le pas. Il se retourna pour lui demander de l'attendre, puis se ravisa avant d'avoir ouvert la bouche. Son instinct protecteur le poussait à vouloir la préserver. Mais Samantha était solide. Quoi qu'il puisse arriver, elle était de taille à gérer la situation. Elle le lui avait prouvé à maintes reprises. Et cela lui inspirait le plus grand respect.

Le magasin était séparé de l'arrière-boutique par une simple porte battante.

Samantha lui tapotant l'épaule, il s'arrêta. Elle disparut dans une allée et revint avec un marteau à la main.

Il lui adressa un sourire.

Mais alors qu'il se retournait vers la porte, le battant de celle-ci lui arriva droit dessus. Pour autant, il ne chancela pas. Apparemment, la personne qui se trouvait de l'autre côté avait moins de force que lui. Revenant instantanément de sa surprise, il se mit à peser de tout son poids contre la porte.

La lutte dura pendant environ cinq secondes, le temps que Dylan évoque mentalement l'image de sa petite fille et imprime une poussée si violente que l'adversaire céda d'un coup. Dylan profita de son élan pour fondre sur lui mais, sans crier gare, son genou droit lâcha et il s'affala par terre. Le temps qu'il roule sur lui-même et se redresse, son assaillant avait pris la fuite, renversant Samantha sur son passage. Elle se releva une seconde après Dylan.

Il s'élança à sa poursuite, Samantha sur ses talons. Le type avait déjà franchi la porte d'entrée et disparaissait dans la nuit.

Dylan continua à courir comme un forcené, malgré la douleur qui lui sciait les jambes, l'empêchait de respirer. S'il avait été à cent pour cent de ses moyens, nul doute qu'il aurait déjà jeté son agresseur à terre. La silhouette qui fendait la nuit, vêtue d'un jean et d'un sweat-shirt, était moins grande que lui. Mais les choses étant ce qu'elles étaient, il n'arrivait pas à réduire la distance qui les séparait. Même une soudaine poussée d'adrénaline ne lui aurait pas permis de combler l'écart qui s'était creusé entre eux, parce que les ressources de l'homme étaient, elles aussi, décuplées par l'urgence.

L'individu franchit d'un bond une clôture, quelques dizaines de mètres plus loin, mais Dylan ne baissa pas pavillon.

Derrière lui, Samantha, hors d'haleine, cria :

— Vas-y… Continue !

S'il n'avait été aussi proche de l'homme, il aurait renoncé. Mais il avait encore une chance de rattraper le fuyard et tellement envie de l'étrangler de ses mains que cela lui donna l'impulsion nécessaire. Mais il le ferait parler d'abord. Oh ! Ça, oui ! Il se faisait fort de l'obliger à se mettre à table, à lui révéler une adresse. Maribel rentrerait à la maison sous peu.

Mais le fugitif disparut entre des bennes à ordures, les renversant dans sa fuite. Dylan dut faire un écart pour les éviter, ce qui lui coûta une ou deux précieuses secondes.

Le type prit à droite à la maison suivante.

Les poumons en feu, les jambes aussi, Dylan poursuivit néanmoins sa course effrénée.

Un chien se mit à aboyer furieusement. Avec un peu de chance, ses congénères ne renchériraient pas. Dylan avait perdu de vue de sa cible, ce qui n'était pas bon signe. Comme s'ils avaient répondu à un mot d'ordre, les autres chiens du voisinage se mirent soudainement à donner de la voix et un concert d'aboiements s'éleva un peu partout alentour.

Quelqu'un n'allait pas tarder à appelcr la police. Il avait intérêt à faire demi-tour avant qu'on ne le repère.

Où était-il donc ? Sur Maple Street ? N'était-ce pas à propos de cette rue que Samantha l'avait mis en garde, justement à cause des chiens ?

Lâchant un chapelet de jurons qui lui aurait valu un savon mémorable de la part de sa grand-mère, il rebroussa chemin, haletant, toujours au pas de course, coupant par des ruelles sombres, tenaillé par un mauvais pressentiment. Et s'il y avait eu une autre personne, dans la boutique ?

En pourchassant son assaillant, il lui aurait laissé la voie libre pour s'emparer de Samantha. Et c'en serait fini. Terminé. Non seulement de sa fille et de M. Turner, mais de Samantha. Le hurlement qui lui resta bloqué dans la gorge ne traduisait pas seulement sa frustration de ne pas avoir rattrapé l'homme qui aurait pu le mener à sa fille. Il était aussi pour Samantha. Et il ne voulait pas éprouver une telle angoisse pour quelqu'un d'autre que Maribel !

Pourquoi ?

Parce que le fait d'être père le rendait déjà plus vulnérable qu'il ne le souhaitait ? Qu'il ne voulait pas l'être plus encore ? Il s'était déjà senti tellement trahi quand Lyndsey était morte. C'était un sentiment totalement immature, bien sûr, mais c'était ce qu'il avait ressenti.

Frustré, vaincu, il accéléra l'allure, ne sentant même plus son corps endolori. La peur lui donnait des ailes. Jamais il ne se le pardonnerait, s'il était arrivé quelque chose à Samantha.

Lorsqu'il déboucha enfin dans la rue de la quincaillerie, il balaya fébrilement du regard le trottoir, devant le magasin. Samantha l'y attendait-elle ?

Non. Personne.

Evidemment, raisonna-t-il. Il aurait été stupide de sa part de se placer bien en vue, devant la boutique. Et Samantha était tout sauf stupide. C'était même sa vivacité d'esprit qui l'avait d'emblée attiré.

Le front ruisselant de sueur, il se précipita vers la porte d'entrée et actionna la poignée. La porte était verrouillée de l'intérieur.

Instantanément, un immense soulagement lui dilata le cœur. Samantha avait eu le bon sens de s'enfermer dans le magasin.

Il frappa à coups précipités sur la porte et presque aussitôt sa longue silhouette mince s'avança derrière la vitre.

La porte s'ouvrit et elle se jeta dans ses bras.

— Dieu merci, te voilà ! J'étais tellement inquiète.

Elle enfouit son visage dans le creux de son cou.

— Qu'est-ce que tu croyais ? répliqua-t-il d'un ton qui se voulait léger mais qui sonnait étrangement faux à ses propres oreilles. Que j'allais partir sans toi ? Aucune chance !

Admettre à quel point il avait eu peur pour elle était au-delà de ses forces. Le reconnaître aurait été ouvrir la boîte de Pandore, et cela l'effrayait parce qu'il doutait d'être prêt. Parce que ce qu'il avait éprouvé tandis qu'il courait comme un fou vers le magasin ressemblait un peu trop à… A quoi ?

Il entra dans le magasin et referma prestement la porte.

Serrée contre lui comme l'était Samantha, le parfum de lys de son shampooing imprégnait tous ses sens, faisant naître en lui des désirs qu'il était impératif de dompter.

Mais il la tint dans ses bras pendant encore quelques instants.

— Est-ce que tu l'as rattrapé ? demanda-t-elle finalement, toujours blottie contre lui.

Le pouls de Dylan s'emballa. Sa respiration se fit saccadée. L'atmosphère de la pièce parut se raréfier et une tension nouvelle l'étreignit. Ses sentiments pour Samantha devenaient incontrôlables. Il dut produire un véritable effort sur lui-même pour se remémorer qu'ils étaient amis et qu'il ne voulait pas briser cette amitié. Mais il ne voulait pas non plus stopper ce qui était en train de se tisser entre eux.

— Non. Il avait trop d'avance. Il a réussi à s'échapper.

Il recula d'un pas, à la torture.

— Tant pis. Ce n'est pas grave, dit Samantha en tendant la main, paume ouverte, devant lui, pour lui montrer un téléphone portable. Il l'a fait tomber en s'enfuyant. J'ai bien failli marcher dessus… J'ai essayé de l'allumer, mais il est protégé par un mot de passe. J'imagine que ton ami en fera son affaire.

Le soulagement qui se peignit sur les traits de Dylan modifia radicalement sa physionomie, nota Samantha. Les lignes dures de son visage s'adoucirent. Ses lèvres, en permanence contractées, se détendirent. Une lueur s'alluma au fond de ses yeux verts.

— Il faut que je le lui fasse parvenir au plus vite pour qu'il l'analyse, déclara-t-il. Il pourra nous fournir le nom et l'adresse de son propriétaire.

— Et, avec un peu de chance, un peu plus que ça, renchérit Samantha en se dirigeant vers la porte.

Mais Dylan ne la suivait pas.

Aussi, elle précisa :

— J'ai inspecté l'arrière-boutique. Je n'ai rien trouvé. Mais on a touché à l'ordinateur.

Dylan hocha la tête et la rejoignit.

— Bien sûr… Pour faire disparaître les traces.

— Je suppose. Où habite ton ami Jorge ?

— A Garland.

— C'est à une heure d'ici.

— Je sais.

Dylan continuait à marcher en enfonçant au petit bonheur des touches sur l'appareil.

— Il ne va pas tarder à me bloquer l'accès. Si ça se trouve, il a déjà pris un cliché de nous.

Samantha n'avait pas pensé à cela.

— C'est possible ?

— Certains appareils sont paramétrés pour prendre une photo sitôt qu'on entre un mot de passe erroné, révéla-t-il en lui tenant la porte.

15

Dylan frappa tout doucement à la porte de la petite maison de style ranch située à la périphérie de Garland.

Il faisait nuit noir, mais la lampe du porche était allumée et de la lumière se devinait à l'intérieur.

La porte s'ouvrit au bout de trois secondes.

— Merci de t'être souvenu de ne pas sonner. Les enfants dorment.

Jorge ne ressemblait pas du tout à l'image que s'en était faite Samantha en entendant sa voix. Il était plus grand qu'elle l'avait imaginé et avait le teint incroyablement pâle pour un habitant du Texas. Ses yeux étaient sombres, profondément enfoncés dans leurs orbites, remarqua-t-elle. Elle se souvint alors de la nature de son travail. Sa pâleur devait tenir au nombre d'heures qu'il passait rivé à son écran d'ordinateur.

— Merci de nous recevoir aussi tard, dit-elle avant de se présenter.

— Je ferais à peu près n'importe quoi pour ce type, là, à côté de vous. Qu'est-ce qui t'est arrivé ? questionna-t-il en désignant du menton le visage de Dylan.

— Rien. Je me suis cogné contre un mur.

Jorge garda le silence pendant quelques secondes.

— Sacré mur ! commenta-t-il avant de se tourner vers Samantha et de tendre la main.

— Enchanté de faire votre connaissance.

Il s'effaça ensuite pour les laisser entrer mais donna affectueusement l'accolade à Dylan.

— Il faut que tu trouves à qui appartient ce téléphone, expliqua Dylan en lui donnant l'appareil.

Le séjour était meublé de deux canapés qui se faisaient face, près d'une cheminée sur la droite. Des jouets d'enfants traînaient çà et là. Hormis ce détail, tout était bien rangé. Un plaid moelleux était plié sur le dossier d'un des sofas. Une série de petites photos encadrées ornait le manteau de la cheminée.

Il se dégageait de l'endroit une atmosphère chaleureuse et accueillante.

— Venez. Allons nous installer dans mon bureau, proposa Jorge en les précédant le long d'un couloir, marchant sur la pointe des pieds tandis qu'il passait devant des portes sur lesquelles étaient fixés des dessins d'enfants.

Il attendit qu'ils soient entrés dans la pièce qui se trouvait tout au fond, à droite, pour parler de nouveau.

— Bienvenue dans mon antre, déclara-t-il en ouvrant le bras d'un geste circulaire.

La pièce était dotée d'un grand bureau à angle droit dont un plateau disparaissait sous une quantité de piles de documents d'au moins trente centimètres de haut tandis que l'autre supportait deux grands écrans d'ordinateur et divers appareils électroniques. Et là où il n'y avait ni papiers ni moniteurs, c'était des manuels techniques qui occupaient l'espace.

Un futon de couleur crème était positionné en face du bureau.

— Asseyez-vous, les invita Jorge. D'où vient ce téléphone ?

Il hésita puis agita la main en signe de négation.

— Non. Oubliez ça. Moins j'en saurai, mieux ce sera. Je ne pourrai pas témoigner sous serment à la barre.

— Merci de toute l'aide que tu m'apportes, Jorge.

— Hé, vieux, tu sais bien que tu peux me demander n'importe quoi ! répondit Jorge en extrayant la carte SIM du dos de l'appareil et en la glissant dans un boîtier qu'il raccorda à son ordinateur.

Il tourna le moniteur afin qu'ils puissent voir l'écran.

— S'il a pris la peine de créer un code d'accès, il avait probablement configuré la sécurité de l'appareil, souligna Dylan.

— Oui. La plupart des gens le font.

Pas moi, songea Samantha. Elle ne connaissait pas le dixième des possibilités qu'offrait son portable.

— Bingo ! lança Jorge en se laissant aller contre le dossier de son siège pivotant. Vous êtes très bien sur cette photo, ma chère.

Et, de fait, le visage de Samantha les contemplait, face caméra. Jorge appuya sur une touche et ce fut celui de Dylan qui le remplaça. Il afficha ensuite les deux portraits côte à côte.

— Quel joli couple vous formez ! souligna-t-il en se tournant vers eux pour les regarder tour à tour.

Ni l'un ni l'autre ne répondirent, mais Samantha ne put s'empêcher de rougir et Jorge parut s'en rendre compte.

De nouveau, il cliqua sur son clavier.

— Et ça, c'est qui ? Est-ce que ce type vous est familier ?

Dylan fit un signe de dénégation et interrogea Samantha du regard. Elle secoua la tête.

Ils passèrent ensuite en revue une demi-douzaine d'autres visages, également inconnus de Dylan et Samantha.

— Pas de chance ! soupira-t-elle, déçue.

— La chance et moi, on n'a jamais fait bon ménage, déclara Dylan d'un ton détaché.

Mais Samantha devina la blessure qui s'embusquait derrière son apparente désinvolture. A quoi songeait-il ? Au décès de la mère de Maribel ? Il semblait se considérer responsable de tout ce qui n'avait pas fonctionné dans leur relation. Mais les choses se seraient peut-être passées différemment si Lyndsey avait choisi de lui faire confiance — si elle lui avait demandé ouvertement quelles étaient ses intentions.

Connaissant Dylan, l'effet de surprise passé, il aurait certainement tout mis en œuvre pour accompagner Lyndsey le long de ce parcours. Avoir été privé de cette chance l'avait durement affecté. Cela l'avait renvoyé à l'abandon de ses propres parents défaillants.

Lorsque tout serait terminé, décida Samantha, elle lui dirait le fond de sa pensée. Non parce qu'elle espérait que cela changerait la donne entre eux. Elle commençait à comprendre qu'il ne puisse pas lui offrir ce qu'elle désirait. Sa fille était au centre de ses préoccupations, et c'était bien normal.

— J'ai trouvé quelque chose, reprit Jorge. Un numéro de téléphone qui m'a permis de remonter jusqu'à un nom. Attendez un instant… Le voilà. Cet appareil est la propriété de… Troy Michaels.

Il leva les yeux, les sourcils arqués.

Samantha secoua la tête à l'unisson de Dylan et jura intérieurement. Lui aussi peut-être…

— OK. Essayons autre chose, fit Jorge sans s'émouvoir. Le nom du propriétaire ne vous évoque rien, mais je peux vous dire que sa ligne est enregistrée sous l'indicatif 214.

— Donc à Dallas, traduisit Samantha.

— Exact. Et vous êtes sûre que sa tête ne vous dit rien ?

— Rien du tout. Tout ce que je sais, c'est qu'il a fouillé dans les fichiers informatiques du magasin de mon père. Ce type recherchait manifestement quelque chose.

Le regard de Jorge s'aiguisa subitement.

— C'est le système dans lequel je me suis introduit ?

— Oui, confirma vivement Dylan. Tu as des infos ?

— Juste un lien financier. Des dépôts de liquidités ont commencé à être effectués il y a quinze ans. Ils ne se sont jamais interrompus depuis.

— Ils avaient débuté durant l'été, c'est ça ?

Jorge acquiesça.

— J'ai entendu parler de cette histoire incroyable qui s'est passée à Mason Ridge. J'imagine que ça a un rapport ?

— Ça en a tout l'air, reconnut Samantha.

— OK, OK.

Jorge frotta songeusement son menton mal rasé. Il donnait l'impression de ne pas avoir dormi depuis des semaines.

— On va biaiser. Voyons un peu qui notre illustre inconnu a appelé ces derniers jours…

Il pianota à toute vitesse sur son clavier, puis se renversa contre le dossier de son siège, les mains croisées derrière la tête.

Une liste de numéros s'afficha à l'écran.

Dont un qui revenait plusieurs fois.

— Et maintenant, une petite recherche inversée sur Internet, dit-il en faisant de nouveau cliqueter son clavier.

Numéro privé.

Il ricana face à l'écran.

— Ah, tu veux jouer au plus malin ? D'accord. Essayons ça…

Ses doigts voletèrent une fois de plus sur les touches.

— Ta-da ! Notre ami cachottier a appelé Charles Alcorn.

Le regard de Samantha alla de Jorge à Dylan.

— On la tient, notre preuve ! Ces deux-là étaient de mèche. Les gens seront forcés de nous croire.

Mais une tension tangible émanait de Dylan.

— Il y a quinze ans, Beckett jouait avec les plus âgés de la bande, souviens-toi. Alcorn devait savoir que son fils était concerné ; il aura tourné la chose à son avantage. En plus, il est le seul par ici à avoir une assise financière permettant de mettre sur pied une opération comme celle d'Austin.

— C'est vrai. Je ne fréquentais pas beaucoup Beckett, donc je ne me rappelais même pas qu'il ait pu participer.

— Je peux voir ce téléphone ? demanda Dylan, les dents serrées.

Jorge replaça la carte SIM dans l'appareil et le lui tendit.

Il y avait un appel manqué.

Provenant du numéro de Charles Alcorn, le nom vers lequel tout les ramenait.

— Voyons ce qu'il a à nous dire, grommela Dylan en composant le numéro.

— Il doit se demander où est son contact. Peut-être que le type était censé rapporter le disque dur à Alcorn ou le tenir au courant…, suggéra Samantha.

Dylan activa le haut-parleur et le tint devant lui pour que tous trois entendent.

— Je crois qu'il va avoir une petite surprise.

— J'attendais votre appel, dit Charles Alcorn en décrochant.

— Ou peut-être pas, répliqua sèchement Dylan.

— Si vous voulez récupérer votre fille vivante, vous serez d'accord pour procéder à l'échange. Vous savez ce que je veux.

Alcorn aurait dû tomber des nues. Au lieu de quoi il donnait l'impression de s'être attendu à cet appel.

Le type avait dû prévenir son patron qu'il avait perdu son téléphone en prenant la fuite.

— Très bien. Dites-nous où ! intervint Samantha, même si Dylan n'accepterait probablement jamais.

D'ailleurs, il la fusilla du regard.

Elle le supplia des yeux.

— Demain. A midi. A l'embranchement de Benton County Road et Oxford, sur la route de Dallas. Inutile de préciser que je ferai surveiller les lieux et que, si vous ne venez pas seule, la petite fille en paiera le prix.

— Très bien. Amenez aussi mon père, sinon je refuse.

Un *clac* retentit. Il avait raccroché.

Dylan secouait déjà la tête.

— C'est de l'inconscience, ni plus ni moins, Samantha. Il est hors de question que je te laisse faire ça.

— Tu as une autre idée pour le faire tomber et récupérer ta fille ?

Elle attendit, assise sur le futon, le défiant du regard.

— Tu n'iras pas. Une fois qu'ils te tiendront, les carottes seront cuites. Pour tout le monde.

Il se leva, se prit la tête à deux mains, puis consulta sa montre.

— Dix heures. Nous n'avons que dix heures devant nous !

— Au moins nous sommes sûrs que ta fille est saine et sauve. C'est le plus important, souligna Samantha avec ferveur, en posant la main sur son avant-bras.

— Toi aussi, tu es importante. Tu ne t'en rends donc pas compte ?

Dressé de toute sa hauteur comme il l'était, avec son mètre quatre-vingt-dix et sa musculature impressionnante, il donnait l'impression que la pièce venait tout à coup de rétrécir. Il pouvait intimider quiconque ne le connaissait pas, songea Samantha. Mais, pour elle, il était Dylan.

Intrépide et courageux. Honnête. Loyal. Franc. Toutes les qualités qu'elle respectait chez un homme.

Jorge s'éclipsa, comme s'il avait senti qu'un subtil changement s'était opéré dans l'atmosphère. Que quelque chose de plus intime se jouait là.

— Je sais bien que la partie est terminée s'ils m'attrapent…, reprit-elle calmement.

— Mais enfin, Samantha, l'interrompit Dylan, tu crois vraiment que c'est tout ce qui m'intéresse ? Nous sommes amis ! Il ne te vient pas à l'esprit que tu représentes plus pour moi que… Qu'un appât à jeter en pâture à ces chiens pour récupérer ma fille ?

Que dire ? Bien sûr qu'ils étaient amis. Mais ce qu'elle éprouvait pour lui allait au-delà de l'amitié. Si c'était dans cette catégorie-là qu'il classait leur relation, il n'y avait pas grand-chose à faire… sinon éviter de se couvrir de ridicule une fois de plus.

Et pourtant, à la façon dont ses yeux verts s'obscurcissaient quand il arrêtait son regard sur elle, comme en cet instant, ce qu'il ressentait semblait très fort.

Seulement… Dylan était comme verrouillé de l'intérieur. Elle avait beau avoir le cœur qui battait la chamade lorsqu'il se tenait aussi près d'elle, elle avait beau savoir qu'il en allait de même pour lui… Rien n'y faisait. Il était buté. Il n'accepterait jamais de s'abandonner au faible qu'il avait pour elle.

Elle s'efforça de ne pas en prendre ombrage.

— Dylan, il faut bien qu'on fasse quelque chose.

— Oui. On pourrait par exemple se présenter à la porte d'Alcorn et lui botter…

— Il n'est pas idiot ! Tu te doutes bien qu'il n'est pas chez lui.

— Alors, on peut alerter les autorités.

— Ça ne marchera pas non plus. Il ne les retient sûrement pas dans un endroit qui permettrait de remonter jusqu'à lui.

— OK. Alors je vais faire placer le domicile de cette ordure sous surveillance.

La colère de Dylan était telle qu'elle oblitérait toute autre émotion de son visage, remarqua Samantha.

Il fallait qu'elle abonde dans son sens, qu'elle le laisse parler ; il avait besoin d'évacuer sa fureur. Les rouages qui tournaient dans sa tête se voyaient presque, et des cernes sombres cerclaient ses yeux ; elle ne lui avait jamais vu les traits aussi tirés.

Elle se planta face à lui.

— Bonne idée. Appelle Brody. Dawson et lui peuvent s'en charger. Ou Ryan. Ce sera déstabilisant pour Alcorn de se sentir épié. Mais, même à supposer qu'il ait séquestré Maribel et mon père chez lui, ce ne sera plus le cas maintenant. Il sait que nous sommes à ses trousses.

— Que veux-tu dire ? Que le surveiller serait une perte de temps ?

— Pas exactement. Je crois qu'il serait bon qu'on le suive dans ses déplacements. A condition de faire très attention à ne pas tomber dans un piège.

Dylan semblait accorder un réel intérêt à ses idées. Le pouls qui battait follement encore quelques instants plus tôt à la base de son cou avait retrouvé un rythme plus normal.

— Tu as sans doute raison.

— On devrait retourner chez toi ou chez moi. En fait, je pense que ce serait plus judicieux chez moi. L'immeuble est surveillé. Nous y serions en sécurité le temps de mettre notre plan au point. Et on serait à vingt minutes du lieu de rendez-vous. J'ai de quoi manger là-bas. A part le risotto que j'ai avalé à la grange, nous n'avons fait que grignoter des barres protéinées. Il nous faut quelque chose de plus consistant.

Elle n'avait pas réellement faim mais elle usait de tous les arguments possibles pour amener Dylan à accepter sa suggestion. Une éternité semblait s'être écoulée depuis qu'elle avait quitté en catastrophe son domicile.

— Maintenant que j'ai la preuve qu'Alcorn est impliqué et que cette affaire cache autre chose que deux enlèvements ponctuels perpétrés à des années de distance, je n'ai plus confiance en le shérif non plus, déclara Dylan en se frottant le menton.

— Je les ai souvent vus ensemble, moi aussi, quand j'allais voir papa. C'est vrai qu'il y a de quoi se poser des questions.

— Et si Alcorn les avait tous achetés ?

— J'ai du mal à y croire. Je vois bien le shérif éviter de faire trop de vagues, voire fermer les yeux de temps à autre, mais si ces deux-là avaient marché main dans la main il y a quinze ans, le FBI s'en serait rendu compte, depuis le temps, tu ne crois pas ?

— Tu as raison. Le shérif Brine n'est pas assez futé pour tromper le FBI. Donc, partons de l'hypothèse qu'il ne savait pas qui était impliqué dans l'enlèvement il y a quinze ans. Penses-tu qu'il ait pu soupçonner son partenaire de golf ? questionna Dylan avec de l'amertume dans la voix.

— J'en doute. Rappelle-toi, Alcorn a été parmi les premiers à se porter volontaire pour chercher Rebecca et Shane. Je crois même me souvenir qu'il a fait don de dizaines de milliers de dollars pour booster les recherches. Et il avait loué plusieurs avions privés pour passer les environs à la loupe.

— Ça ne m'avait jamais effleuré l'esprit auparavant, mais participer aux recherches était le meilleur moyen de se tenir au courant de tout. C'est d'ailleurs ce qui pousse les criminels à retourner sur les scènes de crime. Cela, et le plaisir qu'ils prennent à revivre l'événement, le sentiment de supériorité qu'ils en retirent.

— Exact, acquiesça Samantha. Tu vas me trouver bien naïve, mais je n'aurais jamais imaginé que ce puisse être quelqu'un d'ici. Comment peut-on commettre un acte aussi odieux et continuer à regarder les gens les yeux dans les yeux, jour après jour ? Quand je pense que nous avons tous pleuré ensemble, cherché ensemble, j'en ai le frisson. Et le coupable était là, sous nos yeux, parmi nous.

— A mon avis, Kramer ne devait pas avoir l'autorisation d'Alcorn pour enlever Shane. Même les criminels les plus bornés évitent de perpétrer leurs forfaits sur le pas de leur porte, avança Dylan. C'est pour ça que Shane n'a pas été vendu.

— Ça vous ennuie si je reviens ?

C'était Jorge qui passait la tête dans l'embrasure de la porte.

— Entre, répondit Dylan avant de faire de nouveau face à Samantha. Le moins qu'on puisse dire, c'est qu'Alcorn est le plus gros donateur de la campagne électorale du maire. Ils le protégeront quoi qu'il ait fait.

— Probablement.

Dylan plissa les yeux.

— Tu sais ce que je crois ? Cette histoire est énorme. Il ne s'agit pas d'un enfant kidnappé par-ci par-là. Shane a été le premier dans notre ville et le plus âgé, jusqu'à cet autre gamin, mais je pense qu'ils recherchent des enfants plus jeunes. C'est ce que réclame le marché. Une chose est certaine : ton père a vu quelque chose qu'il n'était pas censé voir, et Alcorn le paie pour qu'il se taise.

— Oui, tu as sûrement mis le doigt dessus. Le fait que

l'argent soit toujours versé régulièrement tend à prouver qu'il continue à se passer… des choses.

Samantha se leva, espérant que Dylan comprendrait le message.

Mais il poursuivit :

— Kramer était un rouage du système. C'était Alcorn le cerveau.

— Ils ont retrouvé ce gamin chez Kramer, récemment, souligna-t-elle.

— Exact, et tout le monde a sauté à la conclusion que c'était parce qu'il avait perdu son fils. Il a toujours travaillé pour Alcorn. Ils enlevaient des enfants… Et voilà qu'un beau jour, Kramer décide qu'il a bien mérité d'en garder un pour lui puisque le sien lui a été arraché. Ça met en danger l'organisation soigneusement mise au point par Alcorn. Ils sont obligés de tout arrêter pendant un certain temps. Et puis, petit à petit…

— Leur trafic reprend, enchaîna Samantha. Jusqu'à ce que Kramer kidnappe un autre petit garçon pour son propre compte, l'an dernier. Nouveau coup d'arrêt. D'autant qu'il y a aussi Rebecca qui leur met des bâtons dans les roues en refusant de laisser tomber.

— C'est ça ! lâcha Dylan en se tournant vers Jorge. On s'en va.

— OK, mon ami. Pour information, je vais aller sur le lieu de rendez-vous pendant qu'il fait encore nuit et placer quelques caméras dans les arbres. J'ai étudié la configuration des lieux… Je devrais pouvoir les dissimuler sans trop de difficultés. C'est suffisamment près de la ville pour que je puisse utiliser du matériel sans fil. Et puis, je vais fouiner un peu dans les finances de Charles Alcorn. Qu'il vous arrive le moindre pépin… Je file droit chez les fédéraux.

— Bonne idée. Les autorités locales ne sont peut-être pas fiables, commenta Dylan.

Il marqua une pause avant de reprendre d'un ton plus solennel :

— Je ne te remercierai jamais assez, mon vieux. Et attention, pas de risques inconsidérés. Toi aussi, tu as une famille. Et ils ont besoin de toi.

— Je le fais autant pour eux que pour toi. Je ne vais pas laisser ces salauds s'en tirer alors qu'ils ont enlevé Maribel. Pour moi, vous êtes un peu comme ma famille, vous aussi.

Samantha refoula tant bien que mal l'émotion qui lui comprimait la gorge.

Jorge continuait :

— Je vais creuser les infos que tu m'as fait parvenir. Maintenant que je sais un peu mieux quoi chercher, je trouverai peut-être le moyen de raccorder toutes les pièces du puzzle entre elles. Si j'arrive à établir l'implication de ce fumier, on pourra se tourner vers les fédéraux. Ils n'aiment pas beaucoup les détenteurs de comptes offshore.

Samantha serra à son tour chaleureusement la main de Jorge.

— Merci pour tout. Contente d'avoir fait votre connaissance !

Une humidité suspecte emplissait les yeux de l'informaticien.

C'était plus que de l'amitié entre les deux hommes. Une vraie fraternité les unissait. Elle avait vu ce sentiment à l'œuvre tant de fois entre ses frères ! Qu'on cherche des noises à l'un d'eux, et c'était la fratrie entière qui prenait sa défense. Et puis, Jorge était père, lui aussi. Ses enfants avaient dû jouer avec Maribel depuis qu'elle vivait chez son papa. Jorge semblait presque aussi affecté que Dylan par sa disparition.

— Content également, répondit-il. Quand tout ça sera terminé, on organisera un petit barbecue. Il y a une piscine dans le jardin. Les enfants adorent…

Il se tourna de nouveau vers Dylan, une émotion indéfinissable dans le regard.

— On ne va pas laisser ce salaud s'en tirer comme ça, mon vieux. Je te le promets.

— Non, on ne va pas le laisser s'en tirer. On va l'épingler et on va ramener Maribel à la maison, répéta Dylan d'une voix sourde, comme un mantra, un serment.

16

Dylan avait beaucoup à faire en un temps limité. Heureusement, le trajet jusqu'à l'appartement de Samantha se déroula sans incident. Il avait échangé la camionnette de Brody contre son SUV, en prévenant son ami par SMS de l'endroit où il pourrait retrouver son véhicule.

Vaincue par la fatigue et sans doute bercée par le ronronnement du moteur, Samantha s'était assoupie et sa tête avait roulé sur son épaule, ce qui n'était pas pour lui déplaire.

Il pourrait facilement s'habituer à la sentir ainsi, assise à son côté, blottie contre lui. Cela semblait tellement… naturel. Normal. Mais sa vie, désormais, se résumait non plus à ce qu'il aurait aimé faire, mais à ce qu'il devait faire.

Et puis, c'était une bonne chose que Samantha se soit endormie. Elle avait besoin de sommeil, et lui d'échafauder un plan. Une chose était certaine, cependant : il n'avait pas l'intention de la laisser approcher du lieu de rendez-vous.

Elle remua alors qu'il faisait entrer la voiture dans son garage.

— Je crois que j'ai dormi un moment…, dit-elle.

— Oui, une heure.

— Une heure ? Je n'arrive pas à y croire ! J'aurais dit cinq minutes. J'ai l'impression d'être un zombie. Tu sais, comme quand on rêve qu'on est éveillé.

— Oui… Un peu comme si on marchait sur des sables mouvants ?

— C'est ça. C'est exactement ce que je ressens… A ceci près que la contraction, dans le haut de mon dos, est bien réelle, ajouta-t-elle en faisant la grimace et en remuant les épaules.

— Allez, entrons chez toi ! dit-il en coupant le contact et en jetant un nouveau coup d'œil alentour. Je me suis assuré que nous n'étions pas suivis.

Il sortit et contourna rapidement le véhicule pour lui ouvrir la portière. Elle glissa sa main dans la sienne et aussitôt un courant électrique familier se propagea dans son bras. Il s'efforça de ne pas y prêter attention. Sous peu, tout serait terminé et il ne fallait surtout pas qu'il s'habitue à la présence de Samantha ni à cette tension sexuelle constante qui existait entre eux.

Il repoussa résolument ces pensées tandis qu'il l'escortait jusqu'à son appartement, la main posée au creux de son dos.

Une fois à l'intérieur, la porte refermée derrière eux, Samantha se tourna vers lui.

— Tu trouveras des brosses à dents neuves sous le lavabo. Sers-toi. La douche est par là. Pendant ce temps, je vais préparer du café pour tenter de me réveiller, annonça-t-elle en se dirigeant vers la cuisine ouverte.

— Il faut d'abord que je passe quelques appels. Prends ta douche la première pendant que le cafépasse. Je t'en apporterai une tasse quand il sera prêt. Ça t'ennuie si je jette un coup d'œil sur le balcon ?

— Pas du tout. Fais comme chez toi.

Son appartement paraissait accueillant et chaleureux, mais Dylan s'efforça de chasser cette idée. Une boîte en carton lui aurait semblé engageante du moment que Samantha était avec lui. Des pensées de ce genre ne le mèneraient nulle part. Une seule chose manquait à sa vie pour l'instant, et c'était Maribel.

Dès que Samantha eut disparu dans la salle de bains, il tira son téléphone de sa poche.

Brody répondit à la première sonnerie.

— Tu étais debout ? J'avais peur de te réveiller.

— Je n'arrivais pas à trouver le sommeil, confia Brody d'un ton las. Et Rebecca non plus. On était justement en train de se demander ce qu'on pouvait faire pour t'aider.

En dépit de l'angoisse qui l'étreignait, Dylan fut envahi par une douce chaleur. Il avait peut-être été abandonné, enfant, mais il était bien entouré désormais. Ses amis lui tenaient lieu de famille. Maribel ne ressentirait jamais la solitude qui avait été la sienne quand il était petit. Heureuscment ! Elle pourrait toujours compter sur une demi-douzaine d'oncles et tantes de substitution. Elle se sentirait soutenue, protégée. Et peut-être que cela comblerait le vide laissé par la perte de sa mère à un aussi jeune âge. Quant au fait qu'elle n'aurait jamais de souvenirs de ses parents ensemble, le mal était fait. S'il n'avait pas été aussi égoïste, s'il n'avait pas clamé aussi haut et fort qu'il ne voulait pas d'enfants, peut-être Lyndsey et lui se seraient-ils mariés et auraient-ils fondé une vraie famille pour leur fille.

Mais il pourrait bien battre sa coulpe éternellement, cela ne changerait rien à la réalité. Lyndsey était morte.

Il serra le téléphone dans sa main et reprit la conversation avec Brody :

— Ecoute, on a eu confirmation d'une piste qui conduit à Charles Alcorn.

— Quoi ? Tu es sérieux ? s'exclama Brody.

— On ne peut plus sérieux. Je ne porterais pas une telle accusation si je n'étais pas sûr de ce que j'avance.

— Ça alors… Je n'en reviens pas, répéta Brody, visiblement sous le choc. Alcorn !

Comme il répétait le nom du riche notable, il parut éloigner le combiné de son visage, sans doute pour que Rebecca puisse entendre. Elle n'allait pas en croire ses oreilles après tout ce que l'homme avait — en apparence — fait pour retrouver son frère quinze ans plus tôt.

— Je l'ai eu en personne au téléphone, précisa Dylan. Il a fixé un rendez-vous pour ce midi. Il veut échanger Maribel contre Samantha.

A cette idée, Dylan jeta un coup d'œil vers la salle de bains.

— Rebecca vient juste de prévenir Ryan et Dawson par texto. Qu'est-ce qu'on peut faire ? demanda Brody. J'ai mis le haut-parleur pour que Rebecca puisse t'entendre aussi.

— Je ne veux pas que Samantha approche du lieu de rendez-vous. Mais je vais avoir du mal à l'en empêcher. Elle est convaincue qu'elle est responsable de l'enlèvement de Maribel et elle veut y aller.

— Je peux y aller à sa place, suggéra Rebecca.

— C'est trop dangereux. Et puis, tu mesures quinze centimètres de moins qu'elle. La supercherie ne tiendrait pas dix secondes.

— Il vaudrait mieux que ce soit l'un de nous, intervint Brody. On a approximativement la même taille qu'elle. Le problème, c'est qu'on a les épaules plus larges. Alcorn n'est pas un imbécile. Si quelqu'un doit prendre la place de Samantha, il faut que ce soit crédible.

— Tu as raison, acquiesça Dylan. On est dans l'impasse. Je n'ai pas trouvé de solution miracle pour l'instant.

— Bien. On va tous réfléchir à la question et voir s'il en sort quelque chose.

— Merci. Je voudrais aussi qu'Alcorn soit placé sous surveillance.

— D'accord. Les gars et moi, on va arranger ça. On veut tous t'aider, tu sais.

— Je sais, oui, mais ça fait du bien de te l'entendre dire, confia Dylan, réprimant de son mieux l'émotion qui étranglait sa voix.

— On va charger quelqu'un de lui filer le train et je te rappelle dès qu'on a une idée, conclut Brody avant de raccrocher.

Dylan prit une profonde inspiration puis, une nouvelle fois, se visualisa en train de mettre sa fille au lit.

Si ce n'est pas ce soir, ma Bel chérie, je te promets que ce sera bientôt.

Un abîme s'ouvrit en lui. Il avait tourné et retourné tous les scénarios dans sa tête tant de fois qu'il n'arrivait plus à réfléchir. Il avait besoin d'un répit.

D'un café.

D'ailleurs, il en avait promis un à Samantha.

Il se dirigea vers la cuisine et trouva deux tasses. Il les remplit de café fumant puis remonta le couloir en direction de la salle de bains, les tasses à la main. Comme l'eau de la douche coulait, il frappa.

— Entre !

Il poussa le battant.

La pièce était spacieuse, équipée d'un mobilier haut de gamme. Et, surtout, elle alliait modernité et atmosphère chaleureuse. A cause du choix des couleurs ou simplement parce que c'était la salle de bains de Samantha ?

Le jet d'eau s'interrompit.

— Je pose ton café sur le plan de toilette, lança-t-il, prêt à faire demi-tour.

Son cœur commençait à battre un peu trop fort…

Samantha était à moins d'un mètre de lui, derrière ce pan de mur carrelé, complètement nue.

— D'accord, merci.

Mais le temps qu'il pose la main sur la poignée de la porte, elle apparut, les cheveux mouillés, une serviette enroulée à la hâte autour du corps, lui arrivant à mi-cuisse.

— Le café est chaud, s'empressa-t-il de dire pour se donner une contenance. Mais je crois que tu ferais mieux d'essayer de dormir.

Elle ne semblait pas se rendre compte de l'effet qu'elle produisait sur lui, et c'était tant mieux. Il ne leur restait que quelques heures. Il fallait qu'elle se repose pendant qu'il s'efforcerait de concevoir un plan viable.

— Tu es sûr que ça va ? demanda Samantha en s'approchant de lui.

Elle se hissa sur le plan de toilette puis, de ses mains douces, lui effleura le visage, s'attardant sur les plis soucieux de son front.

Il ferma les yeux et retint son souffle. L'atmosphère s'était subitement alourdie dans la pièce. Le parfum fleuri de Samantha submergeait ses sens. Il s'obligea à tremper les lèvres dans son café. Samantha était… époustouflante.

— Ça ira… Après.

Elle fit courir ses doigts le long de sa mâchoire, atteignit la commissure de ses lèvres, lui mettant les sens en émoi. Son pouls s'accéléra.

— Si tu continues comme ça…, commença-t-il, la voix rauque.

Elle se figea l'espace d'une seconde, sourit, puis reprit son petit jeu, contournant le dessin de son oreille, descendant le long de son cou.

— Et si, pour une fois, tu te laissais aller au lieu de toujours vouloir te contrôler ?

— Et ruiner notre amitié ?

— Laisse-m'en juge, Dylan.

Seigneur ! Il était encore temps de tout arrêter, se persuada-t-il. Il lui suffisait de…

— Dylan…, reprit-elle d'une voix douce, posant les mains sur ses joues. Je veux faire l'amour avec toi.

— S'il s'agissait uniquement de ce que je veux, Samantha, nous aurions déjà couché ensemble.

— J'entends ce que tu dis mais…

— Tant mieux, coupa-t-il. Tu es tellement sexy. Crois-moi, tu n'imagines pas combien il m'est difficile de me retenir.

— Alors, laisse-toi aller…, répéta-t-elle en le regardant au fond des yeux.

— Je ne veux pas que tu puisses le regretter par la suite.

— Ça n'arrivera pas, Dylan. Parce que je te désire. C'est réciproque, n'est-ce pas ?

Elle dénoua sa serviette, et le mince fil qui le raccordait encore à la raison se rompit d'un coup. Il se positionna entre ses jambes nues, referma ses mains sur ses reins et l'attira à lui, pressant son intimité contre le tissu tendu de son jean — un jean qu'il ne songeait plus qu'à retirer.

Mais, déjà, les mains de Samantha abaissaient la glissière de son pantalon. Il s'immobilisa, le cœur battant, le temps qu'elle le libère de l'entrave de ses vêtements. Son T-shirt ne tarda pas à rejoindre le jean, sur le sol.

Elle l'aida prestement à se débarrasser de son boxer et, avec un grognement de satisfaction, il pressa son corps nu contre le sien.

Elle enroula ses longues jambes autour de lui et il dut faire appel à toute sa volonté pour se refréner. Il voulait que cela dure longtemps, que ce soit une expérience mémorable pour elle. De son côté, ce serait fantastique, il le savait déjà.

— Ça fait longtemps que ça ne m'est pas arrivé, dit-il. Il faut qu'on calme le jeu. Qu'on prenne notre temps.

— Ou qu'on recommence une deuxième fois.

Elle sourit. Bon sang, ces lèvres de velours étaient tellement alléchantes ! Un concentré de sex-appeal. Tout, absolument tout, chez Samantha, le mettait en transe. A commencer par son intelligence et sa vivacité d'esprit. Elles étaient le terreau sur lequel s'épanouissait sa beauté physique. Et qu'y a-t-il de plus excitant qu'une femme belle et intelligente ?

Tenaillé par un désir de plus en plus incandescent, il captura sauvagement ses lèvres, les dévora de baisers.

Les mains de Samantha se promenèrent fébrilement sur son visage, son cou, son torse avant de s'arrêter sur ses épaules. Ses ongles s'enfoncèrent dans sa chair.

La saveur de sa bouche était si douce… Elle s'écarta juste assez pour lui mordiller la lèvre inférieure. Une décharge électrique le traversa.

— Je crois bien que tu m'as ensorcelé, murmura-t-il, le souffle court, contre sa bouche.

— C'était le but, répliqua-t-elle, l'ombre d'un sourire malicieux dans la voix.

Il fit courir sa langue sur sa lèvre inférieure avant de s'égarer vers son menton, puis plus bas, toujours plus bas.

Sa poitrine, déjà, se tendait sous ses doigts et elle poussa un gémissement tandis que sa langue effleurait l'aréole d'un sein avant de se porter jusqu'à l'autre. Il en happa la pointe entre ses dents. Arquant le dos contre le miroir, Samantha enfouit les doigts dans ses cheveux en une invite sans équivoque tandis que sa langue poursuivait sa descente — irrésistiblement.

Il la promena lentement sur son abdomen, puis s'aventura toujours plus bas jusqu'aux boucles brunes.

Les mains posées sur l'intérieur de ses cuisses soyeuses, encore humides de la douche, il se fraya un passage entre ses jambes. Un long tressaillement la secoua. Ses cuisses se mirent à trembler, la tension contractait son corps et sa respiration s'accéléra.

Dylan haletait, lui aussi. Ses doigts vinrent prendre le relais et plongèrent à leur tour au cœur de son intimité, lui tirant de nouveaux gémissements. Tous ses muscles se tendirent spasmodiquement. A tâtons, elle ouvrit un tiroir à côté de lui et pointa le doigt.

Il y puisa un préservatif, dont il déchira l'étui d'une main fébrile avant de le mettre en place.

Ses longues jambes nouées autour de sa taille, elle referma une main autour de son sexe pour le guider. D'un seul long mouvement, il plongea en elle avant de s'immobiliser l'espace de quelques instants, le corps tendu à l'extrême, s'efforçant de garder le contrôle.

Certes, il n'avait pas eu de relation sexuelle depuis longtemps, mais cela ne suffisait pas à expliquer l'effet que Samantha produisait sur lui. Il n'avait jamais rien éprouvé de tel.

Lui qui avait toujours su se maîtriser… Avec Samantha, c'était comme s'il oscillait en permanence au bord de l'abîme, prêt à basculer à tout instant.

Elle insinua sa langue entre ses lèvres et il se mit à aller et venir en elle, se faisant violence pour ne pas se laisser emporter par l'élan de son corps qui, déjà, aspirait à la délivrance.

Comme elle enfonçait ses doigts dans son dos, il accéléra le rythme, intensifiant ses va-et-vient. Les hanches de Samantha se mirent à onduler en cadence. Cette fois, l'impatience s'empara irrépressiblement de lui.

Plus vite.

Plus fort.

Cette femme, son corps, le rendait fou. Il tint bon le plus longtemps possible, veillant à ce qu'elle soit comblée la première.

A la seconde où l'étau de ses muscles se resserra convulsivement autour de lui, il sut. Il plongea dans le doux fourreau de sa chaleur avec une énergie redoublée et s'autorisa enfin à lâcher les rênes.

Dans un gémissement rauque, il donna libre cours à la passion qui l'aiguillonnait.

— Je t'aime…, souffla-t-il contre la peau tendre de son cou à l'instant où, tel un feu d'artifice intérieur, un millier de petites bombes explosaient en lui.

Samantha se laissa aller contre le miroir, pantelante, le corps encore palpitant de sensations. Elle aurait juré avoir entendu Dylan dire qu'il l'aimait, mais elle avait forcément mal compris et elle ne voulait pas gâcher avant l'heure ce moment de plénitude absolue en surinterprétant ce qui venait de se passer entre eux.

Il leur faudrait sous peu se détacher l'un de l'autre et se replonger dans l'implacable réalité.

Mais, pour quelques secondes encore, elle voulait juste savourer le contact de sa chaleur contre elle, en elle, la caresse de son souffle tiède sur sa peau.

Ils demeurèrent tous deux parfaitement immobiles pendant un moment de bonheur sans mélange, un instant suspendu d'éternité.

— Tu as faim ? finit-elle par demander la première, sûrement par instinct de préservation.

— Maintenant, oui, répondit-il, le visage enfoui dans ses cheveux, les bras se resserrant langoureusement autour de sa taille.

Le seul son de sa voix lui chavira le cœur. Et qu'il se mette à couvrir son cou d'un chapelet de petits baisers ne l'aida en rien. Le trouble la gagna de nouveau.

Non, Samantha. C'est le moment d'être forte.

Même si avec Dylan, elle n'avait pas envie de résister. Même si, tout ce qu'elle voulait, c'était rester pour toujours lovée là, contre lui, à savourer les sensations qu'il faisait naître en elle.

Il la retint, le temps de déposer un baiser sur sa tempe, puis sur son nez, ses lèvres.

— Ça change la donne, murmura-t-il. Tu le sais, n'est-ce pas ?

— Qu'est-ce que tu veux dire, exactement ?

— Je ne sais pas encore très bien.

Il l'embrassa de nouveau, tendrement cette fois, et le cœur de Samantha se gonfla d'amour.

De toute façon, rien de tout cela n'avait de sens tant que son père et la fille de Dylan ne seraient pas rentrés, sains et saufs.

— Je vais passer sous la douche, reprit-il d'une voix pleine de promesses. Tu veux te joindre à moi ?

Elle aurait dû refuser, battre tout de suite en retraite dans la cuisine, mais le spectacle de Dylan, nu, sexy, à côté d'elle… Comment aurait-elle pu décliner une offre aussi tentante ?

Elle hocha la tête.

Il prit sa main et l'entraîna dans la cabine.

17

Samantha n'était pas revenue chez elle depuis des jours. Et que Dylan soit là, avec elle, lui donnait le sentiment… d'un accomplissement, ce qui était dangereux.

Elle sortit quelques tranches de pain du congélateur et les plaça dans le micro-ondes. Elle n'avait pas grand-chose à manger, juste de quoi préparer des club-sandwichs et une soupe à la tomate. Ça ferait l'affaire.

L'eau cessa de couler dans la salle de bains.

— Je t'ai mis un boxer et un jean propres sur le plan de toilette ! lança-t-elle depuis la cuisine.

Dylan apparut un instant plus tard, les vêtements à la main.

— A qui sont-ils ?

— A Trevor. Pourquoi ? Vous avez l'air d'avoir approximativement la même taille.

— Oh ! D'accord.

Il fit demi-tour.

Elle fronça les sourcils, perplexe. Pourquoi avait-il pris la peine de venir lui poser cette question ?

Puis la lumière se fit tout à coup dans son esprit. Il avait dû penser qu'ils appartenaient à un petit ami qui les avait laissés là.

Etait-ce de la jalousie qui avait brillé dans ses yeux

verts ? Et, question plus importante encore, pourquoi cela la mettait-il tellement en joie ?

Dylan la rejoignit une minute plus tard, vêtu du jean et le torse et les abdominaux moulés dans le T-shirt à l'effigie de Metallica.

— Je ne peux pas dire que je souscris aux goûts musicaux de ton frère, mais son T-shirt me va, commenta-t-il en venant plaquer son torse contre son dos pour l'embrasser dans le cou.

Une onde de chaleur se diffusa en elle, avant de se concentrer dans son bas-ventre.

— Mmm… Tu sens bon, dit-elle.

— Toi aussi.

Elle ferma les yeux.

— Ça va ? Tu n'es pas trop fatiguée ?

Au contact de son membre dur pressé contre elle, le désir l'assaillit de nouveau.

— Non, je ne dirais pas ça.

— Tant mieux. C'était juste que je voulais tester ton lit.

— Je n'avais jamais connu l'extase trois fois en une heure.

— C'est parce que tu n'avais jamais fait l'amour avec moi, susurra-t-il en lui mordillant le lobe de l'oreille. Mais… trois, seulement ? Je suis surpris.

Bon sang ! L'effet que produisait cet homme sur elle…

Lentement, elle posa la tomate qu'elle avait à la main, pivota sur elle-même et passa les bras autour de son cou.

— Pourquoi ? Ce n'est pas encore fini ? Je vais vraiment finir par être impressionnée.

Il la souleva dans ses bras et l'emmena dans la chambre où ils firent de nouveau l'amour, lentement, tendrement.

— Je vais m'habiller, annonça-t-elle en esquissant un geste pour se lever.

— Hé… Une seconde. Je n'ai pas droit à un baiser, avant ?

Souriante, elle se pencha et accéda sans se faire prier à sa demande. Elle ne se souvenait pas avoir jamais été aussi heureuse. Pourtant, la situation dans laquelle ils se trouvaient ne s'y prêtait pas. Il était temps de mettre un peu de distance entre eux si elle voulait garder intacte sa faculté de discernement.

— Tu sais, je ne pense pas que ce soit une bonne idée de trop nous habituer à être bien ensemble.

Il parut un peu froissé par sa remarque mais il ne releva pas et se borna à desserrer son étreinte pour qu'elle puisse se lever.

Lorsqu'il la rejoignit dans la cuisine, cinq minutes plus tard, leur en-cas était prêt.

Ils mangèrent en silence mais Dylan semblait de nouveau absorbé dans ses pensées. Un sillon soucieux creusait son front, une expression hantée voilait son regard.

Lorsqu'ils eurent fini de manger et lavé la vaisselle, il lui fit signe de venir s'asseoir près de lui sur le canapé. Elle se pelotonna dans ses bras et ferma les yeux. Jamais elle ne s'était sentie aussi proche de quelqu'un, jamais elle ne s'était sentie autant à sa place que dans les bras de Dylan.

Ce fut la dernière chose qu'elle se rappela avoir pensée lorsqu'elle s'éveilla en sursaut.

Le soleil, déjà haut, filtrait par l'interstice entre les rideaux tirés.

— Dylan ?

Elle jeta un coup d'œil autour d'elle. Il n'était nulle part. Elle tendit l'oreille, en direction de la salle de bains. L'eau était-elle en train de couler ?

Non.

Elle se mit sur ses pieds et inspecta toutes les pièces.

Serait-il parti sans elle ?

Son cœur se mit à cogner dans sa poitrine. Elle n'avait aucune idée de ce qui se passait. Il n'était que 8 heures du matin. Il restait donc encore quatre heures avant l'heure du rendez-vous.

Soudain, la poignée de la porte d'entrée fut actionnée et des pas se firent entendre.

D'un bond, Samantha se dissimula derrière le canapé, attrapant au passage un chandelier en métal sur un guéridon, prête à lutter jusqu'à son dernier souffle en cas d'agression.

Elle attendit, le cœur battant, recroquevillée derrière le dossier du canapé.

Les pas se rapprochèrent et elle resserra son emprise sur son arme improvisée.

— Samantha ?

Dylan ! Le son de sa voix lui fit l'effet d'une averse sur le sol aride d'un désert.

— Je suis là.

Elle se déplia.

— Je suis allé acheter le petit déjeuner et jeter un coup d'œil alentour.

Il se tenait solidement planté sur ses jambes écartées, l'arme au poing. En la voyant, il rangea le pistolet dans son holster.

— Quand je me suis réveillée et que j'ai vu que tu n'étais pas là, j'ai eu peur que tu sois parti sans moi, avoua-t-elle en reposant le chandelier et en se précipitant vers lui.

Il n'eut que le temps de se débarrasser du sac de provisions et de lui ouvrir les bras.

— Non, je n'aurais pas disparu sans rien te dire. Comment pourrais-tu me faire confiance si j'agissais de la sorte ? souligna-t-il en l'embrassant sur le front.

En dépit de l'histoire de fous dans laquelle ils étaient

empêtrés, ses assurances la réconfortèrent et lui apportèrent un certain apaisement.

— Tu es farouchement opposé à ce que j'approche du lieu de rendez-vous et je comprends tes raisons, reprit-elle en plantant son regard dans le sien. Mais il *faut* que je sois là. Peut-être pas exactement avec toi, mais en tout cas à proximité.

— Absolument pas ! protesta-t-il avec véhémence.

— Laisse-moi terminer.

Il hocha la tête, visiblement à contrecœur.

— J'aimerais tout autant que toi que cette épreuve soit derrière nous. Et je compte bien en sortir vivante, crois-moi. Mais si je ne viens pas et que les choses tournent mal, ce sont les deux personnes auxquelles nous tenons le plus qui en pâtiront.

— Je ne peux pas courir le risque qu'il t'arrive quelque chose, plaida-t-il, le regard implorant.

— Je m'en tirerai.

— Ça, impossible d'en être sûr. Si l'occasion se présente, ils t'abattront. Et, une fois qu'ils se seront occupés de toi, ce sera au tour de ton père. La piste remontant jusqu'à Alcorn serait alors réduite à néant et ils tueront ma fille dans la foulée.

— Il n'y a pas d'alternative, Dylan. Si je ne suis pas là, ils exécuteront Maribel et mon père de toute façon. Rien ne sera fini tant que le chef ne sera pas derrière les barreaux. Ecoute, j'ai beau tourner la chose dans tous les sens, je ne vois pas d'autre solution. Il *faut* qu'ils me voient !

Elle marqua une pause, attendant sa réponse.

Comme rien ne venait, elle demanda :

— Tu as un meilleur plan ?

— Envoyer quelqu'un à ta place. Quelqu'un qui se fera

passer pour toi. Amener Alcorn à se montrer au lieu de rendez-vous et libérer nos proches.

— Très bien. Je resterai en retrait, avec Brody et Rebecca, concéda-t-elle. Mais à condition de ne pas être loin. De toute façon, je ne serais pas plus en sécurité toute seule ici.

Il ne répliqua pas mais sur ses traits se reflétait la bataille intérieure qu'il livrait.

Apparemment, elle était en train de gagner le bras de fer qu'ils avaient engagé.

Elle se hissa sur la pointe des pieds et l'embrassa.

— Une fois que Maribel et mon père seront de retour, nous aurons tout le temps de nous concentrer sur ce qui nous arrive.

Il laissa échapper un profond soupir et la pressa plus étroitement contre lui.

Puis il posa son front contre le sien.

— Je ne plaisante pas, Samantha, quand je dis que je ne peux pas permettre qu'il vous arrive quelque chose, à toi ou à Maribel. Je crois que je n'y survivrais pas.

Pour la cinquantième fois en une demi-heure, Dylan repassa le déroulé de la mission dans sa tête. Trois routes convergeaient vers le point de rendez-vous. Ils s'étaient donc scindés en trois équipes, en plus de celle de Dylan. Chacune d'elles s'était vu attribuer la surveillance d'une voie d'accès. Si l'opportunité se présentait à l'une d'elles d'intercepter les « colis », elle le ferait.

Si, en revanche, les « colis » parvenaient à destination, Lisa serait là, campant Samantha, debout, au côté de Dylan. Evidemment, si Alcorn et ses hommes s'approchaient un peu trop, ils s'apercevraient qu'ils avaient été bernés.

Samantha, elle, se trouvait dans un autre véhicule, avec Brody et son groupe. Quant à Rebecca, elle était dans la troisième voiture, avec Dawson. Ryan était seul, mais toutes les équipes demeuraient constamment en contact.

Les minutes s'égrenèrent lentement jusqu'à ce que le moment soit venu pour Lisa de jouer le rôle de Samantha.

Dylan et la fausse Samantha se positionnèrent au point de jonction des trois routes.

Seul petit réconfort pour Dylan, tout serait enregistré sur vidéo si bien que, même si leur plan capotait, Alcorn ne pourrait s'en tirer. Les autorités mettraient enfin un terme à son monstrueux et juteux trafic et il passerait le restant de ses misérables jours en prison.

Evidemment, le dénouement rêvé, c'était que Maribel, Samantha et son père en réchappent tous indemnes et qu'Alcorn finisse en prison.

Midi arriva. Cinq minutes, puis dix s'écoulèrent sans que rien ne se passe. Un quart d'heure. Avec un sentiment de malaise grandissant, Dylan commença à suspecter un coup fourré. Alcorn avait-il réussi à se jouer d'eux ?

Mais soudain, vingt minutes après l'heure fixée, Ryan, posté en éclaireur, leur envoya un texto : une voiture équipée d'un siège auto dans lequel se trouvait un jeune enfant venait de le dépasser.

Plus que quelques instants, songea Dylan, les nerfs tendus à craquer, et Maribel serait là, à portée de main.

Après ce qui parut être une éternité, le téléphone vibra de nouveau dans sa poche. Il consulta l'écran. Brody. Cet appel n'était pas prévu.

— Ils la tiennent, annonça son ami, la voix haletante.

— Qui ça ?

Mais il avait déjà compris. Tout son univers venait de s'écrouler en une demi-seconde. Ses genoux vacillèrent.

— Samantha. Ils la tiennent, répéta Brody. Je suis

désolé. On rejoignait Ryan après leur passage quand ils ont fondu sur nous. Ils devaient être au moins six.

Dylan n'arrivait plus à respirer. Lisa s'efforçait de le réconforter, mais rien n'y faisait… Quels mots auraient pu adoucir l'atroce douleur qui le taraudait ? Il venait de perdre les deux êtres qui lui étaient le plus chers au monde.

— Ils sont arrivés de partout… Ils nous ont cernés en un clin d'œil, continua Brody. Je crois que j'en ai touché un, mais ils ont réussi à l'emmener quand même. Je n'ai pas osé tirer de nouveau de peur de la blesser, elle. Je n'ai rien pu faire, vieux… Je suis vraiment, vraiment désolé, conclut Brody, accablé.

— Où es-tu ? demanda Dylan.

— Sur Benton Road.

— Et quelle direction ils ont prise ?

Mais il connaissait déjà la réponse parce que, s'ils s'étaient dirigés vers le nord, ils seraient tombés sur lui.

— Vers le sud. Dans la direction opposée à la ville.

Brody s'interrompit avant de reprendre :

— Ils ont tiré dans mes pneus. Je n'ai pas pu les prendre en chasse.

Dylan ne put retenir un juron. Dire qu'il avait été si près de récupérer Maribel, si près de la ramener à la maison !

Il jeta un coup d'œil à la banquette arrière, où attendait son animal en peluche, Rofurt.

Le chagrin lui transperça le cœur comme une flèche.

Son téléphone fit entendre un bip. Il avait un double appel.

— Je raccroche, Brody. Et je passe te prendre, lança-t-il d'un ton bref, sautant déjà au volant.

Il démarra en trombe, répondant d'une main à l'appel.

— J'ai le visuel d'une voiture roulant en direction de County Road 83, annonça Jorge d'une voix chargée d'adrénaline. J'ai vu Maribel à l'intérieur. Elle va bien.

Pour le moment. Elle leur servait de bouclier vivant pendant leur fuite mais, sitôt qu'ils les auraient semés, ils se débarrasseraient d'elle et de M. Turner. Samantha n'en avait plus pour longtemps non plus.

— C'est la direction de l'aérodrome privé d'Alcorn. On ne peut pas le laisser les emmener ! s'exclama Dylan.

— Laisse-moi appeler les fédéraux, vieux ! On a besoin d'eux.

— D'accord. Mais je fonce là-bas quand même, répondit Dylan, coupant la communication avant que Jorge ait eu le temps de l'en dissuader.

Au loin, Brody courait dans sa direction sur le bas-côté. Dylan s'arrêta, le temps que son ami saute sur le siège arrière. Lisa informa Brody de l'endroit où ils se rendaient pendant que celui-ci rechargeait son arme.

— On va les avoir, ces enfants de salauds !

Après le fiasco auquel avait abouti le pseudo échange, Dylan pria le ciel qu'ils arrivent à temps. Ils devaient avoir à peine une dizaine de minutes de retard sur Alcorn mais, s'il réussissait à sauter dans son avion avec ses otages, tout était fini. Il franchirait la frontière d'un coup d'ailes et il disparaîtrait… Le temps de mettre le juge dans sa poche ou d'acheter un député afin d'obtenir un non-lieu.

D'ici là, Samantha serait morte et Maribel… Seigneur, Maribel…

Juste au moment où il perdait espoir, un homme âgé accourut vers eux en boitillant, une petite fille dans les bras. Mais ce n'était pas n'importe quelle petite fille. C'était… Maribel !

Dylan crut défaillir.

Il braqua le volant et stoppa dans un crissement de pneus. Aussitôt, le vieil homme dévia de sa trajectoire pour se diriger vers les bois.

Dylan sauta à bas du SUV.

— Monsieur Turner ! C'est Dylan, cria-t-il en s'élançant vers l'homme qui tenait son petit ange.

Maribel se retourna en entendant sa voix.

— Papa ! s'écria-t-elle, souriant et pleurant à la fois tandis que Turner s'arrêtait et la déposait sur le sol.

Dylan courut vers elle en ouvrant les bras et sa fille s'y jeta littéralement. Enfin, il la tenait contre lui !

Aucun mot ne pouvait exprimer la puissance de ce moment.

Mais Samantha manquait à l'appel. Aussi, Dylan se tourna-t-il vers M. Turner.

— En route, venez vite. Je crois savoir où ils emmènent Samantha.

L'homme paraissait avoir vieilli de dix ans depuis la dernière fois que Dylan l'avait vu. Il était inquiet pour son enfant, bien sûr. A tout âge, un parent restait un parent.

— Merci, dit-il en se dirigeant de son pas claudiquant vers le SUV.

— Prenez appui sur moi, offrit Dylan.

Il aida M. Turner à monter à l'arrière du véhicule.

— Prends le volant, demanda ensuite Dylan à Brody.

Il était incapable de lâcher Maribel.

Il l'assit rapidement dans son siège auto et attacha sa ceinture tandis que Brody démarrait. Toujours cramponnée à la main de son père, Maribel attrapa Rofurt et sa Barbie courage et les serra contre son cœur.

Dylan aurait préféré ne pas garder M. Turner et Maribel dans la voiture pour rattraper Alcorn, mais c'était un risque calculé qu'il était obligé de prendre s'il voulait sauver Samantha.

— Comment avez-vous fait pour leur échapper ?

— Je n'y serais jamais arrivé sans Samantha. Ils

essayaient de nous faire monter dans une voiture quand elle a réussi à s'emparer d'une de leurs armes. Elle a tiré sur deux des hommes d'Alcorn avant qu'ils ne parviennent à la maîtriser. Un barbu et un rouquin. Le rouquin avait aussi un frère dans le groupe.

De vieilles connaissances, songea Dylan.

— Elle m'a dit de m'enfuir avec Maribel.

L'angoisse du vieil homme se lisait à la crispation de sa bouche tandis qu'il parlait, à l'expression tourmentée de son regard.

— Le barbu aurait pu m'arrêter, mais il ne l'a pas fait, ajouta-t-il.

— On va la retrouver. Et, une fois que ce sera fait, il faudra que j'aie une petite conversation avec vous, déclara Dylan.

En attendant, Samantha s'était sacrifiée pour permettre à son père et à sa fille de se sauver !

Maribel, d'ailleurs, pleurait sans bruit, luttant pour ne pas s'endormir.

— Hé ! Bel, ma chérie ! murmura Dylan d'un ton apaisant. Papa est là. Tout va bien maintenant.

Intérieurement, il remercia le ciel. Peut-être que Lyndsey veillait sur leur fille, tel un ange, de là où elle se trouvait.

Il songea de nouveau à l'acte héroïque de Samantha. C'était une femme courageuse, dévouée, désintéressée. Tout le contraire de sa mère à lui. Les femmes ne battaient pas toutes en retraite devant la difficulté. Certaines faisaient bravement front. Samantha faisait bravement front.

Bon sang, il était amoureux d'elle !

Il ne trouverait pas le repos tant que sa famille ne serait pas réunie au complet — sa famille, c'est-à-dire Samantha, auprès de lui et de sa fille, là où était sa place.

— Tout est ma faute, marmonna le vieil homme. Je l'ai

aperçu, cette nuit-là, près de l'endroit où les enfants ont été kidnappés. Alors, je me suis rendu chez lui pour savoir s'il n'avait pas vu quelque chose lui aussi. Mais, quand je suis arrivé, j'ai entendu quelqu'un lui poser une question à propos des enfants. Il lui a ordonné « de trouver Kramer et de s'occuper des gosses ». Il a dit aussi que « Kramer risquait de faire tout capoter ». Et puis ils se sont rendu compte de ma présence…

Le père de Samantha secoua la tête.

— J'aurais dû tout révéler bien plus tôt. Mais à l'époque, je buvais, et j'avais peur de lui.

— Vous n'êtes pas responsable des actes de ce criminel, le rassura Dylan.

— Il a proféré des menaces contre moi, contre ma famille. S'il ne m'a pas tué tout de suite, c'est uniquement parce que la ville était en effervescence à cause de la disparition des enfants. Il craignait que cela n'attire les soupçons. Je ne voulais pas de son argent, mais j'avais peur qu'il s'en prenne à Samantha si je le refusais. Il savait combien je l'aimais, combien j'aimais mes enfants. Mais… Ça n'excuse pas mon silence.

Cela expliquait en revanche pourquoi il l'avait surprotégée, pourquoi il avait fait en sorte qu'un de ses frères soit en permanence auprès d'elle.

— J'aurais tellement voulu corriger le tir à l'époque, mais je n'ai pas pu. Quand Shane a refait surface, j'ai pensé que le pot aux roses allait être découvert, que c'était une question de jours. J'étais prêt à affronter les conséquences de ce que j'avais fait et à dire tout ce que je savais. Mais Alcorn a des antennes partout… Il l'a appris. On ne peut faire confiance à personne… Le shérif est trop bienveillant vis-à-vis d'Alcorn. Et, maintenant, il a ma petite Samantha.

— Votre fille est une dure à cuire, vous savez. Je vais vous la ramener, vous avez ma parole, promit Dylan.

Il ne pouvait la perdre, se répéta-t-il, la gorge serrée. *Pas maintenant !* Il ne craignait plus de devoir partager son cœur entre Samantha et Maribel. Désormais, il le savait : il était assez grand pour les englober toutes les deux.

Ne restait qu'à espérer qu'il les rattraperait à temps.

— Tu connais le raccourci qui coupe à travers les terres des Hatter ? demanda-t-il à Brody tout en sortant son téléphone et en se mettant à pianoter rapidement sur le clavier. On y est presque.

— Bien sûr, répondit Brody avant de braquer à droite quelques centaines de mètres plus loin pour s'engager sur le chemin en question.

Le SUV se mit à brinquebaler sur la piste de terre.

— Si on s'arrête avant la clairière, vous pourrez rester en arrière pendant que je foncerai jusqu'au hangar. J'ai demandé à Ryan de m'y rejoindre, précisa Dylan.

Parvenu à l'endroit indiqué, Brody rangea le SUV à la lisière du bois. La clairière se trouvait à une trentaine de mètres devant eux.

— Il faut qu'au moins une personne sachant manier une arme reste ici pour veiller au grain, décida Dylan en désignant Maribel du menton.

Saisissant le message, Lisa passa sur la banquette arrière pour se placer à côté de la petite fille tandis que Dylan embrassait Maribel, le cœur gros de laisser son enfant en pleurs.

Heureusement, Brody et Lisa lui étaient familiers. Quand il quitta le véhicule pour s'élancer en direction des arbres, son amie avait déjà capté l'attention de la petite fille en la faisant jouer à cache-cache.

Dylan s'approcha du hangar par le côté ouest et, au bout de quelques minutes, Ryan arriva lui aussi, par le côté est.

Le nuage de poussière soulevé par les voitures garées dans le parking n'était pas encore retombé, signe qu'ils avaient réussi à combler leur retard. Quatre hommes encerclaient Samantha qui se débattait comme un beau diable tandis qu'ils la poussaient en avant. Alcorn précédait le groupe, avançant droit vers le hangar.

Un sentiment de fierté submergea Dylan.

Continue, chérie. Tiens-leur tête… J'arrive.

Cinq contre trois, en comptant Samantha… L'avantage n'était pas en leur faveur, mais c'était faisable. A ceci près que le groupe était compact et que Dylan n'osait pas faire feu, de peur de toucher Samantha.

Nom d'un chien.

S'il te plaît, chérie… Aide-moi un peu.

Encore vingt secondes et ils se seraient tous engouffrés à l'intérieur du bâtiment. Même en se lançant dans un sprint, Dylan ne pourrait les rattraper à temps.

Mais, soudain, Samantha asséna un grand coup de pied au type qui marchait juste devant elle. Puis elle se laissa tomber à terre.

Dylan bondit en avant tandis que Ryan ouvrait le feu pour faire diversion.

Toutes les têtes se tournèrent dans la direction opposée à celle de Dylan, cherchant à localiser l'origine des tirs.

Dylan en profita pour s'avancer, mais le groupe entrait dans le hangar. L'un des hommes avait fait se relever Samantha et la poussait en direction d'un avion. Le pilote était déjà aux commandes, prêt à partir.

Non ! songea Dylan. Il devait à tout prix les empêcher de décoller. S'arrêtant dans l'entrée, il prit une grande inspiration, visa et tira dans les pneus. Le pilote baissa la tête puis referma la porte du cockpit et se réfugia à l'arrière de l'appareil.

— Vous croyez avoir réussi votre coup ? Vous croyez avoir tout compris ? cria une voix masculine. Vous ne savez rien. Rien de rien !

Alcorn.

Emergeant du groupe, il empoigna Samantha par le bras et la tint devant lui comme un bouclier.

— Si vous ne nous laissez pas sortir d'ici, je la tue séance tenante.

Dylan leva les mains en signe de reddition. Où diable était Ryan ?

— OK, je vais poser mon arme sur le sol…

— Ecartez-vous ! Reculez !

Dylan obtempéra.

Alcorn avança, le canon d'une arme pointé sur la tempe de Samantha.

— Du calme, reprit Dylan d'un ton apaisant, reculant encore d'un pas. Je ne suis plus armé.

Toujours embusqué derrière Samantha, Alcorn atteignit la porte d'entrée puis, d'une brusque poussée, il l'envoya dans les bras de Dylan et se mit à courir.

Dylan plongea en avant, roula sur lui-même et atterrit dans les jambes d'Alcorn. Celui-ci tenta de se relever mais Dylan le bloquait de tout son poids. Alcorn voulut alors braquer le canon de son arme vers lui. En vain également. Dylan lui attrapa le poignet et le tordit juste au moment où le coup partait.

Mais, accompagnant le mouvement, Alcorn réussit à pivoter sur lui-même et à lui assener un coup dans le bas-ventre.

Foudroyé par la douleur l'espace d'un instant, Dylan serra les dents, déterminé à continuer à se battre. Malheureusement, la seconde perdue avait permis à Alcorn de se dégager. Il se releva et se rua vers les voitures sans se rendre compte qu'un point rouge dansait sur son épaule gauche. A quelques mètres des véhicules, il s'écroula sur le sol.

Ryan entra dans le hangar, l'arme au poing.

— J'en ai descendu trois à l'extérieur, au moment où ils essayaient de s'échapper par l'arrière du bâtiment, annonça-t-il.

— Sortez de l'avion, les mains en l'air ! cria Dylan à l'adresse du pilote.

Celui-ci s'exécuta et Dylan trouva un morceau de ficelle avec lequel Ryan et lui le ligotèrent sur une chaise.

Samantha se précipita vers Dylan.

— Tout le monde va bien ? Pas de casse ? s'enquit Ryan, le souffle entrecoupé, en achevant d'attacher le pilote avant de sortir son téléphone pour appeler la police.

— Ça va, répondit Dylan en serrant Samantha contre lui et en l'embrassant sur le front. Tout va bien. On va retourner au SUV.

— OK. Moi, je reste ici pour surveiller Alcorn jusqu'à l'arrivée des flics, déclara Ryan.

Ils se rendirent tous trois jusqu'à l'endroit où le truand s'était effondré. Dylan se pencha pour l'examiner.

— Il va s'en tirer. A quelques centimètres près, il était bon pour la morgue. J'espère que vous vous plairez en prison parce que votre séjour risque de durer très, très longtemps.

Alcorn ne répondit pas.

Quelques minutes plus tard, le hurlement des sirènes retentit au loin.

— Allez vite rejoindre Maribel, tous les deux. Vous ferez vos dépositions ensuite. Je m'occupe de lui, ne vous inquiétez pas, dit Ryan en enfonçant sans ménagement son genou dans le dos d'Alcorn. Aucune chance qu'il nous fausse compagnie.

Dylan jeta un regard noir au malfrat, refrénant l'envie de le rouer de coups.

Mais sa fille l'attendait et elle avait fait de lui un homme meilleur, un homme qui ne s'abaissait plus à réagir de façon aussi viscérale.

Samantha et lui retournèrent à son SUV, où tout le monde attendait anxieusement leur retour. En les voyant approcher, Brody posa Maribel sur le sol et elle courut au-devant de son père.

Il l'attrapa juste au moment où elle trébuchait sur une branche et la souleva dans ses bras.

Avec Samantha — la dernière pièce qui manquait à son cœur — présente à son côté, il était comblé, pour la première fois de sa vie.

Samantha les serra tous les deux contre elle et Maribel se pencha vers elle, la récompensant d'un baiser. Le cœur de Dylan manqua un battement.

M. Turner sortit alors de la voiture et s'approcha de sa fille. Maribel le prit lui aussi par le cou.

Mais le téléphone de Dylan vibra, rompant la magie du moment.

— Salut, vieux. Ça va ? s'enquit Jorge, l'anxiété perçant dans sa voix.

— Tout va bien, le rassura Dylan avant de marquer une pause pour embrasser à son tour les deux êtres qui comptaient le plus dans sa vie. On est tous sains et saufs.

— J'ai transmis aux fédéraux les vidéos des caméras et l'ensemble des données bancaires d'Alcorn. Il est cuit.

— Je ne sais pas comment te remercier, conclut Dylan. Tout est fini maintenant et c'est en partie grâce à toi.

Lorsqu'ils eurent fait leurs dépositions aux fédéraux qui étaient arrivés sur les lieux en un temps record, ils remontèrent dans le SUV et Dylan demanda à Brody de les ramener à la maison.

Pendant tout le trajet, il garda un bras passé autour de sa fille et l'autre autour des épaules de Samantha tandis qu'il lui expliquait qu'il avait discuté avec son père.

— J'aimerais que lui et toi vous dormiez tous les deux à la maison, ce soir, suggéra-t-il en conclusion.

— Qu'en dis-tu, papa ?

M. Turner acquiesça et sourit avant de se caler contre l'appuie-tête et de fermer les yeux.

— C'est enfin terminé. Entre les preuves que vous avez réunies contre Alcorn et mon témoignage, son compte est bon cette fois !

Le soir, Dylan mit sa fille au lit, l'esprit en ébullition mais le cœur léger — enfin. Il plaça sa Barbie courage sous les couvertures avec elle et se pencha pour l'embrasser tendrement.

Samantha faisait la vaisselle, dans la cuisine.

Son père se reposait dans la chambre d'amis.

Tout était enfin rentré dans l'ordre.

Dylan frappa à la porte de la chambre d'amis.

— Entrez, dit M. Turner.

— Je ne vous dérange pas ?

— Non, j'étais réveillé mais j'avoue que j'apprécie d'être enfin allongé sur un lit.

— Vous avez assez mangé ?

M. Turner hocha la tête.

— C'était le meilleur steak que j'aie jamais goûté.

Dylan s'assit à côté de lui, au bord du lit.

— Voilà… Je voudrais avoir votre bénédiction pour

demander votre fille en mariage, si elle est d'accord, bien sûr !

M. Turner sourit et se redressa sur ses oreillers pour lui donner l'accolade.

— Vous l'avez. Je serais tenté de vous dire de prendre bien soin d'elle, mais je vous ai vu avec votre fille et je crois que ce n'est pas la peine.

— Si Samantha me fait l'honneur d'accepter d'être ma femme, j'aurai une autre requête à vous soumettre.

M. Turner haussa les sourcils, attendant la suite.

— J'aimerais que vous veniez vivre avec nous.

— Oh… J'en serais ravi, acquiesça M. Turner, visiblement ému, en passant de nouveau le bras autour de Dylan.

— Bien. Alors… Souhaitez-moi bonne chance.

— Vous n'en avez pas besoin. Elle est folle de vous. Un père ne s'y trompe pas, vous savez.

M. Turner marqua une pause.

— Merci de m'avoir permis d'expliquer tout ce que j'ai fait pour protéger ma fille… Même si j'ai bien conscience d'avoir commis beaucoup d'erreurs.

— Quel père n'en fait pas ? souligna Dylan en souriant.

Il prit congé de M. Turner et se dirigea vers la cuisine, indécis. Ne précipitait-il pas trop les choses en faisant sa demande immédiatement ?

Et si Samantha disait non ?

Il s'arrêta un instant sur le seuil de la cuisine, pour la contempler. Elle se tenait dos à lui, debout devant la fenêtre.

Puis il s'avança et prit sa main, nerveux et surpris de l'être. Cette fois, il allait abattre ses cartes, se mettre à nu.

— Samantha… Je t'aime.

Elle sourit.

— Moi aussi, je t'aime. Plus que je n'aurais cru possible d'aimer quelqu'un.

— Je sais que ça va te paraître insensé et que tu vas trouver que c'est trop tôt, mais je suis sûr de moi, alors…

Il mit un genou à terre.

— Est-ce que tu veux bien me faire l'honneur de devenir ma femme ?

Elle prit sa tête entre ses mains.

— Je n'imagine pas vivre un jour de plus sans toi, Dylan Jacobs. Donc, c'est oui. Oui, je veux t'épouser.

— Waouh ! Bon sang ! Tu sais quoi ? Tu viens de faire de moi l'homme le plus chanceux de la Terre.

Il se releva et l'embrassa.

— J'ai toujours cru à la famille, mais ce n'était qu'un idéal vague, inaccessible à mes yeux. Et puis Maribel est entrée dans ma vie et m'a fait découvrir ce que c'était que de dépendre de l'amour de quelqu'un d'autre. Et maintenant que tu es là aussi, je suis un homme comblé.

— Je t'aime, Dylan Jacobs. Et je compte bien passer le reste de ma vie à te montrer ce que ça signifie.

CASSIE MILES

Une mystérieuse menace

Traduction française de
PAULINE BUSCAIL

BLACK ROSE

HARLEQUIN

Titre original :
MOUNTAIN SHELTER

Ce roman a déjà été publié en 2017.

1

Jayne Shackleford avait les yeux rivés sur les chiffres lumineux de son réveil posé sur sa table de chevet : 21 h 29.

Même s'il n'émettait pas le moindre son, elle entendait un tic-tac. Elle se retourna pour ne pas voir l'heure passer à 21 h 30, ce qui impliquait qu'elle avait déjà passé une demi-heure dans son lit sans dormir.

Elle rêvait d'une vraie nuit de huit à dix heures de sommeil récupérateur avant de réaliser l'opération du lendemain matin. Était-ce l'anxiété qui la tenait éveillée ? Aucune raison. Son taux de réussite frôlait les 100 % : sur trente-trois opérations, elle n'avait connu qu'un seul échec partiel. Le patient n'était pas mort, mais la chirurgie n'avait pas suffi à inverser les effets secondaires de son attaque. Cette procédure, c'était du tout cuit. Pas la moindre complication à l'horizon. Alors pourquoi était-elle aussi tendue ?

Peut-être par impatience, comme un enfant la veille de Noël. Pour une intervention ? *Tic-tac, tic-tac*. Elle n'arrivait pourtant pas à envisager de perspective plus réjouissante.

Elle tendit le bras pour prendre le verre de vin sur sa table de chevet. Elle ne prenait jamais de somnifères, mais elle s'était aperçue qu'un verre de merlot avant de se glisser sous la couette l'aidait à entrer dans le sommeil paradoxal.

Elle effleura le verre des doigts. Il glissa de la table de nuit et tomba par terre.

Quelle idiote !

Sa maladresse chronique l'agaçait. Elle était capable de réaliser une microchirurgie délicate sans faire le moindre faux pas, mais dans sa vie quotidienne c'était une véritable catastrophe : elle était à peine capable de traverser une pièce sans se prendre les pieds dans le tapis. Lorsqu'elle était enfant, sa nounou s'en amusait, se plaisant à raconter que Jayne était tellement occupée à foncer qu'elle ne prenait pas la peine de regarder où elle mettait les pieds. Ça ne l'avait pas empêchée de devenir une neurochirurgienne renommée à vingt-huit ans seulement.

Elle fut tentée d'ignorer le vin sur le sol, mais elle ne voulait pas abîmer le tapis berbère couleur pastel qu'elle avait passé plusieurs heures à choisir, malgré les conseils avisés de deux décorateurs d'intérieur. Elle se redressa donc dans son lit et claqua des mains pour allumer la lumière. Rien. Elle réitéra l'opération. Pas le moindre clignotement.

Elle écarta les longs cheveux bruns de devant son visage et tendit le bras pour actionner l'interrupteur de la lampe. Qui ne s'alluma pas. Quant au réveil digital, il était devenu noir. Sans doute était-ce dû à une coupure d'électricité ; autrement dit, elle allait devoir descendre vérifier le compteur dans son sous-sol inquiétant. *Flûte et zut !* Ce n'était pas censé arriver. Après la dernière vague de travaux qu'elle avait fait effectuer dans sa maison à un étage, située dans le quartier de Washington Park à Denver, l'électricien lui avait promis qu'elle n'aurait plus de problèmes. Du moins, pas avant les prochaines rénovations.

Soudain, le chien du voisin poussa un hurlement.

Comme si elle avait besoin qu'on la dérange encore !

Le labrador chocolat n'avait pas pour habitude d'aboyer, mais les quelques fois où il — à moins que ce ne soit une femelle ? — jappait en courant dans tous les sens lui rappelaient pourquoi elle n'avait pas d'animal domestique. Pieds nus, elle s'avança à tâtons vers la fenêtre pour regarder à travers les stores son voisinage si paisible d'habitude.

Agacée, elle constata qu'elle seule était privée de lumière. Depuis sa fenêtre, au premier étage, elle vit le labrador courir le long de la clôture qui bordait son jardin.

Elle devrait lui crier dessus. Comment s'appelait-il déjà ? Peut-être bien Killer ou Cujo, comme le chien terrifiant du roman de Stephen King.

La lampe du porche à l'arrière de la maison s'alluma alors, et Brian, son voisin bedonnant et dégarni, apparut sur le seuil.

— Cacao, tais-toi ! beugla-t-il à l'intention du chien. Qu'est-ce qui t'arrive ? Où est le problème ?

Attendait-il vraiment une réponse ? Jayne ne supportait pas les gens qui parlaient à leurs animaux. Quand bien même elle avait le plus grand respect pour l'intelligence des bêtes, elle n'aimait pas qu'on fasse de l'anthropomorphisme avec eux. Dans ce cas précis, toutefois, la voix de Brian fit son petit effet. Cacao cessa d'aboyer, fonça vers la maison, monta les marches du porche et s'engouffra à l'intérieur.

Le quartier était de nouveau tranquille. Jayne baissa les yeux sur le grillage recouvert de lierre qui commençait déjà à virer au pourpre en cette fin de septembre. Apparemment, il n'y avait pas de quoi aboyer sur quoi que ce soit.

Elle ouvrit les stores pour éclairer la pièce du clair de lune. Pour descendre au sous-sol, il lui fallait des chaussures. Alors qu'elle enfilait ses mocassins, elle entendit des bruits provenant du rez-de-chaussée. Non pas le tic-tac d'une horloge muette, mais des claquements et le grincement du plancher. Puis le son d'une porte en train de s'ouvrir. Des bruits de pas.

Impossible ! Impossible qu'un inconnu ait réussi à

s'introduire chez elle. Elle s'était équipée d'un système de sécurité de pointe, qui déclenchait une alarme et prévenait la police si une porte ou une fenêtre était fracturée. Même en cas de panne de courant, le système fonctionnait sur batterie. Jayne avait particulièrement insisté sur ce point — l'installation électrique était si peu fiable.

Sans faire de bruit, elle contourna son lit pour s'approcher de la table de chevet, où son téléphone était en train de charger. Elle voulait être en mesure d'appeler les secours si elle entendait quoi que ce soit d'autre. Elle appuya sur l'écran pour l'allumer. Aucune réaction : pas de logo d'accueil, ni même un malheureux bip. Qu'est-ce qui clochait avec ce truc ? Il devait pourtant avoir assez de batterie — il chargeait depuis déjà une heure. Elle approcha le téléphone de son visage et appuya un peu partout. L'écran resta noir.

Les bruits provenant du rez-de-chaussée se firent plus distincts. Elle était quasiment certaine d'avoir entendu des pas lourds dans la cuisine. Son cerveau émettait des signaux de panique, son pouls s'accélérait, ses muscles se contractaient. Que faire si quelqu'un s'était réellement introduit sous son toit ? Se battre ou s'enfuir ? Le combat n'était pas son fort. Elle n'avait pas d'arme à feu et ignorait tout de l'autodéfense. Peut-être qu'elle pourrait se cacher… Sous le lit… Ou dans l'armoire.

Quand elle entendit grincer la troisième marche de l'escalier, elle comprit qu'elle n'avait aucune chance de voir ce cauchemar prendre fin. La lueur vacillante d'une lampe de poche parcourait la moquette qui recouvrait le sol à l'extérieur de sa chambre. *Sauve-toi et vite.*

Il n'y avait qu'un seul endroit par où s'échapper. Elle fonça dans la petite salle de bains attenante et ferma la porte. Pas vraiment ce qu'on pourrait appeler une forteresse. La porte était fragile, la serrure ne tiendrait jamais le coup. Il fallait qu'elle trouve quelque chose pour bloquer l'entrée.

Le faisceau lumineux de la lampe de l'intrus brilla sous la porte de la salle de bains. Il était là, à quelques mètres à peine. La poignée émit un bruit de ferraille lorsqu'il la tourna.

Elle tordit la tringle de douche qui entourait la vieille baignoire sur pieds. Dieu merci, elle n'avait pas encore redécoré cette pièce. En tirant de toutes ses forces, elle parvint à caler la barre entre un placard et la porte.

— Jayne, souffla l'inconnu. Laissez-moi entrer. Je ne vous ferai aucun mal.

Ça non, vous pouvez toujours courir.

— J'ai appelé les secours, dit-elle d'une voix faible.

— Ça m'étonnerait. Je ne pense pas que votre téléphone fonctionne.

Il parlait à voix basse, mais elle percevait un curieux accent.

Il avait sans doute fait quelque chose pour perturber le signal de son téléphone. Et éteindre son système de sécurité. Et couper son électricité.

Il était malin.

Et c'était une mauvaise nouvelle pour elle. Il n'aurait aucun mal à anéantir son grossier barrage. Elle ne pouvait se contenter de rester là à se tordre les mains. Il fallait qu'elle s'enfuie.

La fenêtre étroite était sa seule issue. Si elle arrivait à gratter la vieille peinture et à faire coulisser la vitre, elle n'aurait plus qu'à se laisser glisser sur le toit en pente du porche. À partir de là, elle pourrait sauter de l'avant-toit jusqu'à la balustrade au-dessous.

L'intrus tambourina à la porte.

— Ouvrez, Jayne !

En s'aidant de sa brosse à dents, elle parvint à faire céder le loquet. Elle fit coulisser la fenêtre à toute vitesse. La brise d'automne qui s'engouffra à l'intérieur la fit frissonner. Sa petite chemise de nuit en coton n'allait pas lui tenir bien chaud. Il y avait des serviettes de plage dans le placard, à côté de la porte. Il faudrait bien que ça fasse l'affaire.

Elle en attrapa une, l'enroula autour de ses épaules et, couverte de cet étrange châle, s'approcha de la porte pour écouter. Le calme plat. S'était-il enfui ? Elle plaqua son oreille contre la porte. Et se laissa gagner par la panique.

Qu'y avait-il de pire que de se retrouver séquestrée dans sa salle de bains par un intrus ? *Non, deux intrus.*

Elle les entendait chuchoter. Ils étaient en train de comploter, et il ne leur faudrait pas longtemps pour comprendre qu'elle allait s'échapper par la fenêtre. Elle devait agir, et vite.

Elle lança d'abord l'immense serviette ornée d'un soleil orange et jaune, puis se glissa à l'extérieur et rampa jusqu'au toit au-dessus du porche. La pente n'était pas raide, mais elle faisait attention au moindre de ses mouvements. Tout en enroulant la serviette bariolée autour de ses épaules, elle s'aperçut qu'elle avait emporté la brosse à dents avec elle. Comptait-elle s'en servir comme d'une arme ?

Sur sa droite, elle entendit coulisser la fenêtre de sa chambre. La tête et les épaules d'un homme avec une cagoule noire apparurent. Il venait la chercher. Les informations dans son cerveau se mirent à fuser comme des boules de flipper. Elle poussa un hurlement.

Le complice du premier homme était peut-être déjà en bas, sous le porche, attendant qu'elle lui tombe dans les bras. Elle leva les yeux vers la fenêtre de la salle de bains. Impossible de remonter jusque-là.

— Faites attention, docteur, murmura l'inconnu. Je ne veux pas que vous vous blessiez.

— Comment savez-vous que je suis médecin ?

— Je serais ravi de vous l'expliquer.

Il tendit le bras pour l'inviter à venir vers lui. Au clair de lune, elle vit ce qu'il tenait à la main.

— Vous avez un pistolet paralysant.

Il ne se donna même pas la peine de nier.

— Je n'ai aucune envie de m'en servir.

Bien sûr que si. Il comptait la tétaniser et l'enlever. La peur céda la place à la colère. Rassemblant toutes ses forces, elle lui jeta sa brosse à dents à la tête.

Elle s'étonna d'atteindre sa cible. Lui aussi, d'ailleurs. Il lâcha son arme.

Au clair de lune, elle percevait à peine le contour de son pistolet sur les ardoises gris foncé. Elle se jeta en avant, l'attrapa et le brandit dans sa direction.

— Ne vous approchez pas de moi.

Il passa la jambe par-dessus le rebord de fenêtre.

Elle se glissa jusqu'à l'extrémité du toit. Grimper sur la gouttière attachée à l'avant-toit semblait plus difficile qu'elle ne l'avait escompté.

— Au secours ! Par pitié, aidez-moi !

Brian était sur son perron quelques minutes auparavant. Pourquoi le chien n'aboyait-il pas quand on avait besoin de lui ?

— Je vous en supplie, aidez-moi !

Ses hurlements eurent un effet sur son agresseur. Au lieu de sortir par la fenêtre, il retourna à l'intérieur. Profitant du fait qu'il battait en retraite, elle rampa sur le toit jusqu'à se retrouver juste au-dessus du porche de Brian, poussant toujours des hurlements pour donner l'alerte.

La porte d'entrée s'ouvrit. Hébété, Brian la dévisagea

en plissant les yeux. Dans sa main gauche, il tenait son téléphone portable. Cacao aboyait à l'intérieur de la maison.

— Appelez la police ! s'écria-t-elle.

— Votre maison est dans le noir, lança-t-il en guise de réponse.

— Quelqu'un s'est introduit chez moi.

— Un cambrioleur ?

Le moment était mal choisi pour discuter.

— Appelez la police. Je vous en prie, faites-le.

Il lui fit un signe du pouce et passa le coup de fil. Perchée sur l'avant-toit, ses longs cheveux lui couvrant le visage, elle n'osait plus bouger. Certes, elle aurait pu rebrousser chemin et repasser par une des fenêtres, mais elle ne se sentait pas capable de bouger d'un millimètre, pas même pour rattraper la serviette qu'elle avait laissée tomber. La gorge serrée, elle s'efforçait de reprendre son souffle.

Dans son subconscient, elle avait dû sentir que quelque chose se tramait. *Tic-tac, tic-tac.* Mais elle ne se serait jamais attendue à ça. Tremblant et transpirant en même temps, elle plaqua la main gauche devant ses yeux et retint un sanglot.

Ce n'était sûrement pas cette nuit-là qu'elle allait se reposer…

Une heure et dix minutes plus tard, Jayne était encore terrorisée. Ses mains avaient arrêté de trembler, mais ses nerfs étaient toujours en pelote. Emmitouflée dans un peignoir, qui sentait la pizza, elle s'installa dans le bureau avec Cacao près d'elle. La maison de son voisin était plus petite que la sienne, avec seulement un niveau, mais il travaillait chez lui trois jours par semaine. Les cambrioleurs auraient dû venir ici. L'équipement informatique de Brian avait plus de valeur que tout ce qu'elle possédait.

Elle entendait des allées et venues et des éclats de voix provenant de l'entrée et de la cuisine. Il était temps pour elle de quitter son refuge, mais elle ne se sentait pas prête. Elle n'avait qu'une seule envie : se terrer jusqu'à ce que le danger soit passé.

Lorsque les policiers étaient venus la secourir sur le toit, elle s'était montrée plus que grossière. Cacao n'avait pas été en reste. Le labrador chocolat avait aboyé et montré les dents, ce qui avait tout d'un comportement menaçant mais était en réalité, sans nul doute, une réaction de terreur. Le chien avait peur de tous ces étrangers. Jayne rencontrait le même problème.

Terrifiée, elle ne savait plus à quel saint se vouer et avait refusé de recevoir des ordres, de la police d'abord, puis du secouriste qui voulait la faire monter dans une ambulance. Elle était désorientée. Son monde bien ordonné s'était mis à tourner follement sur lui-même, et elle avait une telle frousse qu'elle arrivait à peine à bouger.

Dans la cuisine de Brian, une policière blonde et trapue avait sorti un petit carnet à spirale et commencé à l'interroger.

— Pourquoi devrais-je faire une déposition ? avait rétorqué Jayne d'une voix sèche. Il va falloir que je me répète quand le détective en charge de l'enquête arrivera.

— Calmez-vous mademoiselle Shackleford, avait répliqué la femme en lui indiquant une chaise. Asseyez-vous. Puis-je vous appeler Jayne ?

— Je préfère « docteur », docteur Shackleford, avait-elle rectifié les lèvres pincées.

— Un lien de parenté avec Peter Shackleford ?

— C'est mon père.

La femme flic avait reculé d'un pas. À la seule mention de ce nom, la plupart des gens se mettaient à faire des courbettes. Même si son père n'avait pas vécu à Denver depuis dix ans, il y avait laissé un héritage impressionnant, notamment un immeuble de bureaux de vingt-sept étages en centre-ville et un petit aéroport, tous deux portant le nom de l'homme que la presse se plaisait à appeler : « Peter le Grand ».

Jayne détestait utiliser sa filiation à son avantage. Elle avait quitté le domicile familial très jeune pour entrer à l'université, et n'était revenue dans le Colorado qu'après le déménagement de son père à Dallas. Refusant de passer pour une petite fille pourrie gâtée, elle avait tenu tête à la représentante de la loi.

— Voilà comment je voudrais procéder, avait annoncé Jayne. Je m'isole un moment pour me calmer et j'en profite pour taper ce dont je me souviens sur l'ordinateur de mon voisin.

— Ce n'est pas de cette façon que nous fonctionnons d'habitude, avait rétorqué la femme.

— Ma suggestion s'appuie pourtant sur un raisonnement logique.

Elle lui avait alors expliqué que la majeure partie de ses travaux en neurochirurgie se concentraient sur la mémoire. Selon certaines théories, il valait mieux consigner les choses tant que les taux d'adrénaline étaient élevés. Un raisonnement que ses collègues ne partageaient pas forcément, mais qu'elle avait poursuivi sur un ton professoral.

— Sans la concentration accrue engendrée par la panique, le cerveau peut trier les détails et enfouir ceux qui sont trop terrifiants pour s'en souvenir.

La policière avait tapoté l'épaule de Jayne.

— Je vais vous dire, doc. Vous n'avez qu'à prendre le temps qu'il vous faut.

Se terrer dans le bureau de Brian avait donné à Jayne l'occasion de reprendre son souffle. Elle avait terminé sa déposition, l'avait imprimée, et s'en était envoyé une copie par e-mail. Elle aurait déjà dû ressortir, mais la peur la figeait. Les deux individus, visiblement experts en haute technologie, n'avaient pas choisi sa maison par hasard. Elle ignorait pourquoi, mais elle sentait un danger peser sur elle.

La tête posée sur sa cuisse, Cacao la couvait du regard. C'était vraiment un beau chien. Elle plongea les yeux dans son regard doux, empli de compassion. Il avait tenté de la mettre en garde.

— Je t'ai mal jugé, murmura-t-elle tout en caressant le sommet de sa tête. Je t'ai pris pour une nuisance en te voyant courir partout et aboyer.

Mauvais signe... Voilà qu'elle se mettait à parler au chien.

Quelqu'un frappa à la porte du bureau, et Cacao remua la queue à deux reprises — signe que la personne à la porte était amicale, et qu'il s'agissait sans doute de Brian. Si un policier avait frappé, Cacao aurait grogné.

— Entrez, lança-t-elle en se tournant vers la porte.

Un inconnu avec des lunettes et un catogan entra en trombe dans la pièce et referma la porte derrière lui. Il se planta juste devant elle et annonça :

— Je suis votre homme.

2

Jayne aurait volontiers manifesté plus d'hostilité à « l'homme » en question, mais elle avait déjà épuisé son quota d'agressivité pour la soirée. D'autant que Cacao semblait le connaître. Tout en remuant la queue avec enthousiasme, le labrador chocolat se précipita sur l'étranger, qui se pencha pour lui gratter les oreilles.

Elle s'éclaircit la voix et écarta ses cheveux emmêlés de devant son visage.

— De quel homme parlez-vous ?

— Celui qui peut réparer votre système de sécurité.

Elle se souvenait vaguement d'avoir échangé deux mots à ce sujet avec Brian. Quand elle lui avait dit que l'alarme de sa maison avait été mise hors d'état de marche et que son téléphone ne s'allumait pas, Brian avait peut-être dit quelque chose du style : « Je connais l'homme qu'il vous faut pour arranger ça. » Et peut-être avait-elle répondu qu'elle voulait un rendez-vous avec le type en question.

— Je ne m'attendais pas à vous rencontrer dès ce soir, marmonna-t-elle.

— Tant mieux. J'aime bien créer la surprise.

— Comment ça ?

— Vu que je suis ami avec Brian, qui se trouve être ingénieur informatique, et que je sais comment réparer votre alarme, vous pourriez penser que je suis obnubilé par la technologie. Vous seriez étonnée d'apprendre que je suis également dirigeant d'une compagnie de sécurité, muni d'un permis qui m'autorise à porter une arme, y compris en public.

Pour prouver qu'il disait vrai, il se tourna et releva le bout de sa chemise pour révéler l'étui attaché à sa ceinture. Il se tourna face à elle, remonta ses lunettes à monture d'écaille sur son nez et la gratifia d'un sourire triomphant.

En dépit de sa peur, elle put ne s'empêcher de lui rendre son sourire.

— Ils vous ont envoyé pour me forcer à sortir ?

— Je n'ai jamais de chance à pierre-papier-ciseaux, répondit-il en haussant les épaules.

Au premier coup d'œil, il avait tout d'un intello. En tout cas, il en avait l'allure : lunettes, chemise écossaise, jean et baskets.

Puis elle s'y reprit une seconde fois et l'examina longuement de bas en haut. Quand elle releva la tête, ses cheveux retombèrent en cascade dans son dos. Même si elle était assise et incapable de jauger sa taille avec précision, elle estima qu'il mesurait nettement plus d'un mètre quatre-vingts. Les larges épaules sous cette chemise en flanelle étaient impressionnantes, mais il n'était pas trapu. Sa silhouette était svelte et élancée. Ses bras étaient musclés, et il portait une montre étanche visiblement hors de prix. Derrière ses petites lunettes, ses yeux étaient d'une nuance de gris changeante.

Contre toute attente, vraiment, elle se sentait attirée par lui. Peut-être le Père Noël était-il passé en avance cette année…

— Puis-je connaître votre nom ?

— Dylan Timmons.

Il lui tendit le poing en guise de poignée de main.

Elle donna un petit coup dedans avec le sien.

— Jayne Shackleford.

— Je me suis dit que vous préféreriez ça. Comme vous êtes neurochirurgienne, j'imagine que vous devez prendre grand soin de vos mains.

— Je ne fais pas autant de manières que ça, répliqua-t-elle avant de froncer les sourcils en repensant à son comportement avec la police. Tout du moins, j'essaye de ne pas en faire.

Dylan lui tendit son téléphone portable.

— Ils ont dit que je pouvais vous le rendre.

L'écran s'alluma, et elle reprit espoir.

— Vous l'avez réparé.

— Il s'est réparé de lui-même. Quelqu'un s'est servi d'un appareil pour perturber votre signal.

— Ça ne se fait pas, commenta-t-elle.

— Mais ce n'est pas illégal pour autant. J'ai entendu dire que certains prêtres utilisaient ce genre d'engins pendant leurs sermons.

Maintenant qu'elle avait récupéré son téléphone, son cerveau pouvait se concentrer sur des considérations pratiques.

— Il vaudrait mieux que j'aie une bonne nuit de sommeil avant d'opérer demain matin.

— Pourquoi ?

— L'opération dure cinq ou six heures. Je ne suis pas intensément sollicitée tout le long, mais je dois rester en alerte constante.

Cela dit, elle détestait repousser une opération. Réserver le personnel était un vrai casse-tête. En plus, un neurochirurgien de Barcelone venait en observateur. Jayne avait analysé les derniers bilans, les imageries neurologiques, les IRM. Tout recommencer mettrait en difficulté le personnel médical impliqué. Mais reporter l'intervention serait encore pire pour le patient qui avait déjà été admis à l'hôpital, ainsi que pour sa famille et ses amis.

— De quel genre d'opération s'agit-il ? s'enquit Dylan.

— Rien qui menace la vie du patient. En implantant des électrodes, j'espère stimuler son cerveau et lui faire récupérer des souvenirs qu'il a perdus après une attaque. En réalité, il reste éveillé pendant la majeure partie de la procédure.

— Cool.

Et tout devrait se dérouler sans problème majeur.

— Je vais attendre demain avant de décider si je la décale ou non.

— Mais vous avez besoin de sommeil, fit-il remarquer. Je peux m'attaquer aux réparations de votre alarme ce soir si vous êtes prête à retourner chez vous.

— Non, s'empressa-t-elle de répondre. Je ne préfère pas. Pas ce soir.

Après avoir vu la police passer sa porte d'entrée, pistolets au poing, à la recherche d'intrus, elle n'arriverait plus jamais à considérer sa maison comme un lieu sûr. Elle se sentait agressée, violée. Peut-être valait-il mieux la condamner, la brûler, ou la vendre. Jayne était toute disposée à appeler son agent immobilier et à lui remettre les clés.

Dylan la ramena à la réalité.

— Où comptez-vous passer la nuit ?

Avec vous. Elle avait ces mots sur le bout de la langue, mais elle s'empêcha de les prononcer à voix haute. Elle avait déjà tenu assez de propos inappropriés en une seule soirée.

— Je ne sais pas.

— Y a-t-il quelqu'un que vous pourriez appeler ?

Le répertoire de son téléphone portable était rempli de collègues et de connaissances venant de partout dans le monde, allant du président de l'Association Américaine des Neurochirurgiens, à l'adolescent qui déblayait son allée pendant l'hiver. Mais pas une seule personne à qui elle puisse demander de venir prendre soin d'elle. Personne qu'elle puisse appeler au secours.

Elle écarta les cheveux de devant son visage et leva les yeux vers l'homme étonnamment séduisant qui se tenait devant elle.

— Vous avez dit que vous dirigiez une entreprise de sécurité. Cela vous arrive de travailler comme garde du corps ?

— En effet. Je suis le patron de TST Sécurité.

Jayne se leva et resserra la ceinture du peignoir vert foncé de Brian.

— J'aimerais vous engager.

— Je suis partant, répliqua Dylan sans marquer le moindre temps d'hésitation.

À croire qu'il attendait qu'elle lui pose la question.

— Je n'ai jamais eu de garde du corps auparavant, précisa- t-elle.

— Dans ce cas, c'est moi le plus expérimenté de nous deux. Je n'ai qu'une seule règle : n'allez nulle part sans moi. Pour ce qui est de ce soir, je vais faire vos bagages et réserver une chambre d'hôtel. Vous avez une préférence ?

Elle était tellement ravie que quelqu'un d'autre s'occupe des détails logistiques qu'il ne lui serait jamais venu à l'idée de se plaindre.

— Je me satisferai de n'importe quel endroit.

— Faites la liste des vêtements, chaussures et affaires de toilette que vous voulez que je mette dans une valise pour vous.

L'excitation de Jayne retomba lorsqu'elle l'imagina en train de farfouiller dans ses affaires, mais l'autre option, à savoir retourner dans la maison et s'en charger elle-même, était trop terrifiante pour être envisageable.

— Je vais vous faire cette liste tout de suite. Et, encore une petite chose.

— Je suis tout ouïe.

Elle tendit la main à plat.

— Quel que soit le truc que vous utilisez pour votre catogan, je le veux. Ça me rend dingue d'avoir les cheveux en pagaille.

Il dénoua ses cheveux et posa son élastique dans la main de Jayne.

— Ça vous va bien les cheveux détachés, dit-elle.

Il les peigna de la main, et elle s'aperçut qu'ils étaient plus clairs qu'elle ne l'aurait cru. Épais, fournis et naturellement éclaircis par le soleil, ils bouclaient autour de son visage et retombaient sur ses épaules. En général, Jayne n'était pas fan des hommes aux cheveux longs, mais celui-ci tirait son épingle du jeu. Elle n'arrivait pas à l'imaginer coiffé autrement.

Dylan n'était pas venu chercher du travail. Il avait seulement voulu prêter main-forte à un ami aux prises avec sa folle de voisine. Mais il était ravi de la façon dont les choses avaient tourné : passer du temps avec cette femme en particulier promettait d'être un défi et un plaisir.

Avec ce peignoir extra-large enroulé autour d'elle, il ne pouvait pas dire grand-chose du corps de Jayne. Mais il aimait les parties qu'il voyait : son cou gracile, ses mains délicates et ses chevilles si fines. S'extasier devant ses chevilles faisait sans doute de lui le roi des pervers, aussi se concentra-t-il sur son épaisse et abondante chevelure brune. Quelques mèches s'échappaient de sa queue-de-cheval et retombaient en boucles souples le long de sa joue.

Il ne fit même pas semblant de détourner les yeux. Après tout, c'était son devoir de veiller sur elle.

— J'adore mon boulot, murmura-t-il.

— Je vous demande pardon ?

— Je suis impatient d'apprendre à vous connaître.

Elle accepta le compliment avec un grand sourire. Il avait toujours trouvé les femmes intelligentes plus séduisantes que les autres, peut-être à cause de leur vivacité, de leur créativité, ou de leur force.

Jayne se lécha les lèvres, et il déglutit à grand-peine.

— En plus, reprit-il, votre cambriolage n'est que la partie visible de l'iceberg d'une énigme nettement plus intéressante. Votre système de sécurité est l'un des meilleurs sur le marché. Le désactiver requiert une finesse technique qui va bien au-delà des talents du cambrioleur moyen. Non pas que je pense que l'intention de ces hommes était de vous voler. À peine entrés dans la maison, ils sont allés directement dans votre chambre.

— Comment le savez-vous ?

— Pendant que vous faisiez la liste des affaires dont vous avez besoin, j'ai lu votre déposition, expliqua-t-il en montrant les deux feuilles de papier posées derrière elle sur le bureau.

— Comment avez-vous fait ? La feuille est à l'envers par rapport à vous.

— C'est un talent inné, répondit-il en haussant les épaules. Vous croyez qu'ils voulaient vous cambrioler ? Vous cachez un trésor dans cette maison ?

— Je ne garde rien de valeur chez moi.

Pourquoi ces types s'étaient-ils introduits chez elle ? se demanda Dylan. Vu qu'ils étaient deux, il semblait peu probable qu'il s'agisse d'un cas de harcèlement ou de violence sexuels. Quoi qu'il en soit, ce n'était pas son problème. On n'attendait pas de lui, garde du corps, qu'il résolve les crimes.

— Vous êtes prête à parler à la police ?

Elle leva la main au niveau de ses yeux.

— Je ne souffre plus que d'un léger tremblement résiduel.

— Certainement pas suffisant pour l'enregistrer sur l'échelle de Richter. Allons-y.

Tout en retenant Cacao par le collier, Dylan la conduisit dans la cuisine, où un flic en civil était assis à la table avec Brian. Dylan rendit le chien à son propriétaire et présenta le détective Ray Cisneros, un homme à l'air méfiant, aux petits yeux rusés et à la moustache parfaitement taillée.

Une fois que Jayne lui eut serré la main et remis sa déposition, elle s'approcha de la femme flic en uniforme. Son nom, comme le précisait sa plaque en cuivre, était E. Smith. Dylan l'avait rencontrée en arrivant.

— Je voudrais vous présenter mes excuses, commença Jayne. Je suis navrée de la façon dont je me suis comportée tout à l'heure. J'ai été très grossière.

E. Smith jeta un regard suspicieux de gauche à droite, comme si elle s'attendait que quelqu'un lui saute dessus en criant.

— Mmm, pas de souci.

— Merci d'accepter mes excuses.

Tandis que Jayne s'éloignait de la policière, ses mocassins se prirent dans le bas du peignoir et elle trébucha. Elle se redressa rapidement et se dirigea vers Brian.

— Merci d'être un voisin en or. Si jamais je peux faire quoi que ce soit pour vous, n'hésitez pas.

Dylan ignorait ce qu'elle avait bien pu faire pour énerver tout le monde, mais il respectait le fait qu'elle admette son erreur. D'autant qu'elle ne se contentait pas d'excuses bidon pour se faire pardonner. Ses jolis yeux bleus brillaient de sincérité.

Quand elle retourna à la table de la cuisine avec un verre d'eau, le détective Cisneros leva les yeux de la déposition en lissant les extrémités de sa moustache.

— Vous travaillez à l'hôpital Roosevelt, c'est exact ?

— Oui.

— Et vous êtes neurochirurgienne ? Vraiment ?

Dylan perçut le ton incrédule dans la voix du détective. Cela dit, il ne le blâmait pas de se montrer sceptique, en effet Jayne semblait bien trop jeune pour un poste d'une telle importance. Avec ce peignoir informe et sa queue-de-cheval, on lui aurait à peine donné dix-huit ans.

— Eh oui ! répondit-elle avant d'inspirer profondément et de préciser : J'ai terminé ma spécialité l'an dernier. J'ai également remporté deux prix délivrés par le CJN, le Comité des Jeunes Neurochirurgiens.

Si sa théorie selon laquelle les femmes intelligentes étaient plus sexy que les autres se révélait exacte, Dylan avait tiré le gros lot avec Jayne. C'était un véritable génie.

Cisneros sortit un minidictaphone de la poche intérieure de sa veste en cuir marron, s'assura auprès de Jayne qu'elle était d'accord pour qu'il enregistre ses propos, puis se lança dans les questions habituelles.

— Avez-vous des ennemis ? Quelqu'un qui pourrait vous vouloir du mal ?

— La jalousie professionnelle existe. Certains de mes collègues ne verraient pas d'inconvénient à ce que je disparaisse de la surface de la planète, mais aucun d'entre eux n'est susceptible d'engager des bandits armés de pistolets et de simuler un cambriolage. Il en va de même pour les patients et leurs familles.

— Qu'en est-il de votre vie personnelle ? Vous avez un petit ami ?

— Pas en ce moment, répondit-elle.

Dylan réprima un cri de joie.

— Aucune rupture pénible ? s'enquit Cisneros. Quelqu'un qui refuserait d'être éconduit ? Ou des femmes qui pensent que vous leur avez volé leur fiancé ?

— Ma vie privée est d'un ennui mortel.

— Dans votre déposition, poursuivit-il en faisant référence au document qu'elle avait tapé, vous précisez que l'agresseur aurait dit ne pas vouloir vous blesser. L'avez-vous cru ?

— Il avait un pistolet paralysant, fit-elle remarquer.

— Mais il ne s'en est pas servi.

Cisneros posa cinq ou six questions supplémentaires portant sur l'énigme principale, à savoir pour quelle raison les intrus avaient voulu faire croire à un cambriolage. Visiblement, ils couraient après autre chose.

Les réponses de Jayne n'étaient pas d'un grand secours. Non pas qu'elle rechigne à coopérer. Seulement, elle ignorait pourquoi des hommes portant des cagoules l'avaient attaquée.

Cisneros jeta un coup d'œil au compte rendu qu'elle avait écrit avec tant de soin. Il mit volontairement le document de côté. Sans qu'il ait besoin de le verbaliser, le message était clair.

— Peut-être qu'ils ne cherchaient pas à vous faire du mal, Jayne, suggéra-t-il.

— Ah non ?

— Parlez-moi un peu de votre père.

— Par pitié, ne l'appelez pas, s'empressa-t-elle de dire. Il n'a pas besoin d'être au courant.

Dylan perçut de la peur dans sa voix.

Sa réaction n'échappa pas non plus à Cisneros.

— Craignez-vous de lui en parler ?

— Ce n'est pas le problème, répondit-elle d'un ton hésitant. C'est juste que… Je ne lui ai pas téléphoné depuis deux mois, et je ne l'ai pas vu depuis les fêtes de Noël de l'an dernier.

— Il habite dans le coin ?

— Non, il vit à Dallas.

Étonné, Dylan vit brusquement la femme sympa, sexy et intelligente qu'il connaissait se changer en petite fille égarée. Elle avait rentré les pieds sous sa chaise et gardait les yeux fixés sur ses mains, posées sur ses genoux.

Son père, Peter Shackleford, était suffisamment riche pour avoir un aéroport à son nom. Il avait fait fortune dans l'industrie pétrolière, et avait la réputation d'être intelligent. Pas autant que sa neurochirurgienne de fille, certes, mais assez pour surfer sur la vague du succès et éviter les écueils.

— Il pourrait s'agir d'une tentative d'enlèvement, émit Cisneros en lissant sa moustache.

— Je viens de vous dire que je ne suis pas proche de mon père, rétorqua Jayne en secouant la tête, sans lever les yeux. Je n'arrive pas à concevoir qu'il serait prêt à payer une rançon pour qu'on me relâche.

— Votre père a-t-il des ennemis ?

— Oui.

— Des ennemis qui pourraient vouloir s'en prendre à vous.

Elle releva la tête et regarda Dylan.

— Mon père n'est pas un homme mauvais.

Il ne la croyait pas.

3

Dylan s'excusa et partit dans la maison voisine préparer les affaires de Jayne. Il n'avait aucune envie de l'écouter s'étendre sur les innombrables qualités de son père. Même s'il respectait sa loyauté envers Peter Shackleford, il doutait fortement de son honnêteté à ce sujet. Il sentait à quel point elle en rajoutait. Impossible qu'elle émette la moindre critique sur son géniteur, quand bien même les mystérieux agresseurs en avaient probablement après lui.

C'était le problème de Jayne. Pas le sien. Il était son garde du corps, pas son thérapeute.

Avant de quitter la cuisine de Brian, le détective Cisneros avait ordonné à l'officier E. Smith de l'accompagner sur la scène de crime. Cacao les avait escortés jusqu'à la porte de derrière avant de filer en remuant la queue. Le chien allait devoir rester enfermé pendant que la police criminelle de Denver fouillerait la maison de Jayne en quête d'indices.

Dylan baissa les yeux sur la femme flic, qui faisait de son mieux pour les suivre. Ses cheveux blond cendré étaient coiffés en épis.

— Le E, c'est pour Emily ? demanda Dylan. Ou bien Eva, Ellen, ou Eliza ?

— Eudora, répondit-elle. Voilà pourquoi je me fais appeler Smith.

— Ravi de vous rencontrer, Smith.

— De même.

Elle arbora un large sourire.

— Jayne vous a-t-elle fait la liste des affaires dont elle a besoin ?

— La voici, répondit-il en sortant la liste de la poche de son jean. Je ne suis pas certain qu'elle ait pensé à tout, cela dit. Elle est encore sous le choc. Le plan qu'elle a fait de l'étage de sa maison montre trois salles de bains.

— C'est la vérité, répliqua Smith. La structure de la maison est étrange à cause des nombreux travaux qu'elle a entrepris depuis son emménagement il y a quatre ans. Brian m'a tout raconté.

Dylan aussi avait beaucoup entendu parler de Jayne et de son obsession pour les rénovations. Vu que Brian passait beaucoup de temps à travailler chez lui, les activités de sa voisine étaient pour lui une source de distraction. Il avait décrit à Dylan la façon dont elle s'investissait à fond dans un projet, avant d'arrêter d'un seul coup pour se concentrer sur sa carrière. Pendant plusieurs mois, l'avant-toit et le porche de sa maison avaient été peints en gris charbon, tandis que le reste de la maison était bleu ciel.

Même si l'électricité avait été rétablie, Smith pointa le faisceau de sa lampe-torche sur la porte de derrière.

— En y regardant de près, on peut voir quelques rayures à l'endroit où ils ont crocheté la serrure et le verrou de sécurité.

Les intrus ayant déjà coupé l'alarme, il aurait été plus simple de briser une fenêtre pour entrer. Les serrures soigneusement crochetées montraient un niveau de technique qui lui laissait penser que ces types étaient des professionnels. Dans sa déposition, Jayne avait décrit une voix avec un léger accent.

Alors qu'il visitait la maison avec Smith et saluait

l'équipe de la criminelle d'un signe de tête, Dylan remarqua une décoration éclectique, qui reflétait bien le fait que les travaux avaient été réalisés par intermittence. D'après lui, on en apprenait beaucoup sur une personne en voyant son intérieur. S'il était dans le vrai, alors Jayne avait de multiples personnalités.

Sa cuisine rénovée était ultramoderne, élégante et épurée. Des spots éclairaient la pièce en parquet pourvue de plans de travail en granit poli et d'appareils en acier inoxydable. Tout indiquait qu'une femme moderne et distinguée vivait là… Pas nécessairement une personne qui cuisinait, mais une amatrice de mets raffinés.

Passer sous l'arche qui conduisait à la salle à manger et au salon revenait à entrer dans une autre maison. Les sièges et les tables n'étaient pas assortis. Les murs étaient d'un beige neutre et complètement nus, sans la moindre affiche ou photographie. Le seul trait notable était un piano quart de queue verni couvert de poussière. La partition sur le pupitre était celle du morceau *Maple Leaf Rag* de Scott Joplin.

Il aperçut la bibliothèque de l'autre côté de l'escalier, près de la porte d'entrée. Le bureau imposant en bois de rose et les étagères chargées de livres manifestaient d'un goût désuet et d'une vénération pour les traditions. À l'opposé de la cuisine.

En montant l'escalier en chêne sculpté, il remarqua le craquement de la troisième marche qui avait alerté Jayne de la présence des intrus. Les marches et la rampe avaient été nettoyées et vernies, mais en dehors de ça elles dataient manifestement de la construction de la maison dans les années 1920. Il en était de même pour les moulures ornant le plafond du premier étage. Une fois encore, il eut l'impression qu'elle aimait la déco vintage, voire qu'elle était vieux jeu.

Sa chambre à coucher, qui avait été repeinte dans des tons pêche et gris, faisait penser à un sanctuaire de princesse de conte de fées… Une princesse au goût très féminin, comme en attestait l'élégant petit lustre en cristal. Trois animaux en peluche étaient posés sur une chaise : des chats avec un pelage blanc. Ils étaient usés mais propres comme des sous neufs. Même si Dylan ne voyait pas de fleurs fraîches, la pièce embaumait la rose et la cannelle.

Il doutait fort que quiconque ait jamais fait l'amour dans cette pièce. Il n'y avait pas la moindre touche de testostérone, en dehors du type de la criminelle qui inspectait les fibres de la moquette.

Il remarqua le verre de vin posé sur la table de chevet. Dans sa déposition, Jayne avait mentionné l'avoir renversé, mais n'avait jamais précisé l'avoir ramassé.

— Excusez-moi, commença-t-il.

L'agent de la police d'intervention leva la tête.

— Qui êtes-vous ?

— Il est avec moi, répondit Smith. Vous avez bientôt terminé ici ? Nous devons récupérer des vêtements pour la propriétaire.

— Je suis sur la fin.

Tout comme Smith, il tenait une lampe-torche dont le faisceau clignotait furieusement au moindre de ses mouvements.

— Comment se fait-il qu'on fasse tant d'histoires autour de ce cambriolage ? Personne n'a été tué.

— L'affaire n'en est pas moins étrange, expliqua Smith, sachant que l'électricité a été coupée et l'alarme mise hors d'état de marche. Vous avez trouvé quelque chose ?

— Pas mal d'empreintes, mais elles appartiennent

toutes à la personne qui vit ici et à ses employés : une gouvernante et une cuisinière.

— Comment les avez-vous analysées aussi vite ? demanda Dylan.

— Identifications informatiques, répondit-il sobrement.

Il ramassa sa sacoche et ajouta :

— Et j'ai un lecteur d'empreintes de poche. Tout ce qu'il me faut pour élucider un crime est ici.

— Quand vous êtes arrivés, reprit Dylan, ce verre de vin était-il sur le sol ?

— Non, monsieur, il était pile au même endroit.

— Avez-vous cherché des empreintes dessus ?

— Je vais m'en charger tout de suite, répondit-il en faisant un geste derrière lui. J'ai fini avec le placard et la commode, si vous avez besoin de prendre des affaires.

Dylan trouva la valise à roulettes jaune vif de Jayne au fond du placard, à l'endroit qu'elle lui avait indiqué. Ses vêtements et ses chaussures étaient soigneusement rangés, à croire qu'elle souffrait de maniaquerie obsessionnelle, mais ce diagnostic ne collait pas avec le désordre qui régnait au rez-de-chaussée. Il prit les trois tenues qu'elle avait décrites avec précision. Une à porter avant l'opération, puis deux blouses de travail bleu ciel et une dernière tenue pour après l'intervention.

Le tiroir du haut de la commode était un florilège de soie et de satin de toutes les couleurs. Jayne avait un goût prononcé pour les dessous affriolants. Dylan brandit un string et un soutien-gorge en dentelle noire. Pendant un long moment, il fut incapable d'en détacher les yeux.

Cette femme le déroutait. Un brillant neurochirurgien qui portait des dessous de strip-teaseuse et jouait du jazz sur son piano ? Qui était cette femme ? Il voulait en apprendre plus sur son compte.

À ce moment, le policier poussa un cri de surprise.

— J'ai deux empreintes sur ce verre : un pouce et un index. Et elles ne correspondent pas à toutes les autres.

— Analysez-les, ordonna Smith. Je vais aider Dylan à choisir les bons sous-vêtements.

Quand elle lui prit la main, il lâcha le string.

— Un coup de main ne sera pas de trop, acquiesça-t-il.

Elle se lança dans un grand discours sur les raisons pour lesquelles la plupart des femmes ne devaient pas porter un string dans un bloc opératoire, et sur le confort des brassières pendant une longue journée de travail. Dylan se serait volontiers abstenu d'en apprendre autant sur son anatomie.

L'autre officier s'était retourné et gardait les yeux rivés sur son lecteur d'empreintes, tandis que Dylan suivait Smith jusqu'à une incroyable salle de bains. Avec ses murs couverts de marbre et son tapis blanc molletonné, cet espace était aussi féminin que la chambre à coucher, mais à une différence près : la chambre convenait à une jeune princesse. La salle de bains, à une reine sensuelle.

Smith mit rapidement la main sur les éléments inscrits sur la liste de Jayne. Ils étaient presque prêts à partir quand l'officier de la police d'intervention apparut sur le seuil.

— J'ai une correspondance pour ces empreintes.

— Et un nom ? demanda Dylan.

— Ça ne va pas vous plaire.

Jayne approuvait l'hôtel qu'avait choisi Dylan, dans le centre-ville de Denver, mais voyait d'un bien plus mauvais œil le fait qu'un de ses associés les y ait conduits en voiture, et les ait suivis dans l'ascenseur et jusque dans la suite.

Tandis que Dylan se tenait à côté d'elle, une main posée sur son bras, prêt à la tirer d'un coup sec au premier signe de danger, son associé, Mason Steele, brandit son pistolet. Tel un agent secret sorti tout droit d'un film d'espionnage, Mason fouilla la première pièce, meublée d'un canapé, de fauteuils, d'une télévision, et équipée d'une kitchenette. Il fit un signe de tête à Dylan avant d'entrer dans la chambre attenante.

Quoique impressionnée par tant de professionnalisme, Jayne n'apprécia pas le spectacle. Elle avait une vraie vie. Pas le temps pour ces gamineries.

— Répétez-moi pour quelle raison tout ceci est nécessaire.

— Procédure standard, répondit-il. Quand nous vous conduisons dans un nouvel endroit, nous le fouillons d'abord. Cela vous paraît exagéré uniquement parce que personne n'est tapi dans cette pièce. S'il y avait quelqu'un caché dans le placard…

Elle sursauta en s'apercevant que Mason n'avait pas encore vérifié le placard de l'entrée. Prise de panique, elle riva les yeux sur cette porte, se remémorant le moment où la poignée avait tourné dans sa salle de bains. *N'aie pas peur. Ce n'est qu'une porte.* Lorsque Dylan l'aida à retirer son trench-coat bleu, des frissons remontèrent le long de sa colonne vertébrale. Quand il ouvrit enfin la fameuse porte, elle serra les dents.

Rien. Aucun monstre ne surgit du placard. Il n'y avait rien à craindre. Il fallait qu'elle se mette bien ça dans le crâne, et le plus tôt serait le mieux.

Après avoir suspendu son manteau, il retourna à côté d'elle.

— Vous avez subi une terrible épreuve ce soir, commença-t-il en remontant ses lunettes sur son nez.

— Je vais bien.

— Oui, apparemment.

Même si elle refusait de croiser son regard, elle savait

qu'il l'observait et avait senti sa terreur. Il parlait d'une voix douce et apaisante.

— Pendant ces prochains jours, il se pourrait que vous ayez des réminiscences, que vous sursautiez ou que vous soyez tendue sans raison apparente. Je suis certain que vous savez tout ce qu'il y a à savoir du stress post-traumatique. Après tout, vous êtes neurochirurgienne.

— Pas comportementaliste.

— Qu'est-ce que vous entendez par là ?

— Il existe de nombreuses théories sur le fonctionnement cérébral, et je ne peux parler que de ce que je connais. Bon nombre d'émotions prennent leur source dans le cerveau, mais il reste extrêmement difficile de contrôler le comportement.

— Ce n'est pas votre truc, les émotions, fit-il remarquer. Vous travaillez sur la mémoire.

— Grâce à la neurochirurgie, on peut stimuler de vieux souvenirs qui sont déjà formés, mais on ne peut pas en implanter de nouveaux si le sujet n'en a pas fait l'expérience.

— Mais il n'y a pas besoin de vivre quelque chose pour s'en rappeler. J'ai étudié les volcans, mais je n'en ai jamais vu un entrer en éruption.

Elle n'avait pas eu l'intention de croiser son regard, pourtant elle se retrouva plongée dans ses yeux gris clair et y perçut cette sérénité profonde qu'on associe généralement aux yogis ou aux gourous. Au même instant, elle se rendit compte que sa peur s'était envolée. Dylan l'avait distraite en la faisant parler de son travail.

— Très malin, dit-elle. Vous m'avez bien eue.

Il la conduisit vers un fauteuil tapissé de satin bleu qui rappelait le coloris du papier peint, puis il s'assit sur le canapé et ouvrit une mallette en métal posée sur la table basse en verre devant eux. Après en avoir sorti un ordinateur portable, il actionna un mécanisme à l'intérieur de la mallette. Une petite lumière rouge s'alluma.

— Qu'est-ce que c'est ? demanda Jayne.

— Cela signifie que nous pouvons parler librement sans craindre que quelqu'un nous écoute.

Les divers claviers et touches dans sa mallette semblaient d'une simplicité déconcertante comparés à l'équipement complexe qu'elle utilisait en neurochirurgie.

— Vous pouvez être plus précis, Dylan. Je suis capable de comprendre.

— Je ne doute pas de votre intelligence, répliqua-t-il. Seulement, je ne m'attends pas que mes gadgets vous intéressent.

— Tant que je n'émets pas d'objection, vous pouvez entrer autant dans les détails qu'avec vos collègues.

— Ça ne sera pas tellement difficile, reprit Dylan avant d'interpeller son associé. Hé ! Mason, tu veux connaître les secrets du circuit électronique de ma machine à bruit blanc ?

Son associé apparut à l'entrée de la chambre.

— Tant qu'elle fonctionne, je m'en fiche.

Jayne dévisagea tour à tour les deux hommes. Mason était propre sur lui et massif. Vêtu d'une veste en cuir et d'un treillis, il ressemblait à un garde du corps. Pour Dylan, c'était une tout autre histoire. Avec ses lunettes à monture d'écaille et ses cheveux longs, il n'avait rien d'un dur à cuire. Et pourtant, si on lui donnait le choix, elle opterait pour Dylan sans l'ombre d'une hésitation. Quelque chose les connectait l'un à l'autre.

Il fit signe à Mason de se joindre à eux tandis qu'il lui expliquait le fonctionnement de la machine.

— J'ai créé moi-même une bonne partie de mon équipement. J'ai inventé ce truc pour mon propre usage. Cette machine émet un bruit qui perturbe tout autre appareil d'écoute, mais il est trop sensible pour que nos oreilles l'entendent. Tant que nous restons dans cette pièce, nous pouvons parler librement.

En tant que neurochirurgienne, elle comprenait le principe de bloquer différentes fréquences du son, mais elle ne saisissait pas pour autant pourquoi une telle machine était nécessaire.

— Qui pourrait bien vouloir nous écouter ?

— J'ai un sujet important à aborder, répondit-il en jetant un coup d'œil à son associé. Il faut que tu écoutes, toi aussi.

— Vas-y !

— On a trouvé des empreintes dans la chambre à coucher de Jayne. Elles étaient sur le verre de vin qui était posé sur la table de chevet.

— Je ne l'avais pas ramassé.

Dégoûtée, elle imagina l'homme à la cagoule en train de toucher à ses affaires.

— L'empreinte appartient à Martin Viktor Koslov, un tueur à gages du Venezuela qui a tout appris du métier au sein des cartels de drogue colombiens.

— De quel genre de métier parles-tu ? grommela Mason.

— Imagine les pires tortures dont tu aies entendu parler pour mener des interrogatoires, répondit Dylan. Koslov a travaillé pour des émirs du Moyen-Orient et des magnats du pétrole venus de son pays natal. Durant les huit dernières années, il a été repéré aux États-Unis, notamment en Alaska.

— Pourquoi l'Alaska ? demanda Jayne.

Elle n'arrivait pas à concevoir pour quelles raisons un meurtrier partirait en voyage à Juneau.

— L'oléoduc, expliqua Dylan. Ce n'est ni un poseur de

bombes ni un terroriste, mais il est soupçonné de plusieurs meurtres, vols et recels d'armes organisés.

— Comment avez-vous réussi à échapper à ce type ? demanda Mason en la dévisageant.

— Il a dit qu'il ne voulait pas me faire de mal.

Elle se souvenait de son accent. Il ne sonnait pas espagnol, mais elle n'y connaissait pas grand-chose, après tout. Les langues, ce n'était pas son truc.

— Le détective Cisneros semble croire qu'il voulait m'enlever et exiger une rançon de mon père.

— Et votre père est… ?

Dylan combla le vide.

— Peter Shackleford, un magnat international du pétrole avec des intérêts au Moyen-Orient et en Amérique du Sud.

Mason hocha la tête.

— La théoric de l'enlèvement paraît d'une logique implacable.

— Je n'en suis pas convaincu, objecta Dylan. J'aimerais plus de preuves, à commencer par le témoignage de la personne qui a déconnecté l'alarme de Jayne. Un piratage pareil requiert un haut niveau d'expertise, et je ne vois que trois ou quatre personnes dans la région capables d'un coup pareil.

— Tu les as contactées ? s'enquit Mason.

— Je suis garde du corps, pas enquêteur. J'ai donné leurs noms au détective Cisneros.

Mason se renfonça dans son fauteuil et se frotta les mains.

— Qu'est-ce que tu attends de moi ?

— Ça dépend de Jayne, répondit Dylan en se tournant vers l'intéressée. Vous aviez une opération prévue demain matin à onze heures. Je vous conseille de la reporter.

Même si elle pensait la même chose, elle n'aimait pas l'idée qu'un meurtrier venu d'Amérique du Sud lui dicte sa conduite. Koslov ne régissait pas sa vie. Elle sortit son téléphone portable de la poche de son jean et vérifia l'heure.

— Il est à peine minuit. Si j'arrive à dormir jusqu'à neuf heures du matin, je pourrai opérer.

— Nous ignorons à quoi nous attendre de la part de ce kidnappeur. Il se pourrait qu'il cherche à s'en prendre à vous de nouveau. Êtes-vous certaine que vous ne voulez pas décaler l'intervention, ou vous faire remplacer par un confrère ?

— Je suis la meilleure chirurgienne sur place pour réaliser cette opération, peut-être même la meilleure dans le monde entier.

Elle n'était pas en train de fanfaronner, seulement d'établir un fait.

— En plus, ajouta-t-elle, j'ai un passif avec ce patient. C'est un professeur de philosophie d'une petite soixantaine d'années. Une attaque lui a fait perdre la mémoire. Je peux la lui rendre et je ne veux pas le faire attendre.

Dylan la dévisagea.

— Sa maladie met-elle sa vie en péril ?

— Non, mais sa qualité de vie, oui. C'est un homme brillant et sage. Il a besoin d'accéder à ses souvenirs.

— Certes, concéda Dylan, mais il pourrait attendre quelques jours.

— Je veux que ma vie suive son cours normalement. Voilà pourquoi je vous ai engagé comme garde du corps, ajouta-t-elle en se levant, prête à jouer sa dernière carte. Mais si vous n'êtes pas capable de me protéger…

Dylan se leva du canapé et la domina de toute sa haute taille. Même si elle était plus grande que la moyenne des femmes avec son un mètre quatre-vingts, il approchait le mètre quatre-vingt-dix. Grand, imposant, fort. Il incarnait tout ce qu'un homme devrait être. Elle se sentit fondre.

Les yeux baissés sur elle, il retira ses lunettes pour plonger son regard dans le sien.

— Je vous protégerai, Jayne.

L'effet que cette phrase lui fit la prit par surprise. Une vague de désir la traversa, et elle eut la chair de poule d'un seul coup. Elle avait une folle envie de l'empoigner par le bras et de l'entraîner dans la chambre avec elle. *Certainement pas, hors de question.* Elle ne devrait pas penser au sexe à un moment pareil.

Elle se tourna, fit un pas, et se cogna dans le fauteuil posé à côté du canapé. En chancelant pour garder son équilibre, elle se dirigea vers la porte de la chambre, y entra, et claqua la porte derrière elle.

4

L'odeur du café frais lui chatouillait les narines. Les sons d'une harpe lui arrivaient aux oreilles. *Où suis-je ?* songea-t-elle. D'habitude, son réveil résonnait avec la force et la stridence d'une sirène de pompiers, l'idéal pour la réveiller. Jayne se souvint alors qu'elle ne dormait pas chez elle.

La harpe jouait toujours lorsqu'elle ouvrit les paupières et vit un homme aux longs cheveux bruns éclaircis par le soleil assis dans le fauteuil à côté de son lit. Dylan avait abandonné les lunettes et la chemise à carreaux qui la veille lui donnaient l'air d'un intello. Le T-shirt noir qu'il portait mettait en valeur son torse large et ses bras musclés.

Sans réfléchir, elle tendit le bras. Il lui prit la main, la porta à ses lèvres et y déposa un baiser. Surprise, Jayne songea que ce geste romantique ne cadrait guère avec le pyjama en flanelle qu'elle avait choisi de porter cette nuit-là. En effet, après s'être laissé surprendre sur son toit en chemise de nuit transparente, elle avait volontairement opté pour la tenue la moins seyante au monde.

— Il est neuf heures, Jayne.

— J'aime beaucoup la harpe, murmura-t-elle.

— C'est une application de réveil appelée : « Debout mon ange », expliqua-t-il en se dirigeant vers deux tasses en porcelaine posées sur un plateau de service argenté. Café ?

— Volontiers.

La maladresse habituelle de Jayne était encore pire le matin quand elle était mal réveillée. Pourtant, la tentation était trop forte : elle avait besoin de caféine. Tandis qu'elle arrangeait les oreillers contre la tête de lit, Dylan se dirigea vers les fenêtres pour ouvrir les stores et les voilages. Elle n'arrivait pas à le quitter des yeux. Il portait le même jean que la veille. Assez ajusté pour mettre en valeur ses longues jambes et ses cuisses musclées.

Il retourna près du lit et, prenant la cafetière, emplit les deux tasses. Puis il ajouta deux bonnes cuillerées de crème dans celle de Jayne et remua rapidement avant de la lui tendre.

— Je n'ai jamais précisé que je le buvais sans sucre et avec du lait.

— Il suffit de se plonger un peu dans Internet pour dénicher à peu près tout et n'importe quoi.

Découvrir comment elle aimait son café demandait pourtant nettement plus de travail qu'une simple vérification d'identité. A la fois surprise et irritée, Jayne comprit que Dylan avait fait des recherches sur elle. D'un côté, elle n'aimait pas qu'on l'espionne. Mais en même temps, elle était flattée qu'il s'en soit donné la peine. La veille au soir, elle n'était pas certaine qu'il veuille s'attarder dans les parages, après qu'elle avait menacé de le renvoyer.

Il prit une gorgée de café.

— Comment vous sentez-vous ?

— Êtes-vous en train de me demander si je suis suffisamment alerte pour pratiquer une opération ?

— Tout à fait.

Jayne réfléchit un bon moment.

— En fait, je n'en suis pas si sûre.

Il tripota sa montre et la musique s'arrêta.

— Je reprogramme une alarme pour dans huit minutes, le temps que vous preniez une décision. En fait, vous avez déjà reçu un nombre incroyable de coups de fil et…

— De quoi parlez-vous ? s'exclama-t-elle en levant la paume de la main pour l'interrompre. Comment se fait-il que je n'aie pas entendu le téléphone sonner ?

— Je l'ai mis dans l'autre pièce.

— Autrement dit, vous êtes entré dans ma chambre sans invitation et vous avez pris mon téléphone sans ma permission ?

— En tant que garde du corps, je dois être capable de franchir vos barrières personnelles. Entrer et sortir de votre chambre, voire vous regarder dormir…, expliqua-t-il en haussant les épaules. Ça fait partie de mon boulot.

— Me regarder dormir ? murmura Jayne.

Une sensation de chaleur qui n'avait rien à voir avec le café la parcourut. Même si elle ne se rappelait pas ses rêves de la nuit, elle était certaine qu'ils avaient un rapport avec le sexe. Elle porta sa tasse à ses lèvres et renversa du café dans la soucoupe.

— J'ai pris votre téléphone, poursuivit-il, parce que vous vouliez dormir jusqu'à neuf heures, et que je craignais qu'on ne vous réveille trop tôt.

En attrapant sa serviette en papier, elle inclina la soucoupe et faillit renverser la tasse. Dylan lui passa une serviette qu'elle utilisa pour se tamponner la bouche avant d'essuyer les quelques gouttes qu'elle avait renversées.

— Merci d'avoir intercepté ces appels. J'avais besoin de dormir, et je m'étonne d'avoir réussi à le faire. Après tout ce qui s'est passé hier soir, je ne pensais pas être capable de me détendre.

— Eh bien moi, je peux vous dire que vous étiez détendue. À en juger par les ronflements qui s'élevaient dans votre chambre. À un moment, j'ai jeté un coup d'œil dans la pièce pour m'assurer que vous n'étiez pas en train de vous faire piétiner par des rhinocéros.

Quelle image charmante !

— Et qui a appelé ? demanda-t-elle, préférant ignorer sa remarque.

Il énuméra de tête :

— Éloïse, votre assistante, a besoin de renseignements concernant l'équipement de la chambre du patient. Mme Cameron s'inquiète au sujet de l'opération de son mari, et veut savoir s'il sera autorisé à manger des cookies au chocolat plus tard dans la journée. Trois médecins, Lewis, Napoli, et Griggs, ont également cherché à vous joindre.

Il hésita quelques instants avant d'ajouter :

— Et il y a eu un autre appel.

Elle lui adressa un regard, curieuse.

— Vous comptez me dire de qui il s'agit ?

Son alarme se déclencha à nouveau, émettant un vacarme semblable à des miaulements de chats en chaleur. Il l'éteignit.

— Alors, Jayne. On va l'hôpital ou pas ?

— Pourquoi ne pas me dire qui est la personne qui a appelé ?

— C'était votre père.

Ces mots firent à Jayne l'effet d'un électrochoc. Elle renversa le reste de son café sur la serviette en papier et posa brutalement le tout sur le plateau.

— Qu'est-ce qu'il voulait ?

— Il ne me l'a pas dit.

Avec du recul, elle comprit que lorsqu'il répondait à son téléphone, Dylan devait justifier le fait qu'elle était indisponible. Pas question que de folles histoires d'enlèvement fassent le tour de l'hôpital.

— Qu'avez-vous raconté à tout le monde ?

— Rien du tout. Votre assistante a cherché à savoir si nous sortions ensemble, et je lui ai suggéré de vous poser la question.

— Et mon père ? Que lui avez-vous dit ?

— Ça, c'est une autre histoire.

Elle n'en doutait pas un seul instant. Peter Shackleford, son père si estimé de tous, était un homme qui attendait des gens qu'ils répondent à ses coups de téléphone, surtout lorsqu'il s'agissait de sa fille unique. L'appel avait dû être agrémenté de cris, de menaces, d'ordres… et d'une bonne quantité de jurons.

— Qu'est-ce qui s'est passé ?

— Il était chez vous.

— Ici ? Chez moi ? À Denver ?

— Exactement.

Jayne céda à la panique. Elle repoussa les couvertures et se dirigea en trombe vers la salle de bains. Une fois sur le seuil, elle se tourna vers Dylan.

— Avez-vous dit à mon père où nous nous trouvions ?

— Personne ne sait que nous sommes ici. Il n'y a pas grand intérêt à vous emmener en lieu sûr si je dis à tout le monde où ça se trouve.

— Et mon père s'est contenté d'une réponse pareille ?

— On ne peut pas dire qu'il en était ravi, répondit Dylan. Il a appelé il y a une demi-heure environ, et j'imagine qu'il pense pouvoir localiser le signal de votre téléphone pour vous trouver. Mais j'ai mon propre brouilleur que j'ai relié à votre portable.

— Encore une de vos inventions maison ?

— Tout à fait, acquiesça-t-il avant de finir son café et de se lever. Nous devons convenir d'un emploi du temps pour la journée.

— Je vais opérer. Donnez-moi quinze minutes pour m'habiller, et nous irons à l'hôpital.

— Que fait-on de votre père ?

— On verra plus tard.

Elle ne voulait pas s'occuper de lui maintenant, mais il fallait qu'elle le contacte. C'était lui, le nœud du problème. Si un meurtrier s'était introduit chez elle à cause d'une chose que son père avait faite, ce serait à lui d'arranger les choses.

Ce n'était pas sa faute. Elle s'était retrouvée mêlée malgré elle à un jeu dangereux, et elle n'avait pas la moindre envie d'y jouer.

La nuit précédente, pendant que Jayne dormait, Dylan avait fait des recherches sur elle, sur son père, ainsi que sur Martin Viktor Koslov et les pirates informatiques qui auraient pu lui prêter main-forte. Après une plongée répugnante dans le *dark web,* où l'on pouvait acheter n'importe quel truc glauque à bon prix, il avait déniché un tas d'empreintes digitales appartenant à des individus qui vivaient loin de Denver. Un célèbre génie d'Internet, Tank Sherman, effaçait sa trace et usurpait une autre identité, cherchant visiblement à s'enfuir. Si Tank avait collaboré avec Koslov, il se pourrait bien que le jeune pirate informatique tente de disparaître avant que Koslov le supprime.

Martin Viktor Koslov était un tueur sans pitié, dont le pays d'origine était le Venezuela. Il avait la réputation d'étrangler, de décapiter, ou de poignarder ses cibles. Jamais pris sur le fait, ni même arrêté, il était connu pour anticiper jusqu'au moindre détail. La serrure soigneusement crochetée sur la porte arrière de la maison de Jayne était typique de Koslov ; en revanche, laisser traîner une empreinte ne l'était pas.

Qu'est-ce qui avait bien pu distraire le meurtrier ? Était-ce le fait qu'on l'ait chargé d'enlever la victime et non de la tuer ? Koslov évitait les explosifs parce qu'il avait perdu plusieurs membres de sa famille, notamment sa mère, dans l'explosion d'une bombe. Il faisait preuve d'une forme de violence qui ne lui était dictée ni par une quelconque loyauté ni par une idéologie. Non : Koslov agissait seulement pour le plus offrant. Et cela pourrait faire de lui un ennemi du père de Jayne.

Dylan avait également trouvé un certain nombre de connexions entre Peter le Grand et Koslov. Ils avaient beaucoup de connaissances communes, avaient visité les mêmes villes, et étaient tous les deux cruels, chacun à sa manière.

Le père de Jayne — l'homme qu'elle avait défendu si farouchement — n'était pas un assassin, mais il engageait et renvoyait ses employés sans le moindre état d'âme et n'hésitait pas à laminer ses concurrents. Il s'était fait beaucoup d'ennemis. La plupart étaient des hommes et des femmes d'affaires basés aux États-Unis, mais quelques-uns étaient des cheikhs du Moyen-Orient ou des magnats du pétrole d'Amérique du Sud, qui pourraient bien considérer un enlèvement comme un argument de poids lors de futures négociations.

Quand Dylan reçut un coup de fil de Mason lui indiquant qu'il serait devant l'entrée cinq minutes plus tard, il frappa à la porte de la chambre de Jayne.

— Il est temps d'y aller.

— Est-ce que nous revenons ici ce soir ?

Il ne prendrait cette décision que plus tard dans la journée. En attendant, l'heure n'était pas à la discussion. L'urgence, c'était de sauter dans le véhicule dès qu'il apparaîtrait sur le trottoir.

Dylan ouvrit la porte de sa chambre.

— Je vous attends, Jayne.

Elle portait un pantalon bleu profond, une veste de tailleur assortie et un chemisier blanc. Avec ses cheveux remontés en chignon, elle avait un style professionnel et classique.

— Laissez-moi une seconde, il faut que je trouve mes baskets.

Il les ramassa par terre et les fourra dans le sac de sport posé sur le lit dans lequel elle avait déjà mis d'autres effets. Il ferma le sac et le jeta à ses pieds.

— Vous vous souvenez que je vous ai dit qu'il n'y avait qu'une seule règle à respecter tant que je serai votre garde du corps ?

— Ne pas me rendre où que ce soit sans vous, récita-t-elle.

— J'ai menti. Il y en a une autre.

— C'est-à-dire ?

— Quand je dis qu'on doit y aller, on y va.

Elle enfila une paire de mocassins noirs.

— Pourquoi sommes-nous si pressés ?

— Pas de questions. Je suis sérieux.

Même s'il ne cherchait pas à l'effrayer, Dylan ne voulait pas qu'elle prenne tout ça pour un jeu.

— Votre vie pourrait dépendre de votre capacité à suivre mes instructions, poursuivit-il.

La mine maussade, elle attrapa son sac de sport et son sac à main. Il l'empoigna par le coude et l'entraîna vers la cage d'escalier en béton. Il passa le premier pour qu'elle soit contrainte de le suivre.

Tandis qu'ils descendaient, il s'expliqua.

— Beaucoup d'enlèvements se produisent quand la victime est en train de se déplacer d'un point à un autre. Voilà pourquoi Mason vient nous chercher ici. Et aussi pourquoi nous prenons l'escalier. Ce serait bien trop facile de vous piéger dans l'ascenseur.

Le bruit de leurs pas était sourd sur les marches en béton, et sa voix résonnait.

— Heureusement qu'il n'y a que cinq étages. J'imagine que c'est pour garder une main libre pour votre arme que vous ne portez pas mon sac ?

— Bien vu.

D'autant qu'il n'avait pas l'impression de lui imposer une charge trop lourde. Elle ne portait qu'une pochette en bandoulière et un sac de sport. Il montra ce dernier du doigt.

— Vos blouses sont là-dedans ?

— Entre autres — lotion, blouses, chaussures confortables, un calot assez grand pour contenir mes cheveux, des barrettes, et j'en passe. Ces opérations prennent plusieurs heures, et il est crucial que j'aie des vêtements adaptés. D'ailleurs, vous avez très bien choisi mes sous-vêtements. La brassière de sport est exactement ce qu'il me faut.

— C'était l'idée de Smith. Si ça avait dépendu de moi, j'aurais opté pour le soutien-gorge rouge en satin et la petite culotte léopard.

— Comme la plupart des hommes.

Était-elle en train de flirter avec lui ? Il ne pouvait pas se laisser distraire à un moment pareil. Il devait rester concentré sur la mission : la mettre dans la voiture sans incident.

Ils atteignirent le dernier palier. Lui et Mason connaissaient le plan de cet hôtel. Si leur timing était bon, Dylan et Jayne sortiraient de la cage d'escalier, remonteraient un petit couloir et se retrouveraient dans la rue à l'instant même où Mason se garerait sur le trottoir.

En arrivant dans le hall d'entrée, il regarda autour de

lui. Personne ne faisait attention à eux. Il ouvrit la porte menant à la sortie.

Le soleil les frappa en plein visage. Tenant Jayne par le bras, il rejoignit le 4x4 vert foncé de Mason.

Il ouvrit la portière arrière et monta près d'elle. À la seconde où il refermait la portière, Mason démarra.

— Attachez votre ceinture, ordonna-t-il. Mason, sais-tu par quelle porte nous allons entrer dans le complexe médical ?

— Par l'angle nord-est.

— C'est tout près de mon bureau, dit-elle en ouvrant son sac à main pour fouiller dedans. J'ai une carte d'accès.

— Tout est déjà réglé, répliqua-t-il. Nous avons téléchargé le plan du rez-de-chaussée de l'hôpital et anticipé les trajets pour aller du bloc à votre bureau. Le détective Cisneros nous a fourni les cartes et les autorisations de port d'armes.

Pour la première fois depuis qu'il l'avait rencontrée, Jayne semblait impressionnée. D'habitude, il se moquait de savoir si les clients remarquaient que TST Sécurité faisait son travail avec professionnalisme, mais son opinion comptait à ses yeux. Il appréciait Jayne et, après sa mission, il aimerait se rapprocher suffisamment d'elle pour choisir lui-même ses dessous coquins.

— Comment allons-nous justifier votre présence ? demanda-t-elle. Si je vous présente comme mon garde du corps, je vais devoir expliquer un millier de fois pourquoi il m'en faut un.

Cette réflexion avait déjà traversé l'esprit de Dylan. Il ne se considérait pas comme un maître dans l'art de la dissimulation, mais il était capable de se fondre dans le paysage en se faisant passer pour un crack de l'informatique et, grâce à Mason et ses entraînements de musculation, il pouvait paraître grand et fort. Ce jour-là, il portait un manteau de sport en tweed, un jean et un T-shirt noir. Ses cheveux étaient attachés sur sa nuque.

— Je pense pouvoir passer pour un professeur, dit-il en remontant ses lunettes sur son nez.

— Idée intéressante, acquiesça-t-elle en l'examinant. Vous avez le style d'un universitaire, mais si on vous interroge, ça ne tiendra pas.

— Je pourrais être votre petit ami.

Elle en resta bouche bée.

— Non, non, bafouilla-t-elle. Je ne veux pas lancer ce genre de rumeur. En plus, les amis et la famille ne sont pas admis au sein du bloc.

— Malgré ma folle envie de me faire passer pour un neurochirurgien…

À vrai dire, ça lui plairait de jouer ce rôle. Le cerveau humain le fascinait.

— … je ne pense pas que votre patient apprécierait.

— Ni ma compagnie d'assurances, renchérit Jayne.

— J'ai trouvé, reprit-il. Je serai un journaliste qui écrit un article sur les neurochirurgiennes les plus sexy d'Amérique.

— Oh ! génial, et ça ne vous gêne pas de réduire l'éducation et le talent qu'il faut pour devenir neurochirurgien à un article portant sur la beauté physique ?

— Je serai un journaliste à l'ancienne. Du style : « Faites comme si je n'étais pas là. Je suis là pour observer. »

— Parfait, acquiesça-t-elle.

Elle jeta un coup d'œil vers le siège avant, sur lequel Mason se tenait stoïque derrière le volant, puis poursuivit à voix basse :

— Vous me trouvez vraiment sexy ?

— Vous êtes torride, doc.

Une fois au centre médical, un vaste complexe en bordure

de la banlieue de Denver, il la poussa vers l'escalier. Grâce à son étude minutieuse du plan, il savait exactement où son bureau était situé au deuxième étage. Le fait qu'elle ait son propre petit local avec une porte fermée en disait long sur son statut. Pas plus grand qu'un placard à balais, la pièce contenait une bibliothèque qui occupait tout un mur du sol au plafond, un bureau avec un fauteuil, ainsi que deux chaises pour les invités.

Grâce à ses recherches sur le Net, Dylan reconnut immédiatement l'homme qui occupait le fauteuil pivotant derrière le bureau.

Jayne s'arrêta net et lui lança un regard noir.

— Bonjour, papa.

5

Maîtrisant avec peine les battements erratiques de son cœur, Jayne s'efforçait de respirer posément. Personne ne voulait d'un neurochirurgien nerveux ; elle se devait de garder son calme pour son patient. Le pire scénario serait de laisser la venue de son père l'ébranler.

D'un geste théâtral, Peter le Grand se leva du fauteuil et resta debout derrière le bureau. Elle ne l'avait pas vu depuis des lustres, depuis qu'elle avait acheté sa maison et qu'il était venu à Denver pour lui dire que, en dépit des rénovations qu'elle avait faites, c'était un trou à rats — réflexion qu'elle avait prise pour un défi et qui l'avait encouragée à entreprendre encore plus de travaux. Dans son costume gris à rayures, avec ses cheveux bruns, identiques à ceux de Jayne, mais coupés ras, il paraissait des dizaines d'années de moins que l'âge indiqué sur son extrait de naissance.

Il affichait sa mine « soucieuse » — expression qui n'avait pas changé depuis que Jayne était rentrée du jardin d'enfants le nez en sang, et que son père avait engagé un boxeur professionnel pour lui apprendre l'autodéfense. Une ride s'était creusée entre ses sourcils foncés, et sa bouche était pincée.

— Tu aurais dû m'appeler hier soir pour me dire que

tu allais bien, commença-t-il d'une voix grave. Je me suis inquiété.

Tout ne tourne pas toujours autour de toi, songea-t-elle. Elle bouillonnait de colère. Elle avait envie de crier, de hurler, de lui dire qu'elle aurait pu être blessée, enlevée, et que c'était sa faute. Mais si ce n'était pas le cas ? Et si ses soupçons étaient infondés ? Elle était furieuse et, en même temps, elle souffrait. Elle avait envie de poser la tête sur son épaule et de pleurer pour évacuer ses peurs et ses doutes.

Empêchant les deux réactions — les cris ou les larmes —, Dylan tendit la main et se présenta comme son garde du corps.

— C'est moi qui ai empêché Jayne de vous appeler, dit-il. Pour sa sécurité, nous l'avons emmenée en lieu sûr, et j'ai éteint son téléphone afin que celui qui s'était introduit chez elle ne puisse pas localiser son signal pour la retrouver.

— Vous êtes le type à qui j'ai parlé au téléphone ce matin, demanda Peter Shakleford, celui qui a refusé de me dire où vous aviez emmené ma fille ?

— C'est exact.

— Vous avez un sacré toupet, mon garçon.

— Par téléphone, je ne pouvais pas vérifier votre identité.

— Bien sûr que si. Je pouvais vous envoyer une photo de moi. Ou vous pouviez m'observer en temps réel pendant que je parlais sur mon portable.

— L'agresseur a déjoué un système d'alarme de haute technologie, un des meilleurs du marché. Pirater un téléphone portable et transmettre une fausse identification pouvait être un jeu d'enfant pour lui.

— Jayne aurait pu utiliser un autre téléphone pour m'appeler.

— Le Dr Shackleford a besoin de plusieurs heures de

sommeil avant de réaliser une opération délicate, expliqua Dylan.

Il se tourna vers Jayne et ajouta :

— Docteur, vous devriez vous entretenir avec votre assistante, Éloïse. J'ai quelques questions à poser à votre père concernant Martin Koslov.

Il la mit presque à la porte de son bureau, et elle lui en fut reconnaissante. Elle emprunta un petit couloir menant à une salle d'attente, où deux patients installés dans des fauteuils confortables feuilletaient de vieux magazines. La réceptionniste nourrissait la horde de poissons tropicaux dans l'aquarium d'un mètre cinquante de long. Avec ses cheveux couleur cerise, Eloïse attirait presque autant le regard que les poissons bleus, jaunes et vert fluo. Elle avait donné un nom à chacun d'eux, et avait même été jusqu'à leur inventer des vies.

— Désolée pour mon père, lança Jayne.

— Inutile de vous excuser. Rencontrer Peter le Grand est un événement pour moi. Si j'avais su qu'il allait venir ici, j'aurais apporté un billet d'avion usagé pour lui faire signer un autographe.

— Il n'est plus dans le transport aérien.

Même s'il avait sans doute emprunté un de ses avions privés pour venir de Dallas.

— Mais il pourrait peut-être vous dédicacer un baril de pétrole.

— Vous savez, Jayne, je ne suis jamais indiscrète, mais mes poissons sont très curieux. Hedda — le noir avec des rayures jaunes — voudrait savoir qui est votre charmant ami.

— Un journaliste. Il écrit un article sur la neurochirurgie.

Incrédule, Éloïse fronça les sourcils.

— Dans ce cas, pourquoi répondait-il sur votre téléphone portable à 7 h 30 ce matin ?

— Nous nous sommes retrouvés pour le petit déjeuner.

Et dans un sens, c'était vrai. Dylan avait appelé le room service et insisté pour qu'elle avale un bagel et quelques bouchées de bacon.

— Il va traîner par ici toute la journée ?

— Tant que je serai là.

Elle s'approcha du bureau d'Éloïse pour griffonner un mot. En se dépêchant, Jayne arriverait peut-être à éviter une nouvelle confrontation avec son père. Même si elle n'aurait pas dû quitter le bureau sans Dylan, elle se sentait en sécurité à l'hôpital. Il y avait des vigiles à chaque porte, et personne n'entrait sans passer au détecteur de métaux.

— J'aime les hommes plus âgés, reprit Éloïse. Votre père est marié ?

— Pas en ce moment, répondit-elle en glissant le mot de l'autre côté du bureau. Pourriez-vous rappeler ces personnes pour moi ? En particulier Mme Cameron, elle a besoin d'être rassurée quant à l'opération de son mari. Je vais m'éclipser pour revoir ses derniers résultats et bilans sanguins.

La voix de son père grondait à travers la porte fermée et résonnait dans le couloir entier.

— De quel droit ce détective m'accuse-t-il ? Je suis un honnête citoyen.

Si les sourcils d'Éloïse continuaient à remonter, ils allaient finir par disparaître derrière ses cheveux.

— Qu'est-ce qui se passe ? s'enquit-elle en l'attrapant par le bras.

— N'en parlez à personne, marmonna Jayne.

— Bien sûr que non.

Mais l'histoire finirait par s'éventer. Aucune chance de

taire un secret aussi juteux. Jayne savait d'expérience que l'hôpital fourmillait de rumeurs.

— Quelqu'un a tenté de s'introduire chez moi pour m'enlever la nuit dernière. Le détective en charge de l'enquête pense que cela pourrait avoir un lien avec mon père. Le type avec le catogan et les lunettes est mon garde du corps.

Une des autres portes menant à la réception s'ouvrit d'un coup, et le Dr Bob, un petit maigrichon, passa la tête dans la pièce. Il aimait encore plus les commérages qu'Éloïse.

— Sans rire ? s'exclama-t-il. On a failli vous enlever ? Mais pourquoi ?

Éloïse montra du doigt le couloir qui conduisait au bureau de Jayne.

— À cause de son père plein aux as, bien sûr. Peter le Grand.

— Waouh ! fit Jayne, l'air morose. Vous avez résolu l'énigme plus vite que l'enquêteur de la police.

— Pas besoin d'avoir inventé la poudre, rétorqua Éloïse. Il n'existe qu'un seul motif d'enlèvement : une rançon. D'autant que votre père est riche comme Crésus.

La porte du bureau s'ouvrit à la volée. Le père de Jayne et Dylan déboulèrent à la réception. Peter Shackleford fit alors une chose que Jayne n'aurait jamais attendue de sa part : il la serra contre lui. Elle se retrouva blottie dans ses grands bras et submergée par l'odeur de pin de l'après-rasage qu'il portait depuis qu'elle était enfant.

— J'aurais pu te perdre, murmura-t-il.

— Ce n'était pas si terrible.

— Dylan m'a dit qu'ils étaient deux, qu'ils portaient des cagoules et étaient armés de pistolets paralysants. Il m'a raconté que tu avais dû t'échapper par le toit.

Tout le récit de Dylan était vrai. Elle ne s'était pas rendu compte du côté dramatique de sa fuite avant que son père la raconte à voix haute.

— Mais j'ai réussi à lui prendre le pistolet des mains, renchérit-elle.

— Ma petite chérie, tu ne devrais pas payer pour mes erreurs. S'il s'agit de quelqu'un que je connais…

Il serra le poing. Ses pupilles étaient tellement dilatées que son iris bleu était presque invisible.

— Tu peux être certaine que je trouverai les responsables, poursuivit-il. Et je les ferai payer.

Par-dessus l'épaule de son père, Jayne vit les mines choquées d'Éloïse et du Dr Bob. Tous deux avaient les yeux écarquillés. Les patients qui attendaient dans la zone de réception avaient lâché leurs magazines et observaient la scène.

Elle serra son père une ultime fois puis s'éclaircit la voix.

— Tout ce que tu pourras faire pour faire progresser l'enquête sera le bienvenu.

— Je vais en toucher deux mots à mon ami Razzy.

Elle doutait fort que quiconque dans la pièce soit conscient que son père faisait référence à Rashid bin Calipha, l'un des hommes les plus riches du monde.

— Ton bon vieil oncle Razzy a eu plusieurs fois l'occasion de faire appel à Koslov.

Oncle Razzy ? Oh ! pitié !

— J'ai beaucoup de contacts. Je vais me renseigner auprès de mes collaborateurs en Amérique du Sud, reprit-il en sortant son téléphone de sa poche. À commencer par Javier Flores. Il a un bureau ici à Denver.

— C'est un ennemi ? demanda-t-elle.

— Un ami, et suffisamment proche pour qu'il ait des informations sur des gens qui voudraient s'en prendre à moi.

Avant qu'il ait le temps de composer le numéro de téléphone, Dylan l'arrêta.

— Je dois emmener votre fille. Il faut qu'elle se prépare pour l'intervention.

— Pas aujourd'hui, répliqua Peter Shackleford d'une voix ferme qui ne laissait aucune place à la discussion. Elle a besoin de prendre sa journée. Un autre médecin n'a qu'à la remplacer.

L'élan de tendresse que Jayne avait éprouvé envers lui s'évapora telles des gouttes de rosée sous une lampe chauffante.

— Ce n'est pas comme ça que ça marche. J'ai suivi ce patient et je veux qu'il reçoive le meilleur traitement possible.

— Chérie, je suis certain que tu fais du super boulot... mais c'est mon devoir de te protéger, poursuivit son père.

Que comptait-il faire de plus ? se demanda Jayne. Elle avait déjà engagé un garde du corps. Elle avait quitté son domicile.

Une fois encore, Dylan vola à son secours. Il mit un téléphone portable dans la main de son père.

— C'est un téléphone prépayé, programmé avec un seul numéro. Nous l'utiliserons pour rester en contact avec vous.

— C'est inacceptable ! s'offusqua Peter Shackleford. Elle rentre à Dallas avec moi.

Elle se rappelait à présent pourquoi elle évitait de vivre dans le même fuseau horaire que son père. C'était beaucoup trop douloureux. À ses yeux, elle serait toujours une mignonne petite fille qui lui rappelait sa mère, son seul véritable amour, qui était morte quand Jayne avait sept ans. Depuis, il s'était remarié cinq ou six fois, mais le portrait accroché au-dessus de la cheminée dans chacune de ses maisons n'en demeurait pas moins celui de sa mère, Rachel Shackleford, une biochimiste de renom.

Son père n'était pas délibérément cruel. Il voulait sincèrement prendre soin d'elle. La traîner jusqu'à Dallas était, bien évidemment, sa seule solution face à la menace qui pesait sur elle.

Mais Jayne n'était plus une enfant. Depuis le décès de sa mère, elle avait grandi vite. Elle aimait son père, mais elle lui en voulait de refuser obstinément de la considérer comme une adulte capable et accomplie. Il ne l'appelait jamais « docteur », en dépit des années d'études et du dur labeur qu'il lui avait fallu fournir pour gagner ce titre. Il ne la complimentait jamais sur sa réussite et ne s'était même pas donné la peine d'assister à sa remise de diplôme, alors qu'elle avait fini major de sa promo en faculté de médecine à dix-neuf ans seulement.

Elle recula de quelques pas et se cogna contre l'aquarium.

— Désolée, papa, mais je ne viens pas à Dallas avec toi. Ma vie est ici. Et Dylan a raison, j'ai besoin de me préparer pour l'opération.

Avant qu'il ait le temps répondre, elle partit dans le couloir, son garde du corps sur les talons.

Se rappelant les trajets sur les plans de l'hôpital, Dylan resta à côté d'elle tandis qu'elle empruntait les couloirs du complexe médical d'un pas raide. Ils longèrent des bureaux, une salle de repos et une pharmacie, avant de monter un escalier jusqu'au deuxième étage. Il se félicita d'avoir pensé à prendre son sac de sport contenant les blouses et les baskets avant d'avoir quitté son bureau. En dépit de son talent et de son besoin particulier, pour ne pas dire méticuleux, d'avoir les bons vêtements, chaussures et sous-vêtements, Jayne était étourdie. Il avait également remarqué sa tendance à la maladresse ; un trait de caractère attachant qui lui donnait envie de rester près d'elle pour la rattraper quand elle tombait.

Sans ralentir la cadence, elle leva les yeux vers lui.

— Merci de m'avoir aidée à échapper à mon père.

— On vous sent très proches, marmonna-t-il.

— Nous avons une mauvaise qualité de dialogue, riposta-t-elle. Nous nous chamaillons continuellement.

— Visiblement, c'est un homme de poigne.

— En effet.

— Mais pétri de bonnes intentions.

Il lui toucha délicatement le bras, pensant ainsi la rassurer. Au lieu de se détendre, elle s'écarta, réagissant comme si on venait de lui enfoncer une aiguille hypodermique.

Il s'écarta un peu d'elle tandis qu'ils marchaient sur le sol en vinyle gris et bleu. Pour un garde du corps, un hôpital présentait plusieurs problèmes. L'intérieur était un véritable labyrinthe. Il y avait de la tension dans l'air. La majeure partie des membres du personnel était vêtue de blouses qui se ressemblaient toutes, et beaucoup portaient des masques. Dès qu'ils croisaient des gens dans le couloir, Dylan examinait les traits de leurs visages. De même, tout en marchant, il regardait régulièrement derrière lui pour s'assurer que personne ne les suivait.

— Pourquoi refuse-t-il d'accepter le fait que je suis adulte ? Je me suis acheté une maison. Je fais des travaux. Je suis tout à fait capable de prendre soin de moi.

— Oui oui, acquiesça-t-il d'un air distrait.

— Il n'a aucune idée du genre de travail que je fais. Enfin, il sait que je travaille sur le cerveau, mais il croit que ça se résume à soigner des maux de tête avec deux cachets d'aspirine et une bonne nuit de sommeil.

— Certes.

— Vous comptez continuer à marcher sans rien dire ?

— Vous voulez vraiment connaître mon opinion ? demanda-t-il.

— Bien sûr que oui, tant que vous dites que j'ai raison et que mon père a tort.

— Eh bien, vous avez tous les deux raison, reprit-il en haussant les épaules. Vous êtes adulte et méritez qu'on vous respecte. Mais il ne veut pas vous traiter comme tel, car cela implique que vous n'avez plus besoin de lui. Il veut se sentir indispensable. Comme tous les pères.

Elle s'arrêta net et le dévisagea.

— Très malin, comme explication. Vous avez des enfants ?

— Pas encore.

— Je n'aurais pas dû poser la question, c'est trop personnel, poursuivit-elle en rougissant. En plus, je savais déjà que vous n'en aviez pas. Tout comme je sais que vous n'avez jamais été marié.

— Vous avez fait des recherches sur Internet ?

Elle baissa la tête et pressa le pas, empruntant la passerelle qui reliait le centre médical à l'hôpital. Il ne comprenait pas son embarras. Pourquoi était-elle gênée de s'être renseignée sur lui ? C'était la procédure standard après une première rencontre. Mais c'était son statut marital qui semblait la tracasser. Lui portait-elle un intérêt plus important que celui d'un client envers son garde du corps ? Il l'espérait.

Une fois qu'ils eurent rejoint l'hôpital, elle tourna à gauche de manière inattendue.

— Attendez ! s'exclama-t-il en lui indiquant la direction opposée. Le bloc est de ce côté.

— Il faut que j'aille au vestiaire pour me changer.

Ignorant le double ascenseur en chrome, ils empruntèrent un escalier fermé jusqu'au premier étage. Toutes les portes dans le couloir étaient clairement étiquetées. Seule l'une d'entre elles, à proximité d'une sortie, avait une serrure à carte clignotant en rouge pour indiquer qu'elle était verrouillée. Il présuma que c'était la porte qu'utilisait l'ensemble du personnel pour entrer et sortir.

Ils entrèrent dans une salle de repos équipée de distributeurs, de plans de travail, d'un percolateur, d'un réfrigérateur et d'un micro-ondes. Trois femmes en blouse étaient assises à trois tables séparées, en train de lire ou de taper sur leurs téléphones. Une porte sur la gauche ouvrait sur d'innombrables rangées de casiers. D'autres pièces s'étendaient au-delà. Dylan entendit le bruit d'une douche.

Jayne s'arrêta devant un casier beige, au milieu de la troisième rangée. Le numéro affiché en haut était le 374. Elle entra la combinaison du cadenas. Avant qu'elle ait le temps de l'ouvrir, Dylan posa la main sur la sienne.

— J'ai quelques questions à vous poser, annonça-t-il en prenant son téléphone. J'ai besoin de votre entière coopération.

— Allez-y.

— Hier soir, vous avez vu Koslov. Pourriez-vous le reconnaître ?

Elle réfléchit un instant.

— Je suis convaincue qu'il y a une image parfaitement imprimée quelque part dans mon esprit, mais je ne pense pas que je le reconnaîtrais. Il portait une cagoule. Il faisait sombre, et j'avais peur.

Koslov faisait bien attention à dissimuler son visage.

Même après toutes ses recherches, Dylan n'avait trouvé qu'une seule photo de profil plutôt floue. Il afficha l'image en question sur son téléphone.

— Ce n'est pas grand-chose, mais je veux que vous la regardiez. Si vous repérez qui que ce soit qui ressemble à cet homme, prévenez-moi.

Elle jeta un coup d'œil à l'écran de son téléphone et secoua la tête.

— On a vu plus net comme portrait, fit-elle remarquer.

— C'est tout ce que j'ai.

— Je ne reconnaîtrais pas sa tête, mais sa voix, oui. Il avait un accent que je n'ai pas clairement identifié. Je vais tendre l'oreille.

Elle enleva le cadenas à code et ouvrit la porte du casier.

— Avec combien de vos équipements impressionnants ai-je le droit de jouer ? demanda-t-il alors.

— Vous n'avez pas de tenue stérile, répliqua-t-elle, donc vous n'êtes pas autorisé à entrer au bloc. Mais vous êtes libre d'observer. Les neurologues utilisent des ordinateurs et d'autres appareils électroniques que vous trouverez intéressants.

— Allez-vous lui enlever la calotte crânienne ?

— Ça n'arrive que dans les films d'horreur. Mais son cerveau sera exposé durant l'opération.

Dylan enfouit la main dans sa poche pour s'empêcher de lever le poing par excès d'enthousiasme. Observer des machines reliées à l'intérieur d'un cerveau humain était stupéfiant. Comme un incroyable circuit imprimé, mais réel. À peine avait-il réussi à maîtriser son excitation qu'il s'aperçut que Jayne s'apprêtait à changer de vêtements juste devant lui.

Sur un ton calme, elle expliquait la différence entre une IRM et des électro-moniteurs, qui identifiaient l'activité du cerveau. En même temps, elle retira sa veste et la suspendit dans son casier. Sans lui jeter un coup d'œil, elle commença à déboutonner son chemisier. Le contour de sa brassière de sport apparut.

Dylan détourna les yeux. Elle n'était pas en train de lui faire un strip-tease et n'essayait absolument pas d'être sexy. Et lui était censé la considérer comme une simple cliente.

Mais la seule vue de ses chevilles l'avait déjà émoustillé. Alors entrevoir le contour de ses seins et sa taille menue suffisait à le mettre sur orbite. Il fit une tentative désespérée pour s'éloigner d'elle.

— Je vais chercher... quelque chose. Un truc de garde du corps.

Savoir qu'il n'aurait pas dû pas la laisser seule dans le vestiaire rendait la situation encore plus compliquée. Il n'avait pas remarqué qui que ce soit ni quoi que ce soit de suspect en venant, mais cela ne garantissait pas pour autant que Koslov avait abandonné la partie.

Il se décida à revenir vers elle. L'avait-il laissée assez longtemps ? Il n'avait aucune envie de la surprendre sans pantalon. Aussi, par sécurité, il jeta un coup d'œil depuis le bout de la rangée. Jayne était assise sur un banc. Elle portait déjà sa blouse et nouait ses lacets. À l'autre bout de la rangée, se tenait un homme en tenue bordeaux, avec un calot assorti et un masque qui dissimulait la partie inférieure de son visage. Il avança vers elle.

— Jayne, l'alerta Dylan. Connaissez-vous cet homme ?

Elle se leva d'un bond et regarda attentivement l'étranger. Puis elle secoua la tête et fronça les sourcils.

— Je n'en suis pas sûre.

Quand l'homme masqué fourra la main dans la poche de

sa blouse, Dylan se mit devant Jayne et sortit son pistolet de son étui.

— Déclinez votre identité, ordonna-t-il.

L'homme brandit un badge doré.

— Agent spécial Wayne Woodward, FBI.

6

— Montrez-nous votre visage, insista Dylan.

L'inconnu baissa son masque et brandit à nouveau son badge.

Dylan estimait la population de la région de Denver à près de trois millions ; autrement dit, les policiers se chiffraient par milliers. En tant que directeur de TST Sécurité, il avait rencontré des dizaines de flics, d'adjoints et d'officiers. Mais il ne connaissait bien qu'une poignée d'entre eux. L'agent spécial Wayne Woodward en faisait partie.

À contrecœur, il le présenta à Jayne. Sa relation avec Woody était loin d'être amicale, mais ils partageaient un intérêt commun pour la technologie. Ils s'étaient souvent retrouvés à traquer l'auteur du même cybercrime.

Dylan baissa son arme.

— Je suis étonné de vous voir ailleurs qu'au bureau.

— Je pourrais dire la même chose de vous.

— C'est Cisneros qui vous a contacté ?

— Un enlèvement, répondit Woodward. C'est du ressort du FBI.

— Attendez une minute, intervint Jayne en levant la main. Personne n'a été enlevé. Je suis ici.

— Elle a raison, renchérit Dylan. Le seul véritable crime est une entrée par effraction.

En pleine réflexion, Woody se creusa les joues. C'était un homme prudent.

— Mon bureau aurait dû être impliqué dès le début.

Dylan ne voulait pas lâcher le morceau. Jayne avait tendance à être agaçante, mais c'était son boulot de veiller sur elle. Et surtout, il avait *envie* de le faire, d'user de tous les moyens à sa disposition pour la protéger.

Tout en pointant du doigt la rangée de casiers près de la sortie, il s'efforça de la pousser vers la porte pour l'éloigner de Woody.

— Le Dr Shackleford est attendu au bloc.

Jayne rechignait à avancer.

— Agent Woodward, commença-t-elle, vous pouvez enlever ce masque. Il est ridicule, et je ne vous laisserai pas approcher de mon patient. Encore un détail : la plupart des chirurgiens et des infirmières de bloc ne se baladent pas dans les couloirs avec leurs calots, à moins qu'ils ne soient exceptionnels. Comme le mien.

Elle fourra son épaisse chevelure dans un calot chirurgical bleu pastel, orné de dessins qui ressemblaient à des branches entremêlées ou des toiles d'araignée. Dylan reconnut le motif.

— Un réseau neuronal.

— Oui, confirma-t-elle.

Elle lui adressa un signe de tête approbateur, avant de reprendre d'un ton glacial :

— Comme vous le savez, Dylan, j'avais espoir d'éviter d'ébruiter cette histoire d'enlèvement mais, après cette scène avec mon père, le secret est éventé. Inutile de prétendre que vous êtes autre chose que mon garde du corps.

— Compris, répliqua-t-il, s'adaptant à son ton. J'essayerai de ne pas paraître trop intelligent.

— Ce n’est pas ce que je voulais dire, rétorqua-t-elle sèchement.

— Je sais.

Il comprenait. Elle n’avait pas cherché à l’insulter. Cette froideur était un bouclier qu’elle utilisait pour dissimuler la vraie Jayne — la femme qui portait des dessous affriolants et était un peu maladroite.

— Je compte sur votre discrétion, messieurs, reprit-elle la mine sévère en les pointant tous les deux du doigt.

Ils hochèrent la tête. Dylan remarqua que Woodward avait retiré son calot. Sa coiffure n’en était pas moins impeccable, sans doute grâce à des années d’entraînement au sein du FBI.

Ils montèrent l’escalier jusqu’au deuxième étage et suivirent une bande jaune qui les mena à des portes coulissantes, tout au bout du couloir. Durant les deux années précédentes, l’hôpital Roosevelt avait bénéficié de gros travaux de rénovation, et le bloc opératoire 1A semblait flambant neuf. La pièce spacieuse était d’une propreté éclatante, encore accentuée par le cercle lumineux qui éclairait la table d’opération.

Dylan était fasciné, tel un adolescent à son premier festival de bande dessinée. Il y avait des tonnes d’interrupteurs, de boutons, de touches et de tubes. Un écran qui occupait une table quasiment à la verticale affichait une série de CT-scans et d’IRM. Sur un autre écran, il vit une image de cerveau en trois dimensions en train de tourner. Il mourait d’envie de demander à Jayne comment elle utilisait toutes ces machines, mais elle était déjà en pleine conversation avec un autre médecin.

L’agent spécial Woodward le tira par la manche.

— Dans combien de temps vont-ils commencer ?

— À la base, l’opération était censée démarrer à 11 heures.

— Je sais, rétorqua Woody. C'était sur le planning.

Un emploi du temps officiel signifiait que quiconque voulait savoir où se trouvait Jayne était en mesure de la retrouver facilement. Dylan regarda vers le couloir, s'attendant à moitié à voir surgir Koslov.

— Il est déjà 11 h 10.

— J'en suis conscient. Quand est-ce qu'on va déjeuner ? Combien de temps dure cette opération ?

— L'opération prend cinq ou six heures, répondit Jayne. Une fois que nous aurons commencé, le personnel non autorisé est interdit dans le bloc. Dylan, si vous voulez bien entrer tout de suite, enfiler une blouse et recouvrir vos chaussures ?

— Oui, madame.

Roosevelt était un hôpital universitaire, et il y aurait sans doute des étudiants ct d'autres médecins en train d'observer Jayne en pleine opération.

Dylan pointa du doigt la longue baie vitrée et la rangée de sièges qui surplombaient le bloc opératoire, comme un balcon dans un théâtre. Deux jeunes femmes en civil avaient déjà pris place.

— C'est là que vous êtes censé vous asseoir, Woody.

— Ne m'appelez pas comme ça, marmonna ce dernier. Pour qui se prend-elle ? Me donner la permission d'observer ? Ce n'est pas elle qui commande.

— Si, c'est elle, rétorqua Dylan. C'est son opération, et c'est elle la patronne.

— Si je le voulais, je pourrais tout arrêter tout de suite.

— Laissez donc le médecin faire son travail, répliqua-t-il en se positionnant près du bureau des infirmières, d'où il pouvait surveiller la totalité du couloir. Tant que vous êtes là, nous devrions discuter.

— Pourquoi discuterais-je avec vous ?

— Parce que je sais certaines choses.

— Comme quoi ?

Au ton de sa voix, Dylan comprit que Woody se sentait offensé, comme si le FBI méritait plus de considération. Dylan connaissait d'autres agents qui étaient profondément passionnés par leur travail. Woody était plutôt du genre à travailler de 9 heures à 17 heures et s'inquiétait à l'idée de manquer de temps pour déjeuner. Il cherchait constamment la petite bête… Non pas qu'il y ait quoi que ce soit de mal à poser des questions. Il s'était sans doute déjà renseigné sur cette affaire. Si Dylan abattait bien ses cartes, il pourrait lui extorquer des informations utiles.

— Commençons par Martin Viktor Koslov, suggéra Dylan.

Woody fronça les sourcils.

— Comment êtes-vous au courant pour Koslov ?

— Il a laissé des empreintes dans la chambre du médecin, hier soir.

— Koslov fait partie de notre liste de personnes les plus recherchées, expliqua Woody en haussant les épaules. Certains des meurtres qu'il a commis sont abominables.

— Quel âge a-t-il, ce sinistre personnage ?

— Je dirais une petite cinquantaine. Il sévit depuis longtemps, surtout si on tient compte des nombreux dangers de sa profession. Il a la réputation d'être obsédé par la santé : il surveille son régime alimentaire et court huit kilomètres par jour.

Être capable de courir de longues distances pouvait s'avérer utile pour un assassin.

— Il a de la famille ?

— Rien de mentionné dans son dossier, qui est pourtant épais comme ça, répondit Woody en écartant son pouce et son index de trois bons centimètres. Nous le soupçonnons d'avoir perpétré ses premiers crimes pour le cartel Romero basé au Venezuela. Quelqu'un dans ce groupe pourrait bien faire partie de sa famille. Oh ! Et sa mère était russe. Elle a été tuée dans une explosion.

Dylan ignorait ce lien avec le cartel Romero. Ses membres étaient tellement connus pour leur cruauté que même lui en avait entendu parler. Le cartel planait telle une araignée géante sur la toile du crime en Amérique du Sud, mais n'était pas impliqué dans le pétrole… et le pétrole était le motif de cet enlèvement.

— Je croyais que sa mère venait d'Arabie Saoudite, fit remarquer Dylan, en s'efforçant de poser sa question sur un ton innocent.

— Non, de Russie. Le nom de sa mère n'était pas Koslov, mais elle était russe.

— Il s'est beaucoup sali les mains au service des cheikhs.

— Vos sources ne sont plus à la page, s'esclaffa Woody. Ça fait des années qu'il ne sévit plus au Moyen-Orient.

— Mais il est toujours en activité, non ?

— Ça, c'est sûr. Il y a quatre mois, en juin, Koslov était à Dallas et il…

Woody serra les dents.

— Vous pouvez m'en parler, l'encouragea Dylan.

— C'est l'affaire du FBI.

— Allez, Woody, nous sommes à l'ère d'Internet. Tout le monde sait tout sur tout.

— J'en ai déjà trop dit.

— J'ai fait des recherches de mon côté, reprit Dylan. Je sais que Koslov n'a jamais été arrêté. Il a été mis en garde à vue quelques fois, c'est pourquoi ses empreintes digitales sont dans le système, mais il n'a jamais été inculpé.

Les lèvres pincées, Woody se détourna.

Visiblement, la conversation était terminée. Dylan était à bout de patience.

— La nuit dernière, Koslov a manqué de prudence. Il a laissé une empreinte. Et il a laissé sa proie s'échapper. Pourquoi ?

— Ça ne lui ressemble pas, confirma Woody.

— Réfléchissez-y, poursuivit Dylan. Et j'apprécierais que vous gardiez un œil sur Jayne pendant que j'enfile cette blouse. Vous êtes armé, n'est-ce pas ?

— Toujours, acquiesça Woody en jetant un coup d'œil nerveux dans le couloir. Pensez-vous que Koslov chercherait à s'en prendre à elle à l'hôpital ?

— Un meurtrier de sang-froid s'en prendrait-il à des civils inoffensifs ? La seule chose capable de l'arrêter, c'est vous et moi, continua Dylan en pointant du doigt la salle d'opération. Si elle va où que ce soit, suivez-la. Je reviens dans dix minutes.

Il aurait préféré avoir Mason en renfort, mais Woody était sans doute capable d'effectuer un petit tour de garde. En plus, Dylan avait d'autres tâches à confier à son associé. Il voulait que Mason règle la note de l'hôtel et passe chez Jayne prendre au moins deux tenues supplémentaires. Après l'opération, il comptait l'emmener dans une planque où personne ne les trouverait. Il avait pris sa décision. Il valait mieux qu'elle disparaisse pendant quelques jours.

Il se glissa derrière un placard à fournitures et enfila une blouse bleu clair, de la même couleur que celle de Jayne. Il positionna l'un de ses pistolets, le Glock calibre 17, sous son aisselle grâce à un holster.

Quand il retourna au bloc opératoire, il trouva Woody à sa place dans l'observatoire. Dès que Dylan le rejoignit, l'agent du FBI commença à se plaindre.

— J'ai faim.

— Quand vous irez déjeuner, j'aimerais que vous vérifiiez quelque chose.

— Alors maintenant, c'est vous qui me donnez des ordres ?

Tandis que Woody se lançait dans un monologue quant au fait que le FBI méritait plus de respect, Dylan regarda par la vitre et se concentra sur Jayne. Le bleu de sa blouse et de son calot faisait ressortir la couleur de ses yeux. L'espace d'un instant, elle regarda vers lui, croisa son regard, et il eut l'impression qu'un lien invisible se tissait entre eux.

Prenant conscience que Woody avait cessé de parler, Dylan haussa les épaules.

— Si ça ne vous intéresse pas, je ne vous parle pas de ma piste.

— Je n'ai jamais dit que je refusais de vous aider. Je vous écoute.

Dylan énonça le raisonnement qui l'amenait à penser que Koslov avait collaboré avec un pirate informatique pour déconnecter l'alarme de Jayne.

— Je me suis renseigné sur les experts dans la région, et je me suis aperçu qu'il y avait du remue-ménage du côté de Tank Sherman. Il essaye de se cacher.

— Parce qu'il a travaillé pour Koslov, et Koslov ne laisse aucune affaire en suspens, acquiesça Woody. Je vais déjeuner, et je vérifierai ces infos après.

Dylan le regarda partir et se dit qu'il ne reverrait pas Woody avant deux bonnes heures.

Même si le patient n'était pas encore dans le bloc opératoire, sept personnes, notamment Jayne, s'y trouvaient déjà. Toutes portaient des blouses, des calots et des gants jetables. Aucun masque à l'horizon. Ni le moindre comportement suspect.

Jayne passa la tête à l'extérieur.

— Dylan, pourquoi ne pas vous habiller, mettre des gants, et venir ici ?

Elle n'avait pas besoin de le dire deux fois. Une fois dans le bloc opératoire, elle lui fit signe d'approcher et le présenta aux infirmières, à un autre chirurgien, ainsi qu'à un neurologue qui semblait partager sa fascination folle pour l'équipement. L'ambiance était conviviale et détendue, mais de toute évidence c'était Jayne qui était aux commandes. Mais sans jouer au petit chef pour autant : ces personnes étaient ses pairs. Elle paraissait encore plus à l'aise que Dylan ne l'aurait imaginé. Pas étonnant qu'elle ait insisté pour rester. Elle était chez elle en salle d'opération.

En écoutant le neurologue, Dylan comprit suffisamment de détails et de données techniques pour se faire une idée du fonctionnement des machines. Une partie de l'équipement de l'hôpital était dévolue à maintenir le patient en vie durant la procédure. D'autres appareils prenaient des mesures et les affichaient à l'écran. Ces bijoux de technologie en chrome étincelant étaient conçus pour imiter l'interconnexion des terminaisons nerveuses. Dylan était particulièrement captivé par les mesures des ondes cérébrales sur l'oscilloscope.

Jayne apparut à côté de lui.

— Qu'est-ce que vous en dites ?

Il baissa les yeux sur le réseau neuronal qui ornait son calot chirurgical. Sans nul doute, son cerveau était magnifique.

— C'est impressionnant.

— Maintenant, il ne nous manque plus que le patient.

— Vous l'amenez ici avant de l'endormir ?

— Il ne sera pas inconscient, répondit-elle. L'anesthésiste doit neutraliser la douleur physique en gardant le patient éveillé. C'est une procédure délicate.

Délicate, certes, mais passionnante.

— J'aimerais revenir ici une autre fois, quand nous n'aurons pas à nous soucier de quoi que ce soit d'autre.

— Ça peut s'arranger. Où est passé votre ami du FBI ?

— En pause déjeuner.

— Ça ne m'étonne pas, répliqua-t-elle avec un petit rire. Il m'a semblé plus enclin à se remplir l'estomac qu'à apprendre quelque chose.

Contrairement à moi. Il s'attendait qu'elle lui donne une tape dans le dos pour le féliciter de son intérêt pour cette intervention, mais elle s'entretenait déjà avec le neurologue au sujet d'une procédure complexe. Jayne n'était pas le genre de personne à jeter des compliments comme des confettis.

Il fit de son mieux pour cacher sa déception. À quoi bon ?

— Vous savez, reprit-il à voix haute, ce n'est qu'une question de temps avant que des ingénieurs informatiques et des experts en médecine mettent au point une machine capable de faire de la neurochirurgie.

Les lèvres charnues de Jayne s'étirèrent en un sourire crispé.

— Et ce jour-là, je n'aurai plus de travail.

— Ce n'est pas ce que je voulais dire.

— Je sais.

Ils avaient déjà prononcé ces mots, mais dans l'autre sens. Dylan avait le sentiment de la connaître sincèrement, de percevoir la véritable Jayne derrière la façade. Comble de la surprise : il n'était pas le seul doté d'une vision à rayons X. Elle comprenait son besoin d'avoir l'air sympa et intelligent.

Elle le prit par le bras.

— Laissez-moi vous montrer quelque chose avant que mon patient arrive.

Ils passèrent les portes coulissantes et empruntèrent un couloir assez large pour laisser passer un brancard, puis elle tourna à gauche dans un petit passage conduisant à une salle de repos. Juste à côté se trouvaient des toilettes. Même si Dylan avait pour habitude de rester constamment à l'affût, le contact délicat de la main de Jayne sur son bras le déconcentrait.

Il indiqua les toilettes des femmes d'un geste hésitant.

— Je ferais mieux d'entrer avant vous pour m'assurer que personne ne se cache dans les toilettes.

Sans lui prêter attention, elle hocha la tête et lâcha son bras pour entrer dans la salle de repos déserte. Dans l'ensemble, la palette de couleurs de l'hôpital était typique du sud-ouest des États-Unis, avec du turquoise, du doré et du rouge brique. Dans la salle de repos, les tons étaient plus profonds, avec, en plus, des touches de violet et de carmin. Pas exactement relaxants après une longue opération, les coloris vifs expliquaient peut-être pourquoi la pièce était vide. Elle s'arrêta devant le distributeur pour considérer les options qui s'offraient à elle.

— Je devrais avaler quelque chose.

Il avait envie de lui servir un festin de roi et de la regarder le déguster lentement. Mais les seuls mets à disposition étaient des barres chocolatées, des petits gâteaux ou des chips.

— Je sais que je dois rester avec vous… Mais si vous voulez je pourrai demander à quelqu'un de descendre à la cafétéria…

Elle se tourna vers lui. Avant même qu'il ait le temps de réagir, elle se hissa sur la pointe des pieds et l'embrassa sur la joue. Puis elle se concentra de nouveau sur le distributeur.

— Je n'ai pas pu m'en empêcher, expliqua-t-elle sans se retourner. Vous êtes mignon quand vous bafouillez.

Il était prêt à admettre qu'elle était plus intelligente que lui… et, sans nul doute, qu'elle avait plus d'assurance. Mais il ne comptait pas la laisser prendre les commandes quant à ce qui se passait entre eux.

C'était lui le garde du corps. Lui qui tenait les rênes.

Il l'empoigna par le bras et la força à se tourner vers lui. Saisissant son autre bras pour la bloquer sur place dans la salle de repos déserte, il l'embrassa. Pas un petit bisou sur la joue, mais un vrai baiser sur les lèvres. La bouche fermement appuyée contre la sienne, il sentit un goût de menthe et de café. Même si leurs corps ne se touchaient pas, la chaleur qui irradiait entre eux était plus brûlante qu'une fournaise.

Quand elle se débattit pour se libérer, il se prépara mentalement à recevoir une gifle. Pourtant elle ne mit pas fin au baiser. Au contraire, elle enroula ses bras graciles autour de son cou et se pressa contre lui. Toujours enlacés, ils passèrent à côté des chaises et des tables jusqu'à ce qu'il la plaque contre le mur rouge vif. Sa langue caressa d'abord ses lèvres, et elle ouvrit la bouche pour l'accueillir.

Pour la première fois depuis leur rencontre, Dylan et Jayne étaient en harmonie.

7

Jayne se délectait des sensations physiques que ce baiser lui procurait. La moindre de ses terminaisons nerveuses tremblait d'excitation.

Toute forme d'intelligence la quitta lorsqu'elle enroula sa jambe gauche autour de lui et sentit son érection contre son ventre. Cela faisait au moins deux mois qu'elle n'avait pas eu de rendez-vous galant et n'avait pas goûté aux bras d'un homme. Mais ces caresses-là ne lui avaient pas fait autant d'effet.

Le baiser de Dylan était tout à fait différent. Il la consumait. Sans doute existait-il une explication neurologique rationnelle aux frissons d'extase qui l'agitaient. Mais elle s'en fichait.

Un gémissement de plaisir s'échappa de ses lèvres. C'était tellement inconvenant de s'adonner à ce genre d'activité dans la salle de repos, entre des chips entamées et du mauvais café. Il fallait qu'elle arrête. *Immédiatement*, se dit-elle. *Ou… dans une petite minute.*

Comme s'il lisait dans ses pensées, il interrompit leur baiser. Quand il porta la main à ses lunettes, ce ne fut pas pour les remonter mais pour les enlever. Il la dévisagea intensément. Retrouvant ses réflexes de neurochirurgienne, elle nota que les pupilles de Dylan étaient tellement dilatées qu'elle percevait à peine le gris de son iris.

Elle sourit fièrement. Elle lui avait fait cet effet-là, et ça lui faisait un bien fou.

— Qu'est-ce qui vous amuse ? demanda-t-il.

— Moi, répondit-elle en haussant les épaules. Et vous, aussi.

Jayne n'avait pas anticipé ce baiser. Dès qu'elle avait vu Dylan, elle l'avait trouvé attirant, mais elle ne cherchait pas un homme, contrairement à l'infirmière qui avait jaugé Dylan des pieds à la tête et avait demandé s'il était célibataire. Était-ce pour cette raison qu'elle l'avait embrassé ? Pour marquer son territoire et faire savoir aux autres femmes qu'il était pris ?

Un silence s'installa entre eux. Pas parce qu'ils étaient mal à l'aise. Seulement, parce qu'ils n'avaient pas besoin de mots pour communiquer.

Elle recula d'un pas. Sans parler, elle lui signifiait qu'ils devaient reprendre leurs activités. L'heure de l'opération approchait. Toutefois, elle ne lui lâcha pas la main — autre signe de communication silencieuse. Elle voulait rester connectée à lui.

Il lui serra les doigts, comme pour affirmer sa domination.

Elle lui rendit une légère pression, pour lui laisser entendre qu'elle n'était pas du genre à se laisser marcher sur les pieds et qu'elle voyait clair dans son jeu.

Reprenant pied dans la réalité, elle annonça :

— Il y a quelqu'un que vous devez rencontrer.

— Bien sûr, acquiesça-t-il en remettant ses lunettes, mettant ainsi fin à leur moment magique. Je vous suis.

Elle emprunta le long couloir qui menait aux salles d'attente destinées aux familles et amis des patients chirurgicaux. Même si son cœur était encore en fête, certains souvenirs assombrissaient son humeur. Ce chemin était aussi celui qu'elle empruntait pour annoncer les résultats à ceux qui les attendaient. Durant ses huit années d'exercice, elle avait dû annoncer de mauvaises nouvelles à six reprises. Elle se souvenait de chacun de ces patients et de leurs familles. Même à présent, leurs noms et leurs visages lui revenaient à l'esprit. Elle et son équipe avaient fait de leur mieux pour les sauver, mais cela n'avait pas suffi.

Elle était ravie que sa chirurgie de stimulation de la mémoire — l'opération programmée ce jour-là — ne mette pas la vie du patient en danger, sauf en cas d'incident majeur. Elle ne prenait quand même pas l'opération à la légère, car toute intervention chirurgicale présentait des risques.

Le temps de rejoindre la salle d'attente, elle avait retrouvé le sourire. La prochaine fois qu'elle ferait ce trajet, elle serait porteuse de bonnes nouvelles. Assise dans un coin, un énorme sac à dos à ses pieds et un livre à la main, se tenait Cordelia Cameron, l'épouse du patient de Jayne. La petite femme aux cheveux gris remontés en chignon l'accueillit en la prenant dans ses bras.

Quand Jayne lui présenta Dylan, Mme Cameron pencha la tête sur le côté et le dévisagea.

— Êtes-vous l'homme qui a répondu à mon coup de fil ce matin ?

— Oui, madame.

Elle se hissa sur la pointe des pieds pour le serrer lui aussi dans ses bras.

— Je suis tellement heureuse que Jayne ait enfin un petit ami. Vous êtes médecin, vous aussi ?

— Il est dans l'informatique, s'empressa de répondre Jayne.

Mme Cameron retourna s'asseoir.

— Bon sang, Dylan, vous êtes un grand gaillard, non ?

— En effet, acquiesça-t-il.

— Et je serais prête à parier que vous avez faim.

Elle ouvrit son sac à dos et en sortit une boîte ronde pleine de pâtisseries.

— Jayne est toujours à moitié affamée et elle raffole de mes cookies aux pépites de chocolat.

Dylan se laissa tenter.

— Vous m'avez parlé de ces cookies ce matin.

— Cette boîte est pour vous deux. J'en ai une autre pour Henry, reprit-elle en farfouillant toujours dans le sac à dos.

Même si Jayne ne s'attendait pas qu'on lui offre à manger, elle avait l'eau à la bouche.

— Qu'est-ce que vous cachez d'autre là-dedans, madame Cameron ?

— Vous m'avez dit que cette opération allait prendre cinq ou six heures, et j'ai mangé plus d'une fois à la cafétéria de l'hôpital. Ce n'est pas grandiose. Je me suis préparé des sandwichs, et j'en ai fait quelques-uns en plus pour vous. Thon crudités, jambon, ou beurre de cacahuète ?

Comme à son habitude, Mme Cameron portait peu d'intérêt aux détails techniques de l'intervention.

— J'ai quelques informations à vous délivrer avant de commencer, dit Jayne. Pourquoi ne pas emporter votre sac plein de bonnes choses dans l'une de ces salles de conférences ?

Elle les guida dans le couloir puis ouvrit la porte d'une petite pièce éclairée par plusieurs fenêtres. Les plantes, ainsi que les murs vert et jaune pastel, se voulaient réconfortants pour ceux qui patientaient dans ce petit espace meublé d'un canapé, d'une table ronde et de quelques chaises. Jayne préférait les tons violet et rouge soutenus de la salle de repos, mais cette pièce était réservée au personnel de l'hôpital.

Tout en mordant dans un sandwich au thon, elle parcourut

les examens de routine qui avaient déjà été réalisés sur Henry Cameron, professeur émérite de l'université de Denver.

— Les IRM et les scanners sont bons. Rien de nouveau ou d'inhabituel non plus dans son bilan sanguin. Je vois que vous avez surveillé son alimentation et l'avez gardé en bonne santé.

La femme serra le poing d'un air déterminé. Elle ne comptait pas laisser mourir son mari.

— Je ne vous le fais pas dire. D'après son cardiologue, son cœur va bien depuis son pontage.

— Arrive-t-il à se déplacer seul ?

— Il se déplace aussi bien qu'avant sa crise cardiaque, répondit Mme Cameron, mais il est déprimé.

— À cause de ses trous de mémoire, précisa Jayne.

Jayne mangea le sandwich, but un peu d'eau d'une bouteille que Mme Cameron avait sortie de son sac aux merveilles, et prêta l'oreille tandis que cette dernière décrivait avec inquiétude la frustration de son époux qui avait du mal à reconnaître ses vieux amis ou ses étudiants. Il n'arrivait pas à se souvenir des cours qu'il avait dispensés pendant quarante ans, et quand il commençait à les relire, il s'en voulait d'avoir pu oublier des choses aussi simples.

Le professeur Cameron était le parfait candidat pour sa chirurgie de stimulation de la mémoire. Hormis ses problèmes cérébraux, il était en bonne santé. Qui plus est, il était motivé et impatient de regagner ce qu'il avait perdu.

— Comme je vous l'ai déjà dit, reprit Jayne, cette procédure est peu risquée, et votre mari sera éveillé la majeure partie du temps. Après avoir posé les électrodes, nous allons commencer par creuser deux trous dans son crâne.

Elle remarqua que Dylan se penchait en avant sur sa chaise et tendait l'oreille, manifestant un intérêt sincère.

— Excusez-moi, intervint-il. Pourquoi vous faut-il deux trous ?

Jayne se tourna vers Mme Cameron.

— Vous voulez lui expliquer ?

— Un pour l'hémisphère droit, répondit la femme, et un pour le gauche. Je crois que je comprends, Jayne. Une fois que vous aurez creusé les trous, vous insérerez une sonde pour localiser le point précis où implanter une micro-électrode, aussi fine qu'un cheveu, pour stimuler sa mémoire.

— Globalement, c'est ça.

— Quand saurons-nous si cela a fonctionné ? s'enquit Mme Cameron.

— Immédiatement. Henry parlera pendant la procédure.

— Qu'en est-il de l'anesthésie ? demanda Dylan. Il va lui falloir un moment pour récupérer.

— C'est une dose légère, répondit Jayne. Semblable à la lidocaïne utilisée par un dentiste.

L'expression incrédule de Dylan était comique.

— Et ça ne fait pas mal ?

— Le cerveau lui-même ne ressent aucune douleur, reprit-elle. Il existe de nombreuses explications à ce phénomène. Pour la faire courte, je peux pratiquer une incision dans un cerveau sans que le sujet ressente le moindre inconfort.

— Comment est-ce possible ? insista-t-il.

— La douleur est un système d'alarme. Si vous touchez une flamme, la douleur vous indique d'enlever votre main. Quand le cerveau est atteint, l'avertissement arriverait trop tard.

Jayne ne voulait pas être trop explicite, pas en présence de l'épouse du patient. Mais elle avait entendu parler de cas où un individu avec le cerveau exposé pouvait marcher et tenir un discours cohérent.

— J'ai une autre question, intervint Mme Cameron. Quand vous aurez terminé avec Henry, pourriez-vous lui dire quelque chose de ma part ?

— Bien entendu.

— « Puis-je te comparer à un jour d'été ? » cita-t-elle. Il me récitait souvent ce sonnet. S'il s'en souvient, j'aurai vraiment le sentiment de l'avoir retrouvé.

Jayne lui prit la main puis se dirigea vers le bloc opératoire, où le personnel préparait déjà Henry.

Après les deux premières heures d'intervention, Dylan s'enfonça dans son fauteuil et quitta le bloc opératoire des yeux pour vérifier son téléphone. Il avait reçu deux messages du détective Cisneros.

Le premier indiquait :

PS a diminué ses affaires au Moyen-Orient. Pas d'ennemis en ce moment. Acte terroriste improbable.

Les initiales PS désignaient sans doute Peter Shackleford, et « Pas d'ennemis en ce moment » indiquait que le père de Jayne n'avait contrarié personne au Moyen-Orient, pas récemment en tout cas. Cisneros avait dû se réjouir d'apprendre que la menace qui pesait sur Jayne n'impliquait pas un acte terroriste… Seulement un meurtrier de sang-froid.

Second message :

PS a parlé à une source au Moyen-Orient. Koslov ne travaille pas pour ses employeurs habituels.

Dylan renvoya un message pour informer le détective que les fédéraux étaient sur l'affaire, et que l'agent Woody cherchait le pirate informatique dans leur base de données. Il fit aussi mention du lien entre Koslov et le cartel Romero, et suggéra à Cisneros d'interroger le père de Jayne pour savoir s'il avait mis en colère Diego Romero, le baron de la drogue le plus assoiffé de sang du Venezuela.

Il baissa les yeux sur la rangée de chaises dans laquelle était assis Woody. L'agent du FBI était revenu à l'hôpital environ une heure et demie plus tôt, après avoir pris le temps d'enfiler sa tenue habituelle : costume foncé, chemise blanche et cravate bleu marine. Il n'avait pas besoin de montrer son badge — Woody était une publicité ambulante pour le FBI.

Le moment semblait bien choisi pour discuter avec lui, même si Dylan était loin de s'ennuyer dans cette galerie, pleine d'étudiants et de médecins. Dylan appréciait les commentaires qu'il entendait. Voir creuser des trous dans le crâne de Henry Cameron était un spectacle fascinant. Comme Jayne l'avait promis, il n'y avait pas eu de gros saignements. D'autant qu'il y avait des infirmières dont le seul travail consistait à aspirer tout ce qui pouvait obstruer la zone.

Dans le bloc opératoire, tout le monde portait une blouse et un calot. Même dans cette tenue informe, sans parler du masque qui lui couvrait la bouche et de ses lunettes spéciales, Jayne était sexy. Il se souvint comme son corps ferme et élancé s'était pressé contre son torse lorsqu'elle lui avait rendu son baiser.

Au bloc, c'était elle qui était aux commandes. Les autres médecins, y compris un homme qui était, de toute évidence, nettement plus âgé qu'elle, s'en remettaient à son jugement et suivaient ses ordres. Elle avait réveillé Henry de son sommeil léger et lui parlait... alors qu'il avait des trous dans la tête. Certains appareils électroniques en acier inoxydable émettaient des bips en permanence. Les écrans présentant des images du cerveau montraient précisément ce qui se passait quand Jayne examinait des zones différentes.

Après deux heures et demie, ils n'en avaient toujours pas terminé avec l'hémisphère gauche. Dylan fit un signe à Woody, et les deux hommes s'éloignèrent pour s'entretenir en privé. Dylan se positionna de sorte à voir le moindre mouvement à l'intérieur du bloc opératoire.

Il fut le premier à prendre la parole.

— Qu'est-ce que vous avez trouvé sur Tank ?

— Personne n'a vu le gamin depuis hier après-midi, répondit Woody en jetant un coup d'œil furtif vers le couloir. Mes hommes ont suivi le signal de son ordinateur portable jusqu'à une maison abandonnée dans les collines. Aucune trace de lui. Il avait enlevé la mémoire de son ordinateur et l'avait détruite.

— Mais il a laissé le système de traçage intact ?

Cela n'avait aucun sens… À moins que Tank n'ait voulu leur laisser un indice.

— Qu'est-ce qu'il a laissé d'autre dans la maison ? poursuivit Dylan.

— Rien, répondit Woody. Vous êtes sûr que c'est lui qui a piraté le système ?

— J'en suis certain.

Il avait déjà expliqué pourquoi. Il avait trouvé des traces numériques prouvant que Tank avait piraté le système d'alarme de Jayne la nuit précédente, et l'avait désactivé. Dylan aurait voulu trouver un clavier et dénicher des réponses par lui-même.

— J'espère que Tank va bien.

— C'est un criminel. Ces pirates ne méritent aucune compassion.

Discours typique d'un agent du FBI sans cœur.

— Est-ce que vous avez déniché quoi que ce soit sur

le cartel Romero ? Une raison pour laquelle ils pourraient vouloir se venger du père de Jayne ?

— Ils sont plutôt calmes, ces temps-ci. Le vieux Diego Romero n'est pas dans son assiette. C'est une ordure malfaisante, tout comme ses sbires. Je me demande bien pourquoi ils engageraient un assassin qui ne fait pas partie du cartel.

— Un enlèvement demande de la subtilité.

— Peut-être bien.

— Il faut que j'aille voir mon associé. J'apprécierais si vous pouviez rester ici et garder un œil sur Jayne pendant un quart d'heure.

— J'ai une dette envers vous pour le tuyau sur Tank Sherman, dit Woody. Prenez votre temps. Je vais rester ici jusqu'à ce qu'elle ait fini.

Comme par hasard, Jayne fit irruption dans le couloir. Elle avait déjà retiré la tenue stérile qui la couvrait de la tête aux pieds. Un autre médecin — le type aux cheveux gris — la rejoignit.

En un éclair, Dylan fut à côté d'elle. Il lui parla à voix basse.

— Tout va bien ?

— Super bien, répondit-elle. Le patient répond parfaitement. J'ai fini ma mission sur l'hémisphère gauche.

Après deux heures et demie de chirurgie délicate, Dylan s'attendait qu'elle soit fatiguée ou tendue. C'était tout le contraire. Elle débordait d'énergie. Cette femme aimait vraiment son travail.

— Il nous fallait une pause avant de passer à la phase suivante, intervint le médecin qui l'accompagnait.

— Vous avez encore faim ? demanda Dylan. Ou soif ?

— Je suis restée hydratée, répondit-elle. Peut-être un peu trop. Je suis sortie pour aller aux toilettes.

Il la suivit, laissant Woody et l'autre médecin devant le bloc opératoire. Escorter ses clients aux toilettes n'était *pas* une des tâches préférées de Dylan. Une fois à la porte, il passa devant Jayne et prit son pistolet.

— Ça ne prendra qu'une minute, annonça-t-il en ouvrant la porte des toilettes des femmes. Il y a quelqu'un là-dedans ?

Sa voix résonna contre les murs carrelés. La pièce semblait déserte, mais il ne comptait prendre aucun risque. Tout en évitant de croiser le regard de Jayne, il vérifia les lieux et tint une des portes ouverte.

— Heu, merci, bafouilla-t-elle.

— Je vous attends à l'extérieur.

Se sentant très bête, Dylan sortit des toilettes et aperçut Peter Shackleford. Il était accompagné d'un homme aux cheveux bruns, avec des petits yeux, une barbe de trois jours, et un costume qui semblait taillé sur mesure.

— Je vous présente Javier Flores, dit le père de Jayne. Sa famille est dans l'industrie du pétrole au Venezuela depuis trois générations.

L'accès à la zone qui entourait les blocs opératoires et l'unité de soins intensifs était limité. Mais Dylan avait le sentiment que Javier Flores allait où bon lui semblait, quand ça lui chantait. Il était élégant et vif. Ses yeux sombres décelaient des secrets indéchiffrables, et il affichait un air supérieur. Flores était un homme mature et charismatique. Autant de raisons pour Dylan de garder un œil sur lui.

8

Après avoir échangé quelques politesses avec le Vénézuélien, Dylan jeta un coup d'œil à Peter.

— Jayne va être ravie que vous soyez là.

— Pourquoi donc ?

— Vous allez pouvoir regarder la suite de l'opération.

Peter écarquilla les yeux comme s'il venait de se réveiller et de s'apercevoir qu'il était dans un couloir d'hôpital.

— L'opération ?

— La procédure qu'elle a inventée, répondit Dylan pour lui rafraîchir la mémoire. Elle est capable de raviver les souvenirs de victimes d'attaques cérébrales.

— Fascinant, commenta Flores. Je ne savais pas que votre fille était neurochirurgienne. Cette procédure obtient-elle de bons résultats ?

— Très bons, confirma Dylan.

Jayne sortit des toilettes et s'approcha d'eux. Elle avait les yeux rivés sur son père. Dylan savait qu'elle espérait un signe de reconnaissance de sa part. Au sein de la communauté médicale, son talent était reconnu par tous. Mais elle attendait encore que son père la félicite.

Peter s'avança vers elle.

— J'espère que nous n'arrivons pas trop tard pour te voir faire ton truc.

— Mon truc ? répéta-t-elle en plissant les yeux d'un air méfiant.

— L'implantation d'électrodes dans la mémoire, répondit Flores avant de serrer la main de Jayne.

Dylan n'avait pas fait mention d'électrodes ou d'implants. Comment Flores était-il au courant ?

— Quand est-ce que tu auras terminé ? demanda son père.

— D'ici une heure ou deux.

— Quand vous aurez terminé, nous vous emmènerons dîner pour célébrer cette nouvelle réussite, dit Flores.

En voyant le beau Vénézuélien minauder ainsi devant Jayne, Dylan sentit son instinct de protection se réveiller. Flores était-il toujours d'un naturel exubérant en présence des femmes ? Était-il attiré par Jayne en particulier ? Ou nourrissait-il de noirs desseins ?

Dylan fut content que Jayne se tourne vers lui pour lui demander son avis.

— Que diriez-vous d'aller dîner dehors ?

Chez TST Sécurité, la méthode utilisée était d'autoriser les clients à fixer leur propre emploi du temps, puis de graviter autour d'eux. Mais Jayne n'était pas une cliente standard… Pas après ce baiser dans la salle de repos. Dylan ne se sentait pas capable d'observer sans rien dire pendant qu'on l'emmenait dîner.

— Il se peut que nous devions vous conduire en lieu sûr, dit-il.

— Nous en discuterons plus tard, reprit-elle à l'intention de Flores. Pour l'instant, je dois retourner opérer.

Tandis qu'elle repassait dans le sas où elle allait enfiler une tenue stérile avant d'entrer dans le bloc, Dylan conduisit Peter Shackleford et Flores dans la galerie d'observation.

— Vous pouvez regarder d'ici.

— Encore une heure et demie, marmonna son père. Vous savez, la procédure a déjà commencé. Nous n'allons probablement rien comprendre.

Dylan l'ignora et se tourna vers Flores.

— Que pouvez-vous me dire de Martin Viktor Koslov ? demanda Dylan à Flores en aparté.

— C'est une vermine, répondit-il en affichant un sourire méprisant. Si vous n'aviez pas trouvé d'empreintes, je n'aurais jamais cru que c'était l'œuvre de Martin Koslov. Déconnecter l'alarme, c'est son genre, mais à ma connaissance il n'a jamais laissé une cible s'échapper. Pourquoi engager Koslov pour un enlèvement ?

— Peut-être que son employeur est une personne pour qui il travaille régulièrement, dit Dylan, quelqu'un qui vient de son pays natal.

— Il est né au Venezuela, mais le considérer comme l'un de mes compatriotes me fait horreur, s'indigna Flores en serrant le poing, comme si d'un seul geste il pouvait étrangler la vermine en question. Koslov émane du côté obscur de ma culture et en incarne les pires atrocités.

Dylan insista pour obtenir une réponse plus précise.

— J'ai entendu dire que Koslov était lié au cartel Romero.

— C'est plus qu'un lien, rétorqua Flores à voix basse. On raconte que Koslov est le bâtard de Diego Romero.

D'après les informations que Dylan avait glanées, Koslov avait perdu son père très jeune, et avait été élevé par sa mère russe à Caracas jusqu'à ses onze ans. Puis elle avait été tuée en pleine rue dans une explosion, et il avait été recueilli par une autre famille.

— Les informations dont je dispose sur ses parents sont vagues, hormis le fait que sa mère était russe.

— C'était une femme hors du commun qui jouait du violon et chantait dans un club à Caracas. Diego Romero n'a pas pu résister à son charme. Il en a fait sa maîtresse avant d'abandonner sa femme et ses trois enfants dans leur village. Quand elle a été tuée, Martin Koslov a été ballotté entre le consulat russe et une tante de Diego Romero.

Un profil plutôt complexe pour un assassin. Dylan préférait prendre ces informations avec prudence.

— Pensez-vous que Koslov travaille pour le cartel ?

— Le vieil homme est en mauvaise santé, sans doute trop faible pour lancer une attaque contre Peter. Qu'aurait-il à y gagner ? Romero n'a rien à voir avec l'industrie du pétrole.

— Vous êtes sûr qu'il n'a pas étendu ses activités ?

— Le pétrole est le commerce de ma famille, répliqua Flores dont le regard s'était assombri. Je n'ai jamais entendu parler d'une quelconque menace pesant sur Peter, et encore moins d'une stratégie qui consisterait à enlever sa fille médecin.

Si Flores mentait, il était vraiment doué. Quand il avait appris que Jayne était neurochirurgienne, il avait paru sincèrement surpris et impressionné par ses talents. Et il n'était certainement pas du genre à l'enlever.

Dylan lui indiqua les sièges où Peter le Grand et un homme qui semblait en savoir plus sur l'opération que Jayne elle-même étaient en train de discuter. Regardant par la vitre, Dylan observa cette dernière tandis qu'elle poursuivait l'opération. Si seulement il avait pu la prendre sur son épaule et la conduire en lieu sûr.

Jayne était totalement focalisée sur l'opération en cours. Elle posait des questions au professeur Henry Cameron sur les cours qu'il avait donnés des années auparavant, elle lui demandait de lui décrire ce qu'il avait pris au petit déjeuner. Un problème survint lorsque Henry tenta de transcrire ses souvenirs avec des mots, et elle se concentra sur cet aspect précis, remédiant au problème de son mieux. La récupération de la mémoire n'était pas une science exacte, pas encore tout du moins, et elle prévenait toujours ses patients qu'ils ne devaient pas s'attendre à un résultat parfait.

Au fond d'elle, elle sentait que son père observait l'opération. Allait-il rester jusqu'à la fin ? Elle l'espérait. Son approbation était capitale à ses yeux. Il ne l'avait jamais dénigrée, mais il manifestait autant d'enthousiasme pour sa carrière de neurochirurgienne, que pour le jour où le yorkshire de sa troisième épouse avait remporté le deuxième prix d'un concours canin. À vrai dire, il était même plus emballé par le succès du chien. Elle aussi, elle voulait qu'on lui donne une tape sur la tête, qu'on la caresse en lui disant qu'elle était une bonne fille.

Elle prit soin de refermer les incisions sur la tête de Henry avant d'ôter les sangles qui lui maintenaient la mâchoire et le front, lui permettant ainsi de bouger plus librement. Le grand sourire qu'il arbora l'emplit d'espoir et de joie.

— C'est mieux ? s'enquit-elle.

— Nettement mieux. Merci, Jayne.

— Votre femme m'a demandé de vous dire quelque chose à la fin de l'opération, poursuivit-elle avant de citer Shakespeare : « Puis-je te comparer à un jour d'été ? ».

— Voilà ce que vous devez lui répondre, répliqua-t-il : « Tu es plus tendre et bien plus tempérée. »

Elle sentit les larmes lui monter aux yeux. Ses priorités se fixaient d'elles-mêmes. Le succès de cette opération aiderait Henry et sa femme à avoir une vie meilleure. C'est ce résultat qui donnait satisfaction à Jayne. Elle n'était pas devenue neurochirurgienne pour se prouver quoi que ce soit ou impressionner son père. Elle était médecin. Aider les autres était son souci premier.

Tandis qu'on emmenait Henry au service de soins

intensifs, elle retira son costume stérile et enfila sa blouse. Elle quitta le bloc opératoire, jeta un coup d'œil vers la galerie d'observation et n'y vit pas son père. Il était parti ? Déjà ? Dylan s'entretenait avec le détective Cisneros dans le couloir.

Elle ne voulait pas qu'on la prive du bonheur que lui procurait la réussite de l'opération.

— Je vais dans le couloir parler à la femme de Henry, lança-t-elle en faisant un signe de main à Dylan.

— Attendez, la somma-t-il.

Elle continua à marcher. Une fois qu'elle aurait délivré son doux message shakespearien à Mme Cameron, elle retournerait vite au bloc pour savoir où était passé son père. Elle n'arrivait pas à croire qu'il ait pu partir, pas après que son ami a proposé un dîner pour fêter le succès de sa fille.

Les bras ballants, elle dépassa la salle de repos bariolée où elle et Dylan s'étaient embrassés. Une fois arrivée à la moitié du couloir, elle s'arrêta devant la porte de la pièce où elle avait parlé à Mme Cameron. Le sac à dos se trouvait toujours dans la salle d'attente, mais l'épouse de Henry n'y était plus. Une seule personne patientait là, une blonde visiblement exténuée qui était affalée sur une rangée de chaises.

Jayne s'approcha d'elle et demanda :

— Excusez-moi, avez-vous vu la dame qui était assise dans ce coin ?

— Aux toilettes, marmonna-t-elle avant de fermer les yeux.

Jayne sentit une présence derrière elle. Dylan ? Avant même d'avoir le temps de se retourner, elle sentit un pincement sur sa cuisse, comme si on venait de lui faire une piqûre. Un bras d'homme s'enroula autour de sa taille.

— Venez avec moi, Jayne, murmura une voix sourde.

Elle reconnut l'accent.

C'était le type de la nuit précédente. Martin Viktor Koslov l'avait retrouvée, il la tenait ! Elle sentit sa main se plaquer sur sa bouche.

D'un geste frénétique, elle balança son avant-bras vers l'arrière, espérant l'atteindre en plein visage, mais il esquiva aisément le coup. Elle enfonça violemment son coude dans sa cage thoracique. *Il faut que je m'écarte de lui, que je m'enfuie en courant.* Sautant d'un pied sur l'autre, elle tenta de se libérer de son étreinte, mais il lui maintenait les bras dans le dos, tout en essayant de l'éloigner de la femme qui avait toujours les yeux fermés. Comment pouvait-elle rester plantée là sans régir ? Elle avait bien dû entendre Jayne se débattre. *Ouvrez les yeux, madame, aidez-moi !* pria-t-elle intérieurement.

Au lieu de ça, la femme se retourna volontairement et se roula en boule contre le mur.

À l'aide, au secours ! Jayne tourna la tête d'un coup pour pouvoir crier. Mais la main restait plaquée sur sa bouche, étouffant le moindre son. Les forces de Jayne l'abandonnaient. Quoi qu'il lui ait injecté par piqûre, ça faisait effet. Elle ne comptait pas renoncer pour autant. *Pas sans combattre.* Elle ouvrit la bouche et lui mordit la paume de la main.

Koslov poussa un grognement féroce et la força à se tourner face à lui. Elle remarqua qu'il portait un masque et un calot chirurgicaux, dissimulant le bas de son visage, comme la nuit précédente. Il la gifla d'un violent revers de la main qui lui fit tourner brusquement la tête.

Encore sous le choc, elle ouvrit la bouche dans un dernier effort pour crier. Sa gorge était sèche. Pas un son ne sortit de sa bouche. *Je perds le contrôle.* Elle voulait lutter mais elle ne pouvait pas.

Où était passé Dylan ? C'était son garde du corps après tout. Il était censé empêcher ce genre de chose. Elle avait l'impression de lutter depuis des heures, mais elle savait que quelques instants à peine s'étaient écoulés depuis que Koslov lui avait fait une injection dans la cuisse, sans doute de l'hydrate de chloral ou de la kétamine : de quoi l'assommer.

Ses genoux commençaient à flancher. Elle se retint au dossier d'une chaise pour ne pas tomber. La pièce tournait autour d'elle. Prise de vertiges, désorientée, elle fit quelques pas et s'effondra dans le fauteuil roulant qu'il lui tendait.

— N'essayez pas de bouger, murmura-t-il en abaissant les repose-pieds. Ne faites pas un bruit. Je ne vous ferai aucun mal.

— Jayne ?

En entendant son nom, elle tourna la tête et vit Mme Cameron qui sortait des toilettes. Loin, elle était tellement loin. Jayne ne voulait pas effrayer la femme. Elle essaya de sourire, de lui dire que son mari avait donné la bonne réponse.

— « Tu es plus tendre et bien plus tempérée. »

Jayne prononçait les mots, mais elle savait qu'elle les écorchait.

Avant qu'elle puisse fournir une explication, Koslov l'emmena. Il poussa le fauteuil roulant vers les ascenseurs. Elle essaya de se redresser, d'agiter les jambes pour renverser le fauteuil. Sa tête lui paraissait rigide et lourde. En soupirant, elle laissa son menton tomber contre sa poitrine.

Elle se força alors à ouvrir les yeux et vit Dylan accourir vers elle. *Trop tard, il arrive trop tard.* Sa dernière pensée lucide fut qu'elle pourrait bien ne plus jamais avoir l'occasion de l'embrasser.

Et ce serait sacrément dommage.

9

Avant même de se réveiller, Jayne savait qu'elle n'était pas chez elle, dans son lit confortable avec son matelas ferme et ses draps en coton égyptien. Une odeur étrange planait dans l'air. Ses narines se dilatèrent lorsqu'elle prit une bonne bouffée d'air frais. Elle éternua et marmonna quelque chose d'indistinct. Les ressorts du lit grincèrent lorsqu'elle s'enfonça plus profondément sous les lourdes couvertures.

Certaines personnes aimaient les odeurs de terre ; chose qu'elle n'avait jamais réussi à comprendre. La zone olfactive de son cerveau jugeait les odeurs des grands espaces comme nauséabonds : elle les avait dans le nez, littéralement. Elle aimait par-dessus tout les senteurs stériles. Pas d'odeur du tout ou, éventuellement, un soupçon de citron.

Perplexe, elle s'imagina le schéma d'un cerveau avec une fleur d'oranger à la place de la région olfactive. Faisant partie intégrante du système limbique, l'odorat était connecté aux amygdales et aux émotions, ce qui expliquait pourquoi certains parfums en particulier ravivaient des événements du passé. Elle inspira, se remémorant la forte odeur de pin de l'après-rasage de son père. Contre toute attente, des larmes s'accumulèrent derrière ses paupières closes.

Elle se gronda intérieurement. *Réveille-toi, Jayne !* Elle avait l'esprit embrouillé. Des souvenirs lui revenaient par vagues : certains sans queue ni tête, d'autres carrément impossibles. En tant que neurochirurgienne respectée, jamais elle ne se serait laissée aller à déambuler dans les couloirs en fauteuil roulant. Pourquoi avait-elle le souvenir d'une course folle ?

Elle avait des souvenirs d'explosions... De feux d'artifice, de coups de feu... Ou était-ce autre chose ? Et Dylan, elle se rappelait clairement avoir été dans ses bras, blottie dans sa chaleur, apaisée par le rythme régulier des battements de son cœur.

Il lui avait dit qu'ils partaient en lieu sûr. Comme si elle pouvait se permettre de s'en aller quand ça lui chantait. D'abandonner ses patients, d'annuler des consultations, pour ainsi dire : de ne pas assurer. Jamais elle ne ferait une chose pareille. Par-dessus tout, elle avait le sens des responsabilités.

Elle entrouvrit les lèvres pour essayer de prononcer le mot « responsabilité ». Elle murmura péniblement les syllabes une par une. Puis elle dit le mot en entier.

Sa mâchoire lui faisait mal. Quand elle effleura sa joue, elle sentit une large zone endolorie sur son visage. Un hématome était en train de se former. Quelqu'un l'avait frappée. Koslov !

Elle sentit une décharge d'adrénaline remonter dans ses veines. Elle était à moitié réveillée. Même si elle n'était pas alerte et ignorait comment elle était arrivée là, elle était consciente. Se redressant sur le lit pourvu de montants en cuivre poli, elle posa un regard neuf sur ce qui l'entourait. Le soleil du matin perçait autour des rideaux et le long du lambris en pin noueux. Elle avait l'impression d'être dans un chalet en forêt. Oui, elle était certaine qu'on l'avait emmenée dans les montagnes au beau milieu de la nuit.

Quand elle se leva, elle remarqua qu'elle portait son

pyjama bleu clair en flanelle, décoré de pingouins en train de faire du ski. Elle n'avait pas souvenir de s'être changée. Dylan l'avait-il déshabillée ? Probablement pas — un homme aurait opté pour une de ses tenues légères, et non pour un pyjama à manches longues, idéal pour une fraîche soirée d'automne.

Elle écarta les rideaux et aperçut une maison en cèdre à deux étages, ainsi qu'une immense grange rouge derrière une épaisse rangée de pins. Un cow-boy à cheval se dirigeait vers sa fenêtre. C'était Dylan.

Dès l'instant où elle le reconnut, elle sourit, provoquant un tiraillement dans sa joue. Dylan portait un chapeau à bord plat marron foncé, un pantalon et une chemise en jean dont il avait retroussé les manches. Ses longs cheveux étaient coincés derrière ses oreilles. Il ne portait pas ses lunettes.

Il trônait fièrement sur la selle… d'un chameau.

Incrédule, Jayne écarquilla les yeux. *Ce n'est pas une hallucination.* Pour une raison quelconque, Dylan était perché sur un chameau de Bactriane pourvu de deux bosses et d'une fourrure épaisse. Elle n'arrivait pas à se rappeler si on parlait de fourrure ou de laine. Son père possédait un pardessus en poil de chameau, mais elle n'aurait jamais cru que le textile était *effectivement* en vrai poil.

Pourquoi s'inquiétait-elle au sujet des cow-boys et des chameaux ? Elle avait bien assez d'ennuis comme ça sans se préoccuper des bizarreries de Dylan. Pieds nus, elle sortit de la chambre et traversa à grands pas la pièce à vivre du chalet, manquant de trébucher sur un très gros chat gris. Elle franchit la porte d'entrée et resta sous le porche, les bras serrés autour de sa poitrine.

Dylan donna un coup de cravache au chameau. Après lui avoir jeté un long regard méprisant, l'animal battit des cils. Quand il ouvrit la bouche, le son qui en sortit était à mi-chemin entre les pleurs d'un bébé et les crissements de pneus d'un carambolage entre dix voitures. *Charmant !*

— Mais qu'est-ce que vous faites ?

— Voici Loretta, répondit-il en faisant un grand geste.

— Je m'en fiche.

Il tendit la main pour caresser la croupe du chameau.

— Ne fais pas attention à elle, Loretta. Jayne ronchonne, mais tu es un amour.

— Je vous ai déjà dit que je déteste quand les gens discutent avec leurs animaux de compagnie ? rétorqua-t-elle en affichant un regard mauvais.

Loretta poussa un nouveau cri.

— Et voilà, vous l'avez vexée, reprit Dylan en frappant doucement un des flancs de l'animal, comme pour lui donner un signal. Recule, Loretta.

En réponse aux pressions délicates qu'il exerçait, l'animal plia les genoux, d'abord ceux de devant, puis ceux de derrière. Dylan passa la jambe par-dessus la première bosse, sauta de sa selle, puis se dirigea vers le porche. Dans ses bottes de cow-boy, il était encore plus grand que d'habitude. Son chapeau assombrissait ses yeux gris argenté.

Même si Jayne n'avait jamais tellement aimé les cow-boys, avec leurs longues jambes et leurs torses fins, Dylan avait fière allure dans cet accoutrement. Il était assez viril pour alimenter une bonne dizaine de fantasmes.

Elle était tentée de se jeter dans ses bras et de l'encourager à faire taire ses inquiétudes en l'embrassant. Mais elle n'avait jamais été aussi facile à satisfaire. Jayne ignorait ce qui se passait… et ça n'allait certainement pas lui plaire. Elle leva la main pour lui signifier de faire halte, et il obéit.

Il se tenait en bas des quatre hautes marches qui menaient au porche.

— Comment vous sentez-vous ? demanda-t-il.

Refusant de se laisser distraire par ses symptômes, elle ne fit pas mention de sa mâchoire douloureuse, de son mal de tête, ni de la raideur de ses muscles et de ses articulations. Son corps finirait par s'en remettre. Le plus important était d'apprendre ce qui s'était passé.

— Dans mon dernier souvenir net, commença-t-elle, je suis assise dans un fauteuil roulant et je vois une porte d'ascenseur se fermer. Vous étiez en train de courir vers moi.

— Je n'ai pas pu arriver à temps, expliqua-t-il. Savez-vous qui poussait le fauteuil roulant ?

— Koslov.

Au lieu de frémir, elle sentit les muscles de ses épaules se contracter et ses poings se serrer. La peur cédait la place à la colère.

— Il est arrivé derrière moi et m'a planté une seringue dans la cuisse. Il m'a empêchée de hurler en plaquant sa main sur ma bouche. Puis je l'ai frappé.

— Vous l'avez frappé ?

— C'est exact.

Elle s'appuya contre la balustrade au bout du porche. Elle ferma les yeux pour stimuler ses souvenirs auditifs et olfactifs.

— Il a gémi de douleur. Sa peau sentait mauvais. Il avait un goût de sel.

Elle ouvrit les yeux et remarqua la mine de Dylan. Son regard était noir et chargé de colère.

— C'est là qu'il m'a giflée, expliqua-t-elle.

— Quelle ordure, marmonna Dylan en tendant la main vers elle.

— Ne me touchez pas.

— Pourquoi ?

— Je dois m'accrocher à ces bribes de souvenirs,

répondit-elle en essayant de se concentrer. Il a dit qu'il ne voulait pas me faire de mal. Mais il m'a injecté une sacrée dose de calmants. Et il m'a frappée.

— Pour quelqu'un comme Koslov, ce sont des marques d'affection, ironisa-t-il en montant la première marche. Il ne vous a pas tuée. Par deux fois, il a choisi de vous laisser vous enfuir.

— Que s'est-il passé quand la porte de l'ascenseur s'est fermée ?

— Il a été rapide pour vous enlever, mais il a commis l'erreur d'appuyer sur tous les boutons. Douze étages en tout, et l'ascenseur s'est arrêté à chacun d'eux. Le détective Cisneros s'est rendu directement à l'héliport sur le toit.

Elle n'avait pas souvenir qu'on l'ait emmenée en hélicoptère, et pourtant un événement aussi dramatique devait bien laisser une trace.

— Il voulait m'enlever en hélicoptère ?

— Vraisemblablement, c'était le plan d'origine de Koslov, mais Cisneros a réussi à faire fermer le trafic aérien au-dessus du centre-ville. Il y avait un hélicoptère non autorisé dans la zone de l'hôpital Roosevelt, mais il a filé.

— Vous vous êtes lancé à ma poursuite, dit-elle.

— J'ai envisagé tous les scénarios possibles dans ma tête.

En dépit de sa tenue de cow-boy, son naturel d'intello revenait au galop.

— Koslov avait besoin de vous emmener jusqu'à un véhicule pour s'enfuir. Vu que j'avais mémorisé les plans de l'hôpital et du complexe médical, je savais que les issues principales se trouvaient autour du parking et de l'entrée, où l'on remarquerait une personne en fauteuil roulant. Mon frère, Sean, était dans le coin, donc je l'ai appelé pour qu'il surveille l'entrée.

— Et où êtes-vous allé ?

— J'ai grimpé l'escalier en courant jusqu'au deuxième étage, répondit-il en se rapprochant d'un pas. J'ai refait le chemin que nous avions emprunté depuis votre bureau ce matin et traversé la passerelle pour rejoindre le complexe médical. Le centre dispose d'un parking souterrain.

Bien évidemment, elle connaissait l'existence de ce parking. Elle l'utilisait par mauvais temps.

— Mais il ne pouvait pas y entrer. Il est réservé au personnel médical.

— Pour est ce qui est de se plier aux règlements, Koslov n'est pas ce qu'on pourrait appeler un citoyen modèle.

Dylan posa sa botte sur la marche suivante. À seulement un pas du porche où elle se tenait, il s'interrompit. Elle remarqua alors qu'il faisait extrêmement attention à garder ses distances. S'étaient-ils disputés ?

Elle avait ressenti une folle excitation en le voyant, mais elle ignorait si cette montée d'adrénaline était due à une dispute ou à l'attirance inattendue qu'elle avait éprouvée dès l'instant où ils s'étaient rencontrés. Même si l'effet de la drogue était presque dissipé, elle peinait encore à garder son équilibre. Jetant un coup d'œil à l'autre bout du porche, elle aperçut deux longs animaux poilus qui couraient en cercle.

— Qu'est-ce que c'est ?

— Des furets, répondit-il.

Elle avait envie d'en savoir plus sur les chameaux et les furets, mais avant toute chose elle voulait connaître la suite de l'histoire avec Koslov.

— Que s'est-il passé ensuite ?

— J'ai lutté comme un diable pour l'intercepter sur la passerelle, et pour l'empêcher d'atteindre les ascenseurs, dans le bâtiment où se trouve votre bureau. Mais le complexe médical est un vrai labyrinthe, avec des tournants et des virages inattendus, illogiques, expliqua-t-il en parlant de plus en plus vite. Sur le plan que j'avais en tête, j'ai passé en revue toutes les portes qui donnaient à l'extérieur du bâtiment. Koslov aurait pu prendre n'importe laquelle. Il aurait même pu passer par une fenêtre.

— Pas une fenêtre, fit-elle remarquer. J'étais en fauteuil roulant.

— Ouais, bien sûr, mais il aurait pu vous porter. J'avais tellement peur qu'il s'enfuie. Je n'ai pas arrêté de me répéter qu'il lui fallait une voiture. Et que je le rattraperais quand il tenterait de vous faire monter dans son véhicule.

Dylan, qui se tenait sur le porche à présent, avait un débit verbal accéléré.

— Il y a trois niveaux dans le parking souterrain, et je n'avais aucun moyen de savoir lequel il utiliserait. Il fallait que je l'arrête avant qu'il en sorte. Grâce à la supervision du détective Cisneros par téléphone, j'ai réussi à faire en sorte que des voitures de police bloquent les issues.

Alors qu'il parlait, elle le sentait bouillonner. Elle admirait la force qui émanait de lui. Elle buvait ses paroles.

— Vous avez fait tout ça alors que vous étiez en train de courir dans le bâtiment ?

— Cisneros a établi la plupart des contacts.

— Mais c'était votre idée, insista Jayne. C'est vous qui avez tendu le piège.

— Koslov est loin d'être une vulgaire souris. Cet homme vit pour le danger. C'est un meurtrier. Cela dit, son plan comportait de nombreux défauts.

— Le fauteuil roulant vous a donné un avantage, fit-elle remarquer, prise dans le feu de l'action. Il ne pouvait pas courir, il ne pouvait même pas se déplacer rapidement vu qu'il me poussait devant lui.

— Le problème, reprit Dylan, c'était aussi vous. Je ne

voulais pas vous mettre en danger en utilisant mon arme. Et je ne voulais certainement pas non plus qu'une fusillade s'engage avec la police à l'extérieur du parking.

— Si vous aviez couru directement vers la passerelle, vous auriez pu arriver au parking souterrain avant Koslov.

— Je crois que ça a été le cas, en réalité. Il y avait tellement de variables à considérer — mais une seule constante, poursuivit-il. Deux ascenseurs relient le niveau principal à celui qui mène à la rue. Les deux débouchent sur le même espace fermé par des vitres.

— N'oubliez pas les deux cages d'escalier juste à côté.

— En réalité, il y a huit cages d'escalier à différents endroits du souterrain. Ce sont des issues de secours, leurs portes sont verrouillées, utilisées seulement en cas d'urgence, ce qui n'est pas la meilleure manière de rentabiliser l'espace, si vous voulez mon avis.

— Je ne vous l'ai pas demandé.

Visiblement, il se laissait facilement distraire.

— Qu'est-ce qui s'est passé ensuite ? insista-t-elle.

Il soutint son regard.

— Vous êtes certaine de ne pas vous en souvenir ?

— Pourquoi suggérez-vous le contraire ?

— Vous et Koslov étiez en train de parler.

Elle n'arrivait pas à le croire. Elle en resta bouche bée. Dylan se tenait suffisamment près pour qu'elle s'écroule dans ses bras, mais elle devait rester sur ses pieds. Elle se tourna et chancela jusqu'à la balancelle en bois. Une énorme chatte rousse était affalée sur le siège.

— Bouge de là, ordonna-t-elle à l'animal en le pointant du doigt avant de lui indiquer le sol.

— Vous ne connaissez pas grand-chose aux chats, je me trompe ?

— Je sais que leur boulot est de chasser les nuisibles. C'est leur place dans la chaîne alimentaire.

— Taffy est un peu différente.

— Qui ?

Il s'approcha de la chatte et tendit la main pour caresser son pelage roux.

— Bien le bonjour, Taffy. Quelle belle journée, n'est-ce pas ? Aurais-tu la gentillesse de descendre de la balancelle ?

Ignorant royalement sa requête, la chatte s'étira de tout son long et roula sur le dos, exposant son ventre pour qu'on la caresse. Quand bien même Dylan s'époumonerait jusqu'à en perdre la voix, il savait qu'elle n'y prêterait pas la moindre attention.

— Vous êtes conscient que vous faites la conversation à un animal ? demanda Jayne d'un ton blasé.

En pleine démonstration de grâce féline, la chatte rousse s'étira puis se leva. Tout en paradant d'un bout à l'autre de la balancelle, elle lui lança un regard noir. Puis elle daigna descendre d'un bond.

— Le tour est joué, lança Dylan.

Au lieu d'occuper le siège qui lui avait été si généreusement laissé, Jayne s'adossa contre le mur en bois.

— Vous avez dit que j'avais eu une conversation avec Koslov. Expliquez-vous.

— J'ai bloqué les portes de l'ascenseur pour éviter qu'elles s'ouvrent devant moi par surprise. Puis je suis passé par un des escaliers, en me faisant le plus discret possible. Dès que j'ai mis le pied au deuxième niveau, j'ai senti une présence. Vous êtes sûre de ne pas vous en rappeler ?

Elle secoua la tête. Ça ne lui ressemblait tellement pas. Les fois où elle n'avait pas réussi à trouver la bonne réponse se comptaient sur les doigts de la main. La drogue qu'il lui avait injectée lui avait vidé l'esprit.

— J'ai entendu un murmure, poursuivit Dylan. Le bruit fait écho dans cet escalier, mais il semblait provenir d'au-dessous. J'ai baissé les yeux sur le palier du niveau inférieur et je vous ai vue m'observer. Vous aviez les yeux grands ouverts. Et vos lèvres remuaient. Vous vous souvenez de ce que vous disiez ?

Fermant les yeux, Jayne s'efforça d'accéder à cette partie de sa mémoire. En vain.

— Je n'en sais rien.

— Koslov se tenait derrière vous. Il parlait. Puis il s'est tourné dans ma direction et a tiré trois fois. J'ai esquivé les balles. Quand je suis revenu, il était parti. Et vous étiez toujours assise là.

— Je me souviens du bruit, dit-elle.

Les explosions qu'elle avait entendues devaient être des coups de feu.

— Il n'y a eu que trois coups de feu ?

— Non, beaucoup plus. Quand Koslov est entré dans le parking, il a commencé à tirer. Les policiers ont riposté.

— Il y a des blessés ?

— Non, mais Koslov s'en est tiré, répondit-il avant de lui adresser un sourire chaleureux. Vous étiez par terre dans la cage d'escalier, recroquevillée dans un coin avec vos mains sur les oreilles. Je me suis agenouillé près de vous pour chercher des traces de blessures. Vous avez froncé les sourcils et dit : « Je suis médecin. » Puis vous vous êtes évanouie.

— Je n'y comprends rien, grommela-t-elle. D'après ce qu'ont dit mon père et Javier, je m'attendais que Koslov soit un génie, un malfrat hors pair. L'idée de foncer dans un hôpital avec un otage en fauteuil roulant est loin d'être brillante.

— Gardez bien en tête que c'était le plan B, rectifia

Dylan. Son choix de prédilection pour s'enfuir était l'hélicoptère sur le toit. Si Cisneros n'avait pas réagi aussi vite, Koslov vous aurait embarquée à bord avant de s'échapper.

Non seulement ils avaient eu de la chance côté timing, mais Dylan et Cisneros avaient fait exactement ce qu'il fallait, quand il le fallait.

— Je devrais envoyer mes remerciements au détective.

— J'imagine qu'il ne dirait pas non à une bouteille de whisky, suggéra-t-il en ouvrant la porte pour tenter de l'emmener à l'intérieur. Café ?

Mais elle n'était pas prête à lâcher l'affaire.

— J'ai encore des questions. Je vois bien que vous essayez de me distraire, et je n'apprécie pas vos méthodes.

— En tout cas, moi je vais prendre un café, répliqua-t-il en haussant les épaules. Restez dehors si ça vous chante, ou alors, venez me poser vos questions à l'intérieur.

— J'ai besoin d'une explication au sujet de Loretta. Qu'est-ce qu'elle fait ici ?

— C'est vraiment important ?

— Oui, répondit-elle, les yeux rivés sur la bête qui l'observait de ses yeux bruns bordés de cils incroyablement longs et fournis.

10

Dylan avait rarement des invités au ranch RSQ. Il avait conçu ce lieu comme un endroit où s'évader. Seul son frère, Sean, en connaissait la localisation exacte, ce qui était heureux car il avait eu besoin de l'appeler en renfort pour faire traverser la moitié de l'État à Jayne et rejoindre la vallée de la rivière Arkansas. Il avait dix-huit ans lorsqu'il avait acheté ce terrain magnifique près de Buena Vista, dans la région boisée qui surplombait la rivière.

Il suspendit son chapeau sur un crochet près de la porte. Les talons de ses bottes claquaient contre le plancher lorsqu'il traversa la salle de séjour du chalet. Il utilisait peu la cuisine, sauf pour y préparer du café ou faire bouillir de l'eau. En général, il prenait ses repas dans la maison principale, où les gardiens — Betty et Tom Burton — vivaient à l'année et hébergeaient les quelques employés dont ils avaient besoin quand le ranch tournait à plein régime. Dylan gardait ce chalet pour son usage personnel — c'était son sanctuaire.

Quand il jeta un coup d'œil à Jayne, qui était si mignonne en pyjama, il eut une illumination.

— Je n'ai jamais amené de femme ici auparavant. Vous êtes la première.

— Le chameau, Dylan… Dites-moi pourquoi il y a un chameau assis devant le chalet.

— Loretta est tombée malade, et ses propriétaires ne pouvaient pas assumer les soins dont elle avait besoin. Nous l'avons recueillie.

— Mais pourquoi ? insista-t-elle en le suivant dans la cuisine.

— Parce que c'est ce qu'on fait ici. Le ranch RSQ est un refuge pour les animaux qui sont vieux, malades, ou dont on ne veut plus. Le nom RSQ est pour l'anglais « rescue ».

— Seulement si on est incapable d'épeler un mot, ironisa-t-elle.

Mais les plis qui s'étaient profondément creusés entre ses sourcils s'adoucirent, et un sourire vint éclairer son visage.

Tout en remplissant la cafetière avec l'eau de source fraîche puisée directement au robinet, il lui expliqua la philosophie du ranch RSQ.

— Nous leur trouvons des foyers et nous avons l'équipement nécessaire pour prendre en charge de gros animaux. La plupart de nos pensionnaires viennent de cabinets vétérinaires ou de zoos. Nous avons beaucoup d'animaux exotiques… Un orang-outan, deux ocelots, un python albinos, et même une girafe depuis quelque temps.

— Comment se fait-il que quelqu'un a voulu se débarrasser d'une girafe ?

— Elle est enceinte.

Il finit de préparer le café puis se tourna vers Jayne. Elle s'était assise à la table ronde en bois, entre la cuisine et le salon. Sa chevelure brune encadrait son visage mais ne dissimulait pas l'hématome gonflé sur sa joue droite.

Elle commençait à reprendre des forces. Même s'il ne voyait pas encore le médecin combatif qu'il avait vu opérer à l'hôpital, il sentait qu'elle était presque dans son état normal. Le voile qui obscurcissait son regard avait disparu lorsqu'elle releva les yeux vers lui.

— Vous n'arrêtez pas de dire « nous », fit-elle remarquer. Comme si vous faisiez partie intégrante de ces missions de sauvetage.

— Le ranch m'appartient.

— Mais vous êtes garde du corps, objecta-t-elle.

— Être garde du corps est l'une de mes occupations. Le ranch RSQ en est une autre.

— Vous êtes un homme difficile à cerner. Quand nous nous sommes rencontrés chez mon voisin, je vous ai pris pour un intello coincé. À l'hôpital, on aurait dit un prof. Et voilà que maintenant vous êtes un cow-boy, voire peut-être un gardien de zoo.

— La face visible de l'iceberg, répliqua-t-il. J'ai des talents innombrables et variés.

Lorsqu'elle releva la tête vers lui, ses yeux bleus brillaient…

— J'ai eu un aperçu d'un autre de vos talents dans la salle de repos.

Une référence à leur baiser. Cherchait-elle à flirter avec lui ? Ça semblait la conclusion logique. Du moins, il l'espérait.

Il se racla la gorge. Dylan n'avait jamais été doué pour décoder les signaux des femmes. Devrait-il lui poser ouvertement la question ? Ou même la prendre dans ses bras et l'embrasser ?

— J'ai deux ou trois talents que vous pourriez m'aider à améliorer, lança-t-il.

Il sentit qu'il rougissait. Quel nul ! Il n'était vraiment pas doué.

— Après le café, nous pourrons retourner dans la chambre, dit-elle d'un ton charmeur. En attendant, parlez-moi un peu de votre enfance.

— Tout comme vous, j'étais une sorte de prodige.

Cette histoire, il l'avait déjà racontée des millions de fois.

Son coup de génie était survenu lorsqu'il s'était plongé à fond dans les jeux vidéo. Son meilleur ami, Mason Steele, le laissait jouer sur des prototypes que développait son père, un concepteur de logiciels. Pour la faire courte, Dylan avait conçu les circuits, les codes, les graphismes et les histoires de plusieurs jeux. Avec l'aide du père de Mason, il avait vendu ses créations et s'était construit une véritable fortune. Les revenus qu'elles lui rapportaient encore suffisaient à entretenir le ranch RSQ.

L'odeur du café flottait dans la cuisine. Il prit deux tasses en porcelaine sur l'étagère au-dessus de l'évier et une brique de lait dans le réfrigérateur. Il la leva devant lui.

— Je sais que vous le préférez avec de la crème et sans sucre, mais je n'ai que du lait.

— Ça ira. Pourquoi ne portez-vous pas vos lunettes ?

— Je les ai perdues en pourchassant Koslov. J'ai mis mes lentilles.

Il leur servit du café et posa les deux tasses sur la table. Une fois assis en face d'elle, il lutta contre sa folle envie de tendre la main et d'écarter une mèche de cheveux qui était tombée devant ses yeux. L'hématome abîmait le visage de Jayne, mais elle n'en demeurait pas moins charmante.

— Vous n'avez plus de questions ? demanda-t-il.

— J'ai à peine commencé, répondit-elle en buvant une gorgée de son café.

Elle eut un hochement d'approbation pour lui signaler que le ratio de café et de lait était bon et reprit :

— Revenons à nos moutons. Nous étions dans le parking et…

— Koslov a pris la fuite. J'ignore comment il a fait pour échapper à tous ces policiers, mais il a réussi.

— Et vous vous êtes occupé de moi.

— Je vous ai portée dans l'ascenseur. Une fois au rez-de-chaussée, je vous ai installée dans un fauteuil roulant et je vous ai emmenée jusqu'à l'entrée où mon frère nous attendait. Nous sommes montés dans son 4x4. J'ai décidé de vous conduire en lieu sûr.

— Vous avez décidé, maugréa-t-elle. Sans même me consulter, *vous* avez décidé.

— Vous étiez légèrement inconsciente.

— Qu'est-ce que ça veut dire ? s'indigna-t-elle. Soit j'étais consciente, soit je ne l'étais pas.

— Vous baviez, répliqua-t-il. Vous ne ressembliez pas vraiment à quelqu'un à qui on a envie de demander son opinion.

— Avez-vous essayé de me parler, au moins ?

— À vrai dire, reprit-il, mon souci premier était votre état de santé. Heureusement pour nous, vos amis sont les meilleurs neurochirurgiens du monde. J'ai fait appeler le Dr Napoli, et il s'est occupé de vos papiers de sortie.

— Napoli est un médecin correct, commenta-t-elle. Pas brillant, mais pas mauvais non plus. Qu'est-ce qu'il a dit ?

— J'ai enregistré ses propos.

Il sortit son téléphone de sa poche et lui fit écouter le compte rendu d'examen du médecin. Pas besoin d'avoir inventé l'eau chaude pour comprendre qu'on l'avait droguée. Pendant que Napoli avait demandé un bilan sanguin pour s'assurer que la drogue en question n'était pas létale, Dylan avait mis une compresse froide sur sa joue. Napoli avait expliqué en long, en large, et en travers, que l'hématome n'indiquait pas de commotion cérébrale. Dylan avança la bande jusqu'aux résultats du labo déterminant quelle drogue avait été utilisée.

Dès qu'elle en entendit le nom, elle haussa les épaules.

— Elle n'est pas létale.

— Napoli vous a donné l'autorisation de voyager. J'ai promis de vous garder au calme, je vous ai installée sur le siège passager, j'ai attaché votre ceinture de sécurité et je vous ai allongée pour que vous puissiez faire une sieste.

— Et nous sommes venus dans cet endroit, conclut-elle.

— Après avoir brouillé les pistes pour être sûr que Koslov n'était pas à nos trousses.

— Comment mes vêtements sont-ils arrivés ici ? s'enquit-elle en touchant le col de son pyjama.

— Mon frère, Sean, est allé chez vous et y a pris plein d'affaires. Sean a découvert que Koslov ou ses hommes surveillaient votre maison, il les a donc attirés dans une folle course-poursuite dans toute la ville. Il s'est assuré de les avoir semés avant de venir.

— Et comment ai-je changé de vêtements ?

Un souvenir de dessous en soie et en satin traversa l'esprit de Dylan.

— Betty et Tom vivent ici à l'année. Betty a déballé vos affaires et vous a préparée pour le coucher. Elle a fabriqué une espèce de lotion pour soigner votre hématome, un truc qui sentait l'herbe et l'huile.

— Et ensuite ?

— Vous êtes partie au pays des rêves. Je me suis couché dans l'autre chambre du chalet pour pouvoir garder un œil sur vous.

La nuit précédente, il l'avait regardée dormir et avait réglé le rythme de sa respiration sur le lent mouvement de sa poitrine. La température fraîche du chalet lui avait évoqué un matin calme sous la couette, avec la douce lumière du soleil perçant par la fenêtre.

— Vous ne voulez plus de café ? demanda-t-il.

— Vous êtes certain qu'on est en sécurité ? dit Jayne d'un ton inquiet.

— Personne ne connaît l'existence de cet endroit.

— De toute évidence, ce n'est pas vrai, répliqua-t-elle. Des gens qui prennent part aux missions de sauvetage vont et viennent pour emmener des animaux. Sans parler du couple qui vit ici, Betty et Tom.

— En dehors de mon frère, personne n'établira de lien entre le Dylan qui vit à Denver, et le Dylan qui vient au ranch de temps en temps, dit-il en se levant pour se diriger vers l'entrée. C'est ici que je viens pour m'évader.

— Vous évader de quoi ?

— Mon cerveau est en surchauffe parfois, expliqua-t-il en secouant la tête. Je suis persuadé que vous voyez ce que je veux dire. Un psychiatre m'a dit que c'est ce qui arrive aux gens intelligents.

Sa vie n'était pas profondément stressante ou difficile. Lui et sa famille étaient en bonne santé. Il aimait son travail à TST Sécurité. Mais de temps à autre, il avait l'impression que le monde était trop bruyant. Il était victime de sursauts accablants de couleur et d'activité, plus vifs encore que l'intérieur d'un kaléidoscope. Et parfois, il avait envie d'enfouir son nez dans le sable pour étouffer la multitude d'odeurs.

— Tout le monde a besoin de s'évader, nota-t-elle d'une voix rauque.

— Comment vous y prenez-vous ?

Elle laissa glisser les doigts sur son T-shirt.

— J'aime m'investir à fond dans un projet, à tel point que le reste du monde disparaît.

— Comme redécorer votre maison, dit-il, et finir par avoir plus de salles de bains que de chambres au même étage.

— J'aime me perdre dans un opéra. Ou dévorer un super livre du début à la fin.

Ses mots étaient innocents, mais ses mains, c'était une autre histoire. Elle entremêla les doigts dans ses cheveux, approcha son visage du sien, et l'embrassa.

C'était la deuxième fois qu'elle provoquait un tel rapprochement. Il aurait voulu être à l'initiative de cette démarche, mais sans paraître trop agressif ou trop demandeur. Il devrait exister un protocole en matière de rapprochement physique, des signaux clairs indiquant quand un baiser était suffisant.

Réponse à cette question : Jamais.

Un baiser n'était qu'un commencement.

Il l'encouragea en glissant les mains sur sa poitrine, titillant les tétons sombres entre ses doigts, avant de saisir ses seins en entier. La douceur de sa peau l'attirait : elle était trop soyeuse pour être vraie. Des petits sons féroces se formèrent dans sa gorge lorsqu'il prolongea leur étreinte.

— Ouh la la ! minauda-t-elle en baissant les yeux.

La grosse chatte rousse, Taffy, miaula et se frotta contre les jambes de Jayne. Une petite chèvre noire et blanche passa son museau par la porte.

— Une petite crise de jalousie ? demanda Jayne.

— C'est à moi ou au chat que vous posez la question ?

— Montrez-moi la deuxième chambre.

Il la conduisit dans le couloir qui menait à la salle de bains et décrocha un petit cadre photo à côté de la chambre du fond. Derrière la photo se trouvait un pavé numérique. Il avait un peu honte de son verrou secret. Chercher à fuir la surcharge sensorielle était une réaction adulte à son besoin de solitude extrême. En revanche, cette chambre verrouillée tenait plus de la planque d'un adolescent.

Il entra le code sur le clavier, attendit d'entendre un clic, tourna la poignée et lui ouvrit la porte.

Si sa vie avait été un film, alors le passage dramatique

arrivait. Jayne pénétrait dans l'univers de Dylan. Il y avait tant de choses qu'il aimait chez elle. Elle était dotée d'un charme et d'une sensualité naturels. Pour ce qui était de son intelligence, elle faisait partie des personnes les plus brillantes qu'il ait jamais rencontrées. Il aimait aussi son indépendance, sa vivacité d'esprit, sa force, et sa bienveillance envers ses patients. De bien des façons, elle semblait incarner la femme parfaite pour lui.

Ils étaient bien assortis en matière de sexe aussi. Si leurs baisers et leurs brèves caresses étaient une bande-annonce des plaisirs à venir, il avait hâte de voir le film en entier.

Elle se promenait dans la pièce, passant près de la longue table où un étalage d'ordinateurs et autres appareils électroniques était éparpillé.

Techniquement, c'était une chambre, vu qu'il y avait un lit simple contre le mur. Mais le reste de ce vaste espace était encombré d'un placard pourvu d'étagères remplies d'équipements et de fournitures, d'autres tables, et de consoles vidéo pour deux joueurs sur lesquelles il testait ses produits.

Elle examina les photos accrochées à un panneau d'information.

— La mission de la NASA sur Mars. Et un désert. Et ça, on dirait bien des fonds marins.

— Je voulais créer un habitat naturel, expliqua-t-il.

Il espérait qu'elle allait se retourner et le regarder. C'était difficile de savoir ce qu'elle pensait quand il ne voyait que ses omoplates.

Elle se concentra sur un appareil suspendu au plafond.

— Qu'est-ce que c'est ?

— Un télescope.

— Vous avez un télescope dans un chalet de montagne ?

— Pour observer les lézards volants, répondit-il en

réglant l'appareil pour qu'elle puisse regarder dedans. Jetez un coup d'œil.

— Si je vois réellement des lézards volants là-dedans, l'avertit-elle, je vais paniquer.

Quand elle colla ses yeux au télescope, il guida ses doigts sur les molettes.

— Vous pouvez zoomer, dézoomer, ou rendre l'image plus nette avec ça.

Elle s'amusa avec la mise au point et tourna l'appareil dans plusieurs directions. Dylan se tenait derrière elle, les mains posées sur sa taille menue.

— Qu'est-ce que vous voyez ?

— Un point de vue impressionnant, murmura-t-elle. Ces minuscules voitures sur cette route lointaine semblent être de la même taille que les feuilles des arbres.

— J'aime observer la nature. J'arrive presque à voir le vent.

Lorsqu'elle s'écarta du télescope, elle remarqua une boîte rectangulaire posée sur une table.

— Oh mon Dieu ! Dylan, vous avez une imprimante 3D !

Sa curiosité était piquée, et elle se rua tout excitée jusqu'à la machine. Elle avait peut-être trouvé le télescope et les dessins intéressants, mais l'imprimante 3D allumait un véritable brasier en elle. D'un seul coup, elle était devenue une femme avec qui il pouvait communiquer à un niveau créatif. Sans le moindre doute, ils allaient imaginer des fantasmes parfaits ensemble.

11

— Je veux des cerveaux, lança Jayne, la voix tremblant d'excitation. Je veux faire des modèles de cerveaux. Je mourais d'envie de mettre la main sur une imprimante 3D.

— Nous pourrions le faire, suggéra Dylan.

Lorsqu'elle se retourna vers lui, elle savait qu'elle affichait un grand sourire, parce que l'hématome sur sa joue lui faisait mal. Elle n'était pas totalement euphorique, mais une décharge d'endorphines l'avait mise de meilleure humeur. Concevoir des cerveaux avait l'air amusant. Et à quand remontait la dernière fois où elle avait fait quoi que ce soit pour s'amuser ?

— Ils pourraient être transparents.

Elle avait vu de nombreuses variétés de modélisations de cerveaux. Certaines montraient les terminaisons nerveuses. D'autres, la circulation sanguine. D'autres encore étaient des répliques artistiques des plis du télencéphale et du cervelet.

— J'ai déjà une tonne d'idées.

— C'est tout ce dont vous avez besoin.

— J'ai hâte ! s'exclama-t-elle, espiègle, en l'attrapant par le bras pour lui donner une petite secousse. Que m'avez-vous fait, Dylan ?

— Moi ?

— C'est forcément vous. C'est vous qui êtes responsable de ce que je ressens. J'ai envie de m'amuser.

— Tout le monde aime s'amuser.

— Pas moi, gloussa-t-elle. Et je ne verbalise jamais mes émotions.

Se pouvait-il que quelque chose d'autre ait envoyé son système limbique en orbite ? Elle repensa aux événements des jours précédents : une agression dans sa maison, une étrange entrevue avec son père, une opération réussie, et une tentative d'enlèvement. Bien entendu, elle avait de quoi se réjouir du succès de l'intervention sur le Pr Cameron, mais là, elle avait envie de ricaner bêtement.

— Je suis une neurochirurgienne, pas le genre de personne qui est surexcitée à l'idée de faire des modélisations sur une imprimante.

Et pourtant, elle ne tenait plus en place.

Taffy déboula dans la pièce, sauta sur une table près de la porte, prit la pose, et les observa. Peut-être étaient-ce les animaux qui l'avaient mise de bonne humeur, se demanda Jayne. Certes, voir un chat n'était pas rare, mais voir à la fois un chat, un chameau et des furets l'avait sans doute affectée. Elle se demanda si ce n'était pas grave de laisser le chameau sans surveillance aussi longtemps.

— Devrions-nous aller voir comment va Loretta ?

— Elle va bien. Même si elle s'éloigne, la propriété est clôturée, poursuivit Dylan en dessinant une boîte carrée avec ses doigts. Elle est sous contrôle, tout comme l'est cette pièce.

Sous contrôle ? Jayne regarda les quatre murs, remarquant les nombreuses photos et étagères, ainsi qu'une pellicule d'eau sur un bloc de granite lisse.

— Il n'y a pas de fenêtres dans cette pièce, fit-elle remarquer.

— Afin d'éviter les animaux et la poussière, expliqua-t-il. En plus, l'éclairage est parfait pour garder les yeux rivés sur des écrans pendant des heures.

— D'autant que vous avez un télescope, plaisanta-t-elle, objet qui semble tout à fait approprié pour une tanière secrète.

Il grimaça.

— Vous avez deviné, hein ?

— En effet.

— Vous n'avez pas avalé ma tirade sur la surcharge sensorielle ?

— Oh ! si, j'y crois ! Vous êtes un être complexe et intéressant, mais aussi un type qui aime ses jouets. Les hommes adorent s'amuser avec des gadgets et des voitures.

— Qu'en est-il des femmes ? demanda-t-il. De vous ?

— J'aime les jeux d'adultes. Les jeux qui impliquent les lèvres.

— Dans ce cas, nous sommes d'accord, acquiesça Dylan. Pourquoi ne pas poursuivre cette conversation dans l'autre chambre ? Elle est plus confortable.

— Pas encore. J'ai envie de déjeuner.

Un deuxième chat — blanc avec des taches noires, ou l'inverse — rejoignit Taffy sur la table et fouetta un écran d'ordinateur de sa queue noire.

— Salut, toi, lança Dylan en prenant le chat dans ses bras. Jayne, pouvez-vous attraper Taffy ?

— Pour quoi faire ?

— Quand les chats entrent ici, ils sèment la pagaille dans mes équipements. C'est pour ça que je garde cette pièce fermée en général.

Elle remarqua deux autres chats sur le seuil.

— Combien de chats avez-vous ?

— Je ne sais pas, beaucoup.

Jayne prit Taffy dans ses bras, et le chat blottit sa tête

sous son menton. Elle l'entendait ronronner contre sa clavicule lorsqu'elle passa la porte. Enfant, elle n'avait jamais eu d'animal de compagnie. Dans le ranch de son père au Texas, il y avait bien du bétail, mais ces bêtes étaient vouées à être mangées.

Une fois dans le couloir, Dylan verrouilla la porte de sa tanière secrète.

— J'ai informé votre père que vous étiez en sécurité, lança-t-il sans se retourner. Et j'ai demandé à Éloïse d'annuler vos rendez-vous pour le reste de la semaine.

— Mercredi, jeudi, vendredi… C'est trop long. Je devrais y retourner vendredi.

Elle n'aimait pas prendre de congés. Son emploi du temps était trop serré.

— Ça ne dépend pas de moi, répliqua-t-il. Tant que Koslov erre dans la nature, vous devez rester ici.

Jayne tomba d'un seul coup de son petit nuage. Elle ne voulait pas penser à ses problèmes. Elle voulait retrouver sa bonne humeur.

— Je peux trouver un compromis. Je travaillerai par téléconférence et e-mail.

— Nous allons trouver un moyen pour que vous restiez joignable, mais ce sera pour une durée limitée. Si vous émettez un signal téléphonique, Koslov peut détecter l'appel et trouver votre localisation.

— Il s'y connaît assez en technologie pour faire ça ? demanda-t-elle.

— Lui, non, mais Tank Sherman oui.

Sans ménagement, Dylan relâcha le chat noir et blanc, qui courut se percher sur un rebord de fenêtre.

— Koslov s'est servi du gamin pour créer une brèche dans votre système de sécurité et il pourrait bien l'utiliser de nouveau pour tracer votre portable.

— Comment peut-on éviter ça ?

— Grâce à un tiers, répondit Dylan. Vous appellerez mon frère dans les locaux de TST Sécurité, où les téléphones sont cryptés et intraçables, puis Sean relayera le message.

Comment allait-elle pouvoir travailler ainsi ? Faire passer un message d'une personne à une autre semblait vraiment trop compliqué. Il devait bien y avoir une autre option.

Elle tourna les talons et partit dans sa chambre pour se changer. Là, elle s'aperçut avec plaisir que ses vêtements étaient soigneusement pliés dans les tiroirs et suspendus dans la penderie.

Si une urgence survenait et qu'elle soit contrainte de retourner au travail, il faudrait bien trouver une solution pour qu'elle revienne à l'hôpital. Idem pour ses appels téléphoniques. C'est Jayne qui commandait sur ce terrain. Après tout, elle s'offrait les services d'un garde du corps, et la mission de ce dernier était de s'assurer qu'on ne s'en prenne pas à elle sous sa surveillance. Il n'avait pas le droit de lui imposer quoi que ce soit concernant les endroits où elle allait ou les personnes à qui elle parlait.

Elle quitta le pyjama qu'elle portait et qui lui avait tenu bien chaud, car le mois de septembre en pleine montagne était frais. Elle enfila un jean, des baskets, et un sweat-shirt rouge à capuche, par-dessus un débardeur blanc. Une fois dans la salle de bains, elle releva ses cheveux pour examiner l'hématome sur son visage.

Quand elle avait confié à Dylan qu'elle n'était pas du genre à s'amuser, elle n'avait pas menti. À une époque, elle avait même cru être la seule de sa génération qui n'aimait pas les jeux en ligne. Ce n'était pas un choix délibéré — elle était seulement trop prise par ses études pour trouver le temps de s'y intéresser. Pathétique ? On pourrait le penser.

Certaines personnes, comme son père ou l'une des

idiotes qu'il avait épousées, l'avaient tannée pour la forcer à faire quelque chose de « marrant ». Devant l'insistance de son père, Jayne avait accepté d'aller à sa soirée de promo de fin de lycée, quand bien même elle n'avait que treize ans à l'époque.

Dehors sous le porche, elle sentit la douce chaleur des journées ensoleillées du Colorado s'insuffler en elle. Elle s'étira et fit rouler ses épaules, remarquant quelques douleurs et contractures dues à la tentative d'enlèvement de la veille. La paume de sa main était plaquée sur son ventre. La dernière chose qu'elle avait avalée était le sandwich au thon de Mme Cameron.

— Je meurs de faim, dit-elle d'un ton plaintif.

— Betty a toujours quelque chose sur le feu.

La brise sentait bon le frais, en dépit de la volute de fumée qui s'échappait de la maison en cèdre à deux étages par-delà la forêt, à proximité d'une route en asphalte. Bien plus près, au pied des marches du porche du chalet, se tenait Loretta, assise sans bouger. Ses longs cils étaient à moitié baissés, et elle semblait s'ennuyer. Un bouc marron était roulé en boule juste à côté, la tête appuyée sur elle.

— Qui est donc l'ami de Loretta ? demanda Jayne.

— C'est Romeo. Il a quatre chèvres bien dodues avec qui faire des cabrioles, mais il est amoureux de la chamelle, expliqua Dylan en s'approchant de Loretta. Vous voulez la monter ou je le fais ?

Même si elle ne savait pas si ça comptait comme une activité amusante, Jayne n'avait encore jamais eu l'occasion de monter à dos de chameau.

— Il y a une astuce à connaître ?

— Si vous savez monter à cheval, vous y arriverez. On a appris à Loretta à répondre aux mêmes commandes.

— Dans ce cas, j'y vais.

Dylan fit déguerpir le bouc et prit la main de Jayne tandis qu'elle s'approchait de la chamelle au pelage fourni.

— Il vaut mieux monter quand elle est assise. Vous n'avez qu'à grimper sur la selle entre les deux bosses et vous accrocher. Je réglerai les étriers quand elle sera debout.

Jayne se mit en selle sans problème. Mais lorsque Loretta se leva en effectuant un mouvement de balancier, commençant par les pattes arrière, puis enchaînant avec celles de devant, garder l'équilibre releva du défi. Jayne faillit tomber dans les bras de Dylan. Pourtant, en s'agrippant tant bien que mal aux bosses et en serrant les genoux, elle parvint à rester en selle.

Une fois qu'il eut raccourci les étriers, elle prit les rênes en main.

— Allez, Loretta, on y va.

La chamelle secoua la tête de droite à gauche, ouvrit la bouche et émit un affreux son monocorde.

Jayne se pencha en avant pour la caresser dans le cou.

— Tout va bien. Prends ton temps. On y va quand tu veux.

— Ne lui dites pas ça, plaisanta-t-il. Cette demoiselle est têtue. Elle adore ne rien faire.

— Elle ne comprend pas ce que nous disons, répliqua Jayne, tout en se blâmant intérieurement. *Qu'est-ce qui me prend ? Je suis en train de parler à un chameau, moi ?* Allons-y.

Dylan prit le harnais et commença à guider Loretta sur la route menant à la maison. La démarche de l'animal était un peu bancale, mais l'expérience n'était pas tellement plus inconfortable qu'une balade à cheval. Jayne pourrait même s'habituer à voyager à dos de chameau.

— Que fait Loretta au RSQ ? s'enquit-elle. Elle est malade ?

— Le type qui en était propriétaire avait pour ambition de monter un élevage de chameaux, mais il n'a pu s'en offrir que trois et leur entretien s'est avéré trop cher.

— Pourquoi élever des chameaux ?

— Pour leur laine, répondit-il, comme les lamas. En plus, les chameaux donnent du lait. Betty a fait du fromage avec celui de Loretta, et ce n'était pas si mal. J'imagine qu'il existe des tribus nomades qui vivent du lait de chameau.

Même en faisant preuve d'imagination, cette conversation demeurait étrange. Jayne baissa les yeux sur les larges épaules de Dylan tandis qu'il marchait devant lui, guidant Loretta. Quand elle remarqua le pistolet à sa ceinture, elle se souvint qu'elle n'était pas au RSQ en visite de courtoisie. C'était une planque. Elle était tout autant une victime que ces animaux, peut-être même encore plus qu'eux, parce qu'elle, on ne la négligeait pas. Au contraire, Koslov la pourchassait.

— Que va-t-il arriver à Loretta ?

— Un zoo du Montana a pris les deux autres chameaux. Nous lui trouverons un endroit où aller.

Romeo le bouc trottinait à côté d'eux. Quand les chèvres se rapprochèrent, il baissa la tête et les chargea.

— Romeo est méchant, fit-elle remarquer. D'où viennent ces chèvres, d'ailleurs ?

— D'une ferme pédagogique qui a fait faillite.

Lorsqu'ils approchèrent de la maison, une femme avec une longue tresse argentée passa la porte en trombe. Elle leur fit signe de se dépêcher.

Dylan se mit à courir, et Loretta l'imita. Ils avançaient tous deux à un rythme parfaitement synchronisé. Mais Jayne, de son côté, se retrouva sauvagement ballottée entre les bosses. Cette selle était vraiment haute. Si elle tombait, elle allait se faire très mal.

— Faites-moi descendre, le pria-t-elle.

Elle passa la jambe par-dessus la bosse et se laissa glisser le long de la selle. Dylan la rattrapa. Délicatement, il la posa sur le sol à côté de la chamelle.

La femme aux cheveux gris qui venait de sortir de la maison accourut dans leur direction, épousseta sa main sur son jean et la lui tendit.

— Je suis Betty Burton. Dylan m'a dit que vous étiez médecin.

— En effet, répondit Jayne.

— J'imagine que vous n'avez jamais travaillé avec des animaux ?

Jayne se présenta et accepta la poignée de main offerte.

— Je n'ai pas d'expérience en tant que vétérinaire, mais je peux peut-être aider. Quel est le problème ?

— Là-bas, dans la grange, nous avons une girafe sur le point d'accoucher.

Encore une première dans la vie de Jayne. Elle espérait que ce serait la dernière fois qu'elle aurait à jouer la sage-femme pour une girafe.

12

Dylan poussa Jayne vers la grange. Ses talents de neurochirurgienne ne lui seraient pas d'un grand secours face à une girafe enceinte, mais elle connaissait les bases de la médecine, et la vue du sang ne lui faisait pas peur.

Quand le RSQ avait accepté de recueillir Bibi, diminutif de Big Bertha, l'intérieur de la grange avait été réaménagé. Ils avaient conservé les stalles le long d'un des murs. Sur celui d'en face, ils avaient déplacé certains des plus petits enclos, et installé les chèvres à l'extérieur, dans leur propre parc. Au centre, là où le toit de la grange était le plus haut, un vaste espace était aménagé pour Bibi. Sa nourriture était servie au deuxième étage, là où les bottes de foin étaient entreposées. Elle n'avait qu'à tendre le cou et se servir. Elle aurait été mieux à l'extérieur, mais elle était si grande et si rapide qu'ils auraient le plus grand mal à la rattraper si l'envie lui prenait de s'enfuir.

Le mari de Betty, Tom, les accueillit à la double porte de la grange, son téléphone portable à la main. Il le passa à Dylan.

— C'est la véto.

Dylan prit la communication.

— Bonjour, docteur, dit-il, j'ai ici une femme qui est médecin. Elle s'appelle Jayne. Pourquoi ne pas vous adresser directement à elle ?

Il passa le téléphone à Jayne avant d'interpeller Tom :

— Comment savez-vous qu'elle est prête ?

— Comme avec les humains. Elle a perdu les eaux, répondit le vieux cow-boy en pointant du doigt un coin sale de l'enclos. Je ne savais pas trop quoi faire. Donc j'ai appelé la véto à Buena Vista.

— Arrivera-t-elle à temps pour la naissance ?

L'homme haussa les épaules et frictionna son menton rasé de près.

— Je ne peux pas le dire.

De nature peu bavarde, Tom Burton n'aimait pas attirer l'attention sur lui. Avec discrétion et efficacité, il gérait le Ranch RSQ et prenait soin des bêtes. Sa femme s'occupait de l'aspect humain de l'affaire. Dylan se considérait comme chanceux d'avoir trouvé les Burton.

Jayne parla un petit moment avec la vétérinaire et conclut la conversation en lui promettant de la contacter après la naissance. Lentement, elle s'approcha de l'enclos.

— Ça a l'air simple comme bonjour.

— La plupart des espèces de girafe se reproduisent bien en captivité, acquiesça Dylan.

Dylan ouvrit le portail et entra dans l'enclos à côté de Jayne.

— La vétérinaire vous a dit ce que nous sommes censés faire ?

— D'après elle, le travail dure rarement plus de deux heures, et notre rôle consiste surtout à regarder la girafe piétiner et grogner. Pas de quoi fouetter un chat.

Il n'arrivait pas à croire un seul instant que faire naître le bébé serait si facile. La vétérinaire avait une petite tendance à l'optimisme.

— Le moment venu, Bibi va se coucher ?

— Logiquement, non.

Jayne demeura parfaitement immobile lorsque la girafe baissa son long cou et approcha le visage du sien. Jayne tendit la main et lui caressa le cou. Les yeux dans les yeux, elles semblaient établir un rapport de tendresse et de compassion. Dylan sortit son téléphone de sa poche et prit une photo des cheveux bruns bouclés de Jayne et de la tête claire de la girafe. Le charme fut vite rompu. Bibi sortit sa longue langue violet foncé et l'enroula autour du poignet de Jayne.

Stoïque, Jayne ne cria pas.

— Je ne m'y attendais pas, dit-elle. C'est un peu dégoûtant.

Bibi releva la tête et recommença à piétiner. Dylan aurait voulu que l'enclos soit plus grand, mais la vétérinaire lui avait dit que ce n'était pas bon pour elle d'avoir trop d'espace.

— Regardez ! s'écria Jayne en montrant quelque chose du doigt.

Les petites pattes maigrichonnes du bébé sortaient. Bibi s'interrompit pour lécher la zone tout autour, avant de se remettre à piétiner.

— Vous ne m'avez pas répondu, reprit Dylan. Si elle ne s'allonge pas pour accoucher, comment fait-elle ?

— Elle écarte les pattes arrière, elle pousse, et paf ! le petit sort, répondit-elle, illustrant son propos en écartant les jambes. Ce sont de gros bébés, de pas loin d'un mètre quatre-vingts et de cinquante-cinq kilos. Le cordon ombilical se brise lorsqu'ils tombent sur le sol, et le choc suffit à les faire respirer. L'un dans l'autre, c'est plutôt efficace. Bibi va lui faire sa toilette, et le petit devrait se lever et marcher en quelques minutes.

— Ça fait une sacrée chute jusqu'au sol.

— Et c'est là que vous intervenez, répliqua-t-elle, souriante. Il faut quelqu'un pour rattraper le bébé. Ou du moins, amortir la chute.

D'une manière ou d'une autre, la situation était passée de « simple comme bonjour » au fait de se retrouver derrière une girafe, en attendant d'attraper un bébé de cinquante-cinq kilos. Dylan aurait pu en débattre, mais il doutait fort que ça change quoi que ce soit. Il était le plus grand et le plus costaud d'entre eux.

Il entendit glousser Tom Burton et lui jeta un regard noir.

— Vous trouvez ça drôle ?

— Effectivement, et je compte même prendre des photos.

Il pénétra dans l'enclos de la girafe et jeta un coup d'œil à son public. Il y avait Jayne, bien entendu, et Tom. Ainsi qu'un véritable troupeau de chats, de furets, et de chèvres. Plusieurs lapins béliers se tenaient au bout de leur vaste enclos et frétillaient des narines. Les chats étaient divisés en deux groupes. Quatre d'entre eux observaient Bibi perchés sur une rangée de bottes de foin. Plusieurs autres se frottaient à Tom et miaulaient pour réclamer à manger.

Jayne se pencha et caressa un gros chat angora qui ronronnait aussi fort qu'un bateau à moteur et n'arrêtait pas de se frotter à ses jambes.

— Tu es têtu, toi, lança Jayne. Et tu perds ton temps à me lécher les bottes. Je n'ai rien à manger.

Dylan, les mains agrippées à la chaîne qui délimitait l'enclos, la dévisagea.

— Est-ce que je viens de vous entendre parler à un chat ?

— Oh mon Dieu ! je suis en train de devenir un de ces individus !

— Ces individus au grand cœur qui aiment les animaux, précisa-t-il.

— Certes, M. 30 millions d'amis, ironisa-t-elle.

Elle pointa du doigt la girafe et s'écria :

— Les pattes arrivent, allez-y !

— Elle semble se débrouiller très bien toute seule, marmonna Dylan.

— Ce n'est pas comme si elle était en pleine nature, où elle pourrait trouver un coin moelleux pour mettre bas. Le sol est en béton. Elle a besoin de vous.

Dylan se mit en position et tendit les bras. Bibi le frappait avec sa queue, et il l'évitait tant bien que mal. Il essaya de s'accroupir derrière les pattes de la girafe.

Quand Bibi poussa un gémissement et se dandina, le bébé se balança d'avant en arrière. Les pattes sortirent un peu plus. Puis le cou. D'un seul coup, une longue créature glissa à l'extérieur.

Dylan parvint à amortir sa chute. Il tomba sur le sol avec le bébé girafe dans les bras.

Il s'écarta aussitôt, et la girafe prit le relais, léchant son bébé pour le nettoyer.

Le souffle court, Dylan observait la mère et son petit. L'adorable bébé dégingandé battait des cils et se pelotonnait contre sa mère. Même s'il n'avait rien fait de plus que le rattraper, Dylan était fier du rôle qu'il avait joué. Combien de cow-boys dans le Colorado pouvaient se vanter d'avoir donné naissance à une girafe ?

13

La poussant à se dépêcher, Dylan conduisit Jayne dans le couloir de la grande maison en cèdre jusqu'à une pièce meublée d'un bureau en bois en forme de L, composé d'un poste informatique d'un côté, et d'une partie pour écrire. Des meubles de classement et des étagères chargées de vieux livres couvraient les murs du sol au plafond. Le téléphone noir sur le bureau ressemblait à un outil technologique du temps jadis au milieu de l'équipement plus moderne.

Dylan montra le combiné du doigt.

— Quelqu'un veut vous parler.

— C'est mon père ? demanda-t-elle.

— J'ai appelé mon frère au bureau de TST Sécurité, et il me l'a passé, murmura-t-il. Il insiste pour vous parler.

À contrecœur, Jayne se glissa dans le fauteuil derrière le bureau et prit l'appel.

— Bonjour, papa.

— Où étais-tu passée ? Je croyais que je te ramenais avec moi au Texas.

C'était typique de son père d'écrire tout un scénario sans la consulter. Elle était absolument certaine de n'avoir jamais laissé entendre qu'elle comptait rentrer à Dallas avec lui.

— Il faut que je reste à Denver. C'est ici que je travaille.

— J'ai eu l'occasion de jeter un coup d'œil à cette

maison à retaper que tu as achetée. Elle n'est pas aussi en ruine que je m'y attendais.

— Merci, papa.

Son père ne faisait pas de concessions à la légère. Quand il faisait référence à sa maison, une fois sur deux, il la qualifiait de « trou à rats » ou de « taudis ». Dire qu'elle n'était pas tout à fait en ruine comptait comme un compliment venant de lui. Il devait vouloir quelque chose.

— Je pourrais rester à la maison avec toi jusqu'à ce que ce soit terminé, reprit-il d'une voix pondérée. Je pourrais faire venir des entrepreneurs et finir une partie des travaux.

Comme s'ils avaient déjà travaillé ensemble sur un projet sans se sauter à la gorge ! Il la brossait sciemment dans le sens du poil, et elle voulait savoir pourquoi.

— Qu'est-ce que tu veux, papa ?

— Dis-moi où tu es.

— À la montagne.

— Où ça, exactement, à la montagne ?

Elle répéta une version retouchée du discours de Dylan.

— Un lieu sûr n'est pas vraiment sûr si d'autres gens savent où il se trouve.

— Donne-moi au moins un numéro de téléphone.

— Je ne suis pas certaine d'avoir compris comment ça marche, répliqua-t-elle en regardant Dylan, adossé à la porte de l'autre côté de la pièce. Peut-on mettre l'appel sur haut-parleur ?

Dylan tendit le bras et appuya sur une touche de l'ordinateur relié au téléphone.

— Bonjour, monsieur. Vous m'entendez ?

— Haut et fort.

Son père n'avait pas l'air enchanté de parler à Dylan, sans doute parce qu'il pensait pouvoir la persuader de faire ce qu'il voulait sans intervention extérieure. Quand finirait-il par comprendre qu'elle prenait elle-même ses décisions, et qu'elle était têtue comme une mule ?

— Dylan va t'expliquer la situation, reprit-elle en se tournant vers l'intéressé. D'accord, papa ?

— D'abord, j'ai deux mots à lui dire. Dylan, vous m'avez donné un téléphone en me disant que je pouvais m'en servir pour vous contacter.

— Oui, monsieur, acquiesça Dylan. Et j'apprécierais que vous gardiez ce portable avec vous au cas où nous aurions besoin de vous joindre.

— Ce fichu téléphone ne marche pas, rétorqua son père d'une voix grave. Le seul endroit que j'arrive à joindre est le bureau de TST Sécurité.

— Et c'est comme ça que tu as réussi à nous contacter ce matin, fit remarquer Jayne. Continuez, je vous prie, Dylan.

— Comme vous le savez sans doute, poursuivit-il, la technologie et les réseaux cellulaires sont reliés à un GPS et peuvent donc être tracés. Les lignes fixes sont elles aussi repérables. Si vous aviez un numéro sur lequel joindre Jayne et que vous l'appeliez, n'importe qui surveillant votre téléphone pourrait la localiser.

— Bien entendu, je sais ça. Tout le monde sait ça.

— J'ai développé un pare-feu à toute épreuve pour protéger les cyber-interconnexions entre le téléphone du bureau de TST Sécurité — celui que vous êtes en train d'utiliser — et le mien, dans cette planque. Le signal fait le tour du globe avant d'être relayé. Si un tiers s'en approche, nos mots se transforment en code binaire.

— Notre gouvernement ferait bon usage d'une technologie pareille.

— Effectivement, monsieur, ils l'utilisent déjà.

Le ton de Peter Shackleford prit un tour méprisant.

— Êtes-vous en train d'insinuer que *notre* gouvernement utilise *votre* technologie ?

— Je ne serais jamais autorisé à révéler une chose pareille.

Jayne regarda Dylan avec attention lorsqu'il s'assit sur le bord du bureau pour s'expliquer. De quelle version de Dylan s'agissait-il ? Il ressemblait à un cow-boy, vêtu d'un jean et d'une chemise à carreaux retroussée aux manches. Mais le ton de sa voix et sa gestuelle s'apparentaient plutôt à ceux d'un professeur. Quant à ses mots, il les choisissait avec autant d'assurance qu'un magnat des affaires, et ce truc avait eu pour effet de faire taire le père de Jayne ; situation qui, bien évidemment, l'enchantait.

Elle s'efforçait encore d'assimiler l'information que Betty lui avait délivrée : à savoir que Dylan était un génie. Son champ d'expertise était bien différent du sien, et il avait déjà sous-entendu qu'il ne s'en sortait pas très bien à l'école… Peut-être était-ce parce que ses parents étaient instituteurs. Et elle sentait cette solitude chez lui, semblable à sa propre expérience.

— Jayne, qu'est-ce que tu en dis ? demanda son père. Reviens à Denver et nous habiterons chez toi. J'engagerai d'autres gardes du corps en renfort. Si Koslov ose montrer le bout de son vilain nez, nous l'attraperons.

Dylan secoua la tête. Il inscrivit quelques mots sur un bloc-notes :

Vous allez servir d'appât.

— On dirait que tu veux tendre un piège à Martin Viktor Koslov, reprit-elle à voix haute, en te servant de moi pour l'attirer.

— Je ne ferais jamais quoi que ce soit qui puisse nuire à ma fille, déclara Shackleford.

— Excusez-moi, intervint alors la voix suave, teintée d'un léger accent, de Javier Flores. Je serais très honoré de vous recevoir chez moi en attendant que vous soyez hors de danger.

Dylan secoua la tête d'un air catégorique. En lettres majuscules, il inscrivit sur le bloc-notes :

NON !

— Je dispose déjà d'un système de sécurité de premier ordre et de toute une armée de gardes du corps à plein temps, poursuivit Flores.

— Pourquoi vous faut-il une protection pareille ? demanda Jayne.

— Mon père s'est fait des ennemis en montant l'affaire familiale. Même un entrepreneur aussi honnête que moi se retrouve mêlé à des conflits avec des individus de l'acabit de Diego Romero. J'ai déjà été pris pour cible par le passé.

— Qu'en est-il de votre femme et de vos enfants ?

— Ex-femme, rectifia-t-il. Et je n'ai pas le bonheur d'avoir des enfants.

Le fait qu'il n'ait pas fondé de foyer, ni donné naissance à la prochaine génération de Flores, laissait penser à Jayne qu'il devait être plus jeune qu'elle ne l'avait supposé.

— Je ne voudrais pas m'imposer, reprit-elle. Traquer Koslov pourrait prendre des semaines, et il ne me paraît pas juste d'emménager dans votre demeure.

— Je serais enchanté d'avoir l'occasion d'en apprendre plus sur vous, insista Flores. D'autant que vous ne seriez pas seule chez moi. Votre père ferait office de chaperon.

— On dirait presque que vous parlez d'un rendez-vous galant.

— Et si c'était le cas…

Ses insinuations ressemblaient à des avances pures et

simples. Vu que le père de Jayne n'émettait pas d'objection, Jayne supposa qu'il approuvait Flores comme prétendant. À maintes reprises, il lui avait dit à quel point il espérait qu'elle trouve un homme, qu'elle fonde un foyer, et n'exerce plus qu'à mi-temps comme médecin.

— Je vais considérer les deux options, répondit-elle. Pour ce qui est d'aujourd'hui et de la nuit prochaine, je reste où je suis. Je vous rappellerai demain. Au revoir, *señor* Flores.

— Je vous en prie, répliqua-t-il, appelez-moi Javi.

Diminutif de Javier, c'était un nom qui ressemblait plus à un souffle.

— Très bien, Javi, bonne soirée. À toi aussi, papa.

— Avant que vous quittiez le bureau de TST Sécurité, il faudrait nous choisissions un créneau horaire pour nous appeler, intervint Dylan. Nous nous assurerons d'être près du téléphone au bon moment.

Dès que la communication fut interrompue, il fit le tour du bureau et bloqua le passage, de façon que Jayne se retrouve piégée dans le fauteuil.

— Voilà pourquoi c'est une mauvaise idée d'aller chez Flores, commença-t-il. Il a des ennemis au Venezuela. Il a même fait mention de Diego Romero, que nous savons lié à Koslov. Avant même que vous envisagiez la possibilité de séjourner dans sa demeure remplie de gardes du corps — qui pourraient bien ne pas lui être loyaux et travailler pour Romero —, laissez-moi faire de plus amples recherches à son sujet pour m'assurer que c'est un type bien.

Elle nota son débit verbal accéléré et sa tension nerveuse évidente.

— Vous êtes jaloux.

— De lui ? s'indigna-t-il en grimaçant. Je me moque

éperdument de ce « Javi ». Je fais seulement mon travail : veiller à votre sécurité.

Sans bouger de derrière le bureau, Jayne tendit la main et lui donna un petit coup sur le torse.

— Je n'ai pas encore décidé de ce que je vais faire, ni de l'endroit où je vais rester, expliqua-t-elle en lui redonnant un coup qui le fit reculer. Soyez assuré que ce sera ma décision. C'est moi qui tire les ficelles quand ma vie est en jeu.

Elle le poussa une nouvelle fois. Ce coup-ci, il ne recula pas. Il lui prit la main et la serra.

— J'ai une requête à vous faire.

Il parlait sur un ton calme et mesuré. Quand elle plongea le regard dans ses yeux gris, elle eut soudain plus chaud et se sentit étrangement plus en sécurité.

— Allez-y.

— Ne vous mettez pas en danger, la pria-t-il en exerçant une pression sur sa main. Je ne veux plus jamais vous voir blessée.

Entre les nombreuses distractions du ranch et la naissance du bébé girafe, le supplice qu'elle avait vécu était sorti de la tête de Jayne. Il lui semblait que beaucoup de temps s'était écoulé depuis qu'elle avait été droguée et capturée par Koslov. Elle leva la main pour toucher l'hématome gonflé sur sa joue — ses blessures auraient pu être tellement plus graves.

Dylan avait raison de la rappeler à l'ordre. Elle n'était pas en vacances. L'heure n'était pas à la plaisanterie.

— Je serai prudente, promit-elle.

Après avoir téléphoné au détective Cisneros, Dylan décida de passer le reste de la journée avec Jayne, en bonne partie à l'extérieur pour profiter de la douceur idyllique du climat de septembre. Il trouva une vieille paire de lunettes pour remplacer les lentilles de contact qu'il avait perdues en jouant la sage-femme. Il portait plus souvent des lentilles de contact, mais il préférait les lunettes. À la façon dont Jayne le regardait, il voyait bien que les lunettes lui plaisaient, à elle aussi.

Jauger ce qu'elle ressentait pour lui n'était pas facile. La plupart du temps, elle semblait le mettre dans le même sac que toutes les personnes qui lui avaient donné du fil à retordre dans sa vie. Mais parfois, il arrivait à la faire rire. Ou grogner comme une tigresse. À une ou deux occasions, il l'avait regardée et il avait senti une tension. Il y avait de l'électricité entre eux, mais à quel point ? Il avait bien envie de s'aventurer dans cette voie.

En tant que garde du corps, il savait que ce n'était pas professionnel de faire du charme à la femme qui l'employait. Ce n'était pas comme s'ils avaient un rencard. Il ne savait même pas si elle accepterait de sortir avec lui, et elle avait dû lui répéter une centaine de fois que c'était elle qui menait sa barque. C'était sa patronne, et il fallait qu'il se ressaisisse.

Après le déjeuner, ils prirent deux des chevaux du corral et partirent faire une longue balade. Longeant un petit ruisseau, ils arrivèrent dans la vaste vallée de la rivière Arkansas.

Jayne se pencha en avant sur sa selle et caressa son cheval bai.

— Pourquoi quelqu'un veut-il se débarrasser de cette jument ? Elle a encore de belles années devant elle.

— Vous avez l'œil, remarqua-t-il. Cette jolie demoiselle est un quarter horse américain, âgée de seulement cinq ans, et elle est en partie entraînée pour le rodéo. Ses propriétaires ont eu des problèmes financiers et nous ont laissé trois chevaux le temps de se remettre à flot.

— Je ne suis pas certaine que ce soit une bonne idée. Vous comptez laisser ces gens profiter de vous ?

— Je ne vois pas les choses de cette façon. Je donne juste un coup de main à une gentille famille. Un jour, il se pourrait que je doive vendre ces bêtes. Mais pas pour l'instant. Le ranch est un peu leur foyer d'accueil.

Au pied de la colline se trouvait un demi-hectare de peupliers, dont les feuilles avaient tourné au jaune vif. Dylan guida Jayne sur un sentier qui débouchait de l'autre côté de la colline, dans la forêt. Leurs chevaux se frayèrent un chemin entre les troncs blancs. Avec ces feuilles de peupliers scintillant autour de sa chevelure brune, Jayne ressemblait une déesse en or.

De retour à la grange, ils s'occupèrent de leurs chevaux puis se rendirent dans l'enclos pour admirer le nouveau-né. Déambulant sur ses jambes tremblantes, le bébé était adorable.

Tom Burton se joignit à eux.

— La vétérinaire est passée. Elle a examiné Bibi et le petit. Ils vont bien tous les deux.

— Vous lui avez montré les photos que vous avez prises avec votre téléphone ? demanda Dylan.

— Elle a particulièrement aimé celle où vous êtes tombé les quatre fers en l'air, gloussa-t-il dans sa barbe. Vous avez peut-être de l'avenir comme obstétricien.

— Ouais, ouais, vous lui avez donné le nom du bébé ?

— Ça lui a plu, ça aussi.

— Quel nom ? intervint Jayne. Comment l'avez-vous appelé ?

— Le bébé girafe a été baptisé en votre honneur.

— Jayne ? demanda-t-elle en grimaçant. C'est un bon prénom pour une personne, mais pour une girafe ?

Il était d'accord, mais il avait tenu à faire quelque chose qui la relierait toujours à la naissance du bébé.

— Je me suis servi de votre nom de famille. Le bébé s'appelle Shack, diminutif de Shakleford.

— J'aime bien l'idée d'avoir une girafe baptisée en mon honneur. Merci, Dylan.

Elle se hissa sur la pointe des pieds et l'embrassa sur la joue — un baiser totalement platonique.

Après avoir caressé Shack et Bibi, ils quittèrent la grange et grimpèrent jusqu'au chalet secret de Dylan. Il gardait toujours la porte fermée, et les chats responsables de cette précaution étaient allongés sur le perron, étirant leurs corps félins de tout leur long pour profiter du soleil. Dès qu'il ouvrit la porte, ils se précipitèrent à l'intérieur, suivi par trois furets au regard vif.

Jayne eut à peine le temps de s'asseoir dans un fauteuil près du feu qu'une chatte blanche avec des taches noires, prénommée Checkers, monta sur ses genoux. Jayne laissa courir sa main dans son pelage.

— Comment fait-elle pour rester aussi propre ? demanda-t-elle.

— Elle se lèche constamment, répondit Dylan tout en s'installant dans un gros fauteuil en cuir.

— J'ai une question à vous poser, dit-il. Vous prétendez que vous n'aimez pas les bêtes, mais quand j'étais chez vous à Denver, j'ai vu des animaux en peluche. Trois chats blancs.

— Peut-être bien que je voulais un chat quand j'étais petite. Je ne m'en souviens pas, expliqua-t-elle en caressant Checkers. Ce n'est pas que je n'aime pas les animaux. Seulement, je n'ai pas le temps d'en avoir.

Dylan sentait qu'elle cherchait des excuses ; il y avait plus à dire que ce qu'elle laissait entendre, mais il ne pouvait pas la forcer à lui faire confiance. D'autant qu'il y avait plus important sur le feu : la protéger.

Elle était en sécurité au ranch RSQ. Et elle n'avait pas bataillé pour retourner rapidement en ville. Il avait envie de maintenir le statu quo, mais le détective ne l'entendait pas de cette oreille.

Leur meilleure piste, c'était ce Tank Sherman. Ils avaient eu confirmation que Koslov avait utilisé Tank pour court-circuiter le système d'alarme de la maison de Jayne. Vu que Tank s'était volatilisé dans la nature, Koslov était sans doute aux trousses du pirate informatique. Ces déductions logiques, mais boiteuses, amenaient Cisneros à croire que Tank détenait des informations qui pourraient les conduire à Koslov.

Le problème, c'était que Tank refusait de voir qui que ce soit à part Dylan. Demande qui ne l'arrangeait pas, mais que Dylan comprenait. Se remettre aux autorités conduirait sans doute Tank en prison pour une ribambelle de cybercrimes et de piratages. Voilà pourquoi il insistait pour voir Dylan en personne.

Mais il ne pouvait pas laisser Jayne seule ici, sans garde du corps, pendant que lui sirotait du café en compagnie de Tank. Se satisferait-elle de son frère en remplacement ? Après tout, Sean était mieux qualifié pour la protéger. Il avait été formé au FBI.

Serait-elle d'accord pour un changement de plan ? Elle aimait penser qu'elle menait la barque.

Dylan avait envisagé de donner les coordonnées du ranch RSQ à Tank et de le faire venir sur place. Mais il ne voulait pas que le pirate connaisse la localisation de sa cachette secrète. Si Tank y mettait un pied, il ne partirait plus jamais.

D'une manière ou d'une autre, Dylan devait entrer en contact avec lui.

14

En début de soirée, Jayne et Dylan dînèrent avec les Burton, qui étaient un couple charmant, intéressant, et qui avait beaucoup voyagé. Au fil de la conversation, Jayne se détendit. Au lieu d'envoyer des signaux furtifs d'une synapse à une autre, l'électricité de son corps circulait à basse tension.

Cela faisait longtemps qu'elle n'avait pas parlé à quelqu'un qui n'était pas un contact professionnel, qu'il s'agisse d'un médecin ou d'un patient. Le stress faisait partie de sa vie, et s'évader lui était presque impossible vu qu'elle n'avait pas de véritables amis en dehors de son travail, et pas de petit ami non plus.

Son regard s'attarda sur Dylan. À quoi ça ressemblerait de le trouver chez elle en rentrant chaque soir ? Dès que la question lui traversa l'esprit, elle comprit à quel point elle était devenue différente de la petite fille que son père avait élevée. Peter le Grand lui aurait sans doute dit que ce n'était pas le rôle d'un homme de l'attendre à la maison. C'était censé être l'inverse.

Elle doutait fort que Dylan se soucie de ce genre de stéréotypes vieillots. Il se pencha en avant, les coudes appuyés sur la table, pour décrire avec enthousiasme le moulinet qu'il hésitait à acheter pour sa prochaine partie de pêche. Elle ne comprenait pas la moitié de ce qu'il racontait, mais son enthousiasme était communicatif.

En remontant ses lunettes sur son nez, il se tourna vers elle :

— Vous aimeriez la pêche à la mouche. Ça demande du talent et de la finesse.

— Vous ne vous contentez pas d'accrocher un appât au bout d'un crochet et de le jeter dans l'eau ? demanda-t-elle d'un ton moqueur.

— Attention à ce que vous dites, jeune fille, répliqua-t-il, l'air faussement sévère.

Cette remarque conduisit à une vive discussion sur le lancer de ligne, agrémentée d'une démonstration physique. Puis Dylan en arriva au combat qui opposait l'homme et la truite. Cette version-là de Dylan avait tout de l'intello dans son excitation aveugle, et du professeur dans sa façon d'expliquer. Où était passé le cow-boy séducteur ? La pêche n'était pas vraiment une activité que Jayne associait au sexe, mais elle aimait la façon dont Dylan remuait les hanches quand il faisait semblant de lancer une ligne dans l'eau.

Plus tard, ils repartirent au chalet, talonnés par trois chèvres et un border collie qui se prenait pour le chien de berger de leur petit groupe.

— Il est encore tôt, fit remarquer Dylan.

Le soleil s'était caché derrière les montagnes, mais il ne faisait pas encore nuit.

— C'est le moment de la journée où tout se transforme ; quand les outils sont rangés, les gobelins sortent des fourrés.

— Une comptine ?

— Ma nounou me répétait ça chaque soir, répondit-elle.

— C'est un peu effrayant, dit-il. Vous avez été élevée dans un asile de fous ?

— Ce n'est pas le pire. Ma nounou faisait toujours une

affreuse grimace en prononçant le mot « gobelins ». Non pas que ça me faisait peur. J'essayais de rester éveillée et de pourchasser les monstres tapis dans l'ombre.

— Jusqu'à l'autre nuit, répliqua-t-il.

— Quand Koslov s'est introduit chez moi.

Les chèvres avaient ralenti la cadence, et le chien noir et blanc se précipita à côté d'elles en aboyant. Jayne secoua la tête, et la brise du soir fit voler ses cheveux.

— Peut-être que votre nounou avait raison, reprit Dylan. Les gobelins existent.

— Seulement dans vos jeux fantastiques. C'est plus difficile de marquer des points dans la vraie vie. La première fois que j'ai rencontré Koslov, on pourrait considérer que j'en suis sortie gagnante. La seconde, il a bien failli réussir à m'enlever.

— Si seulement nous avions tiré plus d'enseignements de cette expérience.

— Comme quoi ?

— Juste plus.

Quelles que soient les informations qu'il avait glanées auprès de Cisneros et de l'agent Woodward, Dylan ne comptait visiblement pas les partager avec elle. Il baissa les yeux vers elle.

— Vous êtes fatiguée ?

— Pas du tout.

— Je pourrais vous apprendre à jouer à un de mes jeux en ligne. C'est très facile de marquer des points. Il se pourrait même que ça vous plaise.

— Pas ce soir.

Elle se sentait détendue et voulait poursuivre sur sa lancée.

— Je pense que je vais me dorloter un peu, reprit-elle. Je n'ai jamais le temps de prendre soin de moi quand je travaille. D'autant que votre frère n'a rien oublié en faisant mes bagages.

— Étonnant. Sean est plutôt négligent d'habitude.

— Eh bien, il a emporté mon shampoing et mon après-shampoing, une formule pour le bain qui régénère la peau, sans compter d'autres lotions et crèmes. Il a même pensé à mes bougies parfumées.

Ouvrir la porte du chalet s'avéra ardu. Les chèvres se précipitaient sur le perron comme si elles s'attendaient à se voir offrir une friandise. Le border collie savait que les chèvres n'avaient rien à faire là et aboyait furieusement pour les faire déguerpir.

Au grand dam des chats qui hérissaient le poil, sortaient les griffes.

Quand Dylan parvint enfin à ouvrir la porte, il entra et alluma la lumière du porche. Tous les animaux se figèrent. Puis le collie, très intelligemment, poussa une des chèvres vers les marches. En l'espace de quelques secondes, tout était revenu à la normale.

Dylan tint la porte à Jayne.

— Si vous changez d'avis ou que vous voulez de la compagnie, je serai dans la salle informatique.

— Merci.

Elle le regarda traverser la salle de séjour puis disparaître dans sa tanière. Les jeux sur ordinateur — même brillants et ingénieux — n'étaient pas vraiment sa tasse de thé. Si Dylan avait proposé une activité différente, d'une nature plus sensuelle, ou s'il l'avait prise dans ses bras et l'avait embrassée, elle aurait été ravie de rester en sa compagnie.

Il n'était que 19 h 30 quand elle se plongea dans la baignoire. Sa bougie parfumée sentait la lavande, un parfum conseillé pour soulager le stress.

Une fois dans l'eau, elle posa un masque sur son visage

et se fit les ongles. Elle n'aimait pas avoir les ongles des mains peints de couleur vive quand elle était au bloc. Mais elle se défoulait sur ses ongles de pied. À cet instant, son vernis était violet foncé.

Prendre soin d'elle était amusant, mais accomplir ces petits rituels trop souvent l'ennuyait. Jayne aimait les choses brillantes, jolies, féminines — comme son ensemble de sous-vêtements —, pourtant s'habiller à la dernière mode semblait beaucoup de travail inutile quand tout ce dont elle avait besoin était une blouse.

Après avoir séché et brossé ses cheveux, elle enfila une chemise de nuit douce et confortable. Elle était en coton avec des roses en dentelle sur le décolleté, et sa robe de chambre était assortie. Elle aperçut son reflet dans le miroir accroché au-dessus de la commode. Avec ses cheveux propres et bien peignés, et sa tenue immaculée, elle ressemblait à une vierge innocente. Au-dessous, elle portait des dessous rouge vif avec de la dentelle noire. Mais cela, personne ne pouvait le deviner.

Si seulement quelqu'un pouvait caresser sa peau douce et lui dire qu'elle était belle tout en effleurant ses jambes lisses… Elle imagina l'expression réjouie de Dylan en découvrant ses dessous sexy. Elle se passa la langue sur les lèvres, s'efforçant d'y retrouver le goût qu'il avait. Ses narines frémirent lorsque son odeur virile lui revint.

Elle n'aurait qu'à lui faire un signe pour qu'il lui saute dessus. D'autant qu'elle le soupçonnait fort d'être doté de talents mystérieux, une fois ses vêtements enlevés. Serait-il un bon amant ? Allait-elle oser s'en assurer par elle-même ?

Le séduire ne serait pas juste. Mais ce n'était pas non plus comme si elle lui promettait une quelconque relation. Dylan était un grand garçon. Il était capable de prendre des décisions.

Étendue de tout son long sous les couvertures, elle gigota pour trouver une position confortable. Le linge de maison du ranch RSQ n'était pas d'aussi bonne facture que les draps qu'elle avait chez elle, mais il était frais et propre. Le dessus-de-lit était un patchwork qui semblait avoir été cousu à la main et était composé de motifs bleus et verts entrelacés.

Elle entendit un bruit sourd près du pied du lit. Même si la porte de sa chambre était presque fermée, elle l'avait laissée légèrement entrebâillée pour que Dylan l'entende si elle l'appelait en pleine nuit. Pour les chats, cette porte entrouverte était une incitation au jeu. Il y eut un autre bruit, puis un autre encore… et le gros chat gris au ronron sonore remonta jusqu'à son visage et s'allongea juste en face d'elle.

Elle l'observa un moment. Dès qu'elle ferma les yeux, le chat lui donna un coup sur la joue.

— Hé toi ! commença-t-elle en levant un doigt pour l'avertir. Il est 9 heures passées. Une heure décente pour se mettre au lit.

Le chat s'en fiche, se dit-elle, *parce que c'est un chat et qu'il ne sait jamais quelle heure il est. Et qu'il n'a aucune idée de ce que je raconte, de toute façon.*

Déterminée à s'endormir, elle se mit sur le côté et s'efforça de se relaxer encore plus. *La méditation pourrait marcher.* Tandis qu'elle essayait de se vider l'esprit, elle fut distraite par un craquement du plancher. De l'autre côté du couloir, Dylan devait se déplacer, peut-être, pour regarder dans son télescope. Elle sentit ses muscles se contracter.

Peut-être qu'un verre de merlot ne serait pas de trop.

Elle sortit les jambes du lit et glissa les pieds dans ses mocassins fourrés. Puis elle enfila sa robe de chambre et sortit dans le couloir.

Dès qu'elle entra dans sa chambre, Dylan leva les yeux de son écran d'ordinateur.

— Il m'a semblé vous entendre bouger.

— Pareil de mon côté.

Au même instant, ils comprirent ce qu'ils avaient entendu.

— Les chats !

Il se leva de son poste informatique, attrapa le chat roux d'une main et sa bière de l'autre.

— Je peux vous offrir un verre ?

— Du merlot ? demanda-t-elle.

— Vous avez de la chance. J'en ai dans le frigo.

Quand il quitta la pièce, elle referma la porte derrière elle et le suivit dans la cuisine, où elle s'installa sur une chaise. Elle entendait le vent s'engouffrer dans les branches des pins à l'extérieur, mais elle commençait à se sentir chez elle dans ce petit chalet chaleureux et douillet.

— Je mettrais ma main à couper que vous êtes amateur de bières, fit-elle remarquer. Pourtant il y a une bouteille de vin rouge dans la cuisine.

— Elle est pour vous. J'ai remarqué que vous en buviez et demandé à Betty d'acheter une bouteille quand elle a ravitaillé le chalet.

— Merci.

— Avec plaisir, répliqua-t-il tout en débouchant la bouteille avant de servir une bonne dose du vin rouge foncé dans un verre à pied.

— Prendre un verre de vin au moment du coucher est un peu une sale manie, admit-elle en prenant une gorgée.

Il s'assit à côté d'elle et fit tinter sa bouteille de bière contre le verre de vin.

— Vous faites des insomnies ?

Les difficultés qu'elle rencontrait occasionnellement pour dormir ne méritaient pas un tel diagnostic.

— Pas vraiment. Quand je suis particulièrement stressée, j'ai du mal à m'endormir. J'ai d'abord observé le phénomène pendant mon internat, quand j'enchaînais deux journées de travail, notamment en médecine urgentiste. Je ne pourrais jamais travailler aux urgences.

— Je comprends.

— J'étais terrifiée à l'idée de faire une erreur. Je rentrais chez moi épuisée, m'écroulais dans mon lit, mais j'étais incapable de dormir. Puis j'ai fait quelque chose de vraiment idiot.

Sa voix s'étrangla dans sa gorge. Elle n'avait jamais confié cette histoire à personne. Elle avait bien trop honte. Allait-il la juger ?

Observant attentivement sa réaction, elle annonça :

— J'ai pris des médicaments.

Le regard de Dylan demeura fixe et calme.

— Ça vous a aidée ?

— Au début, oui. Je me suis arrangée avec un autre interne qui souffrait du même problème. Nous nous prescrivions des somnifères l'un à l'autre, et ils étaient fantastiques… Un peu *trop* fantastiques.

Elle se souvenait de ces premières nuits de sommeil parfait. Le matin, elle sautait du lit, alerte et prête à relever les défis de la journée.

— Au départ, je me réveillais reposée. Je dormais tellement bien, que je me suis dit que cinq heures par nuit me suffisaient. Mon ami, l'autre interne, a déniché une autre substance qui nous tenait éveillés.

Même si elle et son ami niaient leur addiction, l'alternance des hauts et des bas était devenue incontrôlable.

— Il n'a pas fallu longtemps avant que ça nous pose des problèmes. Nous étions hagards, incapables de nous concentrer, et abusions des pilules. Mais on se disait qu'on en avait besoin. Une des infirmières a compris ce que nous faisions et a menacé de nous dénoncer.

— Vous auriez pu ruiner votre carrière, fit-il remarquer.

— J'étais terrifiée. J'ai arrêté d'un seul coup. Un mois plus tard, j'ai trouvé une solution moins radicale en m'autorisant un verre de merlot de temps à autre avant de me coucher. Un seul verre. Cela paraît plutôt raisonnable.

— Et vous êtes une femme très raisonnable.

Elle prit une lampée de vin, savourant l'arôme acidulé sur sa langue.

— Comment en sommes-nous arrivés à ce sujet ? demanda-t-elle. Je suis certaine que vous vous moquez éperdument de mes mauvaises habitudes, si on peut qualifier ainsi une addiction aux médicaments.

— Ça aurait pu être grave, répliqua-t-il. Vous avez eu la sagesse de savoir quand vous arrêter.

— J'ai eu de la chance. La chimie de mon cerveau n'est pas sensible aux addictions.

Il esquissa un sourire. Enfoncé dans son fauteuil, il était l'incarnation même du mot « décontracté ». Il se coinça une mèche de cheveux derrière l'oreille.

— Vous pensez que nos comportements sont conditionnés par notre cerveau ?

Des gens avaient créé des religions et anéanti des cultures en cherchant des réponses à des questions pareilles.

— Je ne pense pas que nous sommes conditionnés, dit-elle, mais je sais que certains comportements sont génétiques, semblables à des maladies physiologiques.

— Je penche pour une autre explication, répliqua-t-il. Selon moi, les comportements sont dus à un équilibre entre des extrêmes. C'est une question de choix personnels, comme le suggère l'éthique morale d'Aristote.

Elle grimaça.

— J'aurais préféré que vous ne fassiez pas cette remarque. Parce que maintenant je vais devoir vous démontrer que vous avez tort et je vais m'en vouloir.

— Vous pensez avoir toutes les réponses ?

— Eh bien, j'en sais plus qu'un Grec de l'Antiquité qui n'avait jamais vu un scalpel laser, et encore moins un résultat d'IRM.

Dylan prit une gorgée de bière et lui fit un signe pour l'encourager à poursuivre.

— Je suis tout ouïe, Jayne.

Elle se lança dans une longue explication des réactions neurochimiques, et de l'effet de la dopamine sur le comportement.

— Au cours d'expériences, j'ai stimulé une certaine partie du cerveau et regardé le sujet fondre en larmes, littéralement.

— Mais nous sommes des personnes, objecta-t-il, pas des machines. Il y a tellement de choses en nous qui n'ont pas d'explication. Votre inclination à développer des addictions n'a rien à voir avec la neurochimie.

— Ça ne colle pas vraiment non plus avec votre théorie éthique. Diriez-vous que mon merlot est un juste milieu entre se bourrer de cachets et ne pas boire une seule goutte d'alcool ?

— Je suppose que la plupart de vos comportements s'expliquent par le fait de chercher un équilibre entre votre travail et le reste de votre vie. Vous avez commencé à prendre des somnifères pour pouvoir être efficace au travail, et vous avez arrêté d'en prendre pour la même raison. Je ne crois pas qu'il y ait un seul point dans le cerveau qui détermine votre ambition, votre dévotion, et votre amour pour votre métier.

Elle était sidérée. Il était très rare que les gens aient le dessus sur elle en tenant un raisonnement logique.

— Bien vu, cow-boy.

— Merci.

Son verre de vin à la main, elle l'observa et le laissa savourer sa victoire durant quelques secondes.

— Bon, maintenant c'est à mon tour de vous analyser.

— Éblouissez-moi.

— Je ne vous connais que depuis quelques jours, commença-t-elle, et vous avez changé d'identité plusieurs fois. Vous avez endossé successivement les rôles d'un accro à l'informatique, d'un garde du corps macho, d'un philanthrope, et d'un cow-boy.

— Sans oublier celui de sage-femme pour girafe, précisa-t-il.

— Vous vous laissez facilement distraire, cher ami. L'extrême opposé est la concentration intense qui tourne à l'obsession. Quand un sujet finit par capter votre attention, vous l'étudiez jusqu'à devenir un expert en la matière.

Il lui concéda ce point d'un hochement de tête. Du bout des doigts, il se frotta la joue. Il n'avait pas pris le temps de se raser ce matin-là, et une barbe naissante lui couvrait déjà le menton.

— À cet instant, reprit-il, à cet instant précis, je rencontre un autre problème d'extrêmes. Vous pourriez m'aider à le résoudre.

— Je vous écoute.

Il se leva de la table et brandit le poing droit dans une direction.

— À cet extrême-ci, se trouve mon professionnalisme. Vous m'avez engagé pour un travail, et je compte le faire.

— J'espère bien.

— À gauche, poursuivit-il en levant son poing gauche

dans la direction opposée, je suis attiré par vous d'une manière non professionnelle.

Un frisson remonta le long de la colonne vertébrale de Jayne. Elle se leva à son tour.

— Dites-m'en plus.

— Est-ce que vous portez ces sous-vêtements rouges au-dessous de cette jolie chemise de nuit blanche ?

— En effet, répondit-elle avant de prendre une dernière gorgée de merlot et de poser le verre sur la table. Qu'est-ce que ça peut vous faire ?

— Si je rapproche ces deux forces opposées, elles pourraient bien exploser.

Il rapprocha ses poings avant de les écarter d'un seul coup. Il posa une de ses mains dans son dos. Son autre bras s'enroula autour de sa taille pour l'attirer contre lui.

Ils s'embrassèrent.

15

Jayne se laissa complètement aller à leur étreinte. L'attention que Dylan lui portait était dévorante, pressante, la sommant de s'y abandonner totalement. Elle savait que ce baiser n'était rien de plus qu'un processus physique normal, mais il n'y avait pas de place dans son esprit pour la biologie. Au lieu d'analyser sa réaction en termes de glandes, dc système limbique et de sécrétions d'hormones, elle se débarrassa de toute forme de logique. Son esprit était vide et léger. Elle avait l'impression de flotter sur des nuages doux et vaporeux.

La délicate pression des lèvres de Dylan se fit plus ferme, son étreinte plus intense. Depuis le premier instant où ils s'étaient rencontrés, cette attirance se développait. Ce moment était inévitable. De douces mélodies résonnaient aux oreilles de Jayne. Le corps élancé et musclé de Dylan se fondait avec le sien, et elle sentait des pointes de plaisir sauter de synapse en synapse.

Avant qu'elle ait recouvré sa faculté de réfléchir, Dylan la souleva dans ses bras. Elle enroula les siens autour de son cou et se blottit contre son torse musclé, tandis qu'il la portait jusqu'à la chambre, l'allongeait sur le lit et se glissait sous les couvertures à côté d'elle.

Seulement éclairée par le clair de lune qui perçait par la fenêtre et la lumière provenant de la pièce principale, la chambre demeurait sombre. Jayne voyait à peine le visage de Dylan, même si ses lèvres n'étaient qu'à quelques centimètres des siennes. Il tendit le bras vers la lampe de chevet, mais elle l'en empêcha.

— La lumière est trop puissante.

— Mais je tiens à voir ces dessous rouges.

— Il y a une bougie dans la salle de bains.

— Lumière d'ambiance, commenta-t-il. Ça me plaît.

Son aller-retour dans la salle de bains laissa à Jayne le temps de reprendre son souffle. Elle voulait faire l'amour avec lui. La question ne se posait pas. Mais elle ne voulait pas que l'un d'eux souffre. Et quelque part, elle avait besoin de faire un pas en arrière, de rester aux commandes.

Elle chercha à arranger l'oreiller derrière sa tête, mais empoigna un chat à la place. Le chat lui donna un coup de patte et se réinstalla précisément au même endroit. Voilà une chose qu'elle était en train d'apprendre sur les félins : ils savaient ce qu'ils voulaient et ne renonçaient jamais avant de l'obtenir.

Certains pourraient dire la même chose d'elle. Elle s'étira le cou. *Dépêchez-vous, Dylan.* S'il lui laissait trop le temps de la réflexion, elle pourrait bien changer d'avis. Et ce serait dommage. Ou pas ?

Et si elle était en train de faire une erreur ? En matière de sexe, Jayne n'était pas une experte. Elle avait pourtant lu toutes les études portant sur la neurostimulation et l'épanouissement sexuel. Elle aimait le sexe et atteignait l'orgasme la plupart du temps. Pour autant, elle n'avait pas un appétit démesuré, elle n'en avait pas besoin.

Décidant de surprendre Dylan, elle ôta sa robe de chambre et sa chemise de nuit. Sous les couvertures, elle ne portait plus que ses dessous rouges affriolants, et rien d'autre. Gigotant dans tous les sens, elle s'efforça de trouver une pose séduisante.

Il revint avec trois bougies qu'il disposa stratégiquement dans la pièce. Elles étaient toutes dans des photophores, sans doute pour les protéger des chats qui s'approchaient de la moindre bougie qu'il allumait. La lumière vacillante réchauffait les murs en pin noueux et faisait scintiller le cadre du lit en laiton.

Dans ce chalet rustique, l'ambiance rappelait à Jayne le Far West, et Dylan ressemblait à un cow-boy farouche, avec son jean et sa chemise à manches longues, sans parler du pistolet accroché à sa ceinture. Il s'assit au bout du lit et retira ses bottes.

Quelque part entre la salle de bains et la chambre, il avait enlevé ses lunettes, et elle se demanda s'il voyait bien sans ses verres correcteurs.

— Vous portez vos lentilles ?

— Non. Y a-t-il quelque chose que vous voulez que je voie ?

D'un mouvement lascif, elle repoussa les couvertures. Une pensée terrifiante lui traversa alors l'esprit. *Et si j'avais l'air ridicule ?*

Inutile de se poser la question. Il demeura bouche bée. Il avait les yeux rivés sur ses sous-vêtements, et elle eut l'impression d'être une femme fatale. Le désir dans ses yeux valait largement le prix indécent qu'avait coûté sa lingerie.

— Ils vous plaisent ? ronronna-t-elle.

Du bout de son index, il la força à relever la tête. Puis il se pencha pour goûter à ses lèvres.

— Ils sont encore mieux que je ne l'imaginais, murmura-t-il d'une voix rauque.

Il laissa sa main glisser le long de son corps, d'abord à la base de sa gorge, puis entre ses seins, jusque sous son nombril. On aurait dit qu'il marquait son territoire, y plantait son drapeau.

Il baissa la tête à l'endroit où son doigt s'était arrêté. Il tira sur l'élastique de sa culotte avec ses dents, puis embrassa ce qui se trouvait au-dessous. Il lui écarta les cuisses.

Des frissons d'excitation la parcoururent tandis qu'il la léchait et la caressait. Elle se cambra. S'agrippa aux draps. Étira les orteils.

— Oh ! Seigneur, gémit-elle les dents serrées, je savais que vous seriez doué.

Quand il s'assit sur le lit, il laissa la main posée dans son entrejambe, comme s'il ne supportait pas l'idée d'être séparé de cette précieuse partie d'elle.

— Je ne fais que commencer, Jayne.

En un éclair, il avait déboutonné et enlevé sa chemise. Sans le moindre bourrelet, son torse et ses abdominaux étaient sculpturaux. Puis il se débarrassa de son jean.

Ils étaient aussi dénudés l'un que l'autre. Elle en dessous rouges en soie. Et lui en boxer noir.

Il se jeta sur elle. D'abord lente et sensuelle, la passion de Dylan devint vite possessive et sauvage. Il lui tint les poignets au-dessus de la tête sur les draps bleus, tandis qu'il la couvrait de baisers, alternant fermeté et douceur, rapidité et lenteur.

Elle sentit son érection se presser contre elle, et le désir la submergea. Elle libéra ses mains et laissa courir les doigts contre son torse, s'arrêtant parfois pour sentir ses muscles contractés et sa toison bouclée, plus foncée que sa chevelure cuivrée. Elle glissa les pouces dans son boxer pour le baisser. En même temps, elle bataillait pour ôter sa culotte. *Pourquoi ces saletés de vêtements ne veulent-ils pas s'enlever ?* Elle avait besoin de le sentir en elle. Pourquoi était-elle aussi maladroite ?

Dylan prit les commandes, la déshabillant calmement avant de se mettre nu lui-même. Il laissa glisser la main sur sa poitrine.

— Tu es magnifique, Jayne, forte et magnifique.

— Tu n'es pas mal non plus, et je sais de quoi je parle. Les médecins voient beaucoup de corps nus, et le tien est splendide.

Elle sentit un nœud se former dans sa gorge. Pourquoi avait-elle dit un truc pareil ?

— Enfin, je ne te compare pas à un cadavre ou à un patient. Seulement…

— Je comprends.

Elle se réjouit quand il couvrit sa bouche de baisers, l'empêchant d'émettre d'autres commentaires idiots. Il la serra contre lui, et leurs jambes s'entremêlèrent. Il titilla ses tétons d'une main experte, les faisant aussitôt durcir. Les sensations qui déferlèrent alors en elle étaient inimaginables. Mais elle n'en pouvait plus d'attendre. Sa patience était à bout.

Elle roula sur le lit pour s'allonger sur lui. Puis elle glissa les doigts dans ses cheveux pour l'empêcher de bouger la tête et l'embrasser fougueusement.

— J'ai envie de toi, gémit-elle.

— Les préservatifs sont dans le tiroir de la table de chevet.

Elle tendit la main vers le tiroir, dérangeant le chat roux dans son empressement pour trouver un préservatif. Et quand elle le trouva enfin, elle en déchira l'emballage avec les dents. Un des furets bondit alors à côté d'elle, attrapa l'emballage et déguerpit. En quelques secondes, elle équipa Dylan.

— C'était rapide, fit-il remarquer.

— Je suis médecin.

— D'accord, doc, et maintenant ?

— Fini de jouer. Je te veux, affirma-t-elle. Tout de suite.

Inutile de le dire deux fois. Il la pénétra, d'abord lentement, puis de plus en plus vite. Au moment où elle crut qu'elle était sur le point d'exploser, il se retira presque entièrement et fit remonter lentement la tension.

On aurait dit une danse. Jayne ne s'était jamais sentie aussi gracieuse au lit. Ils étaient faits l'un pour l'autre. Ils s'accordaient à la perfection.

Enfin, il l'amena jusqu'à l'extase. Son monde vola en éclats, et une pluie de diamants sembla tomber du ciel. Toute sa vie, elle s'était moquée des descriptions fleur bleue de l'acte sexuel, mais à présent elle sentait que chaque mot était vrai. Elle roula sur le ventre et poussa un long soupir.

— La meilleure partie de jambes en l'air de ma vie.

Il éclata de rire et l'embrassa sur la fesse.

— À inscrire dans le Livre des records.

Elle enfouit sa tête dans l'oreiller.

— Je ne comptais pas dire ça à voix haute.

Même si elle avait les yeux fermés, elle n'avait plus envie de dormir. Son expérience sexuelle — quoique limitée — lui avait appris qu'il fallait au moins deux ou trois tentatives avant d'atteindre l'orgasme. Elle et Dylan avaient placé la barre très haut, et elle n'arrivait pas à concevoir que ça puisse être encore meilleur… Mais si c'était le cas, elle voulait essayer. *Était-il possible de mourir de plaisir ?* En tant que neurochirurgienne, elle refusait d'envisager cette éventualité. Elle avait bien trop de scénarios coquins en tête.

Dylan écarta ses cheveux et lui titilla le lobe de l'oreille.

— Un peu plus de vin ?

— Un demi-verre de vin et un grand verre d'eau.

— Besoin de t'hydrater ? demanda-t-il.

— Ça fait toujours du bien après une bonne séance d'exercice.

Toujours nu, Dylan quitta le lit et traversa la pièce mais, une fois arrivé à la porte de la chambre, il se retourna et la regarda. Les couvertures étaient sens dessus dessous. Toujours étendue sur le ventre, elle n'avait pas pris la peine de se couvrir. La lueur des bougies projetait des ombres dorées sur son dos et ses épaules d'un blanc laiteux, qui contrastaient avec ses boucles brunes. Sa taille menue s'élargissait au niveau de ses hanches pour donner naissance à un joli derrière rebondi.

Il prit mentalement une photo d'elle sur le lit. Avec comme légende :

La meilleure partie de jambes en l'air de ma vie.

Il traversa la salle à manger pour aller dans la cuisine. La lumière était toujours allumée. Après avoir pris dans le frigo la bouteille de vin, une bière pour lui, et deux bouteilles d'eau, il éteignit. En général, il laissait les rideaux et les stores ouverts — il n'avait pas besoin de se protéger des regards indiscrets. Personne ne connaissait leur localisation précise, à l'exception de son frère.

Lui et Sean étaient des personnes très différentes. Sean avait six ans de plus que Dylan, et incarnait réellement le mâle alpha de TST Sécurité. Quand il faisait partie du FBI, Sean avait toujours suivi les règles, mais surtout il avait foi en elles. Tout le monde avait été choqué quand il avait démissionné.

Sean avait désapprouvé le fait d'amener Jayne ici. En réalité, il aurait préféré la confier au FBI, chose que Dylan refusait obstinément. Les agents fédéraux devaient se conformer à des protocoles, tout comme le détective

Cisneros. Dylan, en tant que spécialiste en sécurité indépendant, avait plus de marge de manœuvre. S'il parvenait à entrer en contact avec Tank Sherman — qui incarnait apparemment leur unique lien avec Koslov —, Dylan ne se verrait pas contraint d'arrêter le jeune homme.

Depuis leur arrivée, il avait passé la moindre minute à tenter de localiser Tank Sherman sur son ordinateur, voire sur plusieurs machines en même temps. En se plongeant dans les bas-fonds du *dark web*, il avait appris que Tank avait quitté la ville. Mais il n'était pas allé bien loin. Il avait laissé une piste à Dylan.

« Faut qu'on parle », disait le message. Puis le signal visuel avait disparu de l'écran d'ordinateur. Dylan ne l'avait jamais retrouvé.

Ça oui, il faut qu'on parle. Frustré, Dylan tâtonnait pour trouver une piste menant à Tank. Le gosse devait détenir des informations qui l'aideraient à trouver Koslov ou, encore mieux, à savoir pour qui il travaillait. Il y avait de fortes chances pour qu'il s'agisse de Diego Romero — le chef du cartel connu pour être son père. Mais peut-être que non.

De retour dans la chambre, il tendit le verre de vin à Jayne. Elle était assise sur le lit, confortablement adossée aux oreillers. Elle avait remonté le drap sur sa poitrine et affichait un sourire béat, mais elle était toujours aussi sexy.

Elle leva son verre pour porter un toast.

— À ta santé. Tu es le meilleur garde du corps que j'aie jamais eu.

Il leva sa bouteille de bière puis en prit une gorgée.

— Je ne suis pas certain que ton père approuverait mes méthodes.

— Tu lui as parlé ?

— Une fois ce matin avec toi. Et une autre avant le dîner.

Le père de Jayne aussi voulait qu'il vienne en ville

et organise une entrevue avec Tank Sherman. Peter Shackleford, qui collaborait avec l'agent Woodward, était disposé à offrir une coquette somme à Tank s'il acceptait de trahir Koslov. Dylan avait bien essayé de lui expliquer que l'argent n'arrangerait pas les affaires de Tank s'il était mort, mais Peter le Grand refusait de changer d'avis. Autant s'adresser à un sourd.

— Il veut que tu retournes au Texas, dit-il.

— Ça ne m'intéresse pas, protesta-t-elle, je ne suis pas chez moi à Dallas.

— Il veut te protéger, reprit-il avant de secouer la tête. J'imagine que je comprends ce qu'il ressent.

— Es-tu d'accord avec lui ?

— Tout comme lui, je pense qu'il te faut une protection rapprochée. Mais c'est pour cette raison que tu m'as engagé.

— Ça fait un sacré bout de temps que j'ai pris mon envol. Je peux prendre soin de moi. Sans l'aide de mon père.

À l'extérieur de la maison, le rythme nocturne prenait ses droits. Les oiseaux prédateurs — des faucons et des hiboux — rôdaient dans le ciel en poussant des cris perçants. On entendait les feuilles des arbres bruisser. Des chats miauler. Des chevaux donner des coups de sabot et s'ébrouer. Dans la grange, le chameau et les deux girafes s'agitaient dans leurs enclos.

L'atmosphère était différente.

À l'extérieur du chalet, quelqu'un se rapprochait d'eux.

16

Dylan pressa l'interrupteur de la lampe et éteignit les bougies sur la table de chevet. Toujours nu, il attrapa son pistolet, s'approcha de la fenêtre et regarda à travers les stores. Un homme remontait à grands pas le chemin en gravillon qui conduisait au chalet, sans même chercher à être discret. Il portait un blouson en cuir noir.

— Sean, marmonna Dylan.

— Ton frère ?

— Il apporte peut-être de bonnes nouvelles.

— Ce n'est pas comme ça que ça marche, objecta Jayne tout en farfouillant sur le lit pour mettre la main sur sa chemise de nuit. Les bonnes nouvelles peuvent toujours attendre jusqu'au lendemain matin. Les mauvaises arrivent la nuit.

— Quelle heure est-il, d'ailleurs ? demanda-t-il en jetant un coup d'œil à l'horloge.

— Presque onze heures, répondit-elle. Une heure parfaite pour annoncer une catastrophe.

Sean monta en trombe les marches du porche et se dirigea vers la porte. Il tambourina et appela. Sans nul doute, il voulait s'assurer qu'ils aient le temps de se rhabiller s'ils étaient en train de faire quoi que ce soit. L'espace d'un instant, Dylan fut tenté de rester nu, juste pour agacer son frère. Mauvaise idée. Une visite inopinée tard dans la nuit n'était sans doute pas le moment idéal pour jouer à un tel jeu.

— Dylan ! s'écria Sean. Ouvre !

Il déverrouilla la porte et invita son frère à entrer. Deux chats se précipitèrent à l'intérieur.

— Qu'est-ce qui se passe ?

— Il faut que je vous parle, à tous les deux, répondit Sean en se rendant dans la cuisine. Tu as quelque chose à manger ?

— Une demi-tarte à la cerise dans le frigo.

Dylan ne laissait jamais rien sur le comptoir. Si les chats ne s'en occupaient pas, les furets s'en chargeaient.

Jayne sortit de la chambre. Ses lèvres gonflées et ses joues rouges ne laissaient aucun doute sur ce qu'elle venait de partager avec Dylan. Nouant sa robe de chambre par-dessus sa chemise de nuit, elle avait tout d'une femme qui venait de laisser libre cours à ses passions.

— Tout va bien ? s'enquit-elle tout en écartant une mèche de cheveux de son visage. Mon patient, le Pr Cameron, a des problèmes ?

— J'ai donné notre numéro de téléphone à l'hôpital au cas où ils aient besoin de vous joindre, et personne n'a appelé.

— Koslov est en garde à vue ?

Sean secoua la tête.

— Cisneros est dans une impasse. Après cet énorme embouteillage dans le parking de l'hôpital, les policiers de Denver passent un peu pour des incapables. Par contre, l'agent Woodward et les fédéraux progressent.

— On dirait le nom d'un groupe, fit remarquer Dylan. Mesdames et messieurs, merci d'accueillir sur scène l'agent Woodward et les fédéraux.

Jayne émit un rire poli. Son frère ne s'en donna pas la peine.

— Bref, reprit Sean. Woody a eu un contact virtuel avec ce type, Tank Sherman, l'informant que Koslov est à la recherche de Jayne.

— Ce sont les mots qu'il a employés ? Il est « à ma recherche » ? demanda Jayne. Est-ce qu'il a dit pourquoi ?

— Je ne crois pas, répondit Sean.

Dylan sentait qu'il y avait autre chose derrière sa question, une chose qu'elle savait. Dans le parking, quand Koslov la détenait, ils avaient dû discuter. Il se tourna vers elle.

— Est-ce que Koslov t'a dit quoi que ce soit ?

— Quand ?

— Dans le parking.

Il avait horreur de lui rappeler ces instants éprouvants.

— Je ne m'en souviens pas. J'étais droguée, je n'avais plus toute ma tête et j'avais pris une bonne gifle, expliqua-t-elle avant de se raidir. Le coup qu'on m'a porté au visage n'était pas proche des centres de la mémoire et ne devrait donc pas affecter ma capacité à me souvenir. Mais la drogue pourrait poser problème.

— C'est toi l'experte en mémoire, répliqua-t-il. Que pouvons-nous faire pour raviver tes souvenirs de ce moment avec Koslov ?

Elle pinça les lèvres. Il avait le sentiment qu'elle n'aimait pas être un sujet d'étude. S'imaginait-elle qu'il allait lui ouvrir le crâne pour jeter un coup d'œil à l'intérieur ?

Elle se racla la gorge.

— Je crois qu'il m'a demandé un avis médical.

— Ça n'a aucun sens, répliqua Sean.

— J'en suis bien consciente.

— Mais c'est cohérent, intervint Dylan. La première

chose que tu m'as dite quand je t'ai reprise à Koslov était : « Je suis médecin. »

— Quelle différence pour un kidnappeur ? demanda Sean tout en coupant une part de tarte à la cerise avant de la mettre sur une assiette en carton.

— Je l'ignore, admit-elle.

D'un geste théâtral, elle se laissa tomber sur une chaise près de la table ronde en bois. Dylan trouvait le moindre de ses mouvements d'une sensualité sans pareil. Si Sean n'avait pas été là, il le lui aurait dit. Il lui aurait montré à quel point elle était belle. Tout ce qu'il voulait cette nuit-là, c'était qu'ils restent seuls tous les deux, nus, enlacés sous la couette dans la chambre.

— Pourquoi es-tu venu jusqu'ici ? lança-t-il en jetant un regard noir à son frère.

— Parce que j'en ai assez de tous ces gens qui appellent ou qui passent au bureau. Ils me rendent dingue.

— Envoie-les sur les roses.

— Je ne veux pas risquer de refuser un travail potentiel, rétorqua Sean. Je veux seulement mettre de l'ordre dans cette pagaille.

Dylan répéta les mots qu'il avait déjà entendu Sean prononcer des dizaines de fois.

— Même si ce n'est pas au garde du corps de résoudre le crime ?

— Quand bien même, répondit Sean en prenant une fourchette dans le tiroir. Le seul moyen de trouver Koslov, c'est grâce à ce gamin, Sherman.

— J'ai perdu sa trace.

Il avait essayé des dizaines de liens et de programmes, en quête d'une piste ou d'une signature qui s'apparenterait au travail de Tank Sherman. Rien.

— Pour tout te dire, je suis content qu'il soit hors jeu. Tank est un gosse, il n'est pas de taille face à Koslov.

Sean alla prendre la brique de lait dans le réfrigérateur.

— Vous en voulez ? demanda-t-il.

— Un verre de lait va à merveille avec de la tarte, renchérit Dylan. Je veux des deux.

— Moi aussi, intervint Jayne. J'imagine que l'une des personnes qui fait des allées et venues dans votre bureau est mon père.

— Lui et son ami Javier, confirma Sean. Je leur ai confié un projet cet après-midi. Mettre la main sur Diego Romero.

Elle écarquilla les yeux.

— Je croyais que Romero était très âgé et ne quittait jamais le Venezuela.

— Possible, concéda Sean en servant trois verres de lait. Mais si Romero cherche à obtenir quelque chose de votre père, peut-être qu'il peut négocier et passer directement un accord avec lui à ce sujet, et ainsi mettre fin à la menace qui pèse sur vous.

Dylan découpa et servit la tarte.

— Tu ne m'as toujours pas dit ce que tu fais ici.

— Exact, je veux que tu jettes un coup d'œil à ça.

Sean enfouit la main dans la poche de son blouson en cuir. Il en sortit un morceau de papier qu'il tendit à Dylan.

— Des numéros, constata Dylan tout en s'asseyant à table.

— Des points, des tirets, et encore des chiffres, reprit Sean. J'ai reçu un appel sur notre ligne sécurisée. Tu n'as tout de même pas donné ce numéro à Tank ?

— Certainement pas.

— Eh bien, il l'a obtenu d'une façon ou d'une autre. Il n'était pas en ligne. C'était une voix de femme. Elle a énuméré les chiffres et les points deux fois, puis elle m'a dit que tu comprendrais et elle a raccroché.

Sans connaître le contexte qui entourait ces chiffres, il fallut un moment à Dylan pour saisir quel genre de message Tank lui envoyait.

— Ce sont des coordonnées GPS.

— C'est ce que j'ai pensé.

— Si je ne me trompe pas, cet endroit n'est pas loin de Buena Vista.

Quoique certain que Tank ignorait comment trouver le ranch RSQ, Dylan avait peut-être fait mention de quelque chose dans le coin qui avait mis la puce à l'oreille au gosse.

— Et il y a un autre code.

Tandis qu'ils mangeaient leurs parts de tarte et buvaient leurs verres de lait, il riva les yeux sur les inscriptions sur la feuille de papier et passa en revue les codes avec lesquels il était familier. La liste était longue : il avait mis au point un jeu pour ordinateur en se servant des codes courants, et encore deux jeux dérivés à partir du premier.

En pleine concentration, Dylan avait conscience que son frère et Jayne discutaient, conscience du goût de la tarte, et de la présence du chat qui se frottait contre sa jambe sous la table. Mais il n'était pas vraiment là. Dans sa tête, il faisait défiler une masse infinie d'informations, fouillait les moindres dossiers, creusant pour trouver celle qui résoudrait l'énigme de Tank.

— Eurêka !

Il tapa si fort sur la table que le chat à ses pieds bondit, se cogna la tête, et déguerpit en grognant.

Sean sursauta sur sa chaise.

— Voilà pourquoi on ne peut pas faire confiance aux chats. Ils finissent toujours par avoir un comportement flippant.

— Ce comportement n'avait rien d'anormal, dit Jayne.

Elle tendit la main pour faire revenir la chatte noire et

blanche prénommée Checkers. Tandis qu'elle se roulait en boule sur ses genoux, elle expliqua :

— Une réaction de surprise est un moyen normal de se protéger. Vous pourriez réagir de la même façon en entendant un coup de feu.

Avant qu'ils commencent à se chamailler, Dylan se leva.

— Voulez-vous savoir ce que signifie le code ?

Il avait capté l'attention des deux intéressés. Vu qu'ils n'avaient rien à faire de la façon dont le code fonctionnait, il n'avait pas besoin d'en expliquer le processus.

— Le GPS va nous conduire à Buena Vista, à un endroit près de la rivière Arkansas. Les mots que j'ai réussi à traduire sont « Key-Yak-Two ».

Sean secoua la tête, l'air incrédule.

— Mais qu'est-ce que ça peut bien…

— Je présume qu'il s'agit d'un magasin de kayaks. Et que Tank se cache au deuxième étage.

— Une petite question, reprit Sean. Pourquoi Tank se terrerait-il aussi près du ranch RSQ s'il ignore son existence ?

— Possible que j'ai mentionné Buena Vista une ou deux fois, d'où le fait qu'il se soit concentré sur cette zone.

Le hacker adorerait trouver la planque où Dylan avait créé son logiciel.

— Ah oui ! et j'ai utilisé des photos de chaînes de montagnes, les Collegiate Peaks — le mont Princeton et le mont Yale —, en arrière-plan dans un jeu.

Tenant toujours le chat dans ses bras, Jayne se leva d'un bond.

— En tout cas, on dirait bien que tu l'as trouvé. Allons-y !

— Du calme, dit-il. Tu ne vas nulle part.

— Je peux t'assurer que si, grommela-t-elle.

Dylan pesait le pour et le contre. Si elle restait là, elle serait sans protection. Si elle les accompagnait, elle pourrait se retrouver en danger. Mais Sean et lui seraient là pour veiller sur elle.

Jayne et Sean se renvoyèrent la balle jusqu'à ce qu'elle annonce d'une voix ferme :

— Je refuse de rester ici toute seule.

— Donne-moi un coup de main, s'il te plaît, demanda Sean en regardant Dylan.

— Je suis de son côté, trancha ce dernier. L'un dans l'autre, je pense qu'elle est plus en sécurité avec nous.

— Merci, Dylan, reprit-elle avant de se retourner pour aller dans la chambre. Je serai prête dans une minute.

Dès qu'elle quitta la pièce, Sean donna un coup de poing dans l'épaule de son frère.

— Ça, c'est pour avoir pris son parti au lieu du mien.

— Tu sais que j'ai raison.

Dylan se plaisait à croire que le ranch RSQ était complètement invisible, mais ce n'était pas tout à fait vrai. Vu les récentes avancées technologiques en matière de surveillance, aucun endroit au monde n'était vraiment caché. Koslov pourrait localiser cet endroit bien trop facilement. Et Jayne serait alors à sa merci.

— Il se pourrait que ce soit une embuscade, dit Sean. En général, on est plutôt doués pour arrêter des seconds couteaux, toi et moi, mais là on parle d'un assassin du cartel Romero.

— On ne va pas chercher la bagarre, répliqua Dylan. On approchera prudemment. Au moindre signe de problème, on appelle du renfort. Le shérif local est un certain Swanson. On le préviendra avant d'arriver sur place.

Dylan se dirigea vers le placard de l'entrée, ouvrit un panneau secret et en sortit un sac de l'armée rempli de pistolets et de munitions.

— Sacrés moyens de défense, fit remarquer Sean en fronçant les sourcils.

— Je veux juste me tenir prêt. On prendra deux véhicules.

Sean enfouit la main dans sa poche.

— Des oreillettes pour qu'on puisse communiquer.

— Je vais en chercher une paire pour Jayne.

Il se dirigea à grands pas vers sa chambre où deux écrans étaient consacrés à ses efforts pour retrouver Tank. Sur l'un d'eux était affichée la photo du permis de conduire du jeune homme. Il avait le visage émacié. Quoique rasé d'assez près, son menton pointu lui donnait un triste air de famille avec un bouc.

Jayne arriva dans la pièce.

— C'est Tank ? On dirait un adolescent.

— Il a vingt-six ans, à peine deux ans de moins que moi.

— Et seulement deux poils au menton — ce n'est qu'un gosse, reprit-elle.

Elle se mit sur la pointe des pieds et lui chuchota dans l'oreille :

— Tu es un homme *très* adulte.

— Rends-moi service, murmura-t-il en retour.

— Tout ce que tu veux.

— Ne laisse pas mon frère t'entendre dire ça. Il ne me raterait pas.

Un large sourire aux lèvres, elle recula d'un pas.

— Je n'ai pas l'intention de te mettre dans l'embarras.

Le seul fait qu'elle soit proche de lui générait assez d'électricité pour alimenter la vallée entière. Si seulement ils n'avaient pas été interrompus aussi brutalement après leurs ébats… Il avait encore tant de choses à partager avec elle.

17

Jayne s'habituait de plus en plus aux sensations physiques engendrées par la peur : montées d'adrénaline, muscles qui se contractent, et même folles envies de hurler. Lorsqu'elle s'installa sur le siège passager du 4x4 de Dylan, elle sentit son œil agité d'un tic nerveux. Ça, c'était nouveau. La tarte à la cerise qu'elle venait d'avaler dansait le tango dans son estomac.

S'ils se faisaient attaquer par des sales types, elle ne pourrait rien faire pour les arrêter. Elle ne savait ni tirer ni combattre au corps à corps. Un couteau serait sans doute la meilleure arme pour elle — elle était capable de localiser les artères principales et de les sectionner en un éclair. Enfin… En théorie. En prêtant son serment d'Hippocrate, elle avait promis de ne pas faire de mal à autrui, et elle n'arrivait pas à s'imaginer en train de commettre un meurtre, même en cas de légitime défense.

Mais quand Dylan avait décidé de partir à la recherche de Tank, elle n'avait pas pu rester à l'attendre. Il fallait qu'elle soit à côté de lui. Résolue à garder son calme, elle inspirait et expirait lentement.

Le 4x4 de Dylan s'éloignait du petit canyon caché où se trouvait le ranch RSQ. La première fois qu'ils avaient emprunté cette route, Jayne dormait à poings fermés à cause des calmants qu'on lui avait administrés, donc les environs étaient nouveaux pour elle. Tant bien que mal, elle essayait de ne pas s'imaginer que des monstres étaient tapis dans l'ombre. Une fois ressortis de la sombre forêt, ils se retrouvèrent sur un haut plateau qui surplombait la vallée de la rivière Arkansas. Au clair de lune, le panorama était vaste et ouvert. Aucun risque qu'un danger se cache par là.

Elle n'avait pas été en montagne de tout l'été, et elle s'émerveillait — comme chaque fois — devant les rochers imposants et les forêts verdoyantes. Au-dessus, la pâle demi-lune décrivait un arc dans le ciel parsemé d'étoiles. Elle se concentra sur la beauté environnante. *Oublie ta peur.* Un vaste chemin de terre s'étendait au-dessous d'eux, dans une vallée sauvage bordée de collines escarpées. Vu qu'ils étaient en plein milieu de la nuit, seules quelques maisons étaient éclairées.

— Je devrais venir en montagne plus souvent, constata-t-elle.

— Maintenant tu as une bonne raison de le faire, dit Dylan.

— Qu'est-ce que tu entends par là ?

— Tu n'es pas le genre de personne qui vient se perdre en montagne. Il te faut une destination. Ça pourrait être le RSQ.

— Je serais ton invitée ?

— Tu serais mon invitée au chalet. Tu dormirais dans mon lit, ajouta-t-il d'une voix rauque et sensuelle.

— Ça me plairait bien.

— Je ne peux pas te promettre que nous donnerons ton nom à des bébés girafes chaque fois que tu viendras, mais il se passe toujours quelque chose d'intéressant. Tu es aussi la bienvenue quand je n'y suis pas. Ce n'est pas la place qui manque. Et Betty ne serait pas contre un peu de compagnie. Elle t'aime bien.

— Je l'aime bien, moi aussi.

Elle riva les yeux sur lui. À la lumière du tableau de bord, il avait un profil imposant, mais pas parfait pour autant. La bosse sur son nez indiquait qu'il avait sans doute été cassé et mal refait. Sa mâchoire était trop carrée, mais son sourire nonchalant lui adoucissait les traits.

En général, elle préférait les hommes bien habillés et propres sur eux, mais il y avait quelque chose dans l'apparence décontractée de Dylan qui lui donnait envie de lui arracher ses vêtements. Nu, il était splendide. Alors qu'elle s'imaginait Dylan allongé sur un lit, sa peur commença à se dissiper. Dylan, star du porno ? Encore une autre facette ?

Il était doué pour jouer avec les apparences, mais il avait toujours été franc avec elle. Son visage lui inspirait confiance, et ça voulait tout dire. Quant à son frère, Sean ? Pas tant que ça.

Dylan lui jeta un coup d'œil.

— Tu es en train de m'examiner au microscope ?

— Pourquoi ferais-je une chose pareille ?

— Une expérience neurologique ? dit-il en haussant les épaules. Je ne sais pas pourquoi, mais tu me regardais fixement.

— Je voulais garder un souvenir précis de toi, une image mentale que je pourrais invoquer quand j'aurai envie de te voir.

— Tu pourrais te contenter de m'appeler.

— Certes.

C'était ce qu'il disait maintenant, mais elle savait qu'il ne fallait pas se fier à un : « Appelle-moi. » Il semblait bien plus probable qu'une fois que tout serait terminé ils rentrent à Denver, fassent leur vie chacun de leur côté, et ne se revoient jamais.

— Tu ne crois pas que nous allons rester en contact,

reprit-il. Tu penses seulement que tu vas prendre ton pied et partir sans te retourner.

Lisait-il dans les pensées ?

— Tu penses la même chose ?

— Bien sûr que non.

— On est en train de se chamailler ?

— Peut-être. Je ne sais pas.

Se disputer valait toujours mieux que de rester assise là, tétanisée par la peur.

— Selon moi, oui.

Elle supposa qu'il connaissait bien cette route sinueuse parce qu'il conduisait vite. Il accéléra encore. Ses doigts se crispèrent autour du volant.

— Je vais aller droit au but, poursuivit-il en remontant ses lunettes sur son nez. Je t'aime bien, Jayne. Nous avons beaucoup de choses en commun. Tu es intelligente et de bonne compagnie. Parmi une centaine d'autres qualités, tu es un super coup au lit. Hors de question que je te tourne le dos.

C'était ce qu'il disait maintenant, tant que ses souvenirs étaient encore frais. À peine quelques heures plus tôt, ils étaient au lit ensemble. L'odeur de leur passion chatouillait encore les narines de Jayne. Sur ses lèvres, elle sentait encore son goût. Dylan s'en souviendrait-il dans une semaine ? Dans un an, se souviendrait-il seulement de son nom ?

Elle tenta de s'expliquer.

— Je ne suis pas en train de te plaquer ou quoi que ce soit dans ce goût-là. Mais il y a de grandes chances que nous nous disions adieu quand je n'aurai plus besoin de garde du corps. Nous avons tous les deux des emplois du temps chargés, et pas de place pour une relation.

— Au lieu d'anticiper sur un échec que tu juges inévitable, pourquoi ne pas voir le positif. Tu m'aimes bien. Je le sais.

— Ce n'est pas la modestie qui t'étouffe.

Elle le taquinait, mais elle appréciait son assurance. Elle éprouvait la même chose à l'égard de la neurochirurgie. Elle aimait son travail et savait qu'elle était brillante.

— Tu ne dois pas manquer de succès auprès des femmes, reprit-elle.

— Pas tant que ça.

Difficile à croire.

— Enfin, Dylan. Dis-moi la vérité.

— J'ai presque trente ans et je ne suis pas marié. On ne peut pas vraiment appeler ça une réussite, ajouta-t-il. Mes parents commencent à être sacrément frustrés par Sean et moi. Il s'est marié une fois, mais sa femme s'est avérée être une vraie garce.

— Il est divorcé ?

— Complètement réinitialisé, répondit-il en agitant la main comme s'il effaçait un tableau invisible. Oublie ce que je viens de dire. La vie amoureuse de Sean n'est pas un bon exemple. Seulement, je ne veux pas que tu penses que je cherche à me marier. Ton père doit déjà suffisamment te rebattre les oreilles pour que tu te cases.

— J'ai passé un accord avec lui il y a bien longtemps. Il ne m'embête pas sur le fait que je n'ai ni petit ami ni mari, et je ne lui reproche pas ses nombreux mariages. Il a connu son grand amour dans cette vie, ne put-elle s'empêcher d'ajouter. C'était ma mère. Il ne trouvera jamais une autre femme comme elle.

Dylan tendit le bras pour lui prendre la main. La chaleur de sa peau lui faisait un bien fou. Il la pinça légèrement.

— C'est pour ça que tu pardonnes à ton père de ne pas te comprendre et d'être aussi exigeant. Il a perdu son âme sœur et en a beaucoup souffert.

— Oui, acquiesça-t-elle calmement.

— La même chose s'applique à toi. Tu as perdu ta mère. Ce genre de blessure est profonde.

Et elle avait entendu suffisamment de psychothérapeutes lui exposer à quel point cette perte l'avait affectée. Avait-elle choisi de faire médecine parce que sa mère était biochimiste ? Essayait-elle d'incarner un substitut pour son père ? Fuyait-elle les relations de couple parce qu'elle avait peur de l'amour ?

— C'est compliqué, se contenta-t-elle de répondre, bien déterminée à clore ce chapitre douloureux.

— Je préfère la complexité. Je pourrais passer longtemps à tenter de te comprendre.

— À t'entendre, on croirait que tu trouves ça amusant.

— C'est le cas.

Cette conversation prenait une tournure étrange. Ils parlaient à la fois du futur et du passé. En plus, Jayne n'avait plus peur.

— Betty Burton m'a dit que tu passais beaucoup de temps seul quand tu étais enfant.

— Je le fais toujours, acquiesça-t-il. Peut-être que je m'avance un peu trop, mais je serais prêt à parier que tu étais une enfant solitaire, toi aussi.

— J'ai eu du mal à me faire des amis vu que je n'arrêtais pas de sauter des classes. J'étais toujours entourée par des gens plus âgés. J'ai fréquenté des garçons qui l'étaient.

— Ton père a dû y voir une menace.

Elle grimaça intérieurement en constatant que les rares fois où son père s'intéressait à ce qu'elle faisait il n'approuvait jamais. Et parfois, son jugement était bien avisé.

À seize ans, alors qu'elle préparait son diplôme de médecine à Stanford, elle s'était crue follement amoureuse d'un étudiant en arts dramatiques de dernière année. Il avait vingt ans. Il était sublime… et c'était l'être le plus narcissique qu'elle ait jamais rencontré. Son ego avait la taille d'une montgolfière, mais elle n'avait d'yeux que pour l'étincelle dans son regard, le blanc éclatant de ses dents, et le bronzage doré de ses abdominaux parfaitement dessinés.

Elle l'avait poursuivi sans relâche, se plongeant dans des magazines de mode avec autant d'ardeur que dans ses revues médicales. Elle s'était teint les cheveux en châtain foncé avec des mèches blond platine, avait appris à se faire des yeux charbonneux, et acheté un soutien-gorge qui transformait son bonnet A en un généreux bonnet C.

À l'arrière de sa Lexus, elle lui avait donné sa virginité. Leurs ébats étaient pathétiques, maladroits et absolument pas satisfaisants, même si elle avait aussi étudié la question du sexe. Se disant que ce devait être sa faute à elle, vu que lui était tellement magnifique, elle avait réessayé, encore et encore.

Enfin, au comble du désespoir, elle avait proposé d'abandonner la fac de médecine et de partir à New York avec lui. C'est à ce moment qu'était arrivé le clou du spectacle : il l'avait quittée.

— Je n'ai pas eu beaucoup de chance dans mes relations quand j'étais plus jeune, admit-elle. Et toi ?

— J'étais un intello typique. Je me plongeais à fond dans mes calculs. Je passais tout mon temps sur mon ordinateur.

— Tu étais maigrichon ?

— Je n'étais ni bronzé ni musclé, et je portais des lunettes à double foyer.

— Et tu étais très seul, ajouta-t-elle.

— Tout à fait exact.

— C'est la malédiction des gens brillants. Les autres enfants me rejetaient, et pour être honnête je ne les en blâmais pas. J'étais complètement absorbée par mes études.

— Je n'étais jamais triste, déclara-t-il.

— Moi non plus. Mon sentiment d'isolement venait uniquement du fait que personne d'autre ne pouvait comprendre ce que je faisais, et ça me chiffonnait. Mais je n'étais pas déprimée.

— Quand as-tu rencontré des gens qui te comprenaient ?

— En fac de médecine, répondit-elle. Pour la première fois de ma vie, je n'étais pas la fille la plus intelligente dans la pièce.

— Moi, j'ai eu une révélation pendant ma première année de lycée, après une énorme poussée de croissance. J'étais toujours un intello, mais un intello très grand que les entraîneurs voulaient enrôler dans leurs équipes. J'aimais bien les statistiques et la symétrie des jeux collectifs, mais ce n'était pas pour moi. Je me suis mis au vélo et à la course à pied. D'autant que ces exercices me semblaient une bonne façon de se couper du reste du monde et de réfléchir. J'ai fait *Ride The Rockies* deux fois.

— La course à vélo autour de Grand Junction ? Ce n'est pas six cent cinquante kilomètres, ou quelque chose comme ça ?

— La dernière fois que je l'ai faite, il y a deux ou trois ans, le circuit faisait sept cent quarante-huit kilomètres de long.

— Eh bien, voilà quelque chose que nous n'avons pas en commun, répliqua-t-elle. J'ai toujours été nulle en sport.

S'il cherchait quelqu'un avec qui faire du vélo, il valait mieux qu'il passe son chemin.

Par galanterie, il n'émit pas de commentaire, mais elle savait qu'il l'avait remarqué. Où qu'elle aille, elle finissait par trébucher ou tomber. Voilà pourquoi leurs ébats avaient été aussi incroyables à ses yeux. Le moindre baiser, la moindre caresse, donnaient l'impression d'avoir été chorégraphiés, tant ils étaient parfaits à tous les niveaux.

Dylan contourna les abords de Buena Vista, qui étaient moins pittoresques que le centre-ville où il y avait plusieurs cafés-restaurants, des gîtes, des motels et des hôtels. Au printemps, les touristes arrivaient en masse. Cette région était réputée pour le rafting en eau vive. Plusieurs petits commerces longeaient la rivière, tous étaient sombres et semblaient déserts.

Jayne montra un panneau du doigt.

— Des kayaks. C'est une maison en forme de A. Autrement dit, il y a deux niveaux.

— Je vois ça, acquiesça Dylan.

Sa peur réapparut d'un seul coup, mais elle n'était pas insurmontable. Elle pouvait gérer la situation.

— Pourquoi ne nous arrêtons-nous pas ?

— Sean et moi nous sommes mis d'accord pour rester sur nos gardes. Pour ce que j'en sais, Tank travaille pour Koslov. Et les communications informatiques ont pu être envoyées par Koslov.

— Pas le message contenant le code, objecta-t-elle. Koslov n'est pas aussi malin. S'il avait forcé Tank à l'envoyer, il y aurait dissimulé un avertissement.

Un silence s'installa. Le moindre battement de son cœur résonnait aux oreilles de Jayne. Le stress lui nouait l'estomac.

Dylan fit un ou deux kilomètres de plus et tourna à droite, s'éloignant de la rivière en direction d'une zone légèrement boisée où il se gara et éteignit les phares. Sean l'imita. Ils sortirent de leurs véhicules et se rejoignirent à mi-chemin.

Avec ce vent frisquet, elle était ravie de porter sa parka vert foncé avec une capuche fourrée. Même s'il n'y avait personne en vue, ils s'entretenaient à voix basse.

— On va s'approcher dans l'une des voitures, dit Sean.

On se gare près de la rivière. Le son des rapides couvrira le bruit. J'irai en premier et je vous dirai quand me suivre.

— Compris, acquiesça Dylan.

Sean ouvrit le coffre de sa voiture, en sortit des gilets pare-balles qu'il leur tendit.

— Ça va être grand pour vous, Jayne. Je n'ai pas plus petit.

Elle enfila le gilet par-dessus sa parka et ses vêtements. Non seulement il était trop grand, mais les bordures étaient tellement rigides qu'elle avait l'impression d'être emballée dans une boîte en métal.

Dylan lui donna des écouteurs.

— Cet appareil est un émetteur. Allume-le comme ceci, et éteins-le comme ça. Glisse-le dans ton oreille, et je pourrai t'entendre jusqu'à vingt-cinq mètres à la ronde. Ne dis rien tant que tu ne vois pas de danger. Ne t'éloigne pas de moi.

Aucune des instructions ne paraissait particulièrement compliquée, et elle espérait ne pas faire de bêtise. Elle sentait déjà monter l'adrénaline. Son pouls s'accéléra lorsqu'elle grimpa à côté de Dylan à l'arrière du véhicule de Sean. Les deux hommes étaient armés de fusils semi-automatiques et de pistolets.

— Je ne devrais pas porter une arme ? demanda-t-elle.

— Non, répondirent-ils d'une seule voix.

Le son de leurs deux voix à l'unisson se cumula à leur écho dans l'oreillette, comme s'ils étaient quatre à parler au lieu de deux.

— Et si quelqu'un cherche à s'en prendre à moi ?

— Reste près de moi, répliqua Dylan.

— Et si tu es blessé ?

— Ça n'arrivera pas.

Ce moment servait de test pour évaluer à quel point elle lui faisait confiance. Ils avaient déjà dû faire face à une fusillade à l'hôpital quand Koslov l'avait enlevée, et Dylan avait volé à sa rescousse sans la moindre hésitation. Mais là, c'était différent. Dylan risquait littéralement sa vie pour la protéger.

Au volant, Sean longeait le bord de la route, tous phares éteints. Il se gara et coupa l'éclairage intérieur de la voiture avant qu'ils ouvrent les portières pour sortir.

Le son de la rivière masquait le peu de bruit qu'ils faisaient en piétinant dans la forêt. Sean prit la tête. Jayne lui emboîta le pas. Et Dylan suivit de près.

Restant sur un sentier qui bordait la rive, ils traversèrent le jardin d'une maison qui était plus éloignée de la rivière et proche de la route. Très peu de gens habitaient juste à côté de l'eau. Presque à chaque printemps, le trop-plein des hautes montagnes faisait déborder la rivière de son lit. Les risques d'inondations étaient importants.

Ils remontèrent discrètement un chemin étroit et boueux bordé de pins, de rochers, et d'arbustes. Sous sa parka et son gilet pare-balles, Jayne commençait à transpirer. Même si elle avait trébuché à quelques reprises, elle n'était pas tombée la tête la première.

Une enseigne pendait du sommet de la bâtisse en forme de A : *A*-KAYAK. Le reste de l'espace, sur le côté du bâtiment qui était en bord de route, arborait des panneaux énonçant les marques des kayaks, ainsi que les tarifs des leçons, des locations et des ventes.

Mais le panneau qui attira réellement leur attention se trouvait sur la vitre de la porte. Dylan le pointa du doigt. Le Wi-Fi était accessible à l'intérieur. Il se pourrait bien que le propriétaire du magasin de kayaks soit un ami virtuel de Tank.

Jayne sentait perler des gouttes de sueur sous ses aisselles et sur son front. Elle se rapprocha des deux frères qui semblaient communiquer par la pensée. Sean avait jeté un coup d'œil à l'intérieur par la vitre crasseuse de la porte. Il baissa la main et tenta de tourner la poignée qui céda facilement.

Quand ils entrèrent, se déplaçant discrètement, Sean se dirigea vers l'unique escalier en colimaçon près de la porte d'entrée. Le rez-de-chaussée était rempli de modèles d'exposition de kayaks, d'équipement et de vêtements. Derrière la caisse, sur le mur du fond, trônait un trophée.

Elle emboîta le pas à Dylan qui traversait la pièce. Derrière le comptoir se trouvait une porte. Il l'ouvrit lentement. Cette pièce n'avait pas de fenêtres. Il sortit une lampe-torche de la poche de sa veste et l'alluma. Le faisceau lumineux éclaira le local en désordre, où des factures, du courrier non ouvert et une pile de chèques s'entassaient sur un bureau dans un coin. Cette cabane servait-elle de couverture à d'autres activités ? Ou s'agissait-il seulement d'un commerce mal entretenu ?

Elle entendit appeler son nom depuis l'étage et se déplaça dans cette direction.

Dylan l'attrapa par le bras.

— Je passe en premier.

— C'était la voix de ton frère, murmura-t-elle.

Il avait forcément confiance en Sean.

Elle entendit ce dernier parler dans son oreillette.

— Venez vite, Jayne.

Ensemble, Dylan et Jayne se ruèrent vers l'escalier à l'entrée du magasin. Dylan monta le premier. Une fois à l'étage, il brandit sa lampe-torche sur des formes floues de canapés, de fauteuils et de bureaux, plongés dans la semi-obscurité de cette pièce au sol bancal, éclairée par une seule fenêtre.

Sean était accroupi sur le sol, penché sur le corps haletant d'un jeune homme maigrichon, torse nu, qui avait le visage en sang. La moindre inspiration lui arrachait des râles violents. Ses convulsions tordaient les motifs des nombreux tatouages qui couvraient ses bras et son torse.

La panique noua l'estomac de Jayne. Une overdose ? D'où provenait le sang ? Elle recula d'un bond et se recroquevilla sur elle-même, telle une tortue se tassant dans sa carapace à l'épreuve des balles. Son passage aux urgences datait de longtemps. Elle avait envie de s'enfuir, mais ce n'était pas une option. *Je suis médecin.*

Elle écarta Sean de son chemin et s'agenouilla sur le sol à côté du jeune homme dont le corps était agité de spasmes.

Poser un diagnostic s'annonçait difficile. Elle commença par traiter les symptômes, faisant de la place autour de lui pour qu'il ne se blesse pas en convulsant.

— Est-ce qu'on peut allumer la lumière ? demanda-t-elle.

Dans son oreillette, elle entendit Dylan et Sean débattre de la question. Vu qu'il n'y avait qu'une seule fenêtre, ils décrétèrent que le danger était minime. À la faible lueur d'une ampoule suspendue au centre de la pièce, l'appartement du premier étage paraissait morne et défraîchi, comme si le moindre centimètre de la pièce était enseveli sous une couche de poussière. Elle prit un coussin sur le canapé défoncé.

— Dylan, apporte-moi une couverture et un linge humide.

Elle examina le corps tatoué du blessé qui tremblait et se débattait. Pas de blessures graves apparentes. Rien de comparable à une balle ou à un coup de couteau. La majeure partie du sang sortait de son nez.

Quand Dylan réapparut avec la couverture et le linge, elle toucha le front du jeune homme. Il était très chaud.

— C'est Tank, n'est-ce pas ? demanda-t-elle.

— Oui.

— Sais-tu s'il souffre d'une maladie ? D'épilepsie, peut-être ? Ou s'il prend de la drogue ?

— Je ne connais pas son historique médical, répondit Dylan. On n'est pas amis, on ne passe pas de temps ensemble. S'il prend de la drogue, ça se limite sûrement à de l'herbe.

— Dans ce cas, nous avons un problème, annonça-t-elle avant de corriger sa formulation. Enfin, un problème de plus. Je pense que Tank fait une overdose d'amphétamines.

— Et s'il ne les a pas prises lui-même, alors on les lui a administrées, enchaîna Dylan sans attendre. Quelqu'un d'autre se trouvait ici avec lui.

Et Jayne n'avait aucune envie de rencontrer la personne en question.

18

Dylan ne s'y connaissait pas vraiment en matière de drogue, mais il en savait suffisamment pour savoir qu'il ne tomberait jamais dans ce genre d'addiction. Il n'imaginait pas Tank en prendre non plus.

Il appela son frère, qui était posté en haut de l'escalier.

— On a un problème.

— J'ai entendu, répliqua Sean. J'ai appelé le shérif Swanson. Ses adjoints sont en route, et il fait venir une ambulance.

— Nous ne sommes pas loin de l'hôpital de Buena Vista. Ils seront là d'ici quelques minutes.

— Je ne comprends pas, reprit Sean. Si Koslov était ici et a fait prendre de la drogue à ton copain Tank, pourquoi est-il parti ? Un bâtiment pareil est idéal pour tendre un piège.

Ça n'avait aucun sens. Koslov avait la réputation de ne jamais laisser de témoins derrière lui. Pourquoi avoir donné de la drogue à Tank ? Pourquoi ne pas leur avoir tendu une embuscade ? Pourquoi étaient-ils encore en vie ?

— Il ne veut pas nous tuer, répondit Dylan. Il veut Jayne. Et il la veut en bonne santé. Il n'a pas l'intention de s'en prendre à nous.

— Eh bien, au cas où il changerait d'avis et qu'on se

retrouve au milieu d'une fusillade, je te veux ici avec moi à côté de l'escalier. C'est le seul accès au premier étage.

Dylan jeta un coup d'œil derrière lui et vit que Tank se calmait peu à peu. Jayne l'avait mis sur le côté et lui avait surélevé la tête et les épaules. Dans son oreillette, il l'entendait parler au jeune homme, lui demander son nom et s'il savait où il se trouvait.

— Il arrive à parler ? demanda Dylan.

— Il ne réagit pas, répondit-elle. J'espère que l'ambulance va arriver avant qu'on le perde.

— Reste avec lui.

Dylan avait la nette impression que la seule raison pour laquelle Tank était toujours en vie était pour leur transmettre un message. Koslov s'était servi du hacker comme appât pour les attirer dans cet endroit, et son subterfuge avait fonctionné. Ils étaient là. Pourquoi Koslov ne les attaquait-il pas ?

Il aurait été facile pour un tireur d'élite de rester posté là en attendant de tuer Sean et Dylan et de s'emparer de Jayne. Tout en écoutant son frère expliquer au personnel des urgences qu'approcher du magasin de kayaks était potentiellement dangereux, il se repassait le film dans sa tête. Pourquoi Koslov s'était-il ravisé ?

Certes, il ignorait qui se montrerait à la boutique. Si Dylan avait eu plus de temps et avait été plus investi dans l'enquête à Denver, il aurait pu envoyer Cisneros et garder Jayne en sécurité au ranch. Koslov ne lancerait pas une attaque sur un groupe de policiers sans raison. Il voulait Jayne. Pourquoi se donnait-il tant de mal pour ne pas la blesser ?

D'habitude, les cartels de la drogue n'étaient pas aussi prévenants avec les gens qu'ils enlevaient. Quand ils n'étaient pas foncièrement cruels, ils avaient tout du moins un mépris certain pour le confort de leurs otages. Pas de nourriture. Pas d'eau. Les prisonniers étaient détenus dans des conditions lamentables. Dylan refusait d'imaginer ce qui arriverait à une femme aussi belle que Jayne si sa garde était confiée à Koslov et ses hommes.

Dans son oreillette, il entendait Jayne calmer Tank qui essayait de parler.

— Doc… teur Jayne. Aidez. Moi. Doc… teur.

— Tout va bien, murmura-t-elle. Je suis Jayne. Et je suis médecin. Vous devez vous détendre autant que possible.

— De l'eau, articula-t-il.

— L'ambulance va arriver d'une minute à l'autre. Vous aurez de l'eau à ce moment-là.

Dylan se retourna une nouvelle fois. Jayne tamponnait le front de Tank avec le linge humide pour apaiser sa fièvre. En même temps, elle l'avait emmailloté dans une couverture. Il ne comptait pas remettre ses méthodes en question, mais il se demanda si elle n'avait pas passé trop de temps à tripoter des cerveaux pour se souvenir des gestes de premier secours.

— Vous tremblez, remarqua-t-elle. Vous avez froid ?

— Froid, docteur, froid, marmonna le blessé.

Dylan entendit la sirène de l'ambulance et se demanda si Koslov l'entendait, lui aussi. Le meurtrier ne s'en prendrait pas au shérif, ni aux secouristes. Il n'y avait aucun intérêt, et tirer sur un policier attirerait toutes les forces armées du Colorado sur lui. Tant de spéculations… Si seulement Dylan avait plus de réponses.

Tandis que Sean descendait au rez-de-chaussée pour laisser entrer l'équipe dans le magasin, il se dirigea vers le centre de la pièce et se pencha au-dessus de Jayne.

— Il n'a rien dit ?

— Il a froid et il veut de l'eau, expliqua-t-elle en levant

les yeux vers lui. Vu que l'ambulance n'était pas loin, je ne voulais pas lui donner quoi que ce soit que son corps pourrait rejeter.

— Tu veux dire qu'il aurait vomi ?

— Oui. Je n'ai aucune idée de la quantité de drogue qui envahit son organisme. J'ai fouillé dans la pièce et dans ses poches je n'ai rien trouvé.

— C'est Koslov qui l'a drogué, fit remarquer Dylan.

— Tout comme il l'a fait avec moi.

— Bien vu, répliqua-t-il en tirant sur un bord de la couverture qui entourait le corps tremblant de Tank Sherman. Pourquoi est-ce que tu lui tamponnes le front et le couvres en même temps ?

— La couverture, c'est pour le choc. Le linge humide, pour la fièvre. La patience est le meilleur soin qu'on puisse lui prodiguer en attendant. Tant qu'on ignore l'origine de son overdose, c'est délicat de lui donner un traitement. Je ne veux pas aggraver son état.

Pour tout ce qui touchait à la médecine, elle savait ce qu'elle faisait. Son boulot à lui était de la protéger.

Jayne monta à l'arrière de l'ambulance avec Tank et Dylan. Il y avait déjà trop de monde à l'intérieur, mais elle se sentait responsable du blessé, et Dylan refusait de la lâcher d'une semelle. Elle ne pouvait pas le blâmer d'un tel comportement — c'était le rôle d'un garde du corps de rester auprès d'elle. D'autant qu'il lui manquerait s'il partait. À vrai dire, elle se sentait très à l'aise avec cette facette virile de Dylan, sans doute parce qu'elle n'entachait aucunement son côté intello. D'une main, il tenait son semi-automatique. De l'autre, il remontait ses lunettes sur son nez.

Une fois à l'hôpital de Buena Vista, elle s'entretint avec

les autres médecins, se prépara, et les rejoignit au bloc où Tank était déjà sous intraveineuse et branché à un appareil respiratoire. La drogue qu'on lui avait administrée avait endommagé son cœur. Il fallait lui faire un pontage immédiatement.

La plus grande inquiétude de Jayne, évidemment, était l'état cérébral du jeune homme. Une seule seconde sans que le sang circule jusqu'au cerveau pouvait causer des dégâts irréparables. Au bloc, elle observa en gardant les mains jointes derrière le dos pour ne pas être tentée d'intervenir pendant qu'on branchait Tank à un moniteur de fonction cérébrale, un appareil mesurant l'électricité dans le cerveau. Le neurologue de ce petit hôpital, avec qui elle avait déjà travaillé auparavant, était compétent.

De l'autre côté de la vitre d'observation qui donnait sur la salle d'opération, elle vit Dylan monter la garde et se rappela la dernière fois où ils s'étaient trouvés dans un hôpital. Dylan était immobile. Sean vint lui parler, et ils se tenaient tout près l'un de l'autre, débattant sans doute du prochain endroit où la mettre en sécurité.

Si seulement ils pouvaient retourner au ranch RSQ ! Dès que cette pensée lui traversa l'esprit, elle fut frappée par l'ironie du sort. Elle ne portait que peu d'intérêt au royaume animal. Enfant, elle n'avait jamais eu d'animal domestique, et ça ne l'intéressait pas. Mais elle aurait aimé voir le bébé girafe grandir, et elle regrettait de ne pouvoir à nouveau monter à dos de chamelle. D'autant qu'elle n'avait pas eu le temps de rencontrer tous les chevaux. Et que caresser le doux pelage de Checkers la démangeait.

Mais ce refuge n'était plus secret. Dylan connaissait le shérif et ses adjoints, et ils avaient compris qu'il était à la fois propriétaire du ranch RSQ et garde du corps. S'ils y retournaient, ils pourraient ramener leurs ennuis avec eux, et elle ne supportait pas l'idée qu'un des animaux puisse être blessé par sa faute.

Elle irait où Dylan lui dirait d'aller, parce qu'elle avait besoin de lui pour la protéger. Sans compter une centaine d'autres raisons pour lesquelles elle voulait être avec lui, à commencer par son désir de sentir ses lèvres contre les siennes.

Le neurologue vint se poster à côté d'elle.

— Y a-t-il quoi que ce soit d'autre à faire pour ce jeune homme ? s'enquit-il. Au niveau de ses fonctions cérébrales ?

— Pas avant qu'il soit stable, répondit-elle calmement. Je suis certaine qu'il y aura un œdème, voire une commotion. Avant de monter dans l'ambulance, il était en crise, il se tapait la tête contre le sol.

— Puis-je vous recontacter plus tard ?

— Bien entendu, répondit-elle.

Elle n'approuvait pas le mode de vie de Tank, qui utilisait son intelligence pour travailler en dehors des limites imposées par la loi. Mais elle ne refuserait jamais son expertise à une personne dans le besoin.

Vu qu'elle n'avait rien à faire au bloc, elle jeta un coup d'œil à la vitre depuis laquelle Dylan l'observait. Même s'il ne portait pas d'arme, il rayonnait de force et de courage. Si quiconque osait s'approcher d'elle, son homme attaquerait sans hésiter.

Elle tapota le bras du neurologue.

— Ce fut un plaisir de vous voir, docteur.

— De même, renchérit-il. Avez-vous eu le message ?

— Quel message ?

— Le gosse a marmonné le mot « message » à plusieurs reprises. Ça concernait des médecins et un certain Martin.

Toute autre pensée disparut du cerveau de Jayne. Le trou noir.

— Venez avec moi, murmura-t-elle en le prenant par le bras.

— Si je retire ma blouse et mon masque, je devrai me préparer de nouveau et en mettre d'autres pour retourner au bloc, objecta-t-il.

Elle l'entraîna dans le couloir, se moquant éperdument du nombre de fois où il devrait se changer. Elle baissa le masque du médecin, puis le sien.

— C'est très important. Répétez-moi précisément ce qu'a dit Sherman, mot pour mot.

— Il a marmonné plusieurs fois : « Docteur Jayne. Message. Jayne est médecin. »

Elle se rappela le moment où Koslov la tenait dans le parking, au complexe médical. Ses propos n'étaient pas clairs, mais elle lui avait dit qu'en tant que médecin elle avait l'obligation de venir en aide à quiconque en avait besoin.

Toujours pendue à son bras, elle regarda le neurologue dans les yeux.

— Qu'est-ce qu'il a dit d'autre ? Racontez-moi tout ce dont vous vous souvenez.

Dylan surgit alors derrière elle.

— Que se passe-t-il, Jayne ? Qu'est-ce qui ne va pas ?

— Chut ! le somma-t-elle sans quitter le neurologue des yeux. Allez-y, docteur, je vous en prie.

— « Aider Martin. Martin a besoin de vous », poursuivit le médecin en cherchant à se dégager. Et il a mentionné un autre nom : Diego. Oui, c'est bien ça. Il a dit : « Diego a besoin de votre aide. »

Elle lui lâcha le bras et recula jusqu'au mur.

— Merci.

Tout était clair à présent. Elle ferma les yeux et inspira profondément. Depuis le début, quand il s'était introduit chez elle, Koslov avait bien précisé qu'il ne voulait pas lui faire de mal. Quoi qu'il puisse arriver, elle ne serait pas blessée.

Il avait besoin de ses talents de chirurgienne. Il voulait qu'elle opère son père, Diego Romero, un vieil homme qui avait sans doute fait une attaque.

— Il n'a jamais été question d'enlèvement, affirma-t-elle en levant les yeux vers Dylan. Ni de mon père. C'est après moi que Koslov en a.

19

Dylan n'arrivait pas à y croire : comment avaient-ils pu être aussi aveugles ? Et il n'avait pas été le seul. Les professionnels en charge de l'enquête, comme Cisneros et l'agent Woodward, avaient perdu leur temps à chercher à établir des liens avec le père riche et puissant de Jayne. Ils étaient convaincus que c'était une affaire d'enlèvement, et pourtant ils étaient dans l'crreur depuis le début.

— Pouvons-nous établir un diagnostic pour Diego Romero ? demanda-t-il.

— Il nous faut la preuve qu'il est handicapé.

— Son médecin refuse de révéler quoi que ce soit.

— Pourquoi ?

— Je ne le ferais pas non plus, répondit-elle. Les informations concernant les patients sont confidentielles. En plus, Romero est un homme puissant, le chef d'un cartel. S'il est affaibli, il ne veut certainement pas que ses ennemis l'apprennent.

Le raisonnement de Jayne tenait la route. Si le vieillard souffrait des effets secondaires d'une attaque cérébrale et avait perdu la mémoire, des criminels appartenant à d'autres cartels en profiteraient. Sans parler des forces de police. L'organisation Romero s'effondrerait.

Pourquoi Martin Viktor Koslov voulait-il rendre sa mémoire à Romero ? Le vieil homme avait forcément des secrets. Il avait dirigé le cartel pendant une trentaine d'années, il savait qui était digne de confiance et où la marchandise était cachée. Koslov — qui était sans doute son fils illégitime — considérait peut-être ces secrets comme son héritage. Il avait besoin de Jayne et de sa neurochirurgie révolutionnaire pour accéder à la mémoire de Romero.

Il passa le bras autour de son épaule.

— Tu es en sécurité maintenant.

— Comment le sais-tu ?

— Nous allons faire savoir à Koslov que tu refuses d'opérer, répondit-il en lui faisant passer une double porte ouvrant sur un couloir. Il n'aura plus aucune raison de te pourchasser.

— Qui a dit que je refusais d'opérer ?

— Crois-moi, Jayne. Tu n'as pas envie d'aider cet homme. Il est violent, cruel et malveillant : l'archétype même du sale type, poursuivit-il en la poussant dans le couloir. Opérer ce vieillard n'augurerait rien de bon.

— Où allons-nous ?

Il n'avait pas encore vraiment décidé de la marche à suivre. Retourner au refuge semblait malavisé. Koslov était assez malin pour les retrouver. Le seul fait d'imaginer un cartel d'assassins lâchés en liberté dans son petit sanctuaire horrifiait Dylan.

Lui et Sean avaient envisagé de retourner à l'hôtel à Denver, mais il voulait rester à proximité, pour s'assurer d'être à la disposition de Tank. Dylan était conscient que ce n'était pas sa faute si le jeune homme s'était acoquiné avec Koslov, mais il se sentait quand même responsable. En termes d'âge, Tank était un adulte. Mais il se comportait comme un enfant.

Il jeta un coup d'œil à la femme magnifique qui marchait à côté de lui dans le couloir.

— Il faut que je t'emmène en lieu sûr, dit-il.

— Dommage qu'on ne puisse pas rester ici, répliqua-t-elle avec un grand sourire. Je veux dire, il y a plein de lits dans cet endroit.

— C'est une blague ? Tu fais de l'humour ?

— Je tente le coup.

Le fait que Jayne arrive à sourire malgré toutes les menaces qui pesaient sur sa tête était plutôt bon signe. Découvrir la véritable motivation de Koslov avait presque été un soulagement.

Il s'arrêta un instant et l'attira contre lui. Son corps souple et élancé était collé contre le sien. Malgré les couches de vêtements, il sentait ses seins fermes s'écraser contre son torse. Il laissa glisser la main dans le creux de son dos.

Il l'embrassa fougueusement. La fragrance naturelle de sa peau était mélangée aux lointains effluves de la rivière qui coulait devant le magasin de kayaks, à l'odeur d'hôpital, et à la senteur métallique du sang. Les événements marquants s'accumulaient autour d'eux et renforçaient le lien qui les unissait.

Jayne représentait plus à ses yeux qu'une cliente ou une femme qui avait besoin de son aide. Peu à peu, elle devenait centrale dans sa vie, et il voulait la garder près de lui pour toujours. Elle l'équilibrait. Sans elle, il perdrait les pédales.

La double porte derrière eux s'ouvrit.

— Je peux savoir ce que tu fiches, Jayne ? gronda une voix.

Son père. Évidemment. Dylan s'écarta d'elle. Ils étaient tellement collés l'un à l'autre quelques instants plus tôt que Jayne eut la sensation qu'on lui arrachait un sparadrap.

— Salut, papa, lança-t-elle. Et, bonjour à vous aussi, Javi. Vous voulez entendre ce qu'on a découvert ?

— Moi d'abord, objecta Peter le Grand. Dylan Timmons, vous êtes renvoyé.

— Tu ne peux pas faire ça, protesta-t-elle. Il travaille pour moi, pas pour toi.

— Je ne le vire pas à cause de ça, rétorqua-t-il en les désignant du doigt. Je comprends. Tu es une jeune femme attirante, et les hommes ne peuvent pas s'empêcher de te toucher.

Elle se redressa d'un coup. Elle se tenait raide comme un piquet.

— Merci, papa, pour cette charmante description.

Peter Shackleford ne sembla pas intimidé par son sarcasme. Sa voix sonore descendit d'une octave.

— Dylan et son frère, Sean, t'ont mise en danger. Leur façon d'agir était irresponsable. Tu aurais pu te faire tuer.

— Je n'ai pas été en danger un seul instant, rétorqua-t-elle froidement. Nous avons réussi à secourir Sherman, et il détenait des informations précieuses pour la police.

— Vous n'aurez qu'à le dire à l'agent Woodward quand il arrivera. Dès qu'il aura recueilli les témoignages de Dylan et de son frère, ils seront renvoyés.

— Ça t'intéresse, au moins, de résoudre cette affaire ? demanda Jayne, exaspérée.

— C'est toi qui m'intéresses, rétorqua son père. Ta sécurité.

— Et la vérité, dans tout ça ? Tu n'as pas envie de la connaître ? insista-t-elle.

— Bien sûr que si.

— Alors écoute-moi. Nous avons tous pensé que c'était toi, la cible de Koslov. Peter Shackleford est tellement important qu'un cartel envoie un tueur pour enlever sa pauvre fille sans défense, pour le faire changer d'avis sur je ne sais quel accord commercial.

— Et j'en suis navré. Comment bien de fois faudra-t-il que tu l'entendes, Jayne ?

— Plus jamais, répondit-elle en lui jetant un regard glacial. Et je n'ai jamais eu besoin de l'entendre. Koslov voulait qu'un neurochirurgien de renommée mondiale opère son père. C'est après moi qu'il en avait.

Dylan perçut une étrange note de triomphe dans le discours de Jayne. L'occasion de dire à son père qu'elle était plus reconnue et plus importante que lui ne devait pas se présenter souvent. Il n'y avait pas vraiment de quoi se vanter d'être prise pour cible par un cartel de meurtriers vénézuéliens, mais c'était déjà quelque chose.

Par chance, l'agent Woodward passa la porte et mit fin à cette conversation de plus en plus étrange. Un autre agent, lui aussi vêtu d'un costume et d'une cravate, l'accompagnait.

Comme un seul homme, Jayne et son père foncèrent sur Woodward. Ils se mirent à parler sans s'arrêter en faisant de grands gestes, tout en donnant leur opinion quant à la marche à suivre. Aucun des deux n'avait le moindre scrupule à expliquer en détail à l'agent spécial Woodward comment le FBI devrait s'y prendre.

La ressemblance entre le père et la fille était évidente. Les Shackleford étaient une famille de battants, et Dylan se réjouissait de constater que Jayne remportait le combat pour attirer l'attention de Woodward. L'autre agent l'écoutait en hochant la tête.

Quand elle mentionna le fait que Diego Romero avait besoin d'une opération qu'elle seule pouvait réaliser, Dylan vit le regard de Woodward s'éclairer. L'agent leva la main pour prendre la parole.

— Êtes-vous en train de dire que Diego Romero se trouve aux États-Unis ? demanda-t-il à Jayne. Qu'il est dans le coin ?

— Je ne sais pas, admit-elle. Il est peu probable qu'un vieil homme malade comme Romero soit en état de voyager. Il est plus facile de m'enlever et de m'emmener au Venezuela.

— S'il y a la moindre chance que Romero soit ici, intervint Woodward, il faut que j'en profite. Je dois me mettre en relation avec d'autres agences.

— Réfléchissez une minute, répliqua Dylan. Non seulement il a besoin de Jayne pour l'opération, mais il lui faut également tout l'équipement spécialisé. Vous avez vu le bloc opératoire. Vous savez à quoi il ressemble.

— Qu'en dites-vous, docteur ? demanda-t-il en se tournant vers Jayne. La plupart des hôpitaux disposent-ils de l'équipement nécessaire ?

— Difficile à dire. Les appareils d'IRM et les scanners sont plutôt courants, mais mon travail requiert un équipement d'imagerie médicale très complexe. Et comment Koslov pourrait-il y avoir accès ? Je doute sérieusement du fait qu'un dangereux assassin puisse entrer simplement dans un hôpital et réserver un bloc opératoire.

— Exact, acquiesça son père. Donc on peut en conclure que Koslov prévoit d'enlever Jayne et de l'emmener au Venezuela pour qu'elle opère Romero là-bas.

Peter le Grand semblait tellement fier de la conclusion qu'il venait de tirer que Dylan regretta presque de le descendre en flammes.

— À l'exception d'un détail.

— C'est-à-dire ? rétorqua son père en se tournant vers lui.

— Koslov s'est peut-être déjà procuré l'équipement nécessaire. Il a peut-être créé une salle d'opération dans une maison, un hôtel, ou une clinique. Diego Romero est peut-être déjà en train d'attendre, sous la surveillance d'une infirmière.

— Comment pourrait-il bien savoir ce qu'il faut ? fulmina Peter Shackleford.

— Mon travail est loin d'être secret, dit Jayne. J'ai publié beaucoup de rapports concernant mes travaux. Je veux que d'autres neurochirurgiens s'en emparent et améliorent mes méthodes.

Ses motivations étaient nobles comparées aux plans machiavéliques de Koslov et du cartel Romero. Jayne œuvrait pour faire le bien. Évidemment, elle se sentait gratifiée quand ses compétences et son talent étaient reconnus, mais elle n'était pas devenue neurochirurgienne pour la gloire.

Elle ne méritait pas de se retrouver prise dans ce bourbier. Elle n'était pas en sécurité, et c'était le devoir de Dylan de l'éloigner de l'hôpital et de la conduire en lieu sûr. Il passa le bras sous le sien.

— Nous y allons, maintenant. La voiture de mon frère nous attend près de l'entrée des urgences.

Woodward leur barra la route.

— Désolé. J'ai encore des questions à vous poser, à vous et à votre frère.

— Il faut mettre Jayne à l'abri.

— Je suis d'accord, acquiesça Woodward. Ça ne prendra pas longtemps.

Tandis que Woodward et son associé emmenaient Jayne dans le couloir et l'isolaient de tous les autres, Dylan croisa son regard. Il pointa du doigt l'oreille dans laquelle il portait l'oreillette invisible. Portait-elle toujours la sienne ?

Elle hocha la tête. Elle serait en mesure de l'entendre.

20

Malgré la présence des agents fédéraux qui l'accompagnaient, Jayne s'excusa cinq ou six fois auprès du personnel de l'hôpital de Buena Vista de perturber ainsi les urgences, les admissions, et le bloc opératoire. Le shérif Swanson et deux de ses adjoints regroupèrent les personnes présentes dans une pièce, jusqu'à ce que Jayne et les deux agents du FBI soient enfin installés dans le bureau de l'assistante sociale, au service des admissions.

Une plaque nominative sur le bureau en désordre désignait une certaine Grace McHenry, et Jayne avait l'intuition que Grace n'allait pas apprécier la façon dont l'agent Woodward prenait possession de son bureau et dérangeait tous ses papiers.

— Je ne pense pas que vous devriez déplacer ceux-là, lança-t-elle.

— C'est une vraie pagaille. Il faut bien que je fasse un peu de place.

Il alluma un petit dictaphone, énonça son nom, celui de Jayne, ainsi que l'heure et l'endroit où ils se trouvaient. La scène était très officielle, et elle s'efforça de rester concentrée en racontant comment ils avaient retrouvé la piste de Tank, puis quitté leur refuge.

— Où se trouve ce refuge ? demanda Woodward. J'ai besoin de connaître la localisation de cette planque.

Elle ne voulait pas que Woodward et les autres fédéraux débarquent au ranch et importunent les chats, les chèvres et les chameaux.

— Ce n'est pas à moi de vous le dire. Vous n'avez qu'à demander à Dylan.

— Continuez, reprit-il.

Du mieux qu'elle pouvait, elle expliqua ce qui s'était passé lorsqu'ils étaient arrivés au magasin de kayaks. Elle n'aurait sans doute pas dû quitter le véhicule. Mais si elle ne l'avait pas fait, Tank n'aurait peut-être pas survécu.

— C'est là que Dylan aurait dû appeler, poursuivit-il. J'aurais dû participer à cette descente au magasin.

— Dylan ne voulait pas que ce soit une descente, et moi non plus. Tank nous aidait de son plein gré. Il ne doit pas être arrêté pour ça.

— Il ne le sera pas, assura Woodward. Il sera inculpé pour avoir piraté une base de données des renseignements généraux le mois dernier.

— S'il survit, rétorqua-t-elle sèchement.

Quand elle s'était excusée auprès du personnel de Buena Vista, elle en avait profité pour prendre des nouvelles de Tank. Après son opération, qui s'était bien passée, on l'avait plongé dans le coma. Ils le réveilleraient le lendemain.

— Il s'en sortira.

— Je vais lui trouver un avocat, annonça-t-elle. Vous ne pourrez pas l'interroger sans sa présence.

— Vous ne nous avez pas beaucoup aidés jusqu'ici, docteur.

— Vous non plus, rétorqua-t-elle. Je peux vous poser une question ?

— Allez-y.

— Si j'opère Diego Romero et lui permets de recouvrer la mémoire, est-ce que j'enfreins la loi ?

— Pourquoi voudriez-vous faire un truc pareil ?

— Je suis médecin, répondit-elle. Mon travail, c'est de soigner mes patients, pas de les juger. Si Koslov était venu me demander mon aide, j'aurais peut-être accepté de le suivre.

La porte du bureau de Grace McHenry s'ouvrit à la volée. Dylan se dressa en face d'eux. Il n'avait pas l'air de plaisanter.

— Tu ne peux pas pratiquer cette opération. N'y pense même pas.

— Pourquoi pas ?

— Diego Romero n'est pas comme les gens que tu as déjà rencontrés. Il ne respecte pas les mêmes notions de bien et de mal. Ne me force pas à dresser la liste de toutes les horreurs qu'il a commises. Aidez-moi un peu, Woody.

— Qu'est-ce que vous fichez ici ? s'offusqua ce dernier en se levant derrière le bureau. Vous écoutez aux portes, maintenant ?

Dylan retira son oreillette.

— Jayne en porte une aussi. Elles émettent dans les deux sens.

— C'est ce que je vois.

Jayne se leva et se tourna vers Dylan.

— Tu vois des différences entre nous et Diego Romero. Moi, je vois des similarités. Son cœur bat de la même manière que le tien… ou le mien. Son cerveau est construit de la même façon.

Dylan s'approcha d'elle. Ignorant la présence de l'agent Woodward, il l'enlaça.

— Je suis d'accord avec toi en théorie, Jayne. Sincèrement, mais je ne veux pas qu'il t'arrive quoi que ce soit. Romero ne laisse pas de témoins. Il te tuera.

— Pas si je lui sauve la vie, objecta-t-elle.

— Il s'en moquera. Dès que tu en auras terminé avec lui, tu auras signé ton arrêt de mort.

Le charmant Javier Flores fit alors irruption dans la pièce. Le père de Jayne le suivait de près.

— Nous devons partir, annonça Javier. Koslov a été repéré dans l'hôpital.

Le père de Jayne l'attrapa par le poignet, cherchant manifestement à l'éloigner de Dylan.

— Sérieusement, grogna-t-il, nous sommes tous en danger.

— Arrêtez ! s'exclama Woodward en agitant les bras. Tout le monde se calme.

A ce moment, elle entendit l'écho d'un coup de feu dans le couloir.

Dylan ne pouvait dire d'où provenaient les tirs. Il y avait pourtant une sacrée puissance de feu dans l'hôpital de Buena Vista, notamment le shérif Swanson et ses adjoints, les agents fédéraux, et son frère, Sean. Leur présence ne semblait pas décourager Koslov et ses sbires.

Il aurait aimé prendre Jayne par la main et s'enfuir, mais ils se heurtaient à des résistances de tous les côtés. Les hommes du shérif les conduisirent vers une issue supposée sûre. Son père était agrippé à elle. Ces deux-là avaient beaucoup de choses à régler, mais cette conversation aurait plus sa place dans le cabinet d'un psychothérapeute qu'au beau milieu d'une fusillade dans un hôpital.

Dans son oreillette, Dylan entendit la voix de son frère.

— Ne passez pas par l'entrée des urgences. Koslov et ses hommes sont entrés par là.

Leur « issue supposée sûre » venait d'être compromise. Il isola Jayne des autres et la conduisit au bloc opératoire, puis dans la salle de réveil, qui était déserte. Pour l'instant, ils étaient seuls.

— Il faut que je te dise quelque chose, annonça-t-il.

Il ne soutenait pas son regard, ne voulait même pas le croiser, et il s'aperçut qu'il craignait sa réaction. Quelle ironie ! Ils avaient affronté des vraies balles, qui auraient pu les tuer, et voilà qu'il avait peur de ce qu'elle allait lui répondre, peur qu'elle le blesse.

— Qu'est-ce que c'est, Dylan ?

— Je démissionne.

Elle le coupa dans son élan.

— Tu choisis vraiment mal ton moment pour m'annoncer que tu ne seras plus mon garde du corps.

— Ce n'est pas ce que je voulais dire, reprit-il en se tournant vers elle. Je démissionne parce que je ne veux pas travailler pour toi. Nous devons être sur un pied d'égalité… Autant que faire se peut.

— Je ne t'ai pas traité comme un employé, murmura-t-elle. Je ne couche pas avec mes employés.

— Ce n'est pas ce que je voulais dire… encore une fois.

Le son des coups de feu était plus net. On aurait dit que les tireurs étaient juste à côté de la salle de réveil. Et ils la cherchaient. C'était Jayne, leur proie.

Il fallait qu'il la mette en sécurité. Une montée d'adrénaline envahit le cerveau de Dylan, lui remettant les idées au clair.

— Sur un pied d'égalité, répéta-t-il. Je parle de ce qu'on peut tous les deux mettre sur la table. Nous avons tous les deux de l'argent. Nous avons tous les deux réussi. Le sexe se passe bien.

— Oui, le sexe se passe même très bien.

— Je suis plutôt convaincu que tu es plus intelligente que moi, mais on ne peut rien y faire.

Déterminant leur trajet à l'instinct, il tourna à gauche d'abord, puis à droite. Ils avaient passé la majeure partie de leur temps ensemble à dévaler des couloirs et des escaliers. Il commençait à se sentir comme l'un de ces personnages de dessins animés dans les premiers jeux vidéo, qui sautaient d'une plate-forme à une autre. Il avait passé des heures à y jouer. Après tout ce temps, il aurait dû être meilleur que ça.

Jayne s'arrêta pour reprendre son souffle et leva les yeux vers lui.

— Je n'arrive pas à croire que nous parlions de relation amoureuse maintenant.

— C'est peut-être le moment idéal.

La plupart des hommes, notamment lui, estimaient que des coups de feu étaient une musique de fond tout à fait appropriée pour parler de relation de couple.

— Eh bien, tu as raison. Nous sommes très bien assortis.

— Viens vivre avec moi, Jayne. Dans ma maison de Denver.

— Jusqu'à ce que je sois hors de danger ?

— J'avais quelque chose de plus permanent en tête.

C'était trop tôt pour prendre ce genre d'engagement. Mais dans un éclair de lucidité, il s'était vu à côté d'elle avec deux enfants — leurs enfants —, en train de jouer dans le jardin. Ils formaient un parfait portrait de famille.

— Nous sommes d'accord sur un point. Je ne veux pas que tu sois mon garde du corps, ajouta-t-elle en tournant la tête vers la porte. Et je veux que tu quittes le métier, complètement.

— Quoi ? Pourquoi ?

Elle fit des gestes nerveux en direction de la fusillade.

— Trop dangereux. Je ne veux pas que tu sois en danger.

— Et qu'est-ce que je fais de mon frère ? De Mason ? Je ne peux pas laisser TST Sécurité en plan comme ça.

— Ils sont adultes. Ils peuvent se débrouiller seuls. Tu n'as pas besoin de ce boulot. Tu as déjà amassé une fortune avec tes jeux vidéo. C'est ça qui te passionne vraiment.

Elle marquait un point, mais il était hors de question qu'il abandonne son frère et son meilleur ami. Il finirait bien par trouver une solution, un moyen de contourner ses ordres. *Ses ordres ?* Depuis quand lui donnait-elle des ordres ?

Un nouveau coup de feu le mit en alerte. Ils devaient aller ailleurs. Sortant par l'autre porte, ils empruntèrent un couloir étroit menant à une nouvelle porte.

Il tourna la poignée : elle était verrouillée. Le panneau à l'extérieur indiquait qu'il s'agissait d'une entrée vers la pharmacie. Dylan crocheta la serrure, et ils se glissèrent dans une pièce sombre, longeant prudemment des étagères chargées de toutes sortes de bouteilles et de récipients. La moitié supérieure du mur d'en face était constituée de fenêtres blindées dont les stores étaient baissés. Sur leur gauche, se trouvait une autre porte, ainsi qu'un grand comptoir pour récupérer les ordonnances.

Il se pencha au-dessus du comptoir et souleva le store pour voir de l'autre côté. Il avait sous les yeux l'entrée principale et la salle d'attente.

Ils plongèrent sous le comptoir. Dans l'obscurité, Dylan percevait à peine le contour du visage de Jayne et ses longs cheveux. Il remonta ses lunettes sur son nez.

— Tu veux bien emménager avec moi, Jayne ?

— J'ai une maison, et je n'en suis qu'à la moitié des travaux de rénovation.

— Tu aimeras la mienne. J'ai une salle de sport, deux bureaux, un barbecue extérieur…

Il s'interrompit avant de détailler la superficie totale et le nombre de salles de bains. On aurait cru entendre un agent immobilier.

— L'important, ce n'est pas l'endroit où nous vivons. C'est d'être ensemble.

Jayne serra sa main.

— Es-tu en train de me demander de t'épouser ?

Il avait pourtant essayé d'éviter d'utiliser ce terme en particulier.

— Pas vraiment… Il s'agit plutôt de vivre ensemble.

— Oh ! Dylan, je ne sais pas. Je ne peux pas te répondre.

— L'essentiel, c'est que tu aies envie qu'on soit ensemble, on verra les détails plus tard.

— Les détails en premier, rectifia-t-elle. Je ne te laisserai pas me mettre sur la touche. J'ai encore beaucoup à faire pour ma carrière.

— Je ne t'en empêcherai pas. Je suis fier de toi.

Il entendit du bruit venant de l'autre côté du comptoir de la pharmacie. En jetant un coup d'œil par-dessus, il vit plusieurs personnes en blouse courir dans le couloir. L'évacuation était en cours.

Quelques instants plus tard, il aperçut des hommes en tenue de camouflage. Leurs bottes martelaient le sol lisse en vinyle. Ils couraient en formation. Combien étaient-ils ? Koslov avait-il recruté une armée ?

Grâce à son oreillette, il communiqua avec Sean.

— Il nous faut un plan pour sortir.

Son frère répondit immédiatement.

— J'ai dû m'éloigner de mon véhicule. Tu devrais essayer de te trouver un autre chauffeur.

— Compris, répliqua Dylan.

— Quoi ? s'écria Jayne en lui lançant un regard interloqué.

— Je parlais à mon frère grâce à l'oreillette.

Elle toucha sa propre oreille.

— Je ne sais pas comment tu t'y retrouves avec moi dans une oreille et ton frère dans l'autre.

Quand elle entreprit de retirer l'appareil, il l'en empêcha.

— Garde-la. Ça pourrait être utile si on est séparés.

— Pourquoi ça ? Je l'ai éteinte, de toute façon.

— Mais je peux quand même t'entendre, et j'aime bien le fait de murmurer dans le creux de ton oreille.

Il lui caressa la joue, se pencha en avant, et l'embrassa. Malgré tout ce qu'ils avaient traversé ce soir-là, elle sentait toujours bon, et ses lèvres étaient incroyablement douces.

Il s'éloigna d'elle et s'adossa à la porte, toujours sous le comptoir.

— Je n'ai vraiment pas le sens de l'à-propos, marmonna-t-il.

— C'est le moins qu'on puisse dire.

— En tout cas, hors de question que je démissionne uniquement parce que tu me l'ordonnes, répliqua-t-il les sourcils froncés.

— Et je refuse de quitter ma maison avant d'être prête, ajouta-t-elle avec un sourire en coin. Ce sera toujours pareil entre nous. Nous avons des vies bien remplies, et très peu de temps libre.

Il entendit quelqu'un approcher et jeta un coup d'œil par-dessus le comptoir.

— C'est ton père et Javier. Je vais les appeler.

— Pourquoi ? grommela-t-elle. Je ne veux pas partir avec eux.

— Sean ne peut pas rejoindre notre véhicule. Ton père représente peut-être ta meilleure chance de fuite.

— Laisse-moi rester avec toi.

— C'est trop dangereux.

Il se leva, remonta les stores qui couvraient la vitre et

tapa au carreau. Dès qu'il attira l'attention de Javier, il déverrouilla la porte.

Javier attrapa Jayne par le bras.

— Suivez-moi. Nous avons une voiture.

C'était la seule chose que Dylan avait besoin d'entendre. Il se renfonça dans l'obscurité et la regarda s'éloigner.

Elle se retourna vers lui.

— On discutera tout à l'heure.

— Compte sur moi !

21

Serrée entre son père et Javier Flores, Jayne courait vers la sortie. Si seulement Dylan avait été là. Sans lui, elle se sentait vulnérable. Javier s'était-il assuré qu'aucun des soldats de Koslov ne les attendait dans l'entrée ? Était-il armé ? Elle savait que son père avait un pistolet dans sa poche. Des années auparavant, il avait obtenu un permis de port d'armes, valable aussi dans les lieux publics.

Ils coururent brièvement sur le trottoir et s'engouffrèrent dans un véhicule. Javi et son père montèrent à l'arrière. Elle était sur le siège passager à l'avant. Le chauffeur avait remonté le col de sa veste et portait sa casquette de base-ball enfoncée sur son front.

Piètre déguisement. Elle le reconnut immédiatement. Koslov.

Un sentiment de panique l'envahit. Son système nerveux était en alerte. Son cerveau lui dictait de sauter du véhicule en marche et de courir pour sauver sa vie. Mais elle était paralysée, le moindre de ses muscles était crispé.

Elle se tourna vers le siège arrière. Son père gisait, inconscient, contre la portière. Javier Flores pointait une arme dans sa direction.

— Que lui avez-vous fait ?

— Une injection pour le faire dormir, répondit Javi. Je n'ai aucune intention de blesser votre père, même s'il a bien profité des accords passés avec ma famille. Ce sont les affaires. J'ai pris ma part aussi.

Jayne avait toujours trouvé curieux qu'il suive leur jeu du chat et de la souris d'aussi près, les rejoignant à chaque étape. La rage qu'elle éprouvait prit le pas sur la peur. Javier Flores avait trahi Peter Shackleford et avait livré sa fille aux mains de ses ennemis.

— Qu'est-ce que vous cherchez ? demanda-t-elle.

— Je veux que vous réalisiez une opération miraculeuse et que vous rendiez sa mémoire à Diego Romero.

— Pourquoi ?

— Quelque part dans ses souvenirs perdus se trouvent des gens, des lieux et des numéros de comptes en banque qui sont cruciaux pour certains membres de ma famille.

Si Jayne n'avait pas été aussi furieuse, elle aurait éclaté de rire. Entre autres choses, le vieil homme avait oublié les données nécessaires pour mettre la main sur l'argent sale de la famille de Javier.

Se tournant sur son siège, elle regarda l'homme qui se trouvait au volant de la voiture. C'est lui qui était derrière tout ça, elle le savait.

— Vous me tenez enfin, Koslov. Qu'attendez-vous de moi ?

— Je ne veux pas vous faire de mal, répondit-il avec son accent étrange. J'aurais pu vous tuer plusieurs fois, vous et votre petit ami, mais je ne l'ai pas fait. J'aurais aussi pu tuer le pirate, Tank Sherman. Mais ce n'est pas arrivé. Tout ce que je vous demande, c'est de soigner mon père.

— Diego Romero est votre père ?

— Oui, et ma mère était Elena Petrovski, une beauté russe. Je porte le nom de mon oncle.

Curieuse façon de parler de sa mère, songea Jayne, mais elle se dit que Koslov devait sans doute souffrir d'un bon nombre de pathologies concernant la famille et les relations humaines.

— Votre accent, reprit-elle. Il vous vient du russe ?

— L'influence de ma mère. Sa photo, prise dans la discothèque où elle travaillait, fait toujours sourire mon père. Après son attaque, il a oublié quasiment tout le reste. Je veux que vous l'opériez.

— Vous me l'avez déjà demandé, rétorqua-t-elle, se remémorant à moitié la conversation qu'ils avaient eue dans le parking.

— Et vous avez consenti à le faire. Vous avez dit que vous étiez médecin, et qu'en tant que tel vous deviez aider quiconque avait besoin de vous. Vous allez le guérir.

Elle n'était pas certaine que cela arriverait, mais elle craignait fort que Dylan ait été dans le vrai en affirmant que Koslov la tuerait — et son père aussi, à présent — quand il n'aurait plus besoin d'elle.

— Je ferai de mon mieux, promit-elle.

À 3 h 10 du matin, la salle de conférences du shérif de Buena Vista était remplie de forces de l'ordre : policiers, agents fédéraux, ainsi que leurs adjoints. Dylan était posté près d'une table à côté de la sortie du fond, où une cafetière en acier inoxydable crachait de la vapeur et déversait un liquide foncé, légèrement translucide, dans des tasses jetables. Il avait les yeux rivés sur l'autre côté de la pièce, où se trouvait le père de Jayne, accoudé à un pupitre.

Peter le Grand avait une mine effroyable. Il avait pris vingt ans en vingt minutes. Le col de sa chemise était ouvert. Son nœud de cravate était lâche. Son costume était froissé, et ses cheveux parfaitement coupés étaient en désordre. On aurait dit qu'il n'avait pas dormi depuis des semaines. D'après le shérif Swanson, Peter avait été retrouvé devant une maison, à l'extrémité nord de la ville, et avait tambouriné à la porte jusqu'à ce que les habitants lui ouvrent. Ils avaient appelé la police, et une voiture de patrouille était venue le chercher.

Swanson le présenta et demanda aux autres s'ils avaient des questions.

— Vous étiez dans la voiture avec Koslov. A-t-il mentionné où il allait ?

— J'étais drogué, répondit Shackleford, visiblement méfiant. Je ne me souviens pas de grand-chose.

— Qui est Javier Flores ?

— Je le prenais pour un ami. Je les ai connus, lui et sa famille, lorsque j'ai commencé à faire des affaires avec eux dans l'industrie du pétrole au Venezuela, répondit-il en serrant les dents. Je n'en suis pas sûr à 100 %, mais je pense que Javier m'a fait une piqûre dans la cuisse. Ensuite, tout est devenu noir.

— Nous supputons que Javier Flores travaille avec Koslov, ajouta le shérif Swanson.

— Ils ont ma fille, reprit Shackleford la voix tremblante. La seule chose que je peux vous dire qui pourrait vous être utile, c'est qu'elle a donné son accord pour réaliser une opération sur Diego Romero. L'opération dure cinq heures. C'est le temps dont nous disposons pour la retrouver.

— À moins que Koslov ne l'ait déjà emmenée hors de la ville, intervint le shérif en montant sur l'estrade et en faisant signe à Peter de s'asseoir. Les aéroports, y compris les installations privées, ont immédiatement été fermés.

Dylan espérait qu'ils avaient réagi à temps. Si Jayne se trouvait dans les airs, en route pour Caracas, il ne pourrait pas faire grand-chose pour la retrouver. Le shérif et ses hommes s'étaient assurés que les hôpitaux et les cliniques du coin ne serviraient pas pour l'opération de Romero. Des caméras de surveillance avaient été branchées partout.

Dans trois heures, il ferait jour. L'agent Woodward et les autres agents fédéraux pourraient alors commencer à survoler la région en hélicoptère. La surveillance aérienne serait sans doute leur meilleure chance. Koslov avait dû faire installer une clinique dans une maison ou un chalet. Mais comment avait-il su qu'ils seraient dans la région ? Koslov ignorait l'existence du ranch RSQ. Pourquoi monter son bloc opératoire à proximité ?

— Partons d'ici avant que quelqu'un nous assigne une mission inutile, lança Sean en lui donnant un petit coup d'épaule.

— À mon avis, répliqua Dylan, Koslov a créé une salle d'opération dans un camping-car ou à l'arrière d'un semi-remorque. Comme ça, il n'est pas obligé de rester à un endroit précis.

— Il te faut un café, reprit son frère. Du vrai café, pas cette mixture infâme.

— Il me faut Jayne. Comment ai-je pu la laisser partir ?

— On s'est joué de toi, petit frère. Ça arrive. Même aux génies comme toi et Jayne. Ce Javier a probablement fait courir son père à travers tout l'hôpital pour la retrouver. Quand ils ont fini par mettre la main dessus, tu as seulement fait ce qui t'a paru le mieux.

Dylan détestait se tromper. Il partit dans une pièce attenante pour vérifier le réseau de surveillance informatique en quête d'une trace de Jayne, au cas où elle aurait utilisé sa carte bleue ou son téléphone. Un adjoint et un agent fédéral s'étaient vu confier cette tâche. Tous deux étaient compétents. Ils ne valaient pas Tank, mais ils s'en sortiraient.

— On s'en va, lui dit son frère en lui donnant un petit coup. Maintenant.

— Mais si…

— Laisse ça au shérif et à Woody. Ils connaissent leur boulot.

— Tu as raison.

Arpenter ces couloirs de long en large le rendait dingue.

Dans la voiture, Sean prit le volant. Il se dirigea vers Denver, autrement dit la direction opposée à celle qu'avaient prise tous les autres enquêteurs. La nuit commençait à faiblir. Les étoiles s'estompaient et la demi-lune disparaissait.

— Quand tu as interrogé ce type, demanda Dylan, comment as-tu su qu'il disait la vérité ?

Woodward avait profité de l'expérience de Sean au sein du FBI pour établir un profil et interroger les suspects. Il s'était servi de Sean pour cuisiner un des hommes de Koslov qui avait été blessé et ne s'était pas échappé avec les autres.

— Je suis plutôt doué pour les interrogatoires, répondit Sean sans chercher à se vanter. Et il n'y a qu'une seule chose que je voulais savoir : s'ils comptaient emmener Jayne en avion.

— Comment as-tu réussi à le faire parler ?

— C'est un mercenaire, et il ne sert aucun idéal. Je ne l'ai pas blessé. La torture, ce n'est pas mon truc. Mais je ne lui ai pas donné d'antidouleurs non plus. Et j'ai peut-être insinué qu'il perdrait sa jambe si je ne le laissais pas consulter un médecin.

— Ça me rappelle la façon dont tu me questionnais quand on était enfants.

— Un talent inné, ironisa son frère. Quoi qu'il en soit, ce type a commencé à parler pour ne rien dire, puis s'est ravisé et a commis plein d'erreurs. L'emmener en avion n'a jamais fait partie du plan. Je mettrais ma main à couper que le vieillard — Diego Romero — se trouve ici, dans le Colorado.

— Et qu'il attend Jayne.

Trouver une tasse de café digne de ce nom les conduisit dans l'une des auberges les plus chères de la ville. Sean prit une route sinueuse, puis une autre. Il essayait de trouver des endroits avec de vastes panoramas pour qu'ils puissent s'arrêter et inspecter la vallée.

Le soleil était en train de se lever, et le temps leur était compté. Dylan se dit qu'ils n'avaient plus qu'une heure et demie devant eux avant qu'elle ait terminé son opération.

— Tu es amoureux d'elle ? demanda Sean.

— J'en ai bien peur, répondit-il tout en observant le paysage, utilisant ses jumelles quand quelque chose attirait son attention. Je lui ai demandé d'emménager avec moi. Elle a dit non.

— Et tu vas te laisser décourager par un refus ?

— Bien sûr que non.

Il allait la récupérer. Il fallait qu'il la ramène à lui. Et il ne la laisserait plus jamais partir. Ils prirent un autre virage et... Dylan entendit un craquement dans son oreille. L'oreillette revenait à la vie. Il jeta un coup d'œil à Sean.

— Tu as entendu ça ?

— Jayne a dû trouver un moyen de la mettre en marche.

— Je pense qu'elle est restée allumée tout du long. Nous étions trop loin pour recevoir le signal. Les transmissions sont compliquées en montagne.

Mais à présent l'oreillette émettait à nouveau.

22

Le son ténu qui les reliait redonnait espoir à Dylan. Il n'avait pas abandonné l'idée de les retrouver, mais les chances s'amenuisaient. Plus jamais il ne laisserait Jayne partir. Quoi qu'il lui en coûte, ils resteraient ensemble.

Il entendit nettement Jayne lorsqu'elle annonça :

— Je vais refermer le crâne. Dans environ une heure, je devrais savoir si l'opération est un succès.

La voix qu'il entendit ensuite était celle de Javier Flores.

— Il peut parler maintenant ? Il peut répondre à des questions ?

— Je dois vous demander de vous éloigner, reprit Jayne sur un ton plus ferme. Vos vêtements ne sont pas stériles.

Au loin, une voix se mit à parler en espagnol. Dylan remarqua qu'il avait un accent très vulgaire.

— Ce doit être le vieux, murmura-t-il.

— J'ai juste une question, dit à nouveau la voix de Javier. J'ai besoin de connaître le nom de la banque où est entreposé le coffre-fort. C'est là que ce vieux chien a planqué les numéros des comptes de ma famille.

Ça expliquait pourquoi Javier avait tellement hâte que Romero recouvre la mémoire.

Il entendit Jayne parler en espagnol, demandant à Romero s'il avait quoi que ce soit à dire à Javier. Quelqu'un marmonna, et Jayne traduisit.

— Il dit que vous pouvez aller au diable.

Si seulement elle pouvait leur donner un indice quant à l'endroit où ils se trouvaient, songea Dylan. Il entendait des bips et des bourdonnements de nombreuses machines en fond, et se souvint de Jayne en train de réaliser son opération à Denver.

— Éloignez-vous de mon père, Flores, intervint une autre voix.

C'était Koslov.

Sean tourna à gauche à un embranchement.

— Parle-lui, Dylan. Peut-être qu'elle peut t'entendre.

Cette idée évidente ne lui avait même pas traversé l'esprit. Dylan était tellement heureux d'entendre Jayne que son cerveau s'était déconnecté.

— Jayne, murmura-t-il, c'est Dylan. Si tu m'entends, dis le mot « matin ».

La réaction de Jayne fut immédiate.

— Quel temps va-t-il faire ce matin ?

— Où es-tu ? demanda-t-il.

— Vous savez, Koslov, je ne peux pas m'empêcher de m'émerveiller en voyant ce que vous avez fait ici. Vous avez transformé cet immonde camping-car blanc en centre de neurochirurgie mobile. Seriez-vous prêt à me le céder ? Je pourrais aider tellement de gens avec.

— Quand aurez-vous terminé ? s'enquit Koslov d'un ton rogue sans répondre à sa question.

— Comme je l'ai dit, je serai en mesure de dire si l'opération a réussi dans une heure environ.

Il y eut des bruits de vêtements froissés, et Dylan supposa que Jayne était en train de retirer sa blouse et ses gants stériles.

Sean s'arrêta sur la bande d'arrêt d'urgence en gravier. Leur véhicule était à un point culminant. Sean prit les jumelles, sortit de la voiture et survola les arêtes rocheuses et les forêts épaisses qui s'étendaient sous eux. Il pointa quelque chose du doigt.

— Tu le vois ? Ce camping-car blanc éclairé par le soleil ?

— Jayne, reprit Dylan, on va te tirer de là. Prépare-toi. Je coupe la liaison pendant quelques minutes, mais ne t'inquiète pas. Je reviendrai.

Il régla son oreillette pour garder le contact sans qu'elle-même l'entende, puis encouragea son frère à faire de même. Pendant un bon moment, ils demeurèrent côte à côte devant la voiture, plissant les yeux face au soleil levant en observant au loin le camping-car où Jayne était retenue prisonnière.

— Nous l'avons retrouvée, dit Sean.

— Exact, on a réussi.

Dylan s'autorisa à sourire, Sean l'imita, et ils se serrèrent dans les bras l'un de l'autre. Tout allait bien se terminer.

Sean mit fin à leur accolade.

— Koslov avait une véritable armée quand il est arrivé à l'hôpital. Il faut qu'on appelle du renfort.

— Il n'y a qu'une seule chose qui m'inquiète, répliqua Dylan. Comment sortir Jayne de cette boîte de conserve ? Tant qu'elle est coincée à l'intérieur avec Koslov, Javi et le vieillard, elle est en danger.

— Tu trouveras une solution, le rassura son frère. C'est pile poil dans tes cordes.

Il avait raison. Toute sa vie durant, Dylan s'était préparé à un moment pareil, où il devrait trouver un moyen de délivrer la princesse des méchants qui la retenaient dans leur forteresse.

Il se souvint de toutes les machines dans le bloc opératoire de Jayne. La salle d'opération du camping-car avait elle aussi besoin pour fonctionner d'un générateur et d'un régulateur de température et d'humidité. Ce camping-car d'apparence ordinaire avait été aménagé. Il devait bien y avoir un moyen pour que Dylan y entre et vole au secours de Jayne.

Tout en remontant en voiture, il donna ses instructions à Sean.

— Emmène-moi aussi près que possible du camping-car sans te faire repérer. Puis fais demi-tour et appelle les renforts.

— Qu'est-ce que tu compstes faire ?

— Je vais protéger Jayne.

L'intérieur du camping-car était étonnamment spacieux. Il y avait suffisamment d'espace pour Jayne et tout son équipement de neurochirurgie à l'arrière. Au centre, se trouvait un lit où Romero se reposait et se remettait de l'intervention. Une petite table et des chaises avaient été installées près du volant. Les fenêtres avaient été entièrement calfeutrées. Personne ne pouvait ni voir à l'intérieur ni regarder dehors. Si Jayne avait souffert de claustrophobie, elle n'aurait jamais été capable d'opérer dans cette pièce.

Mais elle s'était bien débrouillée, mieux qu'elle ne s'y attendait. D'habitude, au cours d'une opération aussi longue, elle faisait des pauses quand les autres médecins et spécialistes vérifiaient les IRM et les autres résultats. L'opération d'aujourd'hui avait été sans interruption, à l'exception d'une brève pause dont elle avait profité pour s'étirer et s'hydrater. Elle aurait aimé se dégourdir les jambes, mais Koslov avait refusé de la laisser sortir du camping-car. Elle craignait fort de ne plus jamais revoir la lumière du jour.

Assise à la table en face de Javi, elle sentait la présence

de Koslov installé derrière elle. Elle essaya de soulever sa tasse de thé. En vain. Ses doigts tremblaient trop.

— Quelque chose ne va pas ? demanda Javi.

Il regarda le cadran de sa montre en or et dit d'un ton laconique :

— Encore trente-neuf minutes de patience.

Pas si Dylan viens à ma rescousse entre-temps.

— Et ensuite ? s'enquit-elle. Si l'opération est un succès, que va-t-il m'arriver ?

— Je ne peux pas vraiment vous libérer, répondit Javi. Il se pourrait que j'arrive à mentir pour m'en tirer, en prétendant que j'ai été capturé par Koslov et Romero. Mais hélas ! vous êtes un témoin.

— Je ne dirai rien, répliqua-t-elle. Promis.

— Inutile de supplier pour rester en vie, rétorqua-t-il en ricanant. J'ai déjà pris ma décision.

Koslov se racla la gorge.

— C'est moi qui prends les décisions. Pas vous.

Le léger tressautement de l'œil de Javi trahit sa peur. Koslov n'avait pas besoin de dire grand-chose, ni de proférer des menaces. Il suintait le danger. Si Jayne nourrissait le moindre espoir, c'était avec lui qu'elle devait négocier.

— J'ai sauvé votre père, commença-t-elle. Ça doit bien avoir une valeur.

— Sa vie n'était pas menacée, rectifia Javi.

— Mais sa mémoire était perdue, objecta-t-elle. Mon opération l'a aidé. Qu'en pensez-vous, Koslov ?

— Vous êtes une femme étrange.

— Vous pourriez peut-être nous faire don de tout cet équipement, à moi et à mon hôpital, suggéra-t-elle. Ou vous arranger pour que je me rende au Venezuela pour consulter les neurochirurgiens qui exercent sur place.

Javi désigna son élégante montre en or.

— Plus que vingt-deux minutes.

Vite, Dylan, dépêche-toi ! Elle ignorait combien de temps elle pourrait gagner. Lui et Sean étaient sans doute partis chercher du renfort. Koslov avait plusieurs autres hommes, mais elle ignorait où ils se trouvaient. Peut-être encerclaient-ils le camping-car. En attendant, sa vie était suspendue au tic-tac des aiguilles de la montre de Javi.

— Je pourrais être l'infirmière de votre père, proposa-t-elle.

— Vous êtes bien trop qualifiée.

Génial ! Elle avait enfin trouvé un homme qui reconnaissait son talent, et il s'apprêtait à la tuer.

— Je ferai tout ce que vous voudrez.

Koslov se leva et vint près d'elle. Quand il posa la main sur son épaule, elle lutta contre une folle envie de reculer. Il s'approcha tout près de son oreille.

— Je vous promets une mort rapide, murmura-t-il. Vous ne sentirez rien.

La panique qu'elle avait réussi à réprimer jusqu'alors l'envahit soudain. Son cœur cognait dans sa poitrine. Elle sentit ses jambes faiblir. Si elle n'avait pas entendu un craquement dans son oreille, elle aurait perdu tous ses moyens.

D'un seul coup, elle se leva. Elle ne voulait pas risquer que Koslov distingue le moindre bruit provenant de son oreillette.

— Jayne, chuchota Dylan. Va au fond du camping-car. Aussi loin que possible du siège conducteur.

Elle claqua des doigts comme si elle venait de se souvenir d'un détail.

— Je dois vérifier certaines analyses, dit-elle. Ensuite, je ferai les derniers examens sur votre père.

— Je suis impressionné par votre professionnalisme, dit Javi. Vous ne montrez aucune peur.

— Peut-être que je n'arrive pas à croire que vous allez me faire du mal après ce que je viens d'accomplir, rétorqua-t-elle. Peut-être que j'imagine qu'il reste quelque chose de bon et d'éthique en vous.

— Vraiment ?

Elle n'en croyait rien, bien sûr. Elle pensait sincèrement que ces hommes étaient diaboliques. Dylan l'avait prévenue dès le départ.

— Qui sait ? murmura-t-elle en se dirigeant vers le fond du véhicule.

Quand elle passa à proximité de Diego Romero, le vieil homme lui fit un petit sourire. Koslov la suivit. Il la dévisageait d'un air suspicieux.

Quand elle atteignit l'arrière du camping-car, elle prit un relevé d'activité cérébrale et suivit la ligne centrale avec son doigt.

— Et voilà, dit-elle doucement pour informer Dylan. Je suis de nouveau au fond en train de contrôler mes analyses.

Koslov s'interrompit juste avant d'arriver près d'elle.

— Qu'est-ce que vous faites ?

— Je voulais faire une vérification de la communication entre le bulbe olfactif et les systèmes limbiques.

Elle s'empressa d'utiliser d'autres termes savants en espérant qu'il ne les comprenne pas.

— À mon signal, je veux que tu te penches en avant, murmura Dylan dans son oreille.

Javi apparut derrière Koslov. Il jeta un coup d'œil au vieil homme dans le lit. En espagnol, il lui demanda la localisation du coffre-fort qui contenait les numéros des comptes de la famille Flores.

— Banco Federal Caracas, répondit Romero sans l'ombre d'une hésitation.

Javi éclata de rire et sortit son pistolet de son étui sous sa veste.

— J'en ai terminé. Inutile de m'attarder plus longtemps.

Aussi vif qu'un crotale, Koslov sortit alors son arme et tira une balle en plein milieu du front de Javi qui s'écroula comme une masse sur le sol.

— Penche-toi ! ordonna Dylan.

Les lumières dans le camping-car s'éteignirent soudain.

Jayne était plongée dans l'obscurité. Elle s'accroupit.

Avant même qu'elle ait le temps de réagir, elle sentit les mains de Dylan sur ses bras. Même si elle ne pouvait pas le voir, elle savait que c'était lui. Elle reconnut son odeur, tandis qu'il la tirait en arrière. La machine qui se trouvait contre le mur avait disparu et ils se glissèrent dans un compartiment à bagages, où se trouvaient le générateur et le climatiseur.

Quand les lumières avaient été coupées chez elle, elle avait été terrorisée. Cette fois, c'était différent. Cette fois, elle bénissait l'obscurité qui allait lui permettre de s'enfuir.

Quand Dylan ouvrit la porte du compartiment, la lumière du soleil matinal l'aveugla. Elle chancela.

Il lui prit la main.

— Cours !

Tandis qu'ils s'échappaient dans les hautes herbes en direction de la forêt, elle entendit des coups de feu. Elle vit les hommes de Koslov tirer sur le shérif et ses hommes. Elle imagina les balles les rasant sans les atteindre. Quand elle et Dylan atteignirent la forêt, il l'attira dans l'abri qu'offraient les arbres et la serra dans ses bras.

— Tu es en sécurité maintenant, dit-il. Je t'ai retrouvée.

Même si elle n'avait pas conscience de pleurer, ses joues

étaient humides. Et elle était fatiguée, si fatiguée qu'elle tenait à peine sur ses jambes.

— Je n'arrive pas à rester debout.

— Aucun problème.

Il l'aida à s'asseoir près de lui sur le sol, s'adossa contre une pierre et la serra contre lui.

— J'ai l'impression d'être au paradis, dit-elle. Comment as-tu su comment me tirer de là ?

— Je peux résoudre n'importe quel problème de sécurité, répondit-il, et ça vaut doublement pour les camping-cars pourvus de générateurs.

— C'est vrai. La première fois que nous nous sommes rencontrés, tu as promis de faire des réparations chez moi.

— Si tu comptes toujours y habiter.

Elle plongea le regard dans ses yeux gris.

— Ma maison ou la tienne. Où que nous allions, je veux que nous soyons ensemble.

— Que nous vivions ensemble, rectifia-t-il.

— Ce n'est pas ce que font les amoureux ?

— Je t'aime, Jayne.

Quelques minutes plus tôt, elle croyait qu'elle allait mourir. Et voilà qu'à présent… Dylan l'aimait. Et elle éprouvait la même chose à son égard. Elle se blottit dans ses bras, prenant conscience que la bataille avait pris fin.

Elle poussa un soupir.

— J'imagine que nous devrions nous manifester et faire savoir que nous allons bien.

Il l'aida à se lever et lui offrit son bras pour qu'elle s'appuie dessus. Elle le repoussa, refusant de montrer qu'elle n'arrivait pas à tenir debout toute seule.

Le frère de Dylan accourut dans leur direction. Après l'avoir prise dans ses bras, il leur raconta les derniers événements.

— Seulement quelques blessés de notre côté. Koslov et ses hommes ont été arrêtés, plusieurs d'entre eux sont blessés. Javier Flores est mort.

— Qu'en est-il de Romero ? s'enquit-elle.

— Il est en forme, et c'est un vrai moulin à paroles. Le FBI le bombarde de questions.

Elle reconnut une voix et se retourna.

— Papa ?

— J'ai des excuses à présenter, répondit-il en lui tendant les bras.

— Oui.

Ça c'était certain, il avait largement matière à s'excuser pour avoir viré Dylan et l'avoir livrée à Koslov. Elle l'embrassa sur les joues. À quoi bon s'appesantir sur le passé ?

— Repartons de zéro, proposa-t-elle.

— Tout ce que tu voudras, ma chérie.

Elle le regarda dans les yeux.

— Dylan et moi emménageons ensemble.

Peter Shackleford eut manifestement du mal à avaler la nouvelle.

— Est-ce que tu l'aimes ? demanda-t-il pourtant.

— Si tu savais à quel point.

— Alors tu as ma bénédiction.

Jayne retourna dans les bras de Dylan. A présent, c'était le seul refuge dont elle aurait jamais besoin.

Retrouvez prochainement,
dans votre collection

BLACK ROSE

Le risque en partage, de Juno Rushdan - N°749

Tout en écoutant le récit de Hope, la jeune femme qu'il vient de sauver de la noyade, Gage réfléchit. Certes, il pourrait l'aider à enquêter sur la mort suspecte de sa sœur. Mais, de toute évidence, elle vient d'être victime d'une tentative de meurtre. Et, en affrontant ceux qui ont cherché à la tuer, il risque d'attirer l'attention de ses propres ennemis, rendant ainsi leurs investigations plus dangereuses encore…

Une présence troublante, d'Elle James

Un garde du corps ! Pour Tessa Bolton, infirmière au caractère bien trempé, il n'en est pas question. Pourtant, en apprenant que trois de ses anciennes camarades de lycée – ex-pom-pom girls comme elle – ont été assassinées, elle sent la panique la gagner. Elle accepte alors l'assistance de Irish, protecteur aussi discret que séduisant et dont la présence la trouble et la rassure tout à la fois…

La trace du passé, de Carol Ericson - N°750

LES ENFANTS DE TIMBERLINE – 1/4

Le ruban rose est posé au fond du tiroir vide… Kendall retient un cri de terreur. Car ce ruban, c'est celui que portait sa sœur jumelle quand elle a été enlevée, vingt-cinq ans plus tôt, dans la vieille maison dont Kendall a hérité… Partagée entre horreur et exaspération, elle se confie à Cooper Sloane, le shérif de la ville, un homme aussi séduisant que solitaire…

L'ombre de la vérité, de Carol Ericson

LES ENFANTS DE TIMBERLINE – 2/4

Partagé entre surprise et méfiance, Duke dévisage Beth. Par quel curieux hasard son ex-compagne se trouve-t-elle à Timberline, où lui-même enquête pour le FBI ? Et quelle vraie raison l'a poussée dans cette ville, frappée autrefois par un destin tragique ? Car il ne croit pas une seconde à l'excuse d'un prétendu reportage… Insistant, curieux, il tente d'en savoir plus…

Retrouvez prochainement,
dans votre collection

BLACK ROSE

Tes bras comme refuge, de Jenna Ryan - N°751

Depuis qu'elle a quitté Gabriel, lassée du climat de danger permanent qui entourait son métier de shérif, Alessandra mène une vie tranquille dans la petite ville du Dakota où elle est vétérinaire. Mais, un soir, quelle n'est pas sa surprise de voir réapparaître celui qu'elle n'a jamais pu oublier. Blessé, poursuivi par une bande de criminels, Gabriel est venu se réfugier chez elle...

Rencontre sous tension, de Marie Ferrarella

Jamais Kristin n'a rencontré d'homme aussi crispant, et aussi... sexy que l'inspecteur Malloy Cavanaugh. Pourtant, lorsqu'elle est appelée en tant que médecin légiste pour examiner les corps de plusieurs femmes assassinées et enterrées bien des années auparavant, c'est avec philosophie qu'elle se résigne à travailler aux côtés de Malloy...